HEYNE <

Das Buch

»Das Fell meiner Mutter war dunkel, kurz und kraus. Auch meine Beine waren dunkel – zumindest soweit ich das mit meinem noch trüben Blick erkennen konnte. Meine Geschwister waren ebenfalls schwarz, doch im allgemeinen Geschiebe und Gedrängel bemerkte ich schnell, dass nur eins das gleiche Fell hatte wie ich. Wir schliefen alle gemeinsam in einer großen Kiste. Als ich kräftiger wurde, begann ich meine neue Umgebung zu erkunden. Sie war so aufregend, wie eine Kiste eben sein konnte.«

Der Autor

W. Bruce Cameron, 1960 geboren, ist als Kolumnist und Autor international bekannt. Seine Kolumne zur Erziehung von Teenagern war 1995 so populär, dass sie als Buch veröffentlicht wurde, das als Vorlage für die TV-Serie »Meine wilden Töchter« diente. Bruce Cameron publiziert seine Kolumnen in verschiedenen Zeitungen und arbeitet derzeit an einer Fernsehadaption von *»So erziehen Sie Ihren Mann«*. Mit seinem Roman *Ich gehöre zu dir* landete er 2010 einen Bestseller.

Lieferbare Titel

Ich gehöre zu dir

W. Bruce Cameron

BAILEY
EIN HUND KEHRT ZURÜCK

Roman

Aus dem Amerikanischen
von Bettina Seifried

WILHELM HEYNE VERLAG
MÜNCHEN

Die Originalausgabe erschien 2012 unter dem
Titel A Dog's Journey bei Forge Book, New York.

Der Verlag weist ausdrücklich darauf hin, dass im Text enthaltene externe Links vom Verlag nur bis zum Zeitpunkt der Buchveröffentlichung eingesehen werden konnten. Auf spätere Veränderungen hat der Verlag keinerlei Einfluss. Eine Haftung des Verlags ist daher ausgeschlossen.

MIX
Papier aus verantwortungsvollen Quellen
FSC® C014496
FSC www.fsc.org

Verlagsgruppe Random House FSC®N001967

2. Auflage
Vollständige Taschenbuchausgabe 06/2019

Printed in Germany
Umschlaggestaltung: Nele Schütz, München
unter Verwendung von Film Artwork
© 2019 Storyteller Distribution C0., LLC
Satz: Uhl + Massopust, Aalen
Druck und Bindung: GGP Media GmbH, Pößneck
ISBN 978-3-453-42400-5

www.heyne.de

Eins

Ich lag auf dem Anleger am Teich in der Sonne und wusste genau: Mein Name war Buddy, und ich war ein guter Hund.

Meine Beine waren noch immer schwarz wie der Rest meines Fells, nur an den Pfoten war ich im Lauf der Jahre ergraut. Hinter mir lag ein langes, erfülltes Leben mit Ethan, meinem Jungen, mit dem ich hier am Teich so viele schöne Nachmittage verbracht hatte beim Baden, Faulenzen und Entenankläffen.

Es war der zweite Sommer ohne Ethan. Als er starb, fühlte ich einen so schrecklichen Schmerz in mir wie nie zuvor. Zwar hatte er inzwischen etwas nachgelassen und fühlte sich nur noch wie starke Bauchschmerzen an, aber wirklich weg ging er nie. Nur manchmal im Schlaf vergaß ich meinen Kummer, wenn ich träumte, dass ich mit Ethan um die Wette rannte.

Ich war ein alter Hund und wusste, dass nun bald der tiefe Schlaf kommen würde, wie schon etliche Male zuvor. So wie damals, als ich Toby hieß und ein recht müßiges Leben führte, weil ich nur Spielen und Raufen im Sinn hatte. Oder in meinem Leben als Bailey, in dem ich meinen Jungen kennenlernte, den zu lieben der Sinn meines Lebens wurde. Und wie einst als Ellie, als meine Aufgabe darin bestand, zu arbeiten, Menschen zu suchen und zu retten.

Wenn es nun am Ende meines Lebens als Buddy also Zeit für den tiefen Schlaf wurde, dann ging ich davon aus, dass danach kein weiteres Leben folgte. Ich hatte meine Bestimmung erfüllt und es gab für mich keinen Grund, weiterhin Hund zu sein. Ob der große Schlaf nun in diesem oder im nächsten Sommer kam, war nicht wichtig. Ethan zu lieben und für sein Wohl zu sorgen, war der Sinn meines Lebens gewesen, und diese Aufgabe hatte ich erfüllt, so gut ich das konnte. Ich war ein guter Hund.

Doch dann …

Dann sah ich, während ich so dalag, eines der Kinder aus Ethans großer Familie auf wackligen Beinen auf das Ende des Stegs zusteuern. Es war ein kleines Mädchen, das noch nicht lange aufrecht ging und beim Laufen noch ziemlich wankte. Sie trug eine weiße bauschige Hose und ein dünnes Hemdchen. Bei dem Gedanken, sie an diesem winzigen Stofffetzen aus dem Wasser zu ziehen, entfuhr mir ein leises Winseln.

Die Mutter der Kleinen hieß Gloria. Sie war ebenfalls am Steg. Reglos lag sie auf einem nach hinten geklappten Stuhl mit Gemüsestückchen auf den Augen. Sie hatte eine Leine in der Hand gehalten, die zur Hüfte des kleinen Mädchens reichte, doch dann war die Leine plötzlich schlaff geworden und nun zog die Kleine sie hinter sich her, während sie geradewegs auf das Ende des Stegs zusteuerte.

Auch ich hatte als Welpe eine lockere Leine stets genutzt, um auf Entdeckungstour zu gehen, und das tat das Mädchen nun auch.

Gloria war schon zum zweiten Mal zu Besuch auf der Farm. Das erste Mal war sie im Winter gekommen, als Ethan noch lebte. Gloria hatte ihm das Baby gereicht und

»Grandpa« gesagt. Nachdem Gloria und das Baby wieder fort waren, hörte ich Ethan und seine Gefährtin Hannah viele Abende lang den Namen Gloria aussprechen, und bei ihren Gesprächen schwangen traurige Gefühle mit.

Auch Claritys Namen sagten sie oft. Clarity war das Baby, aber Gloria rief sie manchmal Clarity June.

Ich war mir sicher, Ethan wollte, dass ich auf Clarity achtgab, die leider öfter in Schwierigkeiten geriet. Erst neulich war sie unters Vogelhäuschen gekrochen und hatte sich haufenweise die am Boden liegenden Körner in den Mund gestopft, während ich ziemlich belämmert daneben stand. Eine meiner Hauptaufgaben war es, Eichhörnchen einzuschüchtern, wenn sie sich übers Vogelfutter hermachten. Als ich Clarity dabei erwischte, wusste ich allerdings nicht so recht, was ich tun sollte, obwohl mir schon klar war, dass Kinder, die Vögeln das Futter wegaßen, garantiert gegen eine Regel verstießen. Und ich hatte recht, denn nachdem ich kurz gebellt hatte, schreckte Gloria hoch von dem Handtuch, auf dem sie mit dem Gesicht nach unten gelegen hatte, und war ziemlich wütend.

Auch jetzt sah ich zu Gloria hinüber. Sollte ich wieder bellen? Viele Kinder sprangen in den Teich, doch normalerweise waren sie älter als dieses kleine Mädchen, deren zielstrebige Schritte unweigerlich dazu führen mussten, im Wasser zu landen. Doch Babys im Teich waren nur auf den Armen von Erwachsenen erlaubt. Ich sah hinüber zum Haus. Hannah kniete in der Einfahrt und spielte wieder mit den Blumen; sie war zu weit weg, um Clarity zu helfen, falls sie in den Teich fiel. Ich war mir sicher, auch Hannah wollte, dass ich auf Clarity aufpasste. Das war jetzt wohl meine neue Bestimmung.

Das Baby hatte den Rand des Stegs fast erreicht. Ich winselte wieder, diesmal lauter.

»Sei still«, sagte Gloria, ohne das Gemüse von den Augen zu nehmen. Dieses Wort kannte ich nicht, doch der scharfe Ton war unmissverständlich.

Clarity drehte sich nicht einmal um. Am Ende des Stegs wankte sie kurz, dann fiel sie vornüber ins Wasser.

Meine Krallen gruben sich tief ins Holz, als ich von der Seite ins warme Wasser sprang. Claritys kleiner Körper bewegte sich im Wasser auf und ab. Wild ruderte sie mit Armen und Beinen, doch ihr Gesicht blieb dabei unter der Oberfläche. In Sekundenschnelle war ich bei ihr, schnappte mit den Zähnen vorsichtig nach dem Hemd und zog ihren Kopf aus dem Wasser. Dann paddelten wir in Richtung Ufer.

»Um Himmels willen! Clarity!«, schrie Gloria, rannte zu dem Sandstreifen am Ufer und watete in dem Augenblick ins Wasser, als ich schon wieder festen Grund unter den Füßen spürte.

»Böser Hund!«, rief sie und riss Clarity an sich. »Du bist ein böser Hund!«

Beschämt ließ ich den Kopf hängen.

»Gloria! Was ist passiert?« Hannah eilte aufgeregt herbei.

»Dein Hund hat das Baby in den Teich gestoßen! Clarity wäre fast ertrunken, ich musste ins Wasser springen, um sie zu retten und bin dabei ganz nass geworden!«

Die Aufregung in ihrer Stimme war unüberhörbar.

»Buddy?«, fragte Hannah ungläubig.

Ich wagte es nicht, sie anzusehen. Also wippte ich ein bisschen mit dem Schwanz und spritzte dabei Wasser auf. Nun waren alle böse auf mich, obwohl ich nicht wusste, was ich falsch gemacht hatte.

Alle außer Clarity. Ich riskierte einen Blick zu ihr hinüber, weil ich merkte, dass sie sich aus den Armen ihrer Mutter wand und ihre kleinen Hände nach mir ausstreckte.

»Bubby«, gluckste sie und aus ihrer Hose floss das Wasser in Strömen. Ich senkte den Blick.

Gloria blies laut Luft aus. »Hannah, kannst du dich um sie kümmern? Ihre Windel ist nass. Ich muss mich noch ein paar Minuten auf den Bauch legen, damit ich vorn und hinten gleich braun werde.«

»Natürlich«, sagte Hannah. »Komm, Buddy!« Wenigstens war das nun geklärt. Schwanzwedelnd hüpfte ich aus dem Wasser.

»Wage es nicht, dich zu schütteln!«, rief Gloria und machte ein paar Trippelschritte rückwärts. Den warnenden Ton in ihrer Stimme hörte ich zwar, aber ich hatte keine Ahnung, was sie mir sagen wollte. Also schüttelte ich mich kräftig, um wieder trocken zu werden.

»Wie ekelhaft!«, kreischte Gloria. Mit ausgestrecktem Finger hielt sie eine strenge Rede mit vielen unbekannten Wörtern. Nur hin und wieder verstand ich »böser Hund«. Blinzelnd senkte ich den Kopf.

»Buddy, komm«, sagte Hannah. Ihre Stimme klang freundlich. Gehorsam folgte ich ihnen zum Haus.

»Bubby«, sagte Clarity immer wieder, »Bubby.«

An der Verandatreppe am Haus hielt ich inne, weil ich diesen unangenehmen Geschmack wieder im Mund hatte. Er erinnerte mich an damals, als ich eine kleine Dose mit süß duftenden Aromen aus dem Müll gezogen hatte. Nachdem ich alles aufgeleckt hatte, versuchte ich, an dem dünnen Metall herumzunagen. Da es ziemlich scheußlich schmeckte, spuckte ich es sofort wieder aus. Doch diesen

Geschmack jetzt konnte ich nicht einfach ausspucken, weil er auf meiner Zunge lag und mir von dort aus in die Nase stieg.

»Was ist, Buddy?« Hannah stand oben an der Treppe und sah mich an. »Stimmt irgendwas nicht?«

Ich wedelte mit dem Schwanz und war mit einem Satz bei ihr, um wie üblich als Erster durch die Tür zu gehen.

Es war mir immer eine besondere Freude, durch diese Eingangstür zu laufen, weil es immer bedeutete, dass nun etwas Neues folgte, egal ob beim Rein- oder Rausgehen.

Später hielt ich dann ein wachsames Auge auf Hannah und Clarity, die ein neues Spiel spielten: Zuerst trug Hannah das Baby die Verandatreppe hoch und dann krabbelte Clarity mit dem Hintern voran rückwärts die Stufen wieder runter. Hannah rief »Bravo!«, und ich klopfte zustimmend mit dem Schwanz auf den Boden. Wenn Clarity unten angekommen war, leckte ich ihr übers Gesicht und sie kicherte vergnügt. Dann streckte sie die Arme nach Hannah aus und rief: »Mehr! Mehr!« Hannah hob sie hoch, küsste sie, und dann ging das Ganze von vorne los.

Nachdem ich sicher war, dass ich die beiden bedenkenlos alleine lassen konnte, trottete ich zu meinem Lieblingsplatz im Wohnzimmer, drehte kleine Kreise und ließ mich seufzend zu einem Nickerchen nieder. Kurz darauf kam auch Clarity mit ihrer Decke angelaufen. Sie hatte wieder dieses Ding im Mund, an dem sie ständig herumkaute, das sie aber nie schluckte.

»Bubby«, sagte sie. Dann ließ sie sich auf alle viere fallen und krabbelte zu mir rüber. Während sie sich an mich kuschelte, zog sie mit ihren kleinen Händen die Decke über sich. Ich schnupperte an ihrem Kopf. Niemand auf der Welt duftete so wie Clarity. Mit ihrem warmen Wohlgeruch in der Nase döste ich langsam ein.

Ich schreckte aus dem Schlaf, als Gloria die Schiebetür geräuschvoll hinter sich schloss und im Zimmer stand. »Oh Clarity!«, rief sie. Verschlafen sah ich, wie Gloria die Kleine von ihrem Schlafplatz wegriss. An der Stelle im Fell, wo sie gelegen hatte, wurde es gleich kühl. Ohne sie fehlte mir etwas.

Hannah kam aus der Küche und sagte: »Ich backe gerade Kekse.«

Sofort rappelte ich mich auf. Dieses Wort kannte ich. Mit wedelndem Schwanz lief ich zu Hannah, um ihre süßlich duftenden Hände zu beschnuppern.

»Das Kind hat auf deinem Hund geschlafen!«, rief Gloria. Ich hörte das Wort »Hund«, das aus ihrem Mund immer klang, als sei sie furchtbar wütend auf mich. Bedeutete das nun keine Kekse, oder was?

»Ja, Clarity hat sich an ihn gekuschelt«, sagte Hannah.

»Ich will nicht, dass mein Kind neben dem Hund schläft. Sorge dafür, dass es nicht wieder passiert. Stell dir vor, Buddy hätte sich umgedreht – er hätte sie ja erdrückt!«

Ich sah Hannah an, um herauszufinden, warum mein Name gefallen war. Sie hielt eine Hand vors Gesicht und sagte: »Ich … Ja gut. Es wird nicht wieder vorkommen.«

Clarity schlief an der Schulter ihrer Mutter weiter. Gloria übergab sie an Hannah und ließ sich mit einem Seufzen am Küchentisch nieder. »Hast du einen Eistee?«, fragte sie.

»Ich hol dir ein Glas.« Mit dem Baby auf dem Arm lief Hannah zur Küchentheke und holte ein paar Sachen aus dem Schrank. Kekse konnte ich nirgends sehen, obwohl der süße, warme Duft sich im ganzen Haus ausbreitete. Ergeben setzte ich mich und wartete ab.

»Solange wir hier sind, sollte der Hund besser draußen im Hof bleiben«, sagte Gloria und nippte an ihrem Glas. Hannah setzte sich zu ihr an den Tisch. Clarity machte eine Bewegung im Schlaf und Hannah tätschelte ihren Rücken.

»Nein, das geht nicht.«

Seufzend ließ ich mich unterm Tisch nieder und fragte mich wieder einmal, warum Menschen erst über Kekse redeten und dann einem Hund, der es wirklich verdient hätte, keinen abgaben.

»Buddy gehört zur Familie«, fuhr Hannah fort. Schläfrig hob ich den Kopf und sah sie an. Keine Kekse weit und breit. »Weißt du nicht, dass er Ethan und mich wieder zusammengebracht hat?«

Als ich »Ethan« hörte, erstarrte ich. Sein Name fiel nur noch selten, doch immer wenn ich ihn hörte, erinnerte ich mich an seinen Geruch und seine Hände in meinem Fell.

»Ein *Hund* hat euch beide zusammengebracht?«, fragte Gloria.

»Ethan und ich kannten uns schon aus der Schule, ich war seine erste Freundin. Doch nach dem Brand damals, als sein Bein gelähmt war … kennst du die Geschichte etwa nicht?«

»Vielleicht hat dein Sohn mal was erwähnt, keine Ahnung. Henry redet am liebsten über sich selbst. Du weißt ja, wie die Männer sind.«

»Also, nach dem Brand hat Ethan … er war danach sehr verschlossen und bedrückt. Ich war zu jung, zu unreif, um ihm wirklich helfen zu können, mit der Situation fertigzuwerden.«

Ich hörte die Traurigkeit in Hannahs Stimme und wusste, sie brauchte mich jetzt. Unterm Tisch lief ich zu ihr hin und legte meinen Kopf in ihren Schoß. Sie fuhr mir zärtlich durchs Fell. Claritys nackte Füße baumelten über mir.

»Ethan hatte damals auch einen Hund. Bailey, ein wunderschöner Golden Retriever. Er nannte ihn seinen Schussel-Hund.«

Ich wedelte mit dem Schwanz, als ich »Bailey« und »Schussel-Hund« hörte. Immer wenn mich Ethan Schussel-Hund genannt hatte, war ihm das Herz vor Liebe übergelaufen. Dann umarmte er mich fest und ich küsste ihn übers ganze Gesicht. Plötzlich hatte ich schreckliche Sehnsucht nach ihm. Auch Hannah vermisste ihn sehr, das spürte ich. Ich leckte ihre Hand, die mich liebevoll streichelte, und Hannah sah lächelnd zu mir herab.

»Auch du bist ein guter Hund, Buddy.« Ich wedelte heftiger mit dem Schwanz, weil sie guter Hund sagte. Es schien mir nun wahrscheinlicher, dass diese Unterhaltung am Ende doch noch auf Kekse hinauslief.

»Wir haben uns getrennt. Dann lernte ich Matthew kennen, wir haben geheiratet, dann kamen die Kinder: erst Rachel, dann Cindy und natürlich Henry.«

Gloria machte ein Geräusch, aber ich sah nicht zu ihr hin, weil ich nicht wollte, dass Hannah aufhörte, meinen Kopf zu streicheln.

»Nach Matthews Tod wollte ich wieder näher bei den Kindern sein, deshalb zog ich zurück in die Stadt. Eines Tages – Buddy war damals vielleicht ein Jahr alt – folgte er Rachel vom Hundepark nach Hause. Er hatte einen Anhänger am Halsband und zu meiner großen Überraschung stand da Ethans Name drauf. Ethan war noch verblüffter als ich. Seit ich wieder in der Stadt war, hatte ich mir vorgenommen, ihn anzurufen, doch dann hatte ich es immer wieder vor mir hergeschoben. Wir hatten uns damals im Streit getrennt und ich hatte Hemmungen, obwohl es eine Ewigkeit her war.«

»Ungute Trennungen! Davon kann ich ein Lied singen«, knurrte Gloria.

»Das kann ich mir vorstellen«, sagte Hannah und sah lächelnd zu mir hinunter. »Als ich Ethan nach all den Jahren wiedersah, war es, als seien wir nie getrennt gewesen. Wir spürten, wir gehörten zusammen. Das habe ich meinen Kindern nie erzählt, aber wir waren füreinander bestimmt. Doch ohne Buddy hätten wir uns wohl kaum wieder getroffen.«

Es war schön, Ethans und meinen Namen laut ausgesprochen zu hören. Hannah lächelte mich an und ich spürte ihre tiefe Liebe und Traurigkeit.

»Oh, es wird höchste Zeit«, sagte Hannah dann. Sie erhob sich und reichte Clarity ihrer Mutter. Die Kleine machte im Schlaf eine kleine Faust und gähnte. Ich hörte ein blechernes Geräusch, als die Kekse aus dem Ofen kamen und sich eine himmlische Duftwolke ausbreitete. Trotzdem bekam ich keinen Keks.

Da standen frisch gebackene Kekse direkt vor meiner Nase und ich ging leer aus! Das war der endgültige Tiefpunkt des Tages.

»Ich bin jetzt mal für eine Stunde weg«, sagte Hannah. Sie griff nach dem Spielzeug, das sie »Schlüssel« nannte, und ich hörte das metallische Klimpern, das immer eine Autofahrt ankündigte. Ich blieb wachsam, war aber hin und her gerissen zwischen meinem starken Bedürfnis, in der Nähe der Kekse zu bleiben, und dem Wunsch, Auto zu fahren.

»Buddy, du bleibst hier«, sagte Hannah. »Gloria, bitte

pass auf, dass die Tür zum Keller geschlossen bleibt. Clarity ist ganz versessen darauf, die Treppen runterzukrabbeln, und im Keller ist Rattengift ausgelegt.«

»Ratten? Gibt's hier Ratten?«, rief Gloria schrill. Clarity war mit einem Schlag hellwach und versuchte sich aus den Armen ihrer Mutter zu winden.

»Ja. Wir leben auf einer Farm und da gibt es nun mal auch Ratten. Nur keine Aufregung, Gloria. Lass einfach die Kellertür zu.« Ich hörte den Ärger in Hannahs Stimme und sah ängstlich zu ihr rüber, um herauszufinden, was nun wieder los war. Doch es war immer dasselbe: Die starken Emotionen, die ich spürte, wurden nie ausgedrückt. Die komplizierten Gefühle der Menschen überstiegen eben den Verstand eines Hundes.

Ich folgte Hannah zum Auto. »Nein, du bleibst hier, Buddy«, sagte sie. Was das bedeutete, begriff ich, als sie ins Auto stieg und mir die Tür vor der Nase zuschlug. In der Hoffnung, sie würde es sich doch noch anders überlegen, wedelte ich mit dem Schwanz. Als der Wagen dann ohne mich die Einfahrt hinunterrollte, war mir klar, dass Autofahren heute ausfiel.

Durch die Hundeklappe ging ich zurück ins Haus. Clarity saß auf ihrem seltsamen Stuhl mit dem Tablett davor. Über sie gebeugt, versuchte Gloria ihr mit einem Löffel Essen in den Mund zu schieben, doch Clarity spuckte es wieder aus. Ich probierte davon und konnte sie sehr gut verstehen. Kleinere Happen durfte Clarity schon selbst mit den Fingern in den Mund stecken, aber das richtig eklige Zeug wurde ihr mit einem Löffel hineingezwungen.

»Bubby!«, gluckste Clarity und patschte fröhlich mit den Händen aufs Tablett. Essenskleckse landeten in Glorias Gesicht, und mit einem zischenden Geräusch sprang sie hoch. Sie wischte ihr Gesicht mit einem Tuch ab, dann starrte sie mich an. Ich senkte den Blick.

»Unfassbar, dass sie dich hier frei herumlaufen lässt – als ob dir das Haus gehörte«, murmelte sie.

Ich hatte mir nie große Hoffnungen gemacht, von Gloria je einen Keks zu bekommen.

»Aber solange sie weg ist, läuft es nach meinen Regeln.« Sie sah mich einen Moment schweigend an, dann schniefte sie. »Los, komm her!«, befahl sie.

Gehorsam lief ich zur Kellertür, die sie einen Spaltbreit öffnete. »Runter mit dir!«

Als mir klar wurde, was sie wollte, zwängte ich mich durch den Spalt. Auf dem Treppenabsatz drehte ich mich noch einmal nach ihr um.

»Drinbleiben«, sagte sie und schloss die Tür hinter mir. Um mich herum war es auf einmal viel dunkler.

Die Holzstufen quietschten unter meinen Schritten. Ich war selten im Keller gewesen. Unbekannte, exotische Gerüche kitzelten meine Nase. Ich begab mich auf Abenteuersuche, um etwas Interessantes aufzustöbern. Aufzustöbern und vielleicht sogar zu essen.

Zwei

Da unten war es ziemlich düster, aber die feuchten Ecken und Wände rochen würzig und intensiv. Staubige Flaschen auf Holzregalen und ein modriger Pappkarton voll mit Kleidern der Kinder, die einst auf der Farm gelebt hatten, verströmten die herrlichsten Düfte. Ich sog ihren Geruch ein und erinnerte mich daran, wie wir gemeinsam im Schnee herumgetollt oder im Sommer durchs hohe Gras gejagt waren.

Trotz der wunderbaren Gerüche fand sich aber nichts Interessantes zu essen darunter.

Nach einer Weile hörte ich den Motor von Hannahs Wagen in der Einfahrt. Mit einem lauten Klicken ging die Kellertür auf.

»Buddy, hierher, sofort!«, blaffte Gloria von oben.

Hastig rannte ich zur Treppe, doch dann rutschte ich im Dunkeln aus, und ein durchdringender Schmerz schoss mir ins linke Hinterbein. Wie versteinert blieb ich stehen und sah nach oben zu Gloria, die gegen das Licht nur in Umrissen erkennbar war. Ich wollte von ihr hören, dass, was immer mir den Schmerz zugefügt hatte, alles in Ordnung war.

»Ich sagte, sofort hierher!«, rief sie noch einmal lauter.

Leise winselnd erklomm ich die erste Stufe, denn ich

musste ihr gehorchen. Ich versuchte, das Bein nicht zu belasten, und das half ein bisschen.

»Wirst du wohl hergehen!« Gloria kam mir ein paar Stufen entgegen und streckte den Arm aus.

Da ich nicht unbedingt ihre Hand in meinem Fell spüren wollte, und sie schon wieder wegen irgendwas wütend zu sein schien, wich ich zurück.

»Wo seid ihr?«, rief Hannah oben. Ich machte ausladendere Schritte und der Schmerz wurde erträglicher. Gloria drehte sich um, und kurz darauf betraten wir gemeinsam die Küche.

»Wo ist Clarity?«, fragte Hannah und stellte braune Tüten auf der Arbeitsplatte ab. Mit wedelndem Schwanz lief ich zu ihr hin.

»Ich habe sie endlich kleingekriegt. Sie schläft.«

»Und was hast du im Keller gesucht?«

»Ich … Ich wollte sehen, ob Wein da ist.«

»Tatsächlich? Dort unten?« Hannah streckte mir ihre Hand hin, damit ich daran schnuppern konnte. Sie roch nach süßen Köstlichkeiten. Ich war froh, dass sie wieder zurück war.

»Nun ja, ich dachte Keller, Weinkeller …«

»Wein ist dort drüben im Schrank unter dem Toaster.« Hannah sah mich an. Ich wedelte mit dem Schwanz. »Was ist denn mit dir los, Buddy? Lahmst du?«

Ich setzte mich. Hannah lief ein paar Schritte rückwärts, dann rief sie mich und ich setzte mich in Bewegung.

»Findest du nicht, dass er humpelt?«, fragte Hannah.

»Woher soll ich das wissen?«, sagte Gloria. »Mit Kindern kenn ich mich aus, mit Hunden nicht.«

»Buddy, hast du dir wehgetan?« Hocherfreut über so viel

Aufmerksamkeit, wedelte ich heftiger mit dem Schwanz. Hannah bückte sich und drückte mir einen Kuss auf die Stelle zwischen den Augen. Ich leckte ihr Kinn. Dann richtete sie sich wieder auf und ging zur Küchentheke.

»Ihr habt ja überhaupt keine Kekse gegessen!«

»Kekse kann ich nicht ab«, sagte Gloria zornig.

Noch nie hatte ich das Wort ›Kekse‹ mit so viel Ablehnung in der Stimme ausgesprochen gehört.

Hannah sagte nichts, aber ich nahm ein leises Seufzen wahr, während sie anfing, die Sachen aus den Tüten wegzuräumen. Manchmal war ein Knochen für mich dabei, doch ich hatte schon gerochen, dass sie heute offenbar keinen hatte herbeischaffen können. Trotzdem behielt ich sie im Auge, für den Fall, dass ich mich getäuscht hatte.

»Auch Clarity bekommt keine Kekse«, sagte Gloria. »Sie ist schon pummelig genug.«

Hannah lachte erst laut, doch dann schaute sie ernst. »Du meinst das wirklich ernst, nicht wahr?«

»Natürlich meine ich es ernst.«

Einen Augenblick lang war es still, dann wandte sich Hannah wieder den Tüten zu. »Okay«, sagte sie leise.

Einige Tage später saß Gloria im Garten mit eng angewinkelten Beinen und weißen Fellknäueln zwischen den Zehen. Immer wieder berührte sie die Zehen mit einem Stäbchen, an dem eine Substanz klebte, deren beißender Geruch mir das Wasser in die Augen trieb. Hinterher waren die Zehen vorne dunkler als vorher.

Der Geruch war so eindringlich, dass er sogar den üblen Geschmack auf meiner Zunge überlagerte, der immer schlimmer wurde.

Clarity hatte bis eben im Gras gespielt, doch nun stand

sie auf und wackelte davon. Ich sah zu Gloria hin, die mit heraushängender Zunge auf ihre Zehen starrte.

»Hiergeblieben, Clarity!«, sagte sie ohne aufzuschauen.

Clarity konnte bei ihrer Ankunft auf der Farm kaum aufrecht gehen. Ihr Gang war unsicher und oft krabbelte sie noch auf allen vieren. Doch mittlerweile hatte sie einen forschen Laufschritt entwickelt und lief nun zielstrebig auf die Scheune zu. Ich trottete hinterher, obwohl ich auch nicht recht wusste, was zu tun war.

Troy, das Pferd, war im Stall. Ethan war früher manchmal auf ihm geritten, was mir nicht behagte, denn im Unterschied zu Hunden sind Pferde nicht vertrauenswürdig. Als Kind war Ethan einmal von einem Pferd gestürzt. Von einem Hund war noch niemand gestürzt, jedenfalls war mir kein Fall bekannt. Hannah hatte ich nie auf einem Pferd sitzen sehen.

Schon als Clarity und ich die Scheune betraten, schnaubte Troy missbilligend in seiner Box. Es roch nach Heu und Pferd. Clarity flitzte zum Pferdestall. Schnaubend warf Troy seinen Kopf auf und ab. Clarity stand am Gittertor und hielt sich an den Stäben fest. »Ferdi!«, rief sie entzückt.

Von Troy ging eine gereizte Spannung aus. Er beachtete mich nicht, aber von früheren Besuchen wusste ich, dass ihn meine Gegenwart nervös machte. Clarity streckte eine Hand zwischen den Stäben durch, um Troy zu streicheln. Das Pferd scheute.

Ich stupste Clarity mit der Nase an, um ihr zu zeigen, dass es nichts Besseres gab als einen Hund, wenn sie jemanden zum Streicheln suchte. Ihre Augen glänzten, und sie schnappte aufgeregt nach Luft, ließ Troy aber nicht aus den Augen.

Die Gittertür war lose durch eine Kette gesichert, doch als Clarity sich an den Stäben festhielt, straffte sich diese plötzlich und gab einen Spalt frei. Ich ahnte, was nun kommen würde, noch bevor es dazu kam. Fröhlich quietschend hangelte sich Clarity seitwärts am Gitter entlang und zwängte sich durch den Spalt.

Und mitten hinein in Troys Box.

Das Pferd trippelte vor und zurück und warf seinen Kopf schnaubend hin und her. Mit weit aufgerissenen Augen stampfte es nervös mit den Hufen. Ich roch seine Erregung, sie kroch ihm wie Schweiß aus allen Poren.

»Ferdi«, rief Clarity wieder.

Ich schob meinen Kopf durch den Spalt, um die Lücke zu vergrößern, und spürte, wie der Schmerz in meinem Bein heftiger wurde. Doch ich achtete nicht darauf, sondern versuchte, erst die Schultern und dann den restlichen Körper durchzudrücken. Ich schaffte es gerade noch, bevor Clarity mit ausgestreckten Armen auf Troy zugehen konnte, der immer lauter schnaubte und mit den Hufen trampelte. Ich sah ihn schon auf das Baby treten.

Das Pferd machte mir Angst. Troy war riesig und hatte mächtig viel Kraft, und ein Tritt mit diesen Hufen war bestimmt furchtbar schmerzhaft. Rein instinktiv hätte ich am liebsten den Rückzug angetreten. Doch Clarity war in höchster Gefahr, und ich musste etwas unternehmen. Und zwar *sofort.*

Also unterdrückte ich meine Angst und bellte das Pferd aus Leibeskräften an. Wütend zog ich die Lippen auseinander, entblößte die Zähne und sprang los, um mich zwischen die beiden zu werfen. Troy gab einen schrillen Laut von sich und bäumte sich auf. Ich bewegte mich im Rückwärtsgang von ihm weg und schob Clarity mit dem Hintern in eine sichere Ecke. Troy trippelte panisch auf und ab und ein Huf zischte knapp an meinem Kopf vorbei. Böse knurrend schnappte ich nach seinem Bein.

»Buddy? Buddy!«, hörte ich Hannah angsterfüllt draußen im Hof rufen. Hinten spürte ich Claritys Hand in meinem Fell. Sie hielt sich an mir fest, damit ich sie nicht umwarf. Sollte mich das Pferd doch treten! Ich war fest entschlossen, zwischen Troy und der Kleinen auszuharren. Gerade pfiff erneut ein Huf dicht an meinem Ohr vorbei und ich biss Troy in die Wade.

Dann kam Hannah angerannt. »Troy!«, rief sie, nahm die Kette ab und riss die Stalltür auf. Wie ein geölter Blitz stürmte das Pferd an ihr vorbei zum Scheunentor hinaus in den Hof.

Ich spürte Hannahs Angst und Wut deutlich. Sie nahm Clarity auf den Arm und sagte: »Zum Glück ist dir nichts passiert!« Clarity klatschte fröhlich in die Hände und lachte. »Ferdi!«, rief sie begeistert.

Hannahs freie Hand streichelte mich freundlich. Ich war erleichtert, dass ich keinen Ärger bekam.

»Ja, mein Liebling, das ist ein großes Pferd. Aber du hast hier im Stall nichts zu suchen.«

Draußen kam uns Gloria entgegen. Sie lief sehr merkwürdig, als ob ihr beide Füße wehtun würden.

»Was ist passiert?«, fragte sie.

»Clarity war in Troys Stall. Fast wäre sie … es war furchtbar!«

»Clarity, du böses Mädchen!«, sagte Gloria, riss das Kind an sich und drückte es an ihre Brust. »Du darfst Mami nie wieder so erschrecken, hast du mich verstanden?«

Hannah verschränkte die Arme. »Wie ist sie denn überhaupt in die Scheune gelangt, ohne dass du es gemerkt hast?«

»Wahrscheinlich ist sie dem Hund hinterhergelaufen!«

»Verstehe.« Hannah schien noch immer wütend zu sein. Aus reinem Reflex senkte ich beschämt den Kopf.

»Kannst du sie wieder nehmen?«, sagte Gloria und reichte ihr Clarity.

Der Schmerz in meiner Hüfte ging nicht mehr weg. Humpeln musste ich zwar nicht mehr, aber als dumpfe Begleiterscheinung spürte ich ihn bei jeder Bewegung. Dem Bein fehlte aber nichts, jedenfalls fand ich nirgends etwas, was ich ablecken konnte.

Beim Abendessen lag ich meistens unterm Tisch, um den Boden sauber zu halten, falls etwas herunterfiel. Als die vielen Kinder noch auf der Farm lebten, purzelte stets etliches herab; doch nun gab es nur noch Clarity, und ihr Essen schmeckte ziemlich scheußlich. Obwohl ich natürlich auch das aufleckte, wenn es herunterfiel. Kurz nach dem Zwischenfall mit dem Pferd lag ich also wie gewohnt unterm Tisch, als ich bemerkte, dass Hannah nervös und angespannt war. Ich setzte mich auf und berührte sie mit der Schnauze, doch sie wirkte abgelenkt, obwohl ihre Hand mich streichelte.

»Hat Bill angerufen? Du weißt schon, dieser Arzt?«, fragte Gloria.

»Nein, das hätte ich dir gesagt.«

»Es ist immer dasselbe mit den Männern. Erst wollen sie unbedingt deine Telefonnummer und dann melden sie sich nicht.«

»Ich muss mit dir reden, Gloria.«

»Was ist los?«

»Ich möchte, dass du weißt, dass du auch nach der Trennung von Henry zur Familie gehörst, selbst wenn ihr nie verheiratet wart. Du bist die Mutter meiner Enkelin und uns immer herzlich willkommen.«

»Danke«, sagte Gloria. »Ich sehe das ähnlich.«

»Ich bedaure sehr, dass Henry wegen seines Jobs ins Ausland musste. Er sagte neulich, er wird sich eine neue Stelle suchen, die es ihm erlaubt, wieder zurückzukehren. Er will in Claritys Nähe sein.«

Als ich Claritys Namen hörte, sah ich hinüber zu ihren kleinen Füßen, weil ich von hier unten nichts anderes sehen konnte. Sie strampelte, wie immer, wenn sie ihr übel schmeckendes Essen selbst mit dem Löffel essen durfte. Wenn Gloria sie fütterte, drehte und wand sie sich auf ihrem Stuhl.

»Ich weiß, dass du deine Gesangskarriere wieder aufnehmen möchtest«, fuhr Hannah fort.

»Das stimmt. Ein Baby zu bekommen, ist dabei eher hinderlich. Ich muss noch etliche Pfunde runterkriegen.«

»Deshalb wollte ich mit dir reden. Was hältst du davon, wenn Clarity hier bei uns auf der Farm bleibt?«

Es folgte eine lange Stille. »Was willst du damit sagen?«, fragte Gloria leise.

»Nächste Woche kommt Rachel wieder zurück, und wenn die Schule losgeht, hat Cindy jeden Nachmittag ab sechzehn Uhr frei. Wir alle zusammen und Claritys Kusinen könnten uns gemeinsam um sie kümmern, während du in Ruhe deine Karriere in Angriff nimmst. Du kommst zu uns, wann du willst, und bleibst, so lange du möchtest. Hier gibt es genug Platz für alle. Du hättest viel Freiheit und Raum für dich selbst.«

»Darum geht's also«, sagte Gloria.

»Was meinst du damit?«

»Ich habe mich schon gewundert, warum du ständig betonst, dass wir bleiben können, so lange wir möchten. Jetzt verstehe ich es. Clarity soll also bei euch leben – und ich weiß auch schon, wie es dann weitergeht.«

»Ich weiß nicht, wovon du sprichst, Gloria.«

»Als Nächstes wird Henry juristisch durchsetzen, dass er keinen Unterhalt mehr bezahlen muss, und dann stehe ich ohne einen Penny da.«

»Wie bitte? Das ist doch absurd ...«

»Ihr denkt doch alle, ich hätte Henry in eine Falle gelockt. Aber glaub mir, ich hätte eine Menge anderer Männer haben können. Das habe ich überhaupt nicht nötig.«

»Keiner hat das je behauptet, Gloria.«

Mit einem Ruck stand Gloria auf. »Ich wusste doch, dass da was im Busch ist. Deshalb seid ihr so unheimlich nett zu mir.«

Ich spürte ihre Wut und versuchte, gebührenden Abstand von ihren Füßen zu halten. Plötzlich schaukelte Claritys Stuhl heftig hin und her und ihre nackten Füße hoben sich in die Luft.

»Mir reicht's, ich packe, und dann sind wir weg.«

»Gloria!«

Ich hörte Clarity laut heulen, während Gloria mit ihr die Treppe hochstürmte. Clarity weinte selten, – nur einmal war es so schlimm, als sie im Garten ein Gemüse vom Stängel gerupft hatte, dessen beißender Geruch mir mehr Wasser in die Augen trieb als das Zeug auf Glorias Zehen. Ich wusste gleich, dass das nichts Essbares war, doch Clarity steckte es in den Mund und lutschte daran. Dann guckte sie auf einmal überrascht und heulte laut auf vor Schreck, Schmerz und Wut. So wie jetzt auch.

Hannah weinte auch, aber erst, nachdem Gloria und Clarity fort waren. Um sie zu trösten, legte ich meinen Kopf in ihren Schoß, und ich bin mir sicher, das hat ihr geholfen. Obwohl sie auch beim Einschlafen noch traurig war.

Ich begriff nicht, was passiert war. Gloria und Clarity waren weggefahren, na gut. Doch ich war mir sicher, ich würde sie wiedersehen. Früher oder später kehrten doch alle zur Farm zurück.

Ich schlief auf Hannahs Bett. Seit Ethan tot war, durfte ich das, und am Anfang hielt mich Hannah nachts fest und weinte auch manchmal. Damals wusste ich jedoch, warum: weil sie Ethan vermisste. Wir vermissten ihn alle schrecklich.

Als ich am nächsten Morgen aus dem Bett sprang, hatte ich das Gefühl, dass etwas in meiner linken Hüfte gebrochen war. Vor Schmerz jaulte ich auf.

»Was ist passiert, Buddy? Was ist mit deinem Bein?«

Ich spürte ihre Angst und leckte ihr zur Entschuldigung die Hände, weil ich nicht wollte, dass sie sich meinetwegen Sorgen machte. Doch ich konnte mein linkes Hinterbein nicht mehr aufsetzen, der Schmerz war unerträglich.

»Wir fahren zum Tierarzt, Buddy. Keine Angst, alles wird gut«, sagte Hannah.

Vorsichtig humpelte ich neben ihr auf drei Beinen zum Auto und versuchte, mir nicht anmerken zu lassen, wie groß die Schmerzen waren. Hannah sollte nicht traurig sein wegen mir. Obwohl ich eigentlich ein Vordersitz-Hund war, öffnete Hannah die hintere Tür, und dafür war ich ihr dankbar. Mit nur drei funktionierenden Beinen fiel es mir leichter, über das Brett in den Kofferraum zu kriechen, denn auf den Beifahrersitz hätte ich springen müssen.

Sie ließ den Motor an und wir fuhren los. Plötzlich hatte ich wieder diesen scheußlichen Geschmack im Mund, stärker als je zuvor.

Drei

Als wir das kühle Zimmer betraten und ich auf das Stahlbett gehoben wurde, durchrieselte mich ein freudiger Schauer und ich klopfte mit dem Schwanz aufs Metall. Ich mochte die Tierärztin. Ihr Name war Doktor Deb und ihre Hände rochen intensiv nach Seife, doch an den Ärmeln haftete der Geruch von unzähligen Katzen und Hunden. Als sie mein Bein abtastete, tat es überhaupt nicht weh. Weil Doktor Deb es so wollte, stand ich danach wieder auf und wartete geduldig zu Hannahs Füßen in einem kleinen Raum. Dann gingen wir zurück zu Doktor Deb, die auf ihrem Hocker zu uns herübergerutscht kam.

»Schlechte Nachrichten«, sagte sie.

»Oje«, sagte Hannah und ich spürte, wie sie plötzlich eine große Traurigkeit überkam. Mitfühlend sah ich zu ihr hoch. Gleichzeitig versuchte ich zu begreifen, was hier vor sich ging. In Doktor Debs Zimmer war Hannah noch nie traurig gewesen.

»Natürlich können wir das Bein amputieren, doch großen Hunden wie ihm bereitet das Laufen mit nur einem Hinterbein große Schwierigkeiten. Außerdem wissen wir nicht, ob der Krebs nicht schon Metastasen gebildet hat. Schlimmstenfalls machen wir ihm das kurze Leben, das er noch hat, nur unnötig schwer. An Ihrer Stelle würde ich ihm einfach Schmerzmittel geben und abwarten. Er ist doch schon recht alt, nicht wahr?«

»Ich weiß nicht genau, wie alt er ist. Aber er dürfte so um die elf Jahre alt sein«, sagte Hannah. »Ist das denn alt für einen Hund?«

»Labradore werden im Durchschnitt knapp zwölfeinhalb Jahre alt, allerdings habe ich auch schon ältere Tiere hier gehabt. Es soll also nichts heißen. Bei älteren Hunden entwickeln sich Tumore oft auch langsamer. Das sollten wir bedenken bei der Frage, ob eine Amputation sinnvoll erscheint.«

»Buddy war ein so lebhafter Hund, kaum vorstellbar, dass ihm ein Bein abgenommen werden soll«, sagte Hannah.

»Du bist ein guter Hund, Buddy«, murmelte Doktor Deb. Ich schloss genüsslich die Augen und ließ mich hinter den Ohren kraulen. »Am besten fangen wir mit Schmerzmitteln an. Labradore haben eine hohe Toleranzschwelle, was Schmerzen betrifft, sie machen erst sehr spät auf ihre Qualen aufmerksam.«

Zu Hause bekam ich eine extra leckere Portion Fleisch und Käse. Danach wurde ich sehr müde und ging zu meinem Lieblingsplatz im Wohnzimmer, wo ich gleich darauf in einen tiefen Schlummer fiel.

Langsam fand ich heraus, dass es erträglicher war, wenn ich mein Hinterbein anwinkelte und nicht am Boden aufsetzte. In diesem Sommer lernte ich, mich auf die übrigen drei Beine zu verlassen, und das funktionierte gut. Am wohlsten fühlte ich mich beim Schwimmen im Teich, denn das kühle Wasser tat gut und mein Körper fühlte sich dann ganz leicht an. Rachel und ihre Kinder kehrten zurück – von wo auch immer sie gewesen sein mochten –, und

Cindys Kinder besuchten uns oft auf der Farm. Alle überschütteten mich mit Zuneigung als wäre ich wieder ein kleiner Welpe. Ich legte mich gern auf die Seite, um mir von Cindys Mädchen kleine Schleifen ins Fell binden zu lassen. Die kleinen flinken Hände linderten meine Schmerzen. Hinterher aß ich die Schleifchen dann meist auf.

Hannah versorgte mich ständig mit köstlichen Leckerbissen und ich machte lange Nickerchen. An meinen steifen Gliedern spürte ich, wie alt ich geworden war, auch meine Sehkraft ließ langsam nach. Trotzdem war ich sehr glücklich. Der wunderbare Duft der Blätter, die nun haufenweise zu Boden fielen und sich an den Rändern kräuselten, kitzelte meine Nase, und auch den staubigen Geruch von Hannahs Blumen, die spröde von den Stängeln hingen, mochte ich gern.

»Buddy jagt wieder einmal Hasen.« Ich erwachte, weil ich Hannah meinen Namen sagen hörte. Ich brauchte einen Moment, um zu mir zu kommen, und wusste erst nicht, wo ich war. In meinem Traum war Clarity wieder vom Steg gefallen, aber diesmal war ich kein böser Hund, denn Ethan war da. Er stand bis zu den Knien im Wasser und rief: »Guter Hund!«, und ich war mir sicher, er war froh, dass ich auf Clarity achtgab. Wenn sie wieder zur Farm kam, würde ich gut auf sie aufpassen. Ethan wollte es so, das wusste ich.

Im Lauf der Zeit hatte sich Ethans Geruch im Haus fast verloren, doch an manchen Orten spürte ich seine Anwesenheit noch deutlich. Manchmal ging ich nach oben in sein Zimmer, dann kam es mir vor, als schliefe er dort im Bett oder beobachtete mich von seinem Stuhl aus. Das war ein tröstliches Gefühl. Oft dachte ich auch an Baby Clarity, und wie sie mich »Bubby« genannt hatte. Obwohl ich wusste, dass ihre Mutter Gloria bestimmt auf sie aufpasste, machte ich mir trotzdem ein wenig Sorgen um sie. Hoffentlich kehrte sie bald zurück, dann konnte ich mich selbst davon überzeugen, dass es ihr gut ging.

Dann kam die kalte Jahreszeit und ich blieb meistens im Haus. Für meine Geschäfte wählte ich stets den nächstliegenden Baum, um es schnell hinter mich zu bringen, und weil ich mein Bein nicht mehr richtig heben konnte, verrichtete ich die Sache in der Hocke. Selbst bei strömendem Regen kam Hannah mit nach draußen und stand neben mir.

Der hohe Schnee war herrlich. Mein Körper fühlte sich so leicht an wie im Wasser, aber es war kühler und das tat mir wohl. Einfach draußen im Schnee zu stehen und die Augen zu schließen, war angenehm – am liebsten wäre ich so eingeschlafen.

Der üble Geschmack im Mund hatte sich festgesetzt; an manchen Tagen war er stärker, an anderen nahm ich ihn kaum wahr. Auch an die Schmerzen im Bein hatte ich mich gewöhnt, trotzdem kam es vor, dass ich plötzlich von einem stechenden Schmerz aus dem Schlaf gerissen wurde und kaum mehr Luft bekam.

Eines Morgens erwachte ich und sah durchs Fenster, dass der Schnee langsam taute. Früher fand ich es herrlich, die ersten Grashalme zu beschnuppern, die aus der feuchten, schlammigen Erde hervorkrochen, doch nun war mir schon der Weg nach draußen zu weit. Hannah sah mich prüfend an. »Okay, Buddy«, sagte sie. »Es ist Zeit.«

An diesem Tag kamen alle Kinder zur Farm, um mich ausgiebig zu kraulen und mit mir zu reden. Ich lag nur da und seufzte vor Wonne wegen der großen Aufmerksamkeit und den unzähligen kleinen Händen, die nicht aufhören wollten, mich zu streicheln und zu liebkosen. Einige Kinder waren traurig, andere schienen gelangweilt, doch alle saßen um mich herum auf dem Fußboden, bis es Zeit war für sie zu gehen.

»Du bist ein guter Hund, Buddy.«

»Du wirst mir sehr fehlen, Buddy.«

»Ich hab dich lieb, Buddy.«

Immer wenn ich meinen Namen hörte, wedelte ich mit dem Schwanz.

In der Nacht schlief ich nicht neben Hannah im Bett, sondern blieb einfach auf dem Platz liegen, an dem mich die vielen kleinen Hände gestreichelt hatten, und schwelgte in der Erinnerung.

Am nächsten Morgen erwachte ich, als die ersten Sonnenstrahlen den Himmel färbten. Es kostete mich unendlich viel Kraft, auf die Beine zu kommen und zu Hannahs Bett zu humpeln. Als ich meinen Kopf hechelnd neben sie auf die Decke legte, wurde sie wach.

Mein Bein pochte heftig und ich hatte auch schlimme Schmerzen im Bauch und im Hals.

Ich sah ihr in die Augen und hoffte, ihr begreiflich zu machen, wozu ich sie brauchte. Ethans Freundin, diese wunderbare Frau, die uns beide so sehr geliebt hatte, würde mich nicht im Stich lassen. Da war ich mir sicher.

»Oh Buddy, du willst mir sagen, dass die Zeit nun gekommen ist«, sagte sie traurig. »Okay, Buddy, okay.«

Sie ließ mich ins Freie und ich humpelte zum nächsten Baum, um mein Geschäft zu erledigen. Dann stand ich einfach nur da und sah über das weite Land der Farm im Licht der aufgehenden Sonne, und alles erstrahlte in leuchtendem

Gold und Orange. Kaltes, klares Wasser tropfte von der Dachrinne und der Boden unter meinen Pfoten, aus dem bald frische Gräser und Blumen wuchsen, war ganz feucht. Ich konnte das neue Leben riechen, das unter der Oberfläche der duftenden, schlammigen Erde zu keimen begann. Es war der perfekte Tag.

Ich schaffte es kaum bis zum Wagen, doch als Hannah die hintere Tür öffnete, ignorierte ich es und drängte zur Vordertür, die ich mit der Schnauze berührte. Sie lachte und half mir dann, auf den Beifahrersitz zu kriechen.

Ich war ein Vordersitz-Hund.

Aus dem Autofenster sah ich den heraufziehenden Tag, der endlich wärmeres Wetter versprach. Dort, wo die Bäume dicht beieinanderstanden, lag noch Schnee am Boden, doch im Garten, wo Ethan und ich so oft gespielt und herumgetollt hatten, war er schon geschmolzen. Fast war mir, als hörte ich in diesem Augenblick Ethan sagen, ich sei ein guter Hund. Mein Schwanz wippte vor Freude bei der Erinnerung an seine Stimme.

Auf der Fahrt zu Doktor Deb streichelte mich Hannah unzählige Male. Bei jedem Wort, das sie sagte, schwang so viel Traurigkeit mit, dann leckte ich ihre Hand.

»Ach Buddy«, sagte sie.

Ich wedelte mit dem Schwanz.

»Immer wenn ich dich sehe, muss ich an Ethan denken. Du guter Hund. Du warst sein bester Freund, ein ganz besonderer Hund. Du hast mich zu ihm zurückgeführt. Ich weiß, dass du das nicht begreifst, aber Ethan und ich kamen nur deshalb wieder zusammen, weil du damals vor meiner Tür standst. So war das … kein Hund der Welt hat mehr für seine Menschen getan als du, Buddy.«

Ich war glücklich, weil Hannah Ethans Name aussprach.

»Du bist der beste Hund der Welt, Buddy. Ein richtig, richtig guter Hund.«

Ich wedelte mit dem Schwanz, weil sie mich guter Hund nannte.

Vor Doktor Debs Haus öffnete Hannah meine Tür. Doch ich konnte beim besten Willen nicht mehr raushüpfen, mein Bein machte nicht mehr mit. Ich sah sie traurig an.

»Okay, Buddy. Warte hier.«

Hannah schloss die Wagentür und verschwand. Kurze Zeit später erschien Doktor Deb mit einem Mann, den ich nie zuvor gesehen hatte. Seine Hände rochen nach Katze und ihn umgab ein leichter Geruch nach Fleisch. Er trug mich zusammen mit Doktor Deb ins Haus. Die Schmerzen, die mir dabei durch Mark und Bein schossen, versuchte ich mit Fassung zu tragen, aber ich musste furchtbar hecheln. Sie legten mich auf den Stahltisch, doch ich konnte nicht einmal mehr mit dem Schwanz wedeln, sondern ließ meinen Kopf nur matt auf das kühle Gestell sinken und streckte mich der Länge nach aus.

»Du bist ein so guter Hund, Buddy«, flüsterte Hannah.

Ich wusste, dass es nun nicht mehr lange dauerte. Ich blickte Hannah an, die lächelte, aber auch weinte. Doktor Deb streichelte mich und ich spürte, wie ihre Finger nach der Nackenfalte in meinem Fell suchten.

Plötzlich musste ich an Baby Clarity denken. Hoffentlich fand sie bald einen anderen Hund, der auf sie aufpasste. Jeder Mensch brauchte einen Hund, und Clarity ganz besonders.

Mein Name war Buddy. Davor war ich Ellie, und davor Bailey und am Anfang war ich Toby. Ich war ein guter Hund, der seinen Jungen innig geliebt und auch für das Wohl seiner Familie gesorgt hatte. Ich hatte Hannah geliebt. Nun würde ich nicht wiedergeboren, und das war gut so. Denn ich hatte auf dieser Welt alles getan, was man von einem Hund erwarten konnte.

Umfangen von Hannahs Liebe spürte ich nun den feinen Stich zwischen Doktor Debs Fingern. Fast augenblicklich ließen die Schmerzen nach und große Ruhe erfüllte mich. Mein Körper fühlte sich wunderbar leicht an wie im Wasser des Teichs. Hannahs Hände in meinem Fell spürte ich nicht mehr. Ich war glücklich, als ich schließlich vom warmen Wasser umhüllt fortgetragen wurde.

Vier

Die Wahrnehmung war noch etwas verschwommen, doch mein Blick wurde langsam schärfer und plötzlich stellte sich die Erinnerung ein. Eben noch war ich ein kleiner Welpe, der kein anderes Ziel, keine andere Richtung kannte, als die Milchquelle bei seiner Mutter zu finden, und nun war ich ein Welpe, der wusste, dass er *ich* war: Ich war Buddy und all meine früheren Leben hatten genauso begonnen.

Das Fell meiner Mutter war dunkel, kurz und kraus. Auch meine Beine waren dunkel – zumindest soweit ich das mit meinem noch trüben Blick erkennen konnte. Doch mein weiches Fell war nicht gewellt. Meine Geschwister waren ebenfalls schwarz, doch im allgemeinen Geschiebe und Gedrängel bemerkte ich schnell, dass nur eins das gleiche Fell hatte wie ich. Die anderen waren kraus wie unsere Mutter.

Auch wenn mein Blick bald klarer werden sollte, bezweifelte ich doch, dass ich deshalb auch klarer sah, warum ich schon wieder als Welpe geboren worden war. Ich dachte immer, dass ich nur eine wichtige Aufgabe im Leben zu erfüllen hatte und deshalb dauernd neu geboren wurde. All meine früheren Leben hatten den Sinn, Ethan, meinen Jungen, wiederzufinden und ihn bis ans Ende zu begleiten. Das war meine Bestimmung gewesen. Dachte ich jedenfalls.

Und was war das jetzt? Würde es etwa ewig so weitergehen mit diesen Wiedergeburten? Sollte es denn mehr als einen Lebenszweck geben für einen Hund? War das wirklich möglich?

Wir schliefen alle gemeinsam in einer großen Kiste. Als ich kräftiger wurde, begann ich meine neue Umgebung zu erkunden. Sie war so aufregend wie eine Kiste eben sein konnte. Manchmal kamen Schritte die Treppe herab und ein undeutlicher Schatten beugte sich über uns, der einmal die Stimme einer Frau, dann wieder die eines Mannes hatte. Die Art, wie Mutter in solchen Momenten mit dem Schwanz wedelte, ließ mich vermuten, dass es die Menschen waren, die sie auch normalerweise umsorgten.

Bald konnte ich mit eigenen Augen sehen, dass es sich tatsächlich um einen Mann und eine Frau handelte. Das waren sie für mich – der Mann und die Frau.

Eines Tages brachte der Mann einen Freund mit, der uns von oben herab angrinste. Er hatte keine Haare auf dem Kopf, dafür aber sehr viele an seinem Mund.

»Wie niedlich!«, sagte der nackte Kopf mit dem haarigen Mund. »Sechs Welpen, ein schöner Wurf!«

»Du kannst sie gerne auf den Arm nehmen«, sagte der Mann.

Ich erstarrte, als die riesigen Hände direkt auf mich zukamen. Unter seinem Griff wurde mir angst und bang und deshalb hielt ich ganz still. Der Mann mit dem Fellmund hob mich in die Höhe und starrte mir ins Gesicht.

»Die hier ist nicht wie die anderen«, sagte er. Sein Atem roch nach Butter und Zucker, deshalb schleckte ich in die Luft.

»Einer ihrer Brüder ist ähnlich aus der Art geschlagen.

Wir können es uns nicht erklären. Sowohl Bella als auch der Vater sind reinrassige Pudel. Wir haben hin und her überlegt... vielleicht ist Bella ja mal ausgebüxt. Eines Nachmittags hatten wir die hintere Tür offen stehen lassen. Oder ein anderer Rüde ist über den Zaun gesprungen«, sagte der Mann.

»Geht das denn überhaupt? Zwei verschiedene Väter?«

Ich hatte keine Ahnung, was sie da redeten, aber wenn er mich bloß hochhalten wollte, um mir verlockende Düfte ins Gesicht zu blasen, dann konnte er mich jetzt wieder runterlassen.

»Der Tierarzt meinte, dass es schon möglich ist, von zwei Rüden gleichzeitig begattet zu werden.«

»Das ist ja ulkig!«

»Ja. Aber wir werden die beiden Kleinen nicht verkaufen können. Willst du sie nicht haben? Umsonst, weil du's bist.«

»Nein, vielen Dank«, sagte der Mann, der mich hielt, lachend und setzte mich endlich ab. Meine Mutter beschnüffelte die fremden Gerüche an mir und leckte mich vorsichtshalber gründlich ab. Auf wackligen Beinen stakten meine Geschwister herbei und sahen mich herausfordernd an, weil sie mittlerweile wohl vergessen hatten, dass ich einer von ihnen war. Ich ignorierte sie.

»Wie geht es deinem Sohn?«, fragte der Mann mit dem haarigen Gesicht.

»Danke der Nachfrage. Er ist dauernd krank, hustet ständig. Er muss dringend zum Arzt.«

»Hat er die Hundchen schon gesehen?«

»Nein, noch sind sie zu klein. Ich lass ihn erst ran, wenn sie ein bisschen robuster sind.«

Die Männer verloren sich im Dunkel außerhalb meines Gesichtsfelds.

Die Tage vergingen, und ich hörte von oben oft die Stimme eines kleinen Jungen. Das gefiel mir überhaupt nicht, weil ich nicht wollte, dass nun alles an der Seite eines neuen Pimpfs von vorne losging. Erwartete mich da oben etwa meine neue Bestimmung? Es schien mir nicht richtig. Ich wollte kein böser Hund sein, und deshalb auch keinen anderen Jungen als Ethan lieben.

Eines Nachmittags kam der Mann und setzte uns alle in eine kleinere Kiste, die er dann die Treppe hochtrug, während Mutter aufgeregt hechelnd an seinen Fersen klebte. Oben angekommen, stülpte der Mann die Kiste vorsichtig um und wir purzelten heraus.

»So viele kleine Hunde!«, hörte ich die Stimme des Jungen hinter uns.

Um das Gleichgewicht zu halten, spreizte ich die Beine und blickte mich interessiert um. Es sah aus wie das Wohnzimmer auf der Farm mit Sesseln und Sofa. Natürlich strebten meine Geschwister sofort runter von der weichen Decke, auf der wir abgesetzt worden waren, und verteilten sich in alle Richtungen. Nur ich rührte mich nicht vom Fleck, denn ich wusste ja aus Erfahrung, dass säugende Mutterhunde stets weiche Unterlagen bevorzugten und sich nicht auf den blanken Boden legten. Also war es bestimmt schlauer, in Mutters Nähe zu bleiben.

Lachend fingen der Mann und die Frau die flüchtigen Geschwister wieder ein und setzten sie auf die Decke zurück. Das war wirklich ein Wink mit dem Zaunpfahl. Aber anstatt sitzen zu bleiben, versuchten die meisten gleich noch einmal zu türmen. Aufgeregt hüpfte der Junge um uns herum. Er war älter als Clarity, aber immer noch ziemlich klein, und ich musste daran denken, wie Clarity damals im Stall beim Anblick des dummen Pferds genauso freudig herumgewackelt hatte.

Obwohl ich wirklich keinen anderen Jungen als Ethan lieben wollte, fiel es mir schwer, sich der ansteckenden Freude des Kleinen zu entziehen, der uns seine weit geöffneten Arme entgegenstreckte.

Der Junge schnappte sich meinen Bruder, der, so wie ich, längeres, glattes Fell hatte. Ich konnte die Furcht meines Geschwisterchens riechen, als er plötzlich hochgehoben wurde.

»Sei vorsichtig, mein Sohn«, sagte der Mann.

»Pass auf, dass du ihm nicht wehtust«, sagte die Frau.

Für mich stand jetzt fest, dass die beiden seine Eltern sein mussten. »Er küsst mich!«, rief der kleine Junge kichernd, als mein Bruder ihm unterwürfig das Gesicht leckte.

»Alles in Ordnung, Bella. Du bist ein guter Hund«, sagte der Mann und streichelte Mutter, die mit nervösem Gähnen unsere Decke umrundete.

Der kleine Junge hustete. »Geht's dir gut?«, fragte die Mutter. Er nickte, setzte meinen Bruder ab und nahm meine Schwester hoch. Die anderen Brüder beschnüffelten von der sicheren Decke aus den blanken Fußboden, trauten sich aber nicht mehr auf die glatte Oberfläche.

»Dieser Husten gefällt mir nicht. Es hört sich schlimmer an als vorher«, sagte der Mann.

»Den ganzen Morgen über hat er überhaupt nicht gehustet«, sagte die Frau.

Der Atem des Jungen ging schwer und rasselte beim Luftholen. Er hustete erneut und es hörte sich wirklich noch schlimmer an als zuvor. Die Eltern waren wie versteinert und sahen ihn an.

»Johnny?« Die Stimme der Frau klang ängstlich. Unruhig schwänzelnd lief Mutter zu ihr hin. Der Mann schnappte sich meine Schwester vom Arm des Jungen und setzte sie ab.

»Johnny, kannst du noch atmen?« Er packte den Jungen am Arm.

Mit den Händen auf die Knie gestützt, beugte sich der Junge nach vorn. Er rang um Atem und röchelte.

»Er läuft blau an!«, rief die Frau. Wir alle wichen vor Schreck zurück als wir das Grauen in ihrer Stimme hörten.

»Ruf den Notarzt!«, schrie der Mann. »Johnny, nicht umkippen! Sieh mich an, Kind!«

Instinktiv waren wir zu Mutter gekrochen und kauerten um ihre Beine, weil wir von ihr beruhigt werden wollten. Kurz senkte sie die Schnauze zu uns hinunter, doch sie hechelte und war selbst ängstlich. Dann lief sie zu dem Mann hin und stupste ihn mit der Schnauze an. Er beachtete sie nicht. »Johnny!«, rief er verzweifelt.

Ein paar Geschwister versuchten Mutter zu folgen, doch als sie das bemerkte, drehte sie um und schob sie mit der Schnauze zurück auf die Decke, damit wir nicht im Weg waren.

Der Mann bettete den Kleinen auf die Couch. Der Blick des Jungen flatterte, er atmete furchtbar laut und es klang, als hätte er Schmerzen. Die Hände vor den Mund gepresst, kam die Frau wieder ins Zimmer. Sie weinte.

Ich hörte eine Sirene. Sie wurde immer lauter, und dann standen zwei andere Männer und eine Frau im Zimmer. Sie drückten dem Jungen etwas aufs Gesicht und trugen ihn auf einem Bett zum Haus hinaus. Der Mann und die Frau gingen mit, und dann waren wir allein.

Das natürliche Bedürfnis eines Welpen ist es, die Welt zu erkunden, und so kam es, dass meine Geschwister nun sofort die Decke verließen, um in allen Ecken herumzuschnüffeln. Mutter lief ruhelos auf und ab, winselte und stellte sich immer wieder auf die Hinterbeine, um aus dem Fenster zu sehen. Zwei meiner Geschwister folgten ihr überall hin.

Nur ich blieb auf der Decke sitzen und versuchte zu verstehen, was geschehen war. Obwohl er nicht mein Junge war, machte ich mir große Sorgen um ihn. Das hieß ja nicht, dass ich Ethan plötzlich nicht mehr liebte, sondern nur, dass ich Angst um den anderen Jungen hatte.

Wir machten eine Riesensauerei im Haus, weil wir noch so klein waren. Mir war klar, dass ich mit der Zeit mehr Selbstkontrolle lernen würde, aber im Augenblick hockte ich mich einfach irgendwo hin, wenn ich den Drang verspürte, und ließ es laufen. Ich hoffte, der Mann und die Frau nahmen es mir nicht allzu übel.

Wir schliefen, als der Mann allein zurückkehrte. Er verfrachtete uns in den Keller und danach hörten wir ihn über uns herumlaufen. Es roch auf einmal stark nach Seife. Die Rückkehr des Mannes hatte Mutter etwas beruhigt, und endlich bekamen wir Milch.

Am nächsten Tag wurden wir in einen anderen Keller in einem anderen Haus gebracht. Eine Frau, die nach Essen, frischer Wäsche und Hunden roch, begrüßte uns mit Küssen und gurrenden Lauten. Obwohl man sie überall riechen konnte, war kein einziger Hund zu sehen. Bis auf einen, der seinen Körper mit langsamen Bewegungen dicht über dem Boden entlang schleppte und riesige Hängeohren hatte.

»Ich bin Ihnen so dankbar, Jennifer«, sagte der Mann.

»Keine Ursache, Hunde in Pflege zu nehmen, ist mein Job«, sagte sie. »Gestern habe ich den Boxer vermittelt, heute bekomme ich dafür eine Kiste Welpen. So läuft das eben. Ihre Frau sagte, Ihr Sohn hat Asthma?«

»Anscheinend hat er eine lebensgefährliche Allergie gegen Hunde, was wir bis gestern gar nicht ahnten! Bella ist ein Pudel, und das ist offenbar die einzige Rasse, auf die er nicht allergisch reagiert. Ich komme mir so dumm vor. Der bedrohliche Asthmaanfall wurde durch eine allergische Reaktion ausgelöst. Ich dachte schon, er stirbt uns.«

Als Bella ihren Namen hörte, wedelte sie kurz mit dem Schwanz, doch dann wandte sich der Mann zum Gehen und sie wurde wieder unruhig. Wir saßen in der Kiste, aber Bella lief ihm nach und ließ sich dann winselnd vor der geschlossenen Kellertür nieder. Wir warteten verzweifelt und kleinlaut in der Kiste und trauten uns nicht einmal herumzubalgen. Die Anspannung unserer Mutter färbte unmittelbar auf uns ab, und auch ich fühlte mich ziemlich elend.

An diesem Tag wurden wir nicht gesäugt. Die Frau namens Jennifer merkte es nicht, aber wir bekamen es umso deutlicher zu spüren und fingen an, vor Hunger zu fiepen. Mutter war zu verstört und traurig, um uns zu füttern. Selbst als ihre Zitzen anschwollen und einen verlockenden Geruch verströmten, der uns alle schwindlig machte, kam sie nicht zu uns.

Ich wusste, dass sie unendlich traurig war. Ein Hund gehörte einfach zu seinen Menschen.

Mutter lief die ganze Nacht ruhelos auf und ab und

weinte leise. Wir schliefen, doch am nächsten Morgen tat uns der Bauch vor Hunger weh.

Jennifer kam, um nachzusehen, warum wir fiepten und winselten. Zu Bella sagte sie »Schon gut!«, aber ich hörte die Beunruhigung in ihrer Stimme. Sie verließ den Keller und wir riefen nach Mutter, doch Bella lief jaulend auf und ab und beachtete uns nicht. Dann, nach einer halben Ewigkeit, fing Bella an, aufgeregt mit der Schnauze am Türschlitz zu schnüffeln und mit dem Schwanz zu wedeln. Der Mann öffnete die Kellertür. Bella jaulte gellend und sprang an ihm hoch, doch er schob sie beiseite.

»Du musst hier unten bei den Kleinen bleiben, Bella«, sagte er.

»Sie hat sie nicht gefüttert. Sie ist völlig durcheinander«, sagte Jennifer.

»Okay, Bella, komm her. Na komm schon.« Der Mann führte sie zur Kiste und brachte sie dazu, sich endlich hinzulegen. Sie blieb ruhig, weil er ihr den Kopf streichelte. Wir stürzten uns auf sie und drängelten, schubsten und rauften uns um den besten Platz.

»Ich habe Angst, dass sie Hautschuppen und Haare der Welpen im Fell hat, die ich auf Johnny übertragen könnte. Das würde dann sofort einen neuen Anfall auslösen. Er hat nun einen Inhalator und lauter so Zeug bekommen.«

»Aber wenn Bella die Kleinen nicht trinken lässt, werden sie nicht überleben«, sagte Jennifer.

»Johnnys Gesundheit geht vor. Wir lassen das Haus mit einem Dampfstrahler reinigen«, sagte der Mann.

Mein Bauch füllte sich und mir wurde wohlig warm. Es war ein herrliches Gefühl, satt zu sein.

»Nehmen Sie doch wenigstens Bella und die echten

Pudel-Welpen mit. Wenn man sie gründlich badet, bleiben bestimmt keine Haare der anderen beiden im Fell der Welpen. Dann wären vier aus dem Wurf gerettet und für Bella wäre das sicher auch die beste Lösung.«

Jennifer und der Mann waren lange still. Satt und selig torkelte ich weg von Mutter und hätte mich am liebsten auf ein Geschwisterchen fallen lassen, um ein Nickerchen zu machen.

»Und was ist mit den anderen beiden? Am besten, man schläfert sie ein, sonst werden sie qualvoll verhungern«, sagte der Mann dann.

»Sie sollen nicht leiden«, sagte Jennifer.

Zu meiner großen Überraschung schnappten sich kurz darauf der Mann und Jennifer je zwei meiner Geschwister und trugen sie weg. Bella sprang aus der Kiste und folgte ihnen. Mein Bruder mit demselben Fell wie ich fing an zu winseln, aber eigentlich waren wir beide unheimlich müde. Um uns zu wärmen, kuschelten wir uns aneinander, und ich legte meinen Kopf auf seinen Rücken.

Keine Ahnung, wohin meine Mutter und die Geschwister gegangen waren, aber ich ging davon aus, dass sie bald zurückkehrten.

Fünf

Frierend und hungrig erwachte ich. Mein Bruder und ich waren eng zusammengerückt, er spürte, dass ich mich bewegte und öffnete ebenfalls die Augen. Noch etwas gerädert erleichterten wir uns und drehten auf wackligen Beinen ein paar Runden in der Kiste. Dabei berührten wir uns mehrere Male, um uns gegenseitig zu bestätigen, was eigentlich offenkundig war: Unsere Mutter und die Geschwister waren fort.

Mein Bruder fing an zu winseln.

Die Frau namens Jennifer kam, um nach uns zu sehen. Riesenhaft stand sie über uns und wir sahen zu ihr hoch.

»Ihr Ärmsten, ihr vermisst eure Mutter, nicht wahr?«

Ihre Stimme schien meinen Bruder zu beschwichtigen. Er stellte sich auf die Hinterbeine, legte die Vorderpfoten an die Seitenwand der Kiste und reckte ihr seine kleine Schnauze entgegen. Lächelnd beugte sich zu uns herunter. »Alles wird gut, Kleiner. Das verspreche ich dir.«

Als sie wegging, fing mein Bruder gleich wieder an zu heulen. Ich versuchte, ihn für eine kleine Rauferei zu gewinnen, doch er war wirklich kreuzunglücklich. Ich wusste, dass alles geritzt war, denn es gab eine Frau, die auf uns aufpasste und unsere Mutter sicher bald zurückbrachte, damit sie uns füttern konnte. Doch mein Bruder konnte vor Hunger und Angst anscheinend nicht mehr denken.

Jennifer kehrte bald zurück. »So, jetzt seid ihr dran. Wer möchte als Erster? Alles klar«, sagte sie, hob meinen Bruder auf den Arm und trug ihn fort.

Nun war ich allein in der Kiste. Ich legte mich erstmal hin und versuchte, das große Loch in meinem Bauch zu vergessen. Ohne meinen Bruder war es einfacher, nicht dauernd ans Essen zu denken. Ich fragte mich, ob ich von nun an für meinen Bruder sorgen musste, doch den Gedanken verwarf ich schnell. Hunde mussten sich nicht um Hunde kümmern, die Menschen versorgten sie ja. Solange wir Jennifer hatten, war alles gut.

Ich schlief ein und erwachte erst wieder, als mich Jennifer hochnahm. Sie schaute mir direkt ins Gesicht. »Das lief leider nicht so einfach, wie ich es mir vorgestellt hatte«, sagte sie. »Hoffentlich geht es bei dir schneller.«

Ich wedelte mit meinem kümmerlichen Schwanz.

Jennifer trug mich nach oben. Keine Spur von meinem Bruder, obwohl sein Geruch in der Luft hing. Jennifer hielt mich fest und wir setzten uns auf die Couch. »Schon gut, meine Kleine, alles ist gut. Ganz ruhig bleiben.«

Dann griff sie mit der anderen Hand nach einem komischen Ding und führte es langsam an mein Gesicht heran. Was hatte sie vor? Ich wand mich unter ihrem Griff.

»Du musst jetzt stillhalten, Kleines. Wenn du dich nicht wehrst, geht alles ganz schnell«, sagte Jennifer.

Ihre Stimme klang besänftigend, doch mir war mulmig zumute, weil ich keine Ahnung hatte, was nun folgte. Plötzlich sog ich den köstlichen Duft warmer Milch ein. Aus dem Ding in ihrer Hand quoll Futter heraus! Es war weich an der Spitze und als sie es gegen meine Lippen presste, schnappte ich danach, saugte und wurde mit einer warmen, süßen Mahlzeit belohnt.

Eigentlich war es so ähnlich wie an Mutter zu saugen, nur dass ich nicht so bequem lag und das Ding im Mund sehr groß war. Auch die Milch schmeckte anders, sie war dünner und schmeckte süßlicher als die von Mutter, aber ich wollte mich nicht beklagen. Beim Nuckeln lösten sich meine Bauchschmerzen langsam in Luft auf.

Nachdem ich fertig war, wurde ich ganz schläfrig. Jennifer legte mich an ihre Schulter, klopfte mir sacht auf den Rücken und ich machte ein Bäuerchen. Dann trug sie mich in den Flur und legte mich in ein weiches Bett, in dem der große Hund mit den langen Ohren schlief. Auch mein Bruder lag dort, dicht an ihn gekuschelt.

»Hier ist noch einer, Barney«, flüsterte Jennifer.

Der große Hund stöhnte leise, wedelte aber mit dem Schwanz und ließ es gutmütig zu, dass ich mich an ihn schmiegte. Sein warmer Bauch fühlte sich genauso behaglich an wie der von Mutter, obwohl er ein Mann war.

Mein Bruder fiepte zur Begrüßung und schlief gleich wieder ein.

Von da an wurden wir mehrmals am Tag auf Jennifers Schoß gefüttert und bald begann ich die Prozedur zu lieben, weil ich die Art mochte, wie Jennifer dabei mit mir redete und mich knuddelte. Jemanden wie Jennifer zu lieben, war bestimmt einfach.

Mein Bruder war jedes Mal völlig verzweifelt, wenn ich vor ihm gefüttert wurde, deshalb beschloss sie wohl, mich immer erst als Zweite dran zu nehmen, denn so wurden wir nicht dauernd von seinem Gezeter unterbrochen.

Eigentlich hatte ich es schon geahnt, aber als mich eines Tages zum Wasserlassen hinhockte und meinen Urin roch, wurde mir schlagartig klar, dass wir gar keine Brüder waren, sondern Bruder und Schwester. Ich war eine kleine Hündin! Wie das hatte passieren können, war mir allerdings unbegreiflich.

Kurz überlegte ich, was wohl aus Mutter und den anderen Geschwistern geworden war, doch im Grunde konnte ich mich kaum noch an sie erinnern. Mein Bruder und ich bildeten nun gemeinsam mit einem faulen männlichen Hund namens Barney eine kleine Familie, was ich aber auch nicht wirklich verstand.

Ich beschloss einfach abzuwarten, was als Nächstes passierte. Es waren die Menschen, die Entscheidungen trafen, und entweder war danach alles anders, oder es blieb, wie es war. Und in der Zwischenzeit bemühten mein Bruder und ich uns nach Kräften, Barney an den langen Schlappohren zu ziehen.

Jennifer taufte mich Molly und meinen Bruder Rocky. Je kräftiger wir wurden, desto weniger wollte Barney sich mit uns abgeben. Er wurde ungeduldig und fand es plötzlich nicht mehr so lustig, wenn wir seine verschiedenen Körperteile mit den Zähnen bearbeiteten. Aber das machte nichts, denn mittlerweile war eine große graue Hündin namens Sophie zu uns gezogen. Sie flitzte gern im Garten herum, wo die warme Frühlingssonne das frische Gras aus der feuchten Erde lockte. Sophie war schnell wie der Blitz, und Rocky und ich konnten da kaum mithalten. Trotzdem stachelte sie uns immer wieder an, sie zu jagen, und wenn wir erschöpft aufgaben, kam sie angeschossen und beugte sich herab, um uns zum Weitermachen zu animieren. Dann gab es noch einen feisten Hund namens Mr Churchill. Er war so groß wie Barney, aber wuchtiger, und hatte ganz kleine Ohren. Er war das krasse Gegenteil von Sophie, sein Gang war watschelnd und bei jedem seiner Schritte keuchte er schwer. Wahrscheinlich konnte er überhaupt nicht rennen. Und nach den Mahlzeiten roch es in seiner Nähe immer ziemlich streng.

Ich konnte mir kaum einen schöneren Ort vorstellen, als Jennifers Haus mit den vielen Hunden. Manchmal hatte ich zwar Heimweh nach der Farm, aber im Augenblick fühlte ich mich in dem Hundehaus sehr wohl.

Eines Tages kam eine Frau zu Besuch und als sie wieder ging, nahm sie Sophie mit. »Sie machen das großartig! Wenn ich Hunde in Pflege hätte, könnte ich mich bestimmt nicht mehr von ihnen trennen«, sagte die Frau.

Da wurde mir schlagartig klar, dass Sophie von nun an bei ihr leben würde. Ich freute mich für sie, doch Rocky schien vor einem absoluten Rätsel zu stehen.

»Ehrlich gesagt, war das nicht immer so«, lachte Jennifer. »Auf diese Weise kam ich nämlich zu meinem Barney. Er war mein erster Pflegehund. Mir wurde dann aber sehr schnell bewusst, dass ich mich beherrschen musste, sonst hätte ich im Handumdrehen einen Stall voller Hunde gehabt; und die Hunde, die akut in Not waren, hätte ich nicht mehr aufnehmen können.«

Eines Tages erschienen mehrere fremde Menschen bei Jennifer, um mit uns zu spielen – es waren ein Mann, eine Frau und zwei Mädchen.

»Wir wollen einen Rüden«, sagte der Mann.

Die Mädchen waren in dem herrlichen Alter, in dem sie ständig kicherten und nicht schneller waren als Welpen. Sie nahmen uns hoch und küssten uns, dann setzten sie uns wieder ab und wir spielten.

»Welche Mischung sagten Sie, sind das? Pudel und …?«, fragte der Mann.

»Das weiß keiner genau«, sagte Jennifer. »Spaniel oder Terrier.«

Ich wusste, was geschehen würde. Sie würden Rocky oder mich zu sich nach Hause holen. Ich fragte mich, warum ausgerechnet wir diesen wundervollen Ort verlassen sollten. Wenn einer gehen musste, war es Mr Churchill, der ohnehin nur in der Gegend herumstand und üble Gerüche verbreitete – oder sich wie eine Dampfwalze über uns rollte, nur weil Rocky ihn mal wieder gereizt hatte. Aber mir war klar, dass die Menschen bei solchen Entscheidungen das Sagen hatten.

Am Ende des Tages konnten Rocky und ich aber bei Jennifer bleiben. Ich war erleichtert, dass ich mich von den anderen nicht verabschieden musste und bei meinem Bruder bleiben konnte. Trotzdem blieb mir unverständlich, warum die Leute extra kamen, um mit mir zu spielen, mich dann aber nicht mitnehmen wollten.

Eines Tages jedoch kam ich dahinter.

Rocky und ich spielten gerade mit der neuen braunen Hündin hinten im Garten. In Jennifers Gegenwart war Daisy scheu und hörte auch nicht, wenn sie gerufen wurde. Wenn Jennifer die Hand ausstreckte, um sie zu streicheln, wich sie erschrocken zurück. Aber mit Rocky und mir machte ihr das Spielen großen Spaß und sie ließ sich sogar beim Raufen von uns zu Boden drücken, obwohl sie viel größer war.

Ich hörte Autotüren schlagen und kurz darauf wurde die Fliegengittertür zum hinteren Garten aufgeschoben. Neugierig trabten Rocky und ich an, um nachzusehen, was es bedeutete, als Jennifer in Begleitung eines Jungen und eines Mädchens aus dem Haus trat. Daisy verkrümelte sich sicherheitshalber gleich unter einen Gartentisch.

»Ach, sind die süß!«, rief das Mädchen lachend. Sie war etwa so alt wie Ethan, als er zum ersten Mal selbst Auto fahren durfte. Mit weit ausgebreiteten Armen ließ sie sich auf die Knie fallen und Rocky und ich rannten ihr gehorsam entgegen. Sie drückte uns an ihre Brust und dabei machte ich eine erstaunliche Entdeckung.

Es war Clarity!

Vollkommen außer mir vor Freude sog ich ihren Duft ein, kletterte auf sie drauf und küsste sie. Ich konnte es kaum fassen! Es war tatsächlich Clarity!

Nie hätte ich gedacht, dass sie von meiner Wiedergeburt erfahren hatte und nach mir suchen würde. Doch so waren die Menschen eben: Sie fuhren Auto, sie bestimmten, wo wir Hunde lebten und wann wir zu essen bekamen, und nun hatte ich eine weitere bemerkenswerte Fähigkeit entdeckt – wenn sie ihren Hund brauchten, dann fanden sie ihn auch!

Deshalb also war die Familie mit den kleinen Mädchen neulich ohne uns fortgegangen. Auch sie waren auf der Suche nach ihrem Hund, und Rocky und ich waren es nicht gewesen.

Ich konnte gar nicht genug bekommen von Clarity. Mein winziger Schwanz peitschte in der Luft, ich leckte ihr die Hände und sie lachte. Rocky tollte mit dem Jungen herum, aber ich bleib dicht bei Clarity.

»Und, was meinst du, Trent?«, rief sie.

»Ein tolles Kerlchen«, rief der Junge zurück.

»Molly hat einen Narren an dir gefressen«, sagte Jennifer zu Clarity. »Warte eine Sekunde, ich bin gleich zurück.«

»Ach, du süßer Fratz«, sagte Clarity und strich mir liebevoll die Ohren nach hinten. Ich küsste ihre Hand. »Leider erlaubt mir meine Mutter nicht, einen eigenen Hund zu haben. Wir sind nur wegen Trent hier.«

Mir war jetzt sonnenklar, dass mein neuer Lebenssinn offenbar darin bestand, auch in Zukunft auf Clarity aufzupassen. Das war es, was Ethan gewollt hatte. Deshalb war ich wieder zum Welpen geworden, denn ich hatte meine Aufgabe noch nicht erfüllt.

Und die wollte ich gut machen. Ich wollte Clarity beschützen und auf sie aufpassen. Ich war ein guter Hund.

Mit Rocky auf dem Arm kam der Junge zu uns rüber. »Sieh dir mal seine Pranken an! Er wird sicher größer als Molly.«

Als Clarity sich erhob, berührte ich sie am Bein und streckte ihr eine Pfote entgegen, bis sie mich auch hochnahm. Während Rocky versuchte, sich aus den Armen des Jungen zu winden, hielt ich brav still und sah meinem Mädchen direkt in die Augen.

»Ich nehme ihn«, sagte der Junge. »Willst du mit zu mir nach Hause kommen, Rocky?« Vorsichtig setzte er ihn ab, und Rocky stürzte sich gleich auf ein Spielzeug, das er im Maul hin und her schüttelte.

»Ist das alles aufregend«, sagte Clarity. Sie ließ mich auch runter, doch ich klebte ihr an den Fersen, während sie zu Rocky lief, der an seinem Spielzeug kaute. Als sie die Hand ausstreckte, um Rocky zu streicheln, drückte ich schnell meinen Kopf unter ihre Hand. Sie musste lachen.

»Molly scheint dich sehr zu mögen, CJ«, sagte der Junge.

Als ich meinen Namen hörte, warf ich ihm rasch einen Blick zu, schmuste dann aber weiter mit Clarity.

»Das merke ich. Aber Gloria würde durchdrehen, wenn ich mit einem Hund ankomme. Ich höre sie schon schreien: ›Die schlabbern rum! Hunde sind schmutzig und unappetitlich!‹ Und das in unserem piekfeinen Haus.«

»Aber stell dir vor, wir beide hätten Brüderchen und Schwesterchen, das wär' doch schön!«

Eine düstere Wolke legte sich über Claritys Gemüt. Sie nahm mein Gesicht in beide Hände. »Ja, schön wär's«, sagte sie leise. »Ach Molly, es tut mir so leid!«

Jennifer wandte sich ab. »Müssen wir irgendwelche Formulare ausfüllen?«, fragte der Junge.

»Nein, ich arbeite nicht für eine Tierschutzorganisation, sondern rein privat. Ich nehme die kleinen Streuner auf und suche für sie ein neues Zuhause. Rocky und Molly sind in meiner Obhut, weil ihr Fell bei einem kleinen Jungen lebensgefährliche Asthmaanfälle ausgelöst hat.«

»Sie sagten schon am Telefon, dass Sie kein Geld für die Tiere haben wollen, weil es für Sie am wichtigsten sei, dass die Hunde ein liebevolles Heim finden. Aber ich möchte Ihnen trotzdem etwas geben«, sagte der Junge.

»Spenden fürs Futter nehme ich gerne an«, sagte Jennifer.

Der Junge gab ihr etwas in die Hand und dann hob er Rocky auf den Arm. »Okay, Rocky«, sagte er, »startklar fürs neue Zuhause?«

»Wenn es noch Fragen gibt, bin ich jederzeit für Sie da«, sagte Jennifer.

Erwartungsvoll sah ich zu Clarity auf. Aber ich wurde nicht hochgehoben. »Sieh dir das an«, sagte Clarity, kniete sich zu mir und streichelte mir übers Fell. »Sie merkt, dass ich ohne sie gehen will.«

»Komm schon, CJ!«

Wir brachen gemeinsam auf in Richtung Haus. Jennifer schob die Fliegengittertür beiseite und ließ Clarity und den Jungen mit Rocky im Arm eintreten. Doch als ich durchwollte, stellte sich mir Jennifers Fuß in den Weg.

»Du nicht, Molly«, sagte sie, schob die Tür von innen zu und ließ mich draußen stehen.

Wie bitte?

Ich setzte mich auf mein Hinterteil und starrte Clarity an, die durchs Fliegengitter zurücksah. Ich verstand die Welt nicht mehr.

Als mir dann alle den Rücken kehrten, fing ich an zu jaulen, was aber kaum mehr als ein Fiepen war. Ich war völlig frustriert. Jaulend und winselnd kratzte ich an der Schiebetür und wollte das Gitter mit den Klauen zerreißen. Clarity konnte unmöglich ohne mich gehen. Ausgeschlossen! Ich musste doch mit!

Clarity, Rocky und der Junge verließen das Haus durch den Vordereingang und dann hörte ich die Tür ins Schloss fallen.

»Nimm's nicht so schwer, Molly«, sagte Jennifer, als sie wieder zu mir kam.

Clarity war fort. Und Rocky auch.

Ich bellte meine Trauer in die Welt hinaus – mit meinem nutzlosen Stimmchen – und fühlte mich einsam und verlassen.

Sechs

Daisy, die scheue Hündin, kam unterm Gartentisch hervorgekrochen, um mich zu beschnüffeln, weil ich nicht aufhörte zu bellen. Sie schien meine Not zwar zu spüren, aber anscheinend nicht zu verstehen.

Diese Fliegengittertür brachte mich keinen Schritt weiter. Also versuchte ich es übers seitliche Gartentor, doch es war geschlossen und die Aussicht, die Klinke mit meiner kleine Schnauze zu erreichen, gleich null. Wieder bellte ich beharrlich. Dieser wundervolle Garten, in dem ich bisher so viel Spaß gehabt hatte, war plötzlich zu einem Gefängnis geworden. Ich rannte zu Barney, und wir berührten uns kurz mit der Schnauze, doch sein lahmes Schwanzgewedel war jetzt auch nicht besonders hilfreich. Ich war der Verzweiflung nah. Was war hier los? Wie konnte das alles sein?

»Molly?«

Ich drehte mich um und da stand sie, meine Clarity! Sie sank auf die Knie und ich stürmte auf sie zu, um mich in ihre Arme zu werfen, ihr Gesicht abzuschlecken und meiner Erleichterung darüber Ausdruck zu verleihen, dass alles nur ein Missverständnis war. Einen Moment lang hatte ich wirklich geglaubt, sie würde ohne mich gehen.

Jennifer und Trent standen hinter ihr. »Sie hat mich auserwählt, was soll ich denn machen? Molly will zu mir«, verteidigte sich Clarity.

Ich war überglücklich, weil ich Molly war und kurz darauf gemeinsam mit Clarity zum Auto laufen durfte. Trent setzte sich ans Steuer und Clarity kletterte mit mir zu Rocky auf die Rückbank. Er begrüßte mich so stürmisch, als hätten wir einander ewig nicht gesehen. Dann wandten wir uns wichtigeren Dingen zu und balgten mit Clarity auf dem Rücksitz.

»Was wird deine Mutter dazu sagen?«, fragte Trent. Rocky schnappte mit den Zähnen nach Claritys langen Haaren. Anscheinend hoffte er, sie würden sich vom Kopf lösen, jedenfalls gab er sich alle Mühe und stemmte dabei seine Vorderpfoten entschlossen ins Polster. Clarity lachte. Ich sprang ihm auf den Rücken, damit er mit dem Unsinn endlich aufhörte.

»Mal ganz im Ernst, CJ.«

Rocky und ich turnten fröhlich auf Clarity herum, während sie versuchte, sich aufzurichten. »Mein Gott, keine Ahnung, was sie sagen wird.«

»Meinst du, sie erlaubt dir, Molly zu behalten?«

»Was hätte ich denn tun sollen? Du hast doch gesehen, wie es gelaufen ist. Molly und ich scheinen füreinander bestimmt zu sein, das ist eben Fügung, verstehst du? Karma.«

»Du kannst sie vor deiner Mutter nicht verstecken, nicht in eurem Haus«, sagte Trent.

Clarity sah zu mir herab und schien auf einmal ganz unglücklich, deshalb legte ich meine Vorderpfoten an ihre Brust und wollte ihr das Gesicht lecken. Ich wusste aus Erfahrung, dass das die Menschen immer aufmunterte.

»CJ! Du glaubst doch nicht im Ernst, dass du den Hund *im Haus verstecken* kannst, oder?«

»Ich könnte vermutlich ein Rudel Wölfe dort verstecken. Sie guckt sowieso nur in jeden verfügbaren Spiegel, und außer sich selbst sieht sie nichts.«

»Du meinst, du könntest jahrelang einen Hund im Haus halten, ohne dass es deine Mutter bemerkt?«

»Wenn sich etwas richtig anfühlt, muss man manchmal ins kalte Wasser springen und sich entscheiden, auch wenn es unvernünftig erscheint, verstehst du, Trent?«

»Klingt total einleuchtend.«

»Warum musst du immer mit mir streiten?«

Einen Moment lang waren beide still. »Tut mir leid«, sagte Trent dann. »Ich will nur nicht, dass du Ärger kriegst.«

»Es wird schon gutgehen, glaub mir.«

»Na gut.«

»Aber fahr nicht die Einfahrt hoch, lass uns lieber weiter vorn auf der Straße aussteigen.«

Der Wagen hielt und Clarity gab Rocky nach vorn zu Trent. Mein Bruder und ich warfen uns einen langen Blick zu. Rocky wedelte mit dem Schwanz, seine Ohren waren angelegt. Ich hatte den Eindruck, nun hieß es Abschiednehmen. Unsere Wege würden sich jetzt trennen. Doch das war okay, denn die Menschen bestimmten unser Geschick, und wenn Clarity mich bei sich brauchte, dann war das eben so. Ethan hätte gewollt, dass ich mit ihr gehe. Nicht in Ordnung war allerdings, dass Rocky nun ein Vordersitz-Hund war und ich nicht. Erst als Clarity die Tür öffnete und ausstieg, dämmerte mir, dass für mich die Fahrt ohnehin zu Ende war.

Das Auto fuhr weiter. »Na dann«, sagte Clarity. Ihre Stimme klang ein wenig verzagt. »Zeig mal, wie still du sein kannst.«

Sie setzte mich ab und wir schlichen leise zum Haus.

Ein paar Duftmarken fremder Hunde hingen noch in der Gartenhecke, doch sie rochen nur schwach und waren vermutlich schon sehr alt. Nichts deutete auf die Anwesenheit eines anderen Hundes hin. Clarity hob mich wieder auf den Arm und trug mich eilig ins Haus, ein paar Treppen hoch, den Flur entlang in ein Zimmer.

»Clarity, bist du das?«, rief eine Frau von unten.

»Ich bin wieder da!«, rief Clarity und ließ sich mit mir aufs Bett fallen, um zu spielen. Als sie Schritte im Flur hörte, erstarrte sie.

»Sei ganz still, Molly.« Sie zog die Bettdecke über die Beine, stellt sie auf und steckte mich in das so entstandene Zelt unter ihren Knien. Ich beschnüffelte gerade ihre Füße, als die Tür aufging.

»*Ta-taaa*!«, trällerte eine weibliche Stimme, die ich sofort erkannte. Es war Claritys Mutter Gloria.

»Du hast dir einen Pelzmantel gekauft?«, rief Clarity und klang ein bisschen aufgebracht.

»Gefällt er dir? Das ist ein echter Fuchs.«

»Ein Pelzmantel! Wie kannst du nur!«

Ich fand, es war an der Zeit, aus der Deckung zu kommen. Vorsichtig kroch ich unter der Decke in Richtung Freiheit, aber dann kam Claritys Hand dazwischen und schob mich wieder zurück.

»Ich hab den Fuchs doch nicht selbst geschossen! Er war schon tot, als ich ihn kaufte. Und keine Sorge, er kommt aus der – wie nennt ihr das nochmal? – Freilandhaltung.«

»Du meinst, bis die Falle zuschnappte. Meine Güte, du weißt genau, was ich davon halte.«

»Du musst dir ja keinen Pelz kaufen. Wenn du es so furchtbar findest, dann trag' eben keinen!«

»Werd ich auch nie.«

»Aber ich brauche einen für meinen Urlaub in Aspen. Es ist der einzige Ort der Welt – außer vielleicht die französischen Alpen – an dem man sich noch nicht für einen Pelz schämen muss.«

»Wann fährst du denn nach Aspen?« Claritys Hand hielt mich unter der Decke fest, trotz meiner verzweifelten Versuche, mich frei zu strampeln.

»Am Mittwoch. Wir könnten morgen noch mal bummeln gehen, ein bisschen shoppen.«

»Morgen ist Montag, da hab ich Schule«, sagte Clarity.

»Ach Schule, was soll's! Die kann doch auch mal ausfallen.«

Clarity schwang die Beine aus dem Bett und die Decke senkte sich langsam über mein Haupt. »Ich hol' mir einen Joghurt«, sagte sie.

Ich steckte den Kopf unter der Decke hervor, doch es war zu spät – Clarity war nicht mehr im Zimmer. »Diese kurzen Hosen stehen dir einfach nicht«, hörte ich Gloria im Flur sagen, während Clarity die Zimmertür hinter sich zuzog. »Deine Schenkel sind zu fett.«

Allein im Bett, musste ich schnell einsehen, dass ich mit den kurzen Beinchen nicht auf den Fußboden reichte. Vor Frust winselnd trabte ich auf der weichen Decke auf und ab und suchte Trost auf Claritys Kissen, um ihren wunderbaren Duft aufzunehmen. Ein paar Spielsachen lagen auf dem Bett und an denen nagte ich ein bisschen herum.

Die Tür ging wieder auf und Clarity war zurück. Ihr Mund duftete verlockend nach süßer Milch, ich wedelte mit dem Schwanz und als sie sich zu mir runterbeugte, leckte ich ihr das Gesicht. Es gab wirklich nichts Schöneres, als ihr das Gesicht abzuschlecken bis sie sich vor Kichern kaum halten konnte.

Später schob mich Clarity unter ihr T-Shirt, damit ich es warm hatte auf dem Weg ins Freie. Sie lobte mich, als ich mich zum Urinieren ins Gras hockte, und fütterte mir kalte, salzige Fleischstückchen, die würzig schmeckten, aber auf der Zunge brannten.

»Morgen bekommst du richtiges Hundefutter, Molly. Willst du noch mehr Schinken?«

Beim Einschlafen bettete mich Clarity in ihren Arm und streichelte mich. »Ich hab dich sehr lieb, Molly. Du bist ein guter Hund«, flüsterte sie. Ich spürte ihre weiche Hand auf meinem Fell und glitt sanft in den Schlaf. Ich war völlig erledigt von den aufregenden Ereignissen des vergangenen Tages und wachte nachts kein einziges Mal auf. Clarity erwachte, als die ersten Sonnenstrahlen ins Zimmer fielen. Sie zog etwas über und brachte mich unter größten Vorsichtsmaßnahmen und nur flüsternd in den Garten, damit ich mein Geschäft verrichten konnte. Meine kleine Blase war schon drauf und dran zu platzen. Danach brachte sie mich hinunter in den Keller.

»Hier unter der Treppe ist ein ganz besonderer Ort, Molly«, flüsterte sie. »Ich habe ihn früher mein kleines Klubzimmer genannt. Da liegt ein Kissen für dich und hier ist Wasser. Du musst aber wirklich still sein, verstanden? Ich werde nicht mit Gloria shoppen gehen, aber trotzdem eine Weile weg sein. Sobald Gloria aus dem Haus ist, komme ich zurück, versprochen. Aber du darfst auf keinen Fall bellen! Verhalte dich still und ruhig, Molly. Bitte!«

Ich beschnüffelte den seltsamen Raum mit den niedrigen Wänden, in dem Clarity nicht einmal aufrecht stehen konnte, sondern sich hinhocken musste. Sie gab mir noch mehr salziges Fleisch und aus der Art, wie sie mich streichelte, schloss ich, dass sie mich nun allein lassen wollte. Deshalb schoss ich in letzter Sekunde durch die Lücke, als sich CJ abrupt aufrichtete und mir den Ausgang mit Kisten versperren wollte.

»Molly!«, zischte sie.

Ich wedelte mit dem Schwanz, zuversichtlich, dass sie nun verstanden hatte, dass ich an diesem engen Ort nicht eingesperrt sein wollte. Bereits bei Jennifer hatte ich doch meine Haltung klar zum Ausdruck gebracht: Ich wollte bei Clarity bleiben! Doch sie schnappte mich und setzte mich zurück in diese Höhle. Beim zweiten Mal war ich nicht schnell genug und so versperrten mir die Kisten nun den Fluchtweg. Was sollte das denn?

»Molly, sei brav«, hörte ich Clarity auf der anderen Seite sagen. »Du musst still sein und darfst nicht bellen!«

Ich kratzte noch eine Weile an den Kisten herum, doch weil Clarity nicht wiederkam, gab ich schließlich auf. Dann rollte ich mich zu einem Nickerchen ein; später fand ich ein Plastikspielzeug, an dem ich lustlos herumkaute. Nachdem ich mich auch zum Urinieren noch in die Ecke hocken musste, hatte dieser Ort für mich endgültig jeden Reiz verloren. Ich jaulte und hätte was drum gegeben, nicht bloß ein derart dünnes Stimmchen zu haben. Die niedrigen Wände warfen ein nicht mehr als kümmerlich zu nennendes Echo meines Gebells zurück. Doch weil ich schon mal dabei war, bellte ich eben weiter.

Als ich kurz dachte, oben etwas gehört zu haben, hielt ich inne und spitzte die Ohren. Doch weder Clarity noch Gloria kamen, um mich zu retten, deshalb bellte ich weiter.

Dann öffnete sich die Kellertür oben an der Treppe und Schritte kamen näher. Als sie genau über meinem Kopf zu hören waren, bellte ich so laut ich konnte. Endlich war jemand im Keller.

Zuerst hoffte ich, es sei Clarity. Doch dann hörte ich eigenartige Geräusche, eine Art menschliches Jaulen, zwischen Klagen und Wimmern. Es waren fürchterliche Töne – jemand hatte große Schmerzen, vielleicht sogar schreckliche Angst! Was war das? Vor Schreck hörte ich auf zu bellen. Eine Wolke mit schweren, intensiven Düften senkte sich über meine enge Behausung hinter den Kisten, es roch nach Blumen, Ölen und Moschus.

Die Eingangstür oben ging auf und zu. Schritte näherten sich und dann hörte ich, dass noch jemand in den Keller kam.

»Bist du da unten, Gloria?« Es war Claritys Stimme, die von oben rief.

Das menschliche Gejaule ging weiter. Ich war so perplex, dass ich keinen Laut mehr von mir gab. Noch nie im Leben hatte ich einen Menschen solche Töne erzeugen hören.

Schuhe klackerten auf der Treppe. »Gloria?«, hörte ich Clarity rufen.

Plötzlich hörte ich einen Schrei. »Aaahhhhhh!« Das war Glorias Stimme.

Auch Clarity stieß einen Schrei aus: »Arghhh!«

Ich winselte leise. Was war denn bloß los?

»Du hast mich zu Tode erschreckt, Clarity June!«, rief Gloria keuchend.

»Warum hast du nicht geantwortet? Ich hab nach dir gerufen. Was hast du denn gemacht?«

»Ich hatte die Ohrstöpsel drin und hab zu der Musik

mitgesungen, deshalb hab ich dich nicht gehört. Warum bist du schon zu Hause? Und was ist in der Tüte drin?«

»Ich hatte etwas Wichtiges vergessen. Das ist – äh – Hundefutter. Die Schule organisiert eine Lebensmittelsammlung.«

»Findest du es richtig, den Leuten Hundefutter zu kaufen?«

»*Mu-tter*! Das ist nicht für die Leute, sondern für deren Hunde.«

»Willst du damit sagen, zum Essen reicht es denen nicht, aber einen Hund brauchen sie? Was soll aus diesem Land bloß werden!«

»Holst du die Wäsche? Warte, ich helfe dir beim Zusammenlegen.«

Sie gingen die Stufen wieder hoch und ließen mich allein unten sitzen.

Ich hatte schrecklichen Hunger.

Sieben

Als Clarity endlich zurückkam, war ich über ihren Anblick mindestens so erfreut wie über den Futternapf in ihrer Hand.

»Sie ist weg. Tut mir echt leid, dass du so lange warten musstest, Molly.«

Den Kopf tief in die Schüssel gesenkt, knabberte ich gierig mein Futter weg. Danach war mein Mund trocken und ich trank so viel Wasser, wie in mich hineinpasste. Hinterher trug mich Clarity in den Garten, wo die Sonne schien, die Käfer summten und das frische Gras angenehm warm war. Ich streckte mich aus und genoss das wonnige Gefühl, und Clarity legte sich neben mich. Wir spielten ein bisschen Am-Handtuch-Ziehen, doch ich war so erschöpft von meinem Gebell im Keller, dass ich sofort einschlief, als mich Clarity an ihre Brust drückte, um zu schmusen.

Als ich erwachte, lag ich wieder in meinem engen Kellerverlies. Kaum hatte ich aber angefangen zu jaulen, hörte ich auch schon Schritte herbeieilen und dann schob Clarity die Kisten auseinander. »Psst, Molly! Du sollst doch leise sein!«, flüsterte Clarity. Meinem Verständnis nach konnte das nur heißen: Wenn ich wollte, dass sie zu mir kam, brauchte ich nur zu bellen.

Wir spielten eine Weile im Keller und ich bekam noch

mehr Futter. Als ich mich auf den Boden hockte, um Wasser zu lassen, wischte sie es weg und schimpfte auch nicht, weil ich es nicht bis zum nächsten Ausflug ins Freie halten konnte. Sie umarmte mich und küsste mich von den Ohren bis zur Schnauze. Ich spürte ihre grenzenlose Liebe und mich durchrieselte ein ungeheures Glücksgefühl.

Wir spielten weiter bis ich müde wurde. In der Nacht weckte mich Clarity, um auf der kühlen Wiese mit mir herumzubalgen. Alle Käfer waren verstummt, und es machte riesigen Spaß, draußen zu sein, wenn alles ganz still war.

Am nächsten Morgen drang grässlicher Lärm von oben zu mir herunter und Glorias Stimme rief: »Stell' sofort die Musik leiser!« Ich war startklar und wollte weiterspielen, deshalb bellte ich und kratzte an den Kisten, die mir den Weg zu Clarity versperrten.

Dann hörte und spürte ich den Knall einer zuschlagenden Tür und hielt inne. Was war denn nun wieder los? War ich jetzt allein? Nein, oben hörte ich Schritte. Ich spürte den Windstoß, als die Tür vom Keller in den Garten geöffnet wurde. Die Kisten schoben sich auseinander und ich sprang geradewegs in Claritys Arme. Mein Herz hüpfte vor Freude. Zeit zum Herumbalgen!

»Halte still«, sagte Clarity und trug mich durch den Garten zu einem Tor hinaus auf die Straße, wo sie mich absetzte und wir einen Spaziergang machten. Dann folgte eine Autofahrt (auf dem Vordersitz!) und schließlich landeten wir in einem Park, in dem wir den lieben langen Tag spielten. Bis auf eine andere Frau mit einem kleinen schwarzen Hund namens Milo-bei-Fuß, war keiner da. Zur Begrüßung rannte der schwarze Hund mich erst einmal um. Ich blinzelte und ließ mich ergeben auf den Boden fallen, denn ich wusste, was sich als Welpe gehörte. Damit signalisierte ich Milo-bei-Fuß, dass ich keine Bedrohung darstellte. »Milo, bei Fuß!«, rief die Frau wieder und wieder. Als mich der schwarze Hund grob mit der Schnauze anrempelte, hob mich Clarity hoch und nahm mich schützend in die Arme.

Als Milo-bei-Fuß endlich fort war, setzte mich Clarity wieder ab und spielte mit ihrem Gesicht dicht an meinem. Ich jaulte vor Glück und drehte mich mehrmals im Kreis.

»Morgen fährt sie für eine Woche weg«, sagte Clarity. »Du musst noch eine Nacht in deinem Versteck durchhalten. Schaffst du das, eine Nacht ohne Gebell?«

Ich kaute an einem Stock.

»Ich weiß nicht, was ich tun soll, Molly. Sie wird mir nie erlauben, dich zu behalten.« Sie knuddelte mich übermütig. »Ich hab dich so lieb, Molly!«

Ich spürte Claritys innige Liebe, war im Augenblick aber anderweitig mit dem Stock beschäftigt, und wedelte deshalb nur mit dem Schwanz.

Meine Enttäuschung war groß, als mich Clarity bei unserer Rückkehr wieder in den engen Kellerwinkel sperrte und die Kisten vorschob. Ich äußerte meinen Unmut durch wildes Gebell. Clarity erschien sofort.

»Molly, du darfst nicht bellen, hast du mich verstanden? Meine Mutter wird gleich zurückkommen.«

Sie schob die Kisten wieder zusammen. Ich war, ehrlich gesagt, so müde vom Spielen im Park, dass ich mich erst einmal zu einem Nickerchen hinlegte. Als die Haustür mit einem lauten Knall zuschlug, erwachte ich. »Ich bin wieder da!«, dröhnte Glorias Stimme durchs Haus. »Rate mal, was ich eben bei Neiman's erstanden habe!«

Obwohl ich Gloria in den letzten Tagen häufig gehört

und noch häufiger gerochen hatte, hatte ich noch keine Gelegenheit gehabt, sie zu begrüßen. Ich war sicher, sie war genauso erfreut über mich wie Clarity. Also jaulte ich mehrmals und wartete auf ein Zeichen. Doch oben ging die Unterhaltung einfach weiter. Ich versuchte es mit Bellen, und prompt stellte sich der gewünschte Erfolg ein: Die Tür ging auf, ich hörte Schritte über mir und dann schob Clarity die Kisten beiseite.

»Molly, bitte! Sei leise!«

Sie gab mir zu Essen, dann trug sie mich unter ihrer Jacke auf die Straße hinaus, und wir machten einen sehr langen Spaziergang. Erst als es schon dunkel und kühl geworden war, kehrten wir zurück. Clarity setzte mich wieder in der Kellerecke ab.

»Schlaf jetzt, Molly. Okay? Gute Nacht.«

Bevor sie die Kisten zusammenschob, versuchte ich zu entwischen, war aber nicht schnell genug. Sie rannte klackernd die Treppe hoch, schloss die Tür oben und dann war es still.

Ich schlief eine Runde, aber als ich erwachte, fiel mir wieder ein, dass ich ganz alleine war. Ich fing an zu winseln. Ich wusste, Clarity lag nun in ihrem Bett und fühlte sich ohne mich auch allein. Der Gedanke machte mich traurig. Sie dachte bestimmt, dass ich gern hier unten auf meinem schönen Kissen lag, aber in Wirklichkeit wollte ich doch bei ihr sein! Ich bellte. Als keine Reaktion erfolgte, bellte ich noch mal. Und dann noch mal.

»Clarity! Was ist das für ein Lärm?«, kreischte Gloria. Ich hörte schnelle Schritte und dann öffnete sich die Tür oben an der Kellertreppe.

»Ich glaube, es kam von hier unten«, rief Clarity. Als ich

sie die Treppe runterrennen hörte, wedelte ich mit dem Schwanz. »Geh wieder ins Bett, Gloria! Alles in Ordnung, ich kümmere mich drum.«

»Das war doch ein Tier!«, rief Gloria.

Clarity rumorte hinter den Kisten und ich kratzte. Dann hörte ich Gloria oben herumlaufen und plötzlich spürte ich, dass sie an der Kellertür stand.

Ich bellte.

»Da, schon wieder!«, zischte Gloria. »Das ist doch ein Hund! Hier ist ein Hund im Haus!«

Clarity schob die Kisten beiseite und ich stolperte ihr entgegen und leckte ihr übers Gesicht. »Nein, das ist… o Gott, es ist ein Fuchs!«, rief Clarity nach oben. »Bleib, wo du bist!«

»Was? Ein Fuchs? Bist du sicher?«

»Klar, auch Füchse bellen, Gloria!«

»Wie ist der denn hier reingekommen? Was sucht der in unserem Haus?«

»Wahrscheinlich hat der Wind die Kellertür zum Garten aufgestoßen und der Fuchs hat deinen blöden Mantel gerochen.«

Clarity sah mich grinsend an. Dann spielten wir Zieh-am-Tuch, aber sie zog fast gar nicht und ließ mich gewinnen.

»Das darf doch nicht wahr sein!«, rief Gloria.

»Doch, sie haben sehr feine Nasen. Ich werde versuchen, ihn rauszuscheuchen«, sagte Clarity.

»Und du bist ganz sicher, dass es ein Fuchs ist? Ich meine: Fuchs wie wildes Tier?«

»Ich weiß doch, wie ein Fuchs aussieht. Es ist ein ganz junger.«

»Wir rufen die Polizei.«

»Als ob die nichts Besseres zu tun hätten, als Füchse zu vertreiben. Ich schaffe das schon. Bleib oben und schließ die Tür, falls er über die Treppe abhauen will.«

Ich hörte Gloria nach Luft schnappen, dann schlug die Tür zu. Clarity packte mich und rannte mit mir durch die andere Tür in den Garten und weiter auf die Straße. Erst als wir schon um die nächste Ecke gebogen waren, setzte sie mich wieder ab.

Keine Ahnung, welches Spiel wir gerade spielten, aber nachdem ich mich geschüttelt und uriniert hatte, war ich bereit für die nächste Runde. Clarity lief die Straße auf und ab, dann bog plötzlich ein Auto um die Ecke und hielt an. Ein Fenster wurde heruntergelassen und es roch nach Rocky! Neugierig legte ich die Vorderpfoten an die Wagentür, um hineinzuspähen. Da nahm ich auch Trents Geruch wahr.

»Danke, dass du gekommen bist«, sagte Clarity.

»Kein Problem«, erwiderte Trent.

Clarity nahm mich hoch und reichte mich durchs Fenster. Während ich über Trent kletterte, leckte ich ihm zur Begrüßung das Gesicht, dann beschnüffelte ich den Sitz. Rocky war nicht da, aber er musste vor Kurzem hier gesessen haben. Anscheinend war er auch ein Vordersitz-Hund.

Wir fuhren ohne Clarity los und ich winselte verzweifelt, weil ich nicht verstand, warum sie uns nicht begleitete. Als wir bei Trent ankamen, stand Rocky schon vor dem Haus. Wir freuten uns unbändig über das Wiedersehen und balgten zuerst im Wohnzimmer, dann im Garten und später in Trents Zimmer. Auch Trents kleine Schwester spielte mit uns und sogar seine Eltern machten Faxen mit uns. Irgendwann fiel ich mitten im Trubel ermattet um und schlief auf der Stelle ein, obwohl Rocky gerade an meinem Gesicht herumkaute.

Gleich nach dem Aufwachen setzten wir unsere kleinen Raufereien fort. Rocky war nun größer als ich und stark auf Trent fixiert, denn oft brach er unsere Balgerei mittendrin ab und lief zu Trent, um sich streicheln und loben zu lassen. Dann vermisste ich Clarity sehr, aber immer, wenn ich gerade anfing, mir Sorgen um sie zu machen, kam Rocky wieder, kletterte auf mich drauf und das Gerangel ging von vorne los. Ich tröstete mich damit, dass sie schon kommen würde, wenn sie mich brauchte. Was auch geschah.

Am Nachmittag schepperte das Gartentor und Rocky und ich rannten sofort los, um nachzusehen, was es zu bedeuten hatte. Und da stand sie. Wir sprangen auf und ab vor Freude, doch dann wurde es mir zu bunt und ich knurrte Rocky an, weil er so tat, als wäre er genauso wichtig wie ich.

Clarity und Trent standen im Garten und schauten mir zu, wie ich mit meinem Bruder spielte. Ich wollte zeigen, dass ich ihn zu Boden drücken konnte, aber Rocky machte partout nicht mit.

»Ist sie weg?«, fragte Trent.

»Noch nicht. Der Flug geht um eins. Ich hab gesagt, dass ich früher zur Schule muss.«

»Gehst du denn überhaupt in die Schule?«

»Heute war ich nicht.«

»CJ, du kannst nicht ständig die Schule schwänzen.«

»Aber Molly braucht mich doch.«

Ich blieb wie angewurzelt stehen, als ich meinen Namen hörte, und Rocky sprang mir auf den Rücken.

»Molly ist erst seit drei Tagen bei dir. Wie soll das denn weitergehen?«

»Die Schule ist mir egal, sie bringt mir nichts für mein alltägliches Leben.«

»Du bist auf der Highschool, die Schule *ist* dein Alltag!«, sagte Trent.

»Am Montag geh ich wieder hin«, sagte Clarity. »Solange Gloria weg ist, möchte ich die Zeit mit Molly verbringen.«

»Und dann? Was wirst du dann machen?«

»Keine Ahnung, Trent. Ich kann nicht alles planen, manchmal muss man den Dingen einfach ihren Lauf lassen.«

Clarity und ich machten eine Autofahrt und ich saß auf dem Vordersitz. Wir hielten bei einem Park, in dem es viel Gras, aber kaum andere Hunde gab. Nur ein unfreundlicher brauner Pudel stolzierte neben seinem Besitzer auf dem Weg und interessierte sich nicht für uns. Danach fuhren wir nach Hause, aber zum Glück wurde ich nicht in den engen Raum unter der Treppe gesperrt, sondern durfte mich im Haus frei bewegen. Glorias intensiver Geruch hing überall, aber sie war nirgends zu sehen.

Ich durfte in Claritys Bett schlafen. Ich war so aufgeregt, dass ich dauernd aufwachte und ihr das Gesicht ablecken musste. Sie schob dann sanft meine Schnauze beiseite. Wir einigten uns darauf, dass ich an ihren Fingern knabbern durfte, wenn mir danach war. So verbrachten wir unsere erste gemeinsame Nacht.

Am nächsten Tag regnete es die ganze Zeit. Wir spielten im Haus und ich ging nur kurz raus, um mich für mein Geschäft ins nasse Gras zu hocken. »Molly, komm mit!«, rief CJ irgendwann. Wir trotteten den Flur entlang und Glorias

Geruch wurde intensiver. CJ grinste mich an und nickte, und ich sah neugierig zu ihr hoch. Sie öffnete eine Tür, aus der sich ein Schwall von Glorias komplexen Gerüchen ergoss.

»Siehst du den Hund dort im Spiegel?«, fragte CJ.

Als sie »Hund« sagte, dachte ich, ich sollte durch die Tür gehen. Ich betrat den Raum, blieb aber sofort wie angewurzelt stehen. Da war ein anderer Hund! Er sah aus wie Rocky. Ich stürzte auf ihn zu, machte dann aber erschrocken einen Satz rückwärts, weil auch er wütend auf mich zu gesprungen war. Das war nicht Rocky. Und er roch auch nicht nach ihm. Er roch eigentlich gar nicht. Ich wedelte mit dem Schwanz. Er wedelte mit dem Schwanz. Ich senkte den Kopf, und er senkte ebenfalls den Kopf.

Es war eine eigenartige Situation, deshalb bellte ich laut. Auch er schien zu bellen, aber ich hörte keinen Ton.

»Sag ›Guten Tag‹, Molly! Schnapp ihn dir!«, rief CJ.

Ich bellte noch einmal, dann versuchte ich vorsichtig, ihn zu beschnuppern. Das war kein Hund, er sah bloß aus wie ein Hund. Äußerst merkwürdig!

»Siehst du den Hund, Molly?«

Ich kam nicht dahinter, was das sollte, aber eigentlich interessierte es mich auch nur mäßig. Deshalb wandte ich mich spannenderen Dingen zu und schnüffelte ein bisschen unterm Bett, wo viele staubige Schuhe lagen.

»Guter Hund, Molly!«, sagte CJ. Ich hörte das Lob gerne, war aber trotzdem froh, dass wir das Zimmer verließen. Der Hund ohne Geruch war mir unheimlich.

Am nächsten Tag war die Erde feucht und die Luft hatte ein wunderbar würziges Aroma. Ich buddelte ein paar Regenwürmer aus, die ich kurz beschnupperte, aber nicht aufaß, weil ich aus Erfahrung wusste, dass sie genauso widerlich schmeckten wie sie rochen.

Kaum waren wir wieder im Haus, da läutete es an der Tür. Ich sah den Umriss einer Person hinter der Glastür und lief bellend darauf zu.

»Vorsicht, Molly, schön drinbleiben«, sagte CJ und öffnete die Tür nur einen Spaltbreit.

»Sind Sie Clarity Mahoney?«, fragte die Frau an der Tür. Ich drückte meine Schnauze in den Spalt und wollte mich durchzwängen, wurde aber von Clarity zurückgehalten. Dann wedelte ich mit dem Schwanz, um der Frau zu zeigen, dass ich das mit dem Gebell nicht so gemeint hatte; schließlich tat ich ja auch nur meine Pflicht.

»Ich heiße CJ«, sagte Clarity.

»Gut, CJ. Ich bin Officer Llewellyn und zuständig für Schulschwänzer im Bezirk. Warum sind Sie nicht in der Schule?«

»Ich fühle mich nicht wohl«, sagte Clarity, drehte den Kopf zur Seite und hustete. Die Frau an der Tür sah zu mir herab und ich wedelte heftig mit dem Schwanz und hätte nichts dagegen gehabt, mit Clarity und ihr eine Runde im Garten zu spielen.

»Wo ist Ihre Mutter?«

»Sie holt mir Medikamente aus der Apotheke.«

Die beiden standen da und schwiegen. Ich gähnte.

»Sie wurde mehrmals aufgefordert, sich mit uns in Verbindung zu setzen, aber sie hat nicht reagiert«, sagte die Frau.

»Sie ist Immobilienmaklerin und hat im Moment wirklich sehr viel zu tun.«

»Verstehe. Bitte geben Sie ihr das, wenn sie wieder zurück ist.« Die Frau überreichte Clarity ein Papier. »Sie sind dem Unterricht sehr häufig ferngeblieben, man macht sich große Sorgen um Sie.«

»Ich war dauernd krank.«

»Geben Sie den Brief Ihrer Mutter weiter. Ich erwarte ihren Rückruf. Sie soll eine Nachricht auf dem Anrufbeantworter hinterlassen, falls ich nicht erreichbar bin. Verstanden?«

»Jawohl.«

»Also bis dann, CJ.«

Clarity schloss die Tür. Sie schien wütend und ängstlich zugleich. In der Küche holte sie Zeug aus einem großen Schrank und legte es auf den Tisch. »Unsere Eisvorräte gehen zur Neige, Molly. Wir brauchen dringend Nachschub.« Dann stellte sie mir eine kleine Schüssel mit einer kalten, süßen Köstlichkeit hin.

Clarity setzte sich an den Tisch und aß und aß und aß. Ich saß neben dem Tisch und starrte sie die ganze Zeit an, aber sie wollte mir nichts mehr abgeben. Als sie fertig war, packte sie viel Papier in einen Kübel unter der Spüle, das genauso lecker roch wie diese Mahlzeit. Es war mir unbegreiflich, warum sie es nicht abschlecken wollte. Aber so waren die Menschen eben: die köstlichsten Sachen wurden einfach weggeworfen.

Dann lief Clarity ins Bad und stellte sich auf eine eckige, flache Kiste, die etwas größer war als ein Hundenapf, aber nicht so hoch. »O je, mehr als ein Kilo! Wie ich mich hasse!«, zischte sie und klang todunglücklich. Ich spürte ihren Kummer, doch sie nahm nicht einmal wahr, dass ich sie trösten wollte.

Mit einem dumpfen Geräusch ließ sie sich vor der großen Wasserschüssel im Bad auf die Knie fallen und würgte. Vor Verzweiflung lief ich hinter ihr auf und ab, weil ich spürte, dass sie völlig durcheinander war. Der köstliche Duft der Süßigkeit aus der Küche erfüllte die Luft, doch dann zog Clarity an einem Hebel und unter lautem Gebraus verschwand das Aroma wieder. Ich wedelte heftig mit dem Schwanz und wollte auf sie draufklettern, um ihr übers Gesicht zu lecken. Aber meine Aufmunterungsversuche fruchteten erst nach einer Weile, und da war sie immer noch furchtbar aufgewühlt.

In kürzester Zeit hatte sich in unserem Tagesablauf eine gewisse Routine entwickelt. Morgens verließ Clarity für mehrere Stunden das Haus und sperrte mich im Keller unter die Treppe ein. Mittags kam sie zurück, um zu spielen und das Desaster wegzuputzen, das ich hinterlassen hatte. Bevor sie wieder ging, bekam ich eine Mahlzeit. Abends kam sie wieder die Treppe heruntergestürmt und rief »Molly!«; dann blieb sie bis zum nächsten Morgen zu Hause. Mir sah es ganz danach aus, als machte sie auch »Schule« wie mein Junge früher. Was die Sache für mich aber nicht besser machte.

Jeden Abend spielten Clarity und ich ein Spiel, das ging so: Sie steckte mich unter die Treppe und schob die Kisten zusammen, blieb aber dahinter hocken, was ich natürlich merkte. Wenn ich dann jaulte oder bellte, schob sie eine Kiste beiseite und rief sehr streng: »Nein!« Wenn ich ruhig blieb und abwartete, schob sie auch eine Kiste beiseite, gab mir aber eine Leckerei. Ich musste zwar immer länger still sitzen bleiben, aber dafür bekam ich immer einen Leckerbissen. Langsam kapierte ich, was sie wollte – ich sollte mich ruhig verhalten, wenn sie sich hinter den Kisten versteckte.

Das Ausharren in der engen Ecke gefiel mir nicht besonders, und mir wären auf der Stelle hundert andere Spiele eingefallen, die viel mehr Spaß machten.

Wenn sich Claritys Schritte von mir entfernten und ich befürchtete, dass ich wieder die ganze Nacht hier verbringen musste, kam mir das alles wie ein großes Missverständnis vor. Wenn ich bellte, kam sie manchmal zurück und sagte streng: »Nein!« Wenn ich aber erschöpft aufgegeben hatte und endlich eingeschlafen war, weckte sie mich auch manchmal und gab mir Hundekuchen. Ich wusste wirklich nicht, was ich von all dem halten sollte.

Eines Tages sagte Clarity: »Sie ist wieder da. Komm, Molly, wir üben das Ganze noch mal!« Sie führte mich in den Keller und verfrachtete mich unter die Treppe. Ich saß still da und wartete. Als ich oben Stimmen und Schritte hörte, wusste ich, dass Gloria zurück war.

Ich blieb still sitzen und wartete.

Später bekam ich von Clarity einen extra großen Leckerbissen, dann machten wir einen langen Spaziergang und ich witterte sogar ein Kaninchen! Als es dunkel wurde, brachte sie mich wieder in den Keller. Mit einem tiefen Seufzen ließ ich mich auf dem Kissen nieder, gab aber die ganze Nacht keinen Laut von mir. Am nächsten Morgen bekam ich eine Extraportion Futter und wir machten einen langen Spaziergang in aller Frühe.

»Sei brav, Molly, und verhalte dich weiter still. Ich hab dich lieb!«, sagte Clarity danach, bevor sie wieder ging. Ich hielt ein Nickerchen und später hörte ich Glorias Schritte oben. Ich fragte mich, ob sie eigentlich wusste, dass ich hier fürs Stillhalten mit Leckereien belohnt wurde.

Clarity hatte die Kisten heute früh anscheinend nicht

ordentlich gestapelt. Jedenfalls bewegte sich die untere Kiste, als ich zufällig mit der Schnauze daran stieß. Ich drückte dagegen, zwängte meinen Kopf durch den sich öffnenden Spalt, dann meinen Körper, und schließlich war ich frei.

Doch der Weg nach oben war weit, obwohl ich die Stufen mittlerweile allein hochklettern konnte. Die Kellertür stand offen und in dem Augenblick, als ich oben ankam, klingelte es. Ich hörte Gloria im Flur, dann öffnete sie die Haustür.

Ich trottete ins Wohnzimmer und beschnupperte einen Koffer, der vorher noch nicht dort gestanden hatte.

»Ja bitte?«, sagte Gloria an der Tür. Ein Windstoß wehte den herrlichen Duft von Gräsern und Bäumen herein, aber Glorias süßlich-schwerer Geruch war wie immer viel stärker und überdeckte die anderen Aromen schnell.

»Miss Mahoney? Ich bin Officer Llewellyn und beauftragt, mich um Schüler zu kümmern, die der Schule unentschuldigt fernbleiben. Ich bin für CJs Fall zuständig. Haben Sie die richterliche Vorladung erhalten? Ich hatte sie Ihrer Tochter persönlich übergeben.«

Ich lief zur Tür, um Gloria endlich »Hallo« zu sagen. Die fremde Frau schaute zu mir hin, als ich näher kam.

»Welche Vorladung? Wieso Clarity? Wovon sprechen Sie?«

»Tut mir leid, aber Sie sind für ein Klärungsgespräch vors Jugendgericht geladen. Ihre Tochter hat in diesem Halbjahr zu häufig die Schule geschwänzt.«

Gloria stand reglos an der Tür, als ich mich neben sie stellte. Ich legte ihr eine Pfote ans Bein.

Sie sah zu mir runter und fing an zu schreien.

Acht

Gloria machte einen gewaltigen Satz hinaus auf die Veranda. Ich folgte ihr und wedelte mit dem Schwanz, um die beiden Frauen zu begrüßen.

»Das ist ganz sicher kein Fuchs!«, kreischte Gloria.

Die fremde Frau bückte sich, um mich zu streicheln. Ihre warmen, weichen Hände dufteten nach Seife und Nüssen. »Natürlich nicht. Das ist ein Hundewelpe.«

»Und was hat der in meinem Haus zu suchen?«

Die Frau richtete sich wieder auf. »Das kann ich Ihnen nicht sagen, es ist Ihr Haus, Madam. Der Hund war schon da, als ich letzte Woche die Vorladung persönlich vorbeibrachte.«

»Das kann nicht sein!«

»Hier ist eine Kopie des Schreibens.« Sie überreichte Gloria ein Papier. »Sie müssen sich zum angegebenen Termin zusammen mit Ihrer Tochter zu einer Anhörung einfinden, verstehen Sie? Sie haben das Sorgerecht und sind für Ihre minderjährige Tochter verantwortlich.«

»Und was ist mit dem Hund?«

»Verzeihung, was meinen Sie?«

Ich setzte mich, als ich das Wort »Hund« hörte. Gloria schien ziemlich aufgebracht, aber die freundliche Frau hatte vielleicht einen Leckerbissen in der Tasche. Nüsse mochte ich besonders gern, sogar die salzigen, die mir auf der Zunge brannten.

»Nehmen Sie den Hund mit!«, rief Gloria.

»Das geht nicht, Madam.«

»Soll das heißen, Sie interessieren sich mehr für Schüler, die ein paar Stunden Unterricht schwänzen, als für die Not einer Frau, die sich von einem Hund bedrängt fühlt?«

»Ja, das ist richtig.«

»Das darf doch nicht wahr sein! Sie sind doch Polizistin!«

»Ich bin für Schulschwänzer zuständig, Miss Mahoney, nicht für Hunde.«

»Ich werde mich über Sie an offizieller Stelle beschweren.«

»Tun Sie das, Madam. Und vergessen Sie den Termin beim Jugendgericht bitte nicht. Wir sehen uns dort.« Die Frau drehte uns den Rücken zu und ging. Also keine Nüsse.

»Und was soll ich nun mit dem Hund machen?«, rief ihr Gloria hinterher.

»Rufen Sie beim Tierschutzverein an. Die sind dafür zuständig.«

»Das werde ich tun«, sagte Gloria. Ich wollte ihr gerade ins Haus folgen, als sie laut »Nein!« schrie und ich verdutzt innehielt. Dann schlug sie mir die Tür vor der Nase zu und ließ mich draußen stehen.

Erst wanderte ich ein bisschen im Vorgarten auf und ab. Das Wetter war herrlich. Vielleicht suchte mich das Kaninchen von neulich schon? Ich trottete die Straße entlang und schnupperte an jedem Busch.

Die Vorgärten der Häuser erinnerten mich an den Ort, an dem Ethan gelebt hatte, bevor er auf die Farm zog. Sie waren groß und von Hecken gesäumt, und man konnte in ihnen nach Herzenslust tollen und spielen. Es duftete nach Blumen und überall hingen Blüten. Ich roch jede Menge Hunde und Katzen und Menschen, doch von Enten und Ziegen keine Spur. Wenn ein Auto vorbeifuhr, mischte sich darunter außerdem noch ein Hauch von Metall und Öl.

Ohne Leine und ganz allein auf mich gestellt fühlte ich mich wie ein böser Hund, andererseits hatte mich Gloria aber gehen lassen, also war es wohl okay.

Nachdem ich etwa eine Stunde lang ausgiebig überall herumgeschnüffelt und die ganze Gegend erkundet hatte, hörte ich, wie sich plötzlich schnelle Schritte näherten. Ein Mann rief: »Hündchen, hierher!«, und ich wollte ihm schon erfreut entgegenspringen, als ich die Stange mit der Schlinge in seiner Hand sah. Ich erstarrte. Er kam näher und die bedrohliche Schlinge auch. »Sei ein braves Hündchen.«

Ich hatte keine Lust, diese Schlinge an meinem Hals zu spüren, und machte kleine Trippelschritte rückwärts.

»Nicht weglaufen«, sagte der Mann leise.

Ich duckte den Kopf und versuchte, seitlich an ihm vorbei zu flitzen, doch er hechtete hinterher und schon hing ich fest. »Hab ich dich!«, sagte er.

Ich bekam es mit der Angst zu tun. Hier stimmte doch was nicht. Der Mann führte mich mit der Stange zu einem Truck, aber ich wollte nicht mit ihm wegfahren. Die Schnur zog sich fest um meinen Hals und dann wurde ich gegen einen Reifen gedrückt. Der Mann packte mich, ich hörte ein klapperndes Geräusch und landete in einem Metallkäfig auf der Ladefläche des Lasters.

»Hey!«

Als er hinter sich schnelle Schritte hörte, drehte sich der Mann verwundert um.

»Hallo!«

Es war Clarity.

»Was machen Sie da? Das ist mein Hund!«

Clarity stand keuchend vor dem Laster und der Mann streckte die Hände von sich. Ich legte die Vorderpfoten ans Käfiggitter und wedelte mit dem Schwanz, weil ich überglücklich war, sie zu sehen.

»Immer mit der Ruhe«, sagte der Mann.

»Sie können doch meinen Hund nicht einfach mitnehmen!«, rief Clarity verärgert.

Der Mann verschränkte die Arme vor der Brust. »Doch, das kann ich. Ihre Nachbarn haben sich beschwert, weil er ohne Halsband auf der Straße herumstreunt.«

Ich fiepte leise, um zu zeigen, dass ich hier festsaß und es kaum erwarten konnte, wieder rauszukommen.

»Wer hat sich denn beschwert? Molly ist doch noch ganz klein, wer sollte da einen Grund haben, sich zu beklagen?«, fragte Clarity. »Weil sie Menschenherzen verzaubert und alle glücklich macht?«

»Das kann ich Ihnen nicht sagen. Aber sollte es wirklich Ihr Hund sein, können Sie ihn morgen nach zwölf im Tierheim abholen.« Der Mann wollte gehen.

»Warten Sie doch!«, rief Clarity mit Tränen in den Augen. Ich winselte lauter, denn mehr als alles andere wollte ich ihre Traurigkeit wegküssen. Sie schlug eine Hand vors Gesicht. »Sie versteht doch nicht, was mit ihr geschieht. Sie wurde schon einmal einfach weggegeben. Bitte tun Sie das nicht! Ich weiß nicht, wie sie entwischen konnte, aber ich versichere Ihnen, es wird nicht wieder vorkommen. Wirklich nicht! Bitte!«

Der Mann ließ die Schultern fallen. Dann holte er tief Luft und blies den Atem langsam wieder aus. »Also gut.

Aber sie braucht einen Hundechip und muss geimpft werden. Und in ein paar Monaten wird sie sterilisiert, alles klar? Ist das ein Angebot? Und vergessen Sie die Hundesteuer nicht!«

»Ich werde alles veranlassen, das verspreche ich.«

Sah ganz so aus, als hätte das Laster-Spiel jetzt ein Ende, denn der Mann öffnete die Käfigtür und Clarity holte mich raus. Sie drückte mich fest an sich und ich leckte ihr übers Gesicht. Dann warf ich dem Mann einen Blick zu, um zu klären, ob er auch einen Kuss wollte.

»Na, gut«, sagte der Mann.

»Haben Sie vielen Dank«, sagte Clarity.

Während sie mich ganz fest in ihren Armen hielt, sah sie dem Truck hinterher. »Phhhh, von wegen die Nachbarn haben sich beschwert!«, murmelte sie.

Ich spürte wie wild ihr Herz pochte.

Diesmal betraten wir das Haus durch die Vordertür und Clarity setzte mich im Flur ab. Mit der Nase stieß ich auf ein Papier, das nach der freundlichen Frau an der Tür roch. Clarity hob es auf und sah es lange an.

»Clarity? Bist du das?«

Gloria schoss um die Ecke, erstarrte aber, als sie mich sah. Ich wedelte mit dem Schwanz und wollte ihr gerade »Hallo« sagen, aber da hob mich Clarity blitzschnell auf.

»Was soll das hier werden?«, fragte Gloria.

»Das ist Molly und sie ist … mein Hund«, sagte Clarity. Ihre Hände zitterten.

»Nein, ist sie nicht«, sagte Gloria.

»Was ist sie *nicht*? Nicht Molly? Kein Hund? Oder was?«, fragte Clarity.

»Raus mit euch!«, schrie Gloria.

»Nein!«, schrie Clarity zurück.

»Ich dulde keinen Hund in meinem Haus.«

»Ich werde sie aber behalten.«

»Du kannst dir absolut nichts mehr erlauben! Du steckst nämlich bis zum Hals in Schwierigkeiten. Heute war eine Frau hier, die dich abholen und in den Jugendknast stecken wollte, weil du so häufig geschwänzt hast. Sie ist auf jugendliche Straftäter spezialisiert.«

Clarity setzte mich am Boden ab.

»Unterstehe dich, dieses Tier auf meinen Teppich zu lassen!«

Weil Gloria so entsetzlich schrie, wich ich ihr lieber aus.

»Das ist nur ein kleiner Hund! Molly tut keinem was. Außerdem hat sie draußen schon gepinkelt.«

»Ein Hund! Bist du sicher, dass es kein Fuchs ist?!«

»Warum, willst du dir noch einen Mantel machen lassen?«

Ich verzog mich unter die Couch, obwohl es dort nur staubig war und es nicht einmal etwas halbwegs Interessantes aufzustöbern gab. Das ganze Haus roch nach Gloria.

»Der Hund pinkelt mir unter die Couch! Ich lass ihn sofort entfernen!«, kreischte Gloria weiter.

»Hast du dir mal die Mühe gemacht, das hier zu lesen?«, fragte Clarity und raschelte mit dem Papier in ihrer Hand. Ich sah sie an und wartete gespannt auf den Moment, wenn sie es warf, um gleich loszurennen. »Das ist eine Vorladung vors Jugendgericht.«

»Ich werde dem Richter erklären, dass ich dich nicht mehr im Griff habe und du dich meiner Kontrolle entziehst.«

»Dann werde ich ihm erzählen, warum.«

»Warum was?«

»Warum ich so häufig die Schule geschwänzt habe. Weil du nämlich dauernd in der Welt herumreist und mich seit Jahren schon allein zu Hause lässt, während du wochenlang weg bist.«

»Das ist ja wohl die Höhe! Du selbst wolltest es so, weil du die Frau, die immer auf dich aufpasste, nicht ausstehen konntest.«

»Sie war Alkoholikerin und ständig besoffen. Einmal konnte sie nicht einmal mehr nach Hause fahren, sondern schlief einfach in ihrem Auto in unserer Einfahrt.«

»Ich werde diese Diskussion nicht noch einmal führen. Falls du meinst, ich hätte meine elterliche Pflicht vernachlässigt, rufe ich jetzt unverzüglich beim Sozialamt an. Dann kommst du eben ins Heim.«

Ich drehte mich ein paar Mal im Kreis und rollte mich dann auf dem weichen Teppich ein. Das laute Geschrei machte mich aber nervös, und deshalb beeilte ich mich, wieder auf die Beine zu kommen.

»Klar, das geht ganz schnell: Du sperrst mich einfach in eine Kiste, stellst mich vor die Tür, und wenn am Dienstag Abholtag ist, dann geht's ab ins Heim. Stellst du dir das so vor?«

»Du weißt genau, was ich meine.«

»Oder noch besser: Du rufst beim Jugendamt an und sagst, dass du jetzt wirklich keine Lust mehr hast, die treusorgende Mutter zu spielen. Darauf folgt eine richterliche Anhörung, bei der du sicher gefragt wirst, wo du die ganze Zeit gesteckt hast – in Aspen nämlich – und wo du damals warst, als ich mit dreizehn einen ganzen Monat lang allein zu Hause verbrachte – nämlich in New York. Und weißt du, was der Richter dann tun wird? Er wird dich ins Gefängnis stecken. Die ganze Nachbarschaft wird gaffen, wenn sie dich in Handschellen und mit Blaulicht abführen. Vielleicht kannst du bei der Gelegenheit deinen neuen Pelz ausführen und ihn dir übers Gesicht ziehen.«

»Meine Mutter hat mich bereits allein gelassen, da war ich bedeutend jünger als du! Und ich habe mich nie beschwert.«

»Meinst du die Mutter, die dich mit den Gartengeräten verprügelt und dir mit acht Jahren den Arm gebrochen hat? Da hattest du wahrlich keinen Grund, dich übers Alleinsein zu beschweren.«

»Ich wollte damit nur sagen, dass ich es nicht schlimm fand. Und für dich war es doch auch okay.«

»Und ich wollte dich nur daran erinnern, dass sie deine Mutter wegen Verletzung der Aufsichtspflicht in den Knast gesteckt haben, und sie werden auch dich in den Knast stecken, wenn du so weitermachst. Die Gesetzeslage hat sich verschärft, Kinder müssen nicht mehr erst in der Notaufnahme landen, um die Eltern belangen zu können.«

Gloria starrte ihre Tochter an, die ganz außer sich war. »Natürlich würde ich mir das alles noch mal überlegen«, fügte Clarity mit leiser Stimme hinzu, »wenn ich Molly behalten darf.«

»Wovon redest du?«

»Ich könnte dem Richter zum Beispiel sagen, dass ich dich angelogen habe. Dass ich dir gegenüber stets so getan habe, als würde ich zur Schule gehen, und hinter deinem Rücken geschwänzt habe. Dass dich keine Schuld trifft.«

»Es ist ja auch nicht meine Schuld!«

»Andererseits könnte ich aber erzählen, dass ich immer

allein zu Hause saß, während du mit deinen wechselnden Liebhabern durch die halbe Welt gereist bist. Was ist dir lieber? Ich mache dir einen Vorschlag: Wenn ich Molly behalten darf, werde ich vor dem Richter für dich lügen. Wenn du mich aber zwingst, Molly herzugeben, dann werde ich allen erzählen, wie es wirklich war.«

»Du bist genauso schrecklich wie dein Vater.«

»Du liebe Güte, Gloria, der Spruch zieht bei mir nicht mehr. Also, wie sieht's aus?«

Gloria verließ den Raum. Clarity hockte sich neben mich und streichelte mich. Auf dem weichen Teppich fiel ich sofort in einen tiefen Schlaf. Als ich wieder erwachte, war Gloria fort. Clarity hantierte in der Küche. Gähnend erhob ich mich, um nachzusehen, was sie dort machte. Ein wunderbares Aroma stieg mir in die Nase.

»Willst du auch ein bisschen Toast, Molly?« Claritys Stimme klang traurig. Sie gab mir ein paar kleine Brocken. »Aber ohne Honigbutter«, sagte sie. »Honigbutter ist Menschenfutter.«

Sie stand vom Tisch auf, öffnete eine Tüte und bald zog der köstliche Duft wieder durch die Küche. Ein Spielzeug fiel zu Boden. Ich jagte hinterher und meine Krallen machten komische Geräusche auf dem glatten Boden.

»Willst mit dem Deckel spielen? Viel Vergnügen.«

Ich leckte das Spielzeug ab. Es roch herrlich süß, war aber nichts Essbares. Ich nagte daran herum. Clarity erhob sich wieder, um noch mehr Toast zu machen. Und mehr. Und noch mehr. Ich kaute hingebungsvoll an diesem Spielzeug herum und tat, als sei mir das völlig gleichgültig. »Toast ist alle«, sagte sie plötzlich und warf eine leere Plastiktüte in den Müll. Ich wedelte mit dem Schwanz, weil ich dachte, sie wäre vielleicht in Stimmung, mit mir und dem Spielzeug zu spielen. Aber sie ging nur zur Küchentheke und riss noch eine Tüte auf, und dann machte sie noch mehr Toast. Sie trat mit dem Fuß gegen mein Spielzeug und es schlitterte über den Boden. Ich hechtete hinterher. Von nun an trat sie immer, wenn sie noch mehr Toast machte, kurz gegen das Ding. Bald hatte ich entdeckt, dass man darauf prima rutschen konnte, wenn ich die Vorderpfoten draufstellte. Manchmal reichte der Schwung sogar bis zur gegenüberliegenden Wand. Das Spiel machte riesigen Spaß.

»Der Toast ist endgültig alle. Los komm, Molly.« Wir gingen die Treppe hoch zu ihrem Zimmer. »Willst du hier schlafen, Molly?« Sie klopfte auf ein Kissen, ich packte es mit den Zähnen und schleuderte es ein paar Mal durch die Luft.

Clarity wollte nicht spielen, sondern lag mit offenen Augen auf dem Bett. Ich legte meinen Kopf auf ihre Brust und sie strich mir zärtlich durchs Fell. Ich spürte den Stimmungsumschwung, ihre Laune verdüsterte sich. Um sie aufzuheitern, schmiegte ich mich an sie und versuchte, mit ihr zu schmusen. Doch sie seufzte nur tief und ich musste einsehen, dass mein Versuch gescheitert war. Ich schleckte ihr übers Gesicht, das nach Butter, Toast und nach dem süßen Spielzeug schmeckte. Sie drehte mir den Rücken zu. »Ach, Molly«, flüsterte sie.

Dann ging sie ins Bad und bald darauf hörte ich Würgegeräusche und roch den süßen Toast. Sie erbrach sich wieder. Sie kniete vor der großen Wasserschüssel und hängte ihren Kopf hinein. Zwischendurch spülte sie, dann stand sie auf und betrachtete ihre Zähne im Spiegel. Dann stellte sie sich wieder auf die flache Kiste. »Fünfundvierzig Kilo, o Gott! Wie ich mich hasse«, stöhnte sie.

Für mich stand nun fest, diese Kiste war ein Unglücksding, weil sie Clarity traurig machte.

»Komm, Molly, wir gehen schlafen.«

Zu meiner großen Überraschung musste ich nicht in den Keller, sondern durfte im Bett schlafen! Vor lauter Freude darüber, nicht mehr in dieses dunkle Loch zu müssen, konnte ich kaum einschlafen. Clarity streichelte meinen Rücken bis ich mich beruhigt hatte und schließlich eng an sie geschmiegt einschlief. Ich spürte die grenzenlose Liebe meines Mädchens zu mir – und meine zu ihr. Denn es war viel mehr als Treue und Fürsorglichkeit, was ich für Clarity empfand. Ich liebte sie so innig, wie ein Hund seinen Menschen nur lieben konnte. Ethan war mein Junge, aber Clarity war jetzt mein Mädchen.

Ich wurde kurz wach, als ich Gloria vor dem Haus mit einem Mann sprechen hörte. Der Mann lachte, dann hörte ich Motorengeräusche, die sich rasch entfernten. Die Haustür wurde geöffnet und fiel dann wieder ins Schloss. Clarity schlief. Ich hörte Schritte den Flur entlang kommen, die ich aus der Zeit unter der Treppe sofort als die von Gloria erkannte.

Die Zimmertür stand offen. Gloria blieb auf der Schwelle stehen und sah zu mir herüber. Ihre schweren, verwickelten Gerüche fluteten ins Schlafzimmer. Ich wedelte zaghaft mit dem Schwanz.

Sie blieb einfach in der Tür stehen und starrte mich an.

Neun

Viele Freunde von Clarity kamen zu Besuch, um mit mir zu spielen, und mit der Zeit begriff ich, dass mein Mädchen jetzt CJ hieß. Menschen hatten unglaubliche Fähigkeiten, sie konnten sogar die Namen von Menschen und Dingen wechseln. Was mich betraf, blieb es allerdings bei Molly. Gloria hatte gleich zwei Namen: Gloria und *Mu-tter!* Und Gloria war die Einzige, die CJ noch Clarity nannte.

Andersherum konnte es auch sein, dass die Namen gleich blieben, aber die Menschen wechselten. So wurde zum Beispiel aus dem Tierarzt, was ja nur ein anderes Wort für Doktor Deb war, plötzlich Doktor Marty. Doktor Marty hatte kräftige Hände, aber einen sanften Griff, und war zwischen Nase und Oberlippe stark behaart, aber sonst genauso nett wie Doktor Deb.

Mein absoluter Liebling unter CJs Freunden war und blieb jedoch Trent, Rockys Junge. Er war größer als CJ, hatte dunkles Haar und roch nach Rocky. Wenn er zu Besuch kam, brachte er meinen Bruder fast immer mit. Dann rauften wir bis zum Umfallen und wenn wir genug hatten, streckten wir im Gras alle viere von uns. Oder ich lag hechelnd auf meinem Bruder und nahm zärtlich seinen Fuß ins Maul, weil ich ihn so liebte.

Rocky war stämmiger als ich, und größer, ließ sich aber

beim Raufen oft von mir niederringen. Wenn er dann am Boden lag, fiel mir immer wieder auf, dass seine Schnauze dieselbe dunkelbraune Farbe hatte wie meine Beine, obwohl sein restliches Fell heller war. Wenn ich mich mit ihm verglich, konnte ich meine eigene Körpergröße erahnen, und irgendwann wurde mir schlagartig klar, dass wir keine schmächtigen Welpen mehr waren.

Rocky hing sehr an Trent und war ihm treu ergeben. Sogar beim Spielen rannte er manchmal mittendrin davon, um sich von Trent streicheln zu lassen. Dann lief ich meist zu CJ und ließ mich von ihr streicheln.

»Vielleicht sind sie auch eine Mischung aus Schnauzer und Pudel? Also eine Art Schnudel-Hund«, sagte CJ einmal.

»Ich glaube, eher Dobermann und Pudel.«

»Also ein Dudel! Ich finde, Schussel-Hund würde auch gut passen.«

Aus Freude, meinen Lieblingsnamen aus ihrem Mund zu hören, stupste ich sie mit der Schnauze an. Ethan hatte mich oft »Schussel-Hund« genannt. Dieser Name bedeutete etwas Besonderes, er drückte die große Liebe meines Jungen aus. Als CJ ihn nun aussprach, spürte ich wieder eine enge Verbindung zwischen den beiden.

»Könnte auch ein Spaniel gewesen sein«, meinte Trent.

»Molly, was bist du? Ein Schnudel, ein Dudel oder ein Schussel-Hund? Alles, nur kein Pudel!« CJ küsste mich auf die Nase und ich wedelte begeistert mit dem Schwanz.

»Hey CJ, sieh mal!«, rief Trent. »Rocky, sitz! Sitz!« Rocky setzte sich und hielt still, ließ Trent aber nicht aus den Augen. »Braver Hund!«, sagte Trent.

»Ich möchte Molly nicht dressieren«, sagte CJ. »Es reicht, wenn ich dauernd herumkommandiert werde.«

»Hunde brauchen das aber! Sie verlangen danach. Stimmt's, Rocky? Guter Hund! Sitz!«

Dieses Wort kannte ich auch. Und als Rocky das nächste Mal »Sitz« machte, tat ich es ihm gleich.

»Sieh mal, Molly hat Rocky beobachtet und es ihm gleich nachgemacht. Du bist ein guter Hund, Molly!«

Ich wedelte mit dem Schwanz, weil ich gern ein guter Hund war. Natürlich kannte ich auch andere Befehle, aber CJ machte nie eine Ansage. Rocky rollte auf den Rücken, um sich am Bauch kraulen zu lassen, und ich bearbeitete seine Kehle mit den Zähnen.

»Hör mal, ich wollte dich …«, sagte Trent. Rocky erstarrte augenblicklich und riss sich dann von mir los. Ich konnte es ebenfalls spüren. Trent war plötzlich ganz ängstlich. Rocky schob seine Schnauze unter seine Hand, während ich mich sofort um CJ kümmerte, doch die lächelte den Himmel an und schien überhaupt keine Gefahr zu wittern.

»CJ, vielleicht … hättest du Lust, mit mir zum Abschlussball zu kommen am Ende des Schuljahrs?«

»Bist du verrückt? Zum Abschlussball geht man doch nicht mit der besten Freundin, sondern mit einem hübschen Mädchen! Frag' lieber Susan, die steht auf dich.«

»Nein, ich … wieso hübsch? Du bist doch hübsch!«, stammelte Trent.

CJ gab ihm einen freundlichen Klaps auf den Arm. »Na klar, du Blödmann.«

Trent runzelte die Stirn und sah zu Boden.

»Was ist los?«, fragte CJ.

»Nichts.«

»Okay, dann lass uns endlich in den Park gehen.«

Wir unternahmen einen langen Spaziergang. Rocky hielt uns ständig auf, weil er jeden Busch beschnüffeln und überall seine Duftmarken setzen musste.

Ich wich nicht von CJs Seite. Sie zog etwas aus der Tasche, aber es war kein Hundekuchen. Eine Feuerflamme zischte auf und dann kam ziemlich übel riechender Dampf aus CJs Mund. Den Geruch kannte ich schon gut, denn er steckte in CJs Kleidern und ihr Atem roch häufig danach.

»Und, wie läuft die Bewährungszeit? Stehst du nun unter Hausarrest?«, fragte Trent.

»Quatsch. Ich muss nur regelmäßig in der Schule erscheinen. Ich bin nicht auf Bewährung. Obwohl Gloria so tut, als sei ich eine Schwerverbrecherin.« CJ lachte und hustete noch mehr Qualm aus dem Mund.

»Aber du darfst deinen Hund behalten.«

Bei dem Wort »Hund« merkten Rocky und ich auf.

»Ich kann meinen achtzehnten Geburtstag kaum erwarten, dann ziehe ich aus. Ich hau ab.«

»Und wovon willst du leben?«

»Ich gehe zur Armee. Oder ins Kloster. Irgendwie werde ich die Zeit bis zu meinem einundzwanzigsten Geburtstag schon überbrücken.«

Rocky und ich hatten einen herrlichen Kadaver aufgespürt, den wir gern ausgiebig beschnuppert hätten. Doch CJ und Trent liefen achtlos daran vorbei und die Leine zog uns weiter, noch bevor sich einer von uns darin suhlen konnte. Manchmal ließen uns die Menschen Zeit, um wichtige Dinge ausgiebig zu beschnüffeln, doch meist hatten sie es furchtbar eilig, und wir verpassten die schönsten Gelegenheiten.

»Und wenn du einundzwanzig bist, was machst du dann?«, fragte Trent.

»Dann bekomme ich die Hälfte des Geldes ausbezahlt, das nach dem Tod meines Vaters auf einem Treuhandkonto hinterlegt wurde.«

»Wie viel ist das?«

»Fast eine Million Dollar.«

»Das ist nicht wahr!«

»Doch, das kannst du ruhig glauben. Nach dem Absturz musste die Fluggesellschaft den Hinterbliebenen eine Art Schadensersatz zahlen. Das reicht, um mir eine Collegeausbildung zu finanzieren und später nach New York auf die Schauspielschule zu gehen.«

Ein paar Gärten weiter hüpfte ein Eichhörnchen durchs Gras. Als es seinen verhängnisvollen Fehler bemerkte, erstarrte es noch in der Bewegung. Rocky und ich senkten gleichzeitig die Köpfe, pirschten uns ran und zerrten an der Leine. »Hey«, rief Trent lachend. Er und CJ rannten los, aber angeleint waren wir nicht schnell genug, und das Eichhörnchen entwischte auf einen Baum und blickte nun schnatternd von einem Ast auf uns herab. Ohne Leine hätten wir es uns auf jeden Fall geschnappt. Auf dem Rückweg jagten wir dasselbe Eichhörnchen noch einmal. Anscheinend wollte es sich unbedingt mit uns anlegen.

»Wollen wir zum Tierarzt?«, fragte CJ oft, was in etwa bedeutete *Wir fahren mit dem Auto zu Doktor Marty und du bist ein Vordersitz-Hund.* Ich war jedes Mal begeistert, auch nachdem ich einmal mit diesem albernen Plastikkragen von dort zurückkehrte, der alle Geräusche verstärkte und mich beim Essen störte. Ich musste mich lange an den Gedanken gewöhnen, dass es den Menschen offenbar gefiel, ihren Hunden öfter mal weiße Plastikkragen umzuhängen.

Als ich Rocky das nächste Mal sah, trug er tatsächlich auch so ein blödes Ding um den Hals! Es machte das Raufen anstrengend, aber irgendwie schafften wir es trotzdem.

»Armer Rocky, jetzt jault er im Sopran!«, sagte Trent.

Als CJ lachte, quoll ihr Rauch aus Nase und Mund.

Als der alberne Kragen endlich weg war, machten wir regelmäßig einen Ausflug, der hieß »Kunstseminar«; das hieß, wir fuhren zu einem großen Gebäude, in dem es angenehm still war, wo ich in Ruhe an meinem Kauspielzeug nagen konnte, während CJ mit übel riechenden Stöckchen und Papier hantierte. Im Kunstseminar kannten mich alle beim Namen, streichelten mich und gaben mir Süßigkeiten. Es war also völlig anders als zu Hause, wo ich nur mit CJ kuscheln konnte, weil mich Gloria wegstieß, sobald ich nur in ihre Nähe kam.

Gloria nahm auch CJ nie in den Arm, deshalb war es umso besser, dass sie mich hatte. Für CJ da zu sein, wenn sie mich fest drücken und halten wollte, war meine wichtigste Aufgabe. In solchen Momenten waren der Schmerz in ihrem Inneren und ihre Einsamkeit wie weggeblasen. Dann wedelte ich mit dem Schwanz und küsste sie, und manchmal knabberte ich sogar zärtlich an ihrem Arm vor lauter Glück, bei meinem Mädchen zu sein.

Wenn CJ nicht da war, wohnte ich im Keller. Trent hatte eine Hundeklappe an der Tür zum Garten hinaus angebracht, und so konnte ich jederzeit ins Freie. Es machte Spaß durch diese Klappe zu gehen, denn auf der anderen Seite erwartete mich immer etwas Interessantes.

Wenn ich im Garten war, stand Gloria oft am Fenster

und beobachtete mich. Ich wedelte stets freundlich mit dem Schwanz. Aus irgendeinem Grund war sie wütend auf mich, aber ich wusste aus Erfahrung, dass kein Mensch einem Hund ewig böse sein konnte.

Eines Tages kehrte CJ erst lange nach Sonnenuntergang zurück. Sie drückte mich an sich und ich spürte, wie verstört und traurig sie war. Später ging sie wieder ins Bad und übergab sich. Ruhelos lief ich auf und ab und gähnte nervös, denn ich wusste nie, was in solchen Momenten zu tun war. Fast zeitgleich bemerkten CJ und ich, dass Gloria an der Tür stand und uns beobachtete.

»Wenn du nicht so viel in dich reinschaufeln würdest, müsstest du auch nicht dauernd kotzen«, sagte Gloria.

»*Mu-tter!*«, sagte CJ und ging zum Waschbecken, um einen Schluck Wasser zu trinken.

»Wie lief's beim Vorsprechen?«, fragte Gloria.

»Schlecht, ich habe keine Rolle bekommen. Wenn man während des Schuljahrs nicht regelmäßig an der Theater-AG teilnimmt, hat man keine Chance.«

»Ihr Pech, wenn sie dich nicht in ihrem Sommertheater wollen. Aber mach' dir nichts daraus, eine Highschool-Aufführung macht noch lange keine Schauspielerin aus dir.«

»Stimmt, sonst würden ja alle merken, dass ich wirklich spielen kann.«

»Ich will damit nur sagen, dass ich auf der Highschool auch nicht im Chor gesungen habe, und trotzdem ist was aus mir geworden.«

»Ja, die Plattenfirmen rennen dir förmlich die Bude ein.«

Gloria verschränkte die Arme. »Es lief alles bestens, bis ich mit dir schwanger wurde. Kind und Karriere passen einfach nicht zusammen.«

»Soll das heißen, dass du nach meiner Geburt auf einmal nicht mehr singen konntest? Weil du mich durch die Speiseröhre herausgewürgt hast?«

»Ist das der Dank?«

»Wofür soll ich dir danken? Dafür, dass du mich geboren hast? Ist das dein Ernst? Willst du eine Grußkarte von mir, vielleicht mit dem Spruch: ›Danke, dass ich neun Monate in deiner Gebärmutter abhängen durfte‹?«

Mit einem gezielten Sprung landete ich akkurat am Fußende von CJs Bett.

»Sofort runter da!«, rief Gloria.

Reumütig sprang ich wieder runter und kauerte mich auf den Boden.

»Schon gut, Molly, du bist ein gutes Mädchen«, sagte CJ besänftigend. »Was hast du eigentlich gegen Hunde, Gloria?«

»Ich weiß nicht, was du an ihnen findest. Sie sind schmutzig und stinken. Sie lecken alles ab. Man kann sie zu nichts gebrauchen.«

»Wenn du sie besser kennen würdest, würdest du nicht so reden«, erwiderte CJ und streichelte mich zärtlich.

»Als ich noch klein war, hatte meine Mutter auch einen Hund.«

»Das hast du nie erzählt.«

»Sie küsste ihn immerzu auf die Schnauze. Ich fand das widerlich«, fuhr Gloria fort. »Er wurde total verhätschelt, obwohl er bloß fett und träge auf ihrem Schoß herumlag und zu nichts nütze war. Er saß nur rum und glotzte, während ich das ganze Haus schrubben musste.«

»Molly ist nicht so.«

»Kauf dir lieber was Hübsches zum Anziehen, anstatt

dein Geld für Hundefutter und Tierarztrechnungen zu verplempern.«

»Ich habe Molly, das reicht mir. Ich brauche keine schicken Kleider.« CJ kraulte mich hinterm Ohr und ich überließ mich leise seufzend dem wohligen Gefühl.

»Verstehe. Der Hund ist dir wichtiger als deine Mutter.« Gloria drehte sich um und verließ den Raum. CJ schloss die Tür hinter ihr, dann legten wir uns beide aufs Bett und sie nahm mich fest in den Arm.

»Wir hauen bald von hier ab, das verspreche ich dir, Molly.« Ich schleckte ihr das Gesicht ab.

Ich war ein guter Hund und beschützte Ethans Enkelkind, aber nicht nur deshalb, weil Ethan das so gewollt hatte. Ich liebte CJ wirklich von ganzem Herzen. In ihrem Arm einzuschlafen, mit ihr spazieren zu gehen oder mit ihr im Kunstseminar zu sein, machte mich vollkommen glücklich.

Was mich nicht glücklich machte, war, dass plötzlich ein Mann namens Shane auf der Bildfläche erschien. Er kam ständig zu Besuch, vor allem dann, wenn Gloria abends nicht zu Hause war. Dann balgte er mit CJ auf der Couch. Shanes Hände rochen auch nach diesem beißenden Rauch, der in CJs Kleidern hing. Er begrüßte mich jedes Mal, aber die gleichgültige Art, wie er mich streichelte, zeigte, dass er mich nicht besonders mochte. Ein Hund merkt so was schnell.

Menschen, die Hunde nicht mochten, traute ich nicht über den Weg.

Eines Abends, als Shane und CJ auf der Couch saßen, kamen auch Trent und Rocky vorbei. Rocky war äußerst alarmiert und sah dauernd zu Trent hoch, der sich nicht setzen wollte. Auch ich konnte Trents Traurigkeit, aber auch ein bisschen Wut spüren. Ich versuchte, meinen Bruder für eine kleine Rauferei zu gewinnen, doch er war nicht in Stimmung und ließ Trent keine Sekunde aus den Augen.

»Hi, ich wollte nur mal sehen, was du so machst…«, sagte Trent und trat ein bisschen gegen den Teppich.

»Wie du siehst, ist CJ gerade anderweitig beschäftigt«, sagte Shane.

»Ja«, sagte Trent.

»Nein«, sagte CJ. »Setz dich zu uns, wir gucken Fernsehen.«

»Ich geh wohl besser wieder«, erwiderte Trent und ging.

Ich lief ans Fenster und sah den beiden nach. Trent stand neben dem Auto und starrte lange auf das Haus, bevor er einstieg und davonfuhr.

Rocky saß auf dem Vordersitz.

Am nächsten Tag kam CJ nach der Schule nicht nach Hause. Ich lag im Garten, kaute auf Stöckchen herum und beobachtete Vögel, die von Baum zu Baum flogen.

Sie anzubellen wäre vollkommen sinnlos gewesen, weil sie nicht kapierten, dass sie vor Hunden Angst haben sollten, und deshalb unbeeindruckt ihrer Beschäftigung nachgingen. Den einen oder anderen toten Vogel hatte ich schon verspeist, doch das war kein Genuss gewesen. Eigentlich wollte ich auch keinen mehr probieren, selbst wenn ich mal einen erwischen sollte. Obwohl es mich schon interessiert hätte, ob sie lebendig besser schmeckten.

Als Gloria plötzlich die Tür zum hinteren Garten aufschob, war ich sehr überrascht. »Hierher, Molly! Ich hab was Leckeres für dich!«

Ich wedelte mit dem Schwanz und näherte mich vorsichtig mit gesenktem Hinterteil. Normalerweise bekam ich Ärger, wenn Gloria mich rief.

»Komm schon«, sagte sie.

Ich folgte ihr ins Haus und sie schob die Tür hinter mir zu. »Magst du Käse?«, fragte sie.

Ich wedelte mit dem Schwanz. Wir gingen in die Küche und ich verfolgte aufmerksam, wie sie den Kühlschrank öffnete. Himmlische Düfte kitzelten meine Nase.

Sie raschelte an etwas herum. »Ist total verschimmelt, aber das macht euch Hunden ja nichts aus, stimmt's? Hier, für dich.«

Sie hielt mir ein Stück Käse auf einer Gabel hin. Ich schnupperte daran, nahm vorsichtig einen kleinen Bissen und machte mich auf einen Wutanfall gefasst.

»Na, mach schon!«, sagte sie.

Mit den Zähnen zog ich den Käse von der Gabel, ließ ihn zu Boden fallen und schlang ihn hastig hinunter. Anscheinend war Gloria nun nicht mehr böse auf mich.

»Hier ist noch mehr«, sagte sie, und mit einem dumpfen Geräusch fiel ein Riesenbrocken in meinen Napf. »Mach dich endlich einmal nützlich. Es ist doch absurd, so viel Geld für Hundefutter auszugeben, wenn du ebenso gut Abfall fressen kannst.«

Bisher hatte ich immer nur kleine Käsestückchen bekommen, deshalb kam ich mir vor wie im Schlaraffenland und wusste gar nicht, an welchem Ende ich anfangen sollte. Gloria ging raus und ich verdrückte Stück für Stück den ganzen Käse. Als ich fertig war, lief mir der Speichel aus dem Maul und ich musste viel Wasser trinken.

Gloria kam in die Küche zurück. »Bist du fertig?«

Dann ging sie zur Hintertür und schob das Fliegengitter

beiseite. »Los, raus hier!«, sagte sie im Befehlston. In der Tendenz verstand ich, was sie meinte, und verzog mich eilig nach draußen. Im Garten fühlte ich mich gleich wohler.

Ich vermisste CJ schrecklich und hoffte, sie würde bald zurückkehren. Durch die Hundeklappe schlüpfte ich in den Keller, rollte mich dort auf meinem Kissen ein und wünschte, sie wäre bei mir.

Dann schlief ich ein und als ich wieder aufwachte, war mir speiübel. Hechelnd lief ich auf und ab. Der Speichel troff mir aus dem Maul und ich hatte furchtbaren Durst. Dann fing ich an zu zittern und konnte mich kaum mehr auf den wackligen Beinen halten.

Ich hörte Schritte und wusste, CJ war wieder da. Die Tür am oberen Ende der Kellertreppe ging auf.

»Molly, wo bist du? Komm rauf!«, rief sie.

Ich wollte gehorchen und nahm die erste Stufe, doch ich war völlig benommen und mein Kopf hing schwer zwischen den Schultern.

»Molly?« CJ kam mir entgegen. »Molly, was ist denn los? *Molly!*«, schrie sie.

Ich wollte ihr zeigen, dass alles in bester Ordnung war, doch ich konnte mich nicht mehr rühren. Sie hob mich auf den Arm und plötzlich nahm ich alle Geräusche nur noch gedämpft wahr, als läge ich unter CJs Bettdecke.

»Mom! Mit Molly stimmt was nicht!«, rief CJ. Sie trug mich nach oben und rannte gleich weiter zum Auto, vorbei an Gloria, die seelenruhig auf dem Sofa saß.

Als sie mich draußen kurz absetzte, um die Autotür zu öffnen, erbrach ich mich im Gras. »Um Himmels willen, was ist das denn, was hast du gegessen, Molly?«

Ich durfte vorne sitzen, war aber zu schwach, um meine

Nase durch den Fensterspalt in den Fahrtwind zu halten. »Wir fahren zum Tierarzt, okay? Alles in Ordnung, Molly? Molly, halte durch!«

Ich spürte ihre panische Angst, konnte mich aber nicht mehr bewegen. Im Auto wurde es immer dunkler. Dann fiel mir die Zunge aus dem Maul.

»Molly!«, rief CJ verzweifelt.

Zehn

Mein Blick war trübe und verschwommen, nur von Ferne nahm ich milchiges Licht wahr. Das Gefühl war mir nur allzu bekannt. Gleich würde ich merken, dass meine Glieder mir nicht gehorchten und ich den Kopf nicht heben konnte, weil er zu schwer war. Ich schloss die Augen. Das durfte doch nicht wahr sein! War ich schon wieder ein Welpe, oder was?

Was war geschehen?

Ich hatte Hunger und tastete instinktiv nach meiner Mutter, obwohl ich sie nirgends riechen konnte. Eigentlich roch ich überhaupt nichts. Mit einem tiefen Gefühl der Machtlosigkeit ließ ich mich stöhnend zurück in den Dämmerzustand fallen.

»Molly!«

Plötzlich war ich hellwach. Als sich mein Blick klärte, erkannte ich CJ. Ihr Gesicht war ganz dicht neben mir.

»Ach Molly, ich hab mir solche Sorgen gemacht!« Ich spürte ihre liebkosende Hand in meinem Fell und sie gab mir einen Kuss auf die Schnauze. Da ich zu schwach war, den Kopf zu heben, wedelte ich nur matt mit dem Schwanz, was leise Geräusche auf dem Metallbett machte. Erleichtert leckte ich ihre Hand, weil ich froh war, noch am Leben zu sein und weiterhin auf sie aufpassen zu können.

Hinter ihrem Gesicht erschien Doktor Marty. »Vor vier

Stunden hat sie das letzte Mal erbrochen. Ich denke, sie ist über den Berg.«

»Was war die Ursache?«

»Ich weiß es nicht«, sagte der Tierarzt. »Vermutlich hat sie etwas Verdorbenes erwischt.«

»Ach Molly, das darfst du doch nicht!«

Sie küsste mich und ich leckte ihr übers ganze Gesicht vor Freude, dass ich kein Welpe geworden war und bei meinem Mädchen blieben konnte.

CJ und Gloria stritten sich fürchterlich, als wir nach Hause zurückkehrten.

»Wie bitte, 600 Dollar?«, rief Gloria.

»Das ist der Preis dafür, dass sie noch am Leben ist«, schrie CJ.

Immer wenn sich die beiden anbrüllten, lief ich vor Anspannung gähnend im Zimmer auf und ab, aber heute war ich zu erschöpft. Ich lag nur matt auf dem Boden und sah zu, wie Gloria in ihr Zimmer rannte und die Tür hinter sich zuwarf. Ihre opulenten Gerüche waberten durchs Haus.

In diesem Sommer kam Trent nur selten zu Besuch. CJ und ich schliefen meist bis die Sonne hoch am Himmel stand, dann frühstückten wir lange und später lagen wir faul im Garten. Es war eine herrliche Zeit. CJ goss dauernd schmieriges Öl über sich, das noch abscheulicher schmeckte als es roch, aber aus reiner Zuneigung musste ich sie trotzdem manchmal ablecken. Das Schönste waren unsere gemeinsamen Nickerchen.

Nur manchmal verschwand CJ im Bad, um sich auf die flache Kiste zu stellen. Mir war es unbegreiflich, warum sie ständig auf dieses Ding stieg, denn es machte sie nur unglücklich.

Als wir einmal von einem dieser kurzen Ausflüge ins Bad zurückkamen und die Schiebetür zum Garten öffneten, erblickten wir Gloria, die sich unterdessen neben unserem Sonnenplatz auf einem Handtuch niedergelassen hatte.

»Wieso trägst du meinen Bikini, Gloria?«

»Er passt mir ausgezeichnet, findest du nicht?«

»Nein, es sieht furchtbar aus.«

»Ich habe fünf Kilo abgenommen! Und *ich* kann mein Gewicht halten.«

CJ ballte die Fäuste und stöhnte frustriert auf. Dann machte sie auf der Schwelle kehrt. »Komm, Molly«, sagte sie. Sie schien böse auf mich zu sein. Schuldbewusst senkte ich den Kopf und trottete still hinter ihr her. Wir gingen auf ihr Zimmer. Dort betrat sie den Schrank, in dem sie immer Wasser über sich laufen ließ, während ich nervös hechelnd auf der Matte lag, weil ich sie da drin weinen hörte. Mein Mädchen war schrecklich unglücklich.

Anders als sonst, erbrach sie sich heute aber nicht. Wenn das passierte, war sie auch immer unglücklich.

Einmal machten wir eine Autofahrt und ich saß auf dem Vordersitz. Wir fuhren zu Trent und ich spielte mit Rocky im Garten, der nicht so groß war wie der von CJ, aber den Vorteil hatte, dass Rocky da war.

»Danke, dass du sie nimmst«, sagte CJ.

»Kein Problem, Rocky freut sich über Gesellschaft. Wenn ich arbeite, ist er tagsüber ganz allein«, sagte Trent. »Hab ich dir schon erzählt, dass ich zum Betriebsassistenten aufgestiegen bin?«

»Echt? Musst du jetzt auch einen Papphut tragen?«

Rocky unterbrach unser Spiel und lief zu Trent.

»Nein, ich bin nur selbst erstaunt, dass sie mir diesen Job anvertrauen, ich bin ja noch nicht mal im College … ach, vergiss es, ist nicht so wichtig.«

»Sei nicht böse, es war nur ein blöder Scherz. Ich bin stolz auf dich.«

»Ja klar, schon gut!«

Rocky drückte seine Schnauze in Trents Hand.

»Nein, wirklich! Es zeigt doch, was du alles kannst. Deshalb bist du auch Klassensprecher geworden. Du kriegst einfach alles hin.«

»Schön wär's.«

»Wie meinst du das?«

»Vergiss es.«

»Was ist denn los?«

»Erzähl mir von deiner Reise.«

»Ich bin total aufgeregt, das ist meine erste Kreuzfahrt! Zwei Wochen an Bord eines Luxusdampfers!«

»Aber versprich mir, Gloria nicht über die Reling zu stoßen. Bestimmte Regeln müssen auch auf See eingehalten werden, selbst wenn die Versuchung groß ist.«

»Ach, wenn die Anker gelichtet sind, werden sich unsere Wege selten kreuzen.«

»Du bist echt optimistisch, ich wünsche dir viel Glück!«, erwiderte Trent.

Ich war nicht besonders überrascht, als CJ ohne mich ging. Sie hatte mich schon öfter bei Rocky gelassen, damit wir spielen konnten. Manchmal war es auch andersrum, dann kam Rocky zu uns. Nach ein paar Tagen fing ich aber trotzdem an, mir Sorgen zu machen, und stupste Trent mit der Schnauze an, weil ich Trost suchte.

»Du vermisst deine CJ, stimmt's?« Liebevoll nahm er meinen Kopf in beide Hände, und als er ihren Namen sagte, wedelte ich zustimmend mit dem Schwanz. *Ja, ich will nach Hause zu meinem Mädchen!*

Rocky sprang mir auf den Rücken, weil es ihm nicht behagte, dass ich von Trent so viel Aufmerksamkeit bekam. Mit gebleckten Zähnen schnappte ich nach ihm, er fiel runter und entblößte seine Kehle. Mir blieb keine Wahl, als mich breitbeinig über ihn zu stellen und seine Gurgel mit den Zähnen zu bearbeiten.

Eines Abends hörte ich Trent laut »CJ!« rufen, doch als ich ins Zimmer rannte, um nachzusehen (Rocky hörte nicht auf, mich von der Seite anzuspringen), war er allein. »Willst du mit CJ sprechen, Molly? Sie ist am Telefon!«

Er hielt mir ein Plastikspielzeug hin. Ich beschnupperte es. Okay, dann hieß das Ding eben »Telefon«. Ich hatte das schon oft gesehen, wurde aber bisher nie ermuntert, damit zu spielen.

»Sag ›Hallo‹!«, forderte Trent mich auf.

Das Ding machte eigenartige, blecherne Geräusche. Ich legte den Kopf schief und sah es an.

Trent drückte das Telefon wieder ans Gesicht. »Sie weiß, dass du es bist.« Er schien sich zu freuen.

Die Menschen hörten sich oft erfreut an, wenn sie mit ihrem Telefon sprachen, allerdings war ich der Ansicht, dass es besser war, mit seinem Hund zu reden.

Ich fand Trents Verhalten äußerst merkwürdig. Außerdem war ich es leid, zum Narren gehalten zu werden. Von CJ war weit und breit keine Spur. Ich trottete zum Bett hinüber und ließ mich seufzend am Boden nieder. Rocky legte sich neben mich und bettete den Kopf auf meinen Bauch.

Er spürte meine triste Stimmung. Obwohl er bei mir war, fühlte ich mich traurig. Ich vermisste mein Mädchen.

Aber ich wusste, dass sie zurückkehren würde. Sie kam immer zu mir zurück.

Eines Morgens ging Trent nicht zur Arbeit, sondern in den Keller. Dort stemmte er ächzend schwere Sachen, die er zwischendurch immer wieder absetzte. Nach dem Baden verbrachte er viel Zeit damit, verschiedene Kleidungsstücke anzuprobieren. Rocky wurde von seiner Nervosität angesteckt und fing zu hecheln an. Als Trent später im Wohnzimmer ständig ans Fenster lief, folgte ihm Rocky auf Schritt und Tritt. Mir wurde das bald zu langweilig, deshalb breitete ich mich lieber auf dem weichen Teppich aus.

Draußen fiel eine Autotür krachend ins Schloss. Trent wurde noch nervöser. Rocky legte die Vorderpfoten an die Fensterscheibe, um nachzusehen, was es bedeutete. Kaum hatte ich mich aufgerichtet, da ging auch schon die Haustür auf.

»Hi Rocky! Hallo Molly!« Es war mein Mädchen! Vor Freude jaulte ich laut auf und umrundete sie mehrmals. Als sie sich zu mir runterbeugte, um mich zu streicheln, leckte ich ihr übers ganze Gesicht. Als sie sich wieder aufrichtete, sprang ich auf und ab, weil ich sie weiter küssen wollte. Sie nahm meinen Kopf in beide Hände und knuddelte mich überschwänglich. »Ach Molly, mein kleiner Dussel-Schussel«, sagte sie. Überall dort, wo mich ihre Hände berührten, zog sich die Haut unter meinem Fell vor Wonne zusammen.

»Hi CJ«, sagte Trent und streckte den Arm aus, hielt dann jedoch abrupt inne. Sie lachte und fiel ihm um den Hals.

Rocky war völlig aufgedreht und hüpfte auf sämtliche

Möbel. »Hey, komm da runter!«, rief Trent lachend, weshalb ihn Rocky nicht ernst nahm und wie ein Irrer weiter umhersprang. Ich wich CJ nicht von der Seite.

»Hast du Hunger? Ich kann dir Kekse anbieten«, sagte Trent.

Kekse? Rocky und ich horchten auf.

»Bloß nicht!«, entgegnete CJ. »Ich bin total fett geworden. Es gab ständig etwas zu essen auf dem Schiff.«

Trent schickte Rocky und mich zum Raufen in den Garten, aber schon nach wenigen Minuten vermisste ich mein Mädchen und kratzte an der Tür, bis mich Trents Mutter wieder reinließ. Trent und CJ saßen auf der Couch und ich nahm zu ihren Füßen Platz. CJ hielt ein Telefon fest umklammert auf ihrem Schoß.

»Das war unsere Kabine«, sagte sie.

»Wow, die ist ja riesig!«

»Es war wirklich toll. Wir hatten einen gemeinsamen Wohnzimmerbereich, aber jede eine eigene Schlafkabine mit Bad. Du weißt ja, Gloria und ich kommen am besten miteinander aus, wenn wir uns möglichst selten begegnen.«

»Die Reise hat bestimmt Unsummen gekostet!«

»Wahrscheinlich.«

»Verdient deine Mutter wirklich so viel Geld?«

CJ sah ihn von der Seite an. »Keine Ahnung, ich glaube schon. Jedenfalls ist sie fast jede Nacht für irgendeine Show gebucht. Sie scheint gut im Geschäft zu sein.«

Ich seufzte. Mir gegenüber nagte Rocky an einem Kauknochen und sah mich herausfordernd an. Er hoffte wohl, dass ich ihm sein Spielzeug abluchsen wollte.

»Und wer ist der Typ?«

»Der … ach, nicht so wichtig.«

»Da ist ja noch ein Bild von ihm.«

»Ein kleiner Urlaubsflirt, weiter nichts.«

Trent war still. Rocky schien etwas zu spüren, erhob sich und lief zu ihm hin, um seinen Kopf in seinen Schoß zu legen. Für mich war das die Gelegenheit, mich auf seinen Kauknochen zu stürzen.

»Was ist denn?«, fragte CJ.

»Nichts«, sagte Trent. »Es ist spät, ich muss morgen früh raus wegen der Arbeit.«

Wir verließen die beiden und danach trafen wir sie nicht mehr so oft wie früher. Wen ich allerdings häufiger sah, war Shane, obwohl ich auf ihn keinen großen Wert legte. Zwar benahm er sich mir gegenüber anständig, aber etwas an ihm behagte mir nicht. Gloria und CJ sprachen oft über Shane, und jedes Mal lief CJ aus dem Raum und zischte: »*Mu-tter*, hör auf!«

Danach waren beide unglücklich. Es ergab einfach keinen Sinn. Dabei gab es so viel Schönes, was einen glücklich machen konnte. Speck zum Beispiel, oder die vielen Tage, an denen wir im Garten faulenzten und CJs liebkosende Hände in meinem Fell wühlten.

Was mich allerdings nicht glücklich machte, war Baden. In meinen früheren Leben hieß Baden, im Freien stehen, mit Wasser bespritzt und dann abgeschrubbt werden mit einer glitschigen Seife, die genauso eklig roch wie Glorias Haare, und deren Geruch hinterher tagelang in meinem Fell hing. Bei CJ bedeutete Baden: im Haus blieben und in eine schmale Kiste mit glatten Wänden steigen. Immer wenn sie mich mit dem warmen Wasser aus dem Napf mit Stiel übergoss und dann mit stinkender Seife einrieb, kam ich mir vor wie ein böser Hund. Mit geschlossenen Augen und gesenktem Kopf hielt ich dem gemeinen Anschlag zwar stand, fühlte mich aber erbärmlich. All die wunderbaren Düfte, die sich über Wochen hinweg in meinem Fell festgesetzt hatten – Dreck, Futterreste und Kadavergeruch – verflüchtigten sich, wenn sich das warme Wasser über mich ergoss. Alle Versuche, auszubüxen, scheiterten an den glatten Wänden der Kiste, an denen meine Krallen keinen Halt fanden.

»Nein, Molly!«, rief CJ dann streng und hielt mich fest.

Baden war wirklich eine schlimme Strafe, zumal mir nie klar war, was ich verbrochen hatte. Aber nach dieser Tortur folgte stets der schöne Teil. Dann wickelte mich CJ in eine Decke und drückte mich fest ans Herz. Das war wundervoll, weil ich mich warm, geborgen und geliebt fühlte. »Ach Molly, mein Molly-Hund, du kleiner Schnudel-Pudel«, flüsterte CJ dann in mein Ohr.

Wenn sie mich mit der Decke abgerubbelt hatte, prickelte meine Haut, weshalb ich erstmal eine Runde durchs Haus toben und mich ein paar Mal schütteln musste, bis auch der letzte Tropfen dieser stinkenden Brühe aus meinem Fell verschwunden war. Ich hüpfte über Tische und Stühle, oder aufs Sofa, und rieb meine Schultern am Teppich, um mir eine kleine Massage zu gönnen.

CJ stand meistens daneben und lachte. Wenn Gloria da war, bekam ich natürlich Schimpfe. »Schluss jetzt!«, kreischte Gloria, obwohl ich nie verstand, warum sie schon wieder böse auf mich war, weil ich meine Strafe doch schon hinter mir hatte. Wahrscheinlich war sie einfach so. Obwohl es schöner gewesen wäre, wir hätten das gemeinsam gefeiert, denn es machte wirklich großen Spaß, auf den Möbeln herumzuspringen.

Als ich plötzlich wieder in den Keller musste, ahnte ich schon, dass die Sache mit der Schule wieder losging. Gloria verließ das Haus meistens kurz nach CJ. Durch die Hundeklappe gelangte ich aber in den Garten, und dort lag ich meist an meinem Lieblingsplatz und träumte von CJs liebkosenden Händen in meinem Fell.

Auch »Kunstseminar« stand wieder regelmäßig auf unserem Plan. Manchmal waren andere Menschen dort, von denen ich immer gestreichelt wurde, manchmal waren CJ und ich allein im Gebäude, so wie eines Abends, als es an der Tür klopfte. Das Geräusch war derart unheimlich, dass sich mir die Nackenhaare sträubten und ich leise knurrte.

»Schon gut, Molly!« CJ ging zur Tür und ich folgte. Auf der anderen Seite konnte ich Shane riechen, was mir, offen gestanden, gar nicht gefiel.

»CJ, mach schon auf!«, rief er. Ein anderer Mann war auch noch da.

»Ich darf hier niemanden reinlassen«, sagte CJ durch die geschlossene Tür.

»Komm schon, Süße.«

CJ öffnete die Tür einen Spalt und die Männer drängten herein. Shane packte CJ an der Schulter und küsste sie ins Gesicht. »Hallo Molly«, sagte er zu mir. »CJ, das ist Kyle.«

»Hallo«, sagte Kyle.

»Hast du den Schlüssel?«, fragte Shane.

CJ verschränkte die Arme. »Ich sagte doch bereits …«

»Ja, aber Kyle und ich müssen die Klausur in Kunstgeschichte unbedingt bestehen. Komm schon. Du weißt genau, dass das Fach nicht so wichtig ist, bloß nutzloses Wissen und viel Paukerei. Ich will die Klausuraufgaben nur kopieren. Wir hauen auch gleich wieder ab.«

Keine Ahnung, was hier vor sich ging, jedenfalls merkte ich, dass CJ nicht begeistert war. Sie gab Shane etwas in die Hand, der drehte sich um und warf es Kyle zu.

»Bis gleich«, sagte Kyle und verschwand. Shanes Mund verzog sich zu einem breiten Grinsen.

»Ist dir klar, dass ich dafür von der Schule fliegen kann? Ich hab schon genug Ärger wegen Schwänzen«, sagte CJ.

»Entspann' dich, Süße. Wer soll uns denn verraten? Molly etwa?« Er streckte die Hand aus, um meinen Kopf zu streicheln. Seine Berührung war grob. Dann packte er CJ wieder bei den Schultern.

»Nein, Shane, nicht hier.«

»Aber es ist doch keiner da!«

»Lass das, Shane.«

Sie klang ärgerlich. Ich begann, leise zu knurren. Shane lachte und breitete die Arme aus. »Okay, okay, beruhig dich. Dann eben nicht. Hetz' mir bloß nicht Molly auf den Hals, das war doch nur Spaß. Ich seh mal nach, wo Kyle steckt.«

CJ widmete sich wieder dem Spiel mit den nassen Stöckchen und dem Papier. Dann kam Shane zurück und warf einen Gegenstand auf den Tisch neben CJ. Es klimperte. »Wir hauen wieder ab«, sagte Shane.

CJ sagte nichts.

Ein paar Tage später saßen CJ und Gloria auf der Couch vor dem Fernseher, während ich ein Nickerchen machte, da klingelte es an der Tür.

Ich war sofort auf den Beinen, um nachzusehen, ob Rocky und Trent draußen standen. Doch es waren zwei fremde Männer in dunkler Montur mit Eisendingern am Gürtel. Von früher wusste ich, dass es Polizisten waren. CJ ließ sie ein. Gloria erhob sich von der Couch. Ich wedelte mit dem Schwanz und beschnupperte sie zur Begrüßung.

»Sind Sie Clarity Mahoney?«, fragte einer der Männer.

»Ja, die bin ich.«

»Was geht hier vor?«, fragte Gloria.

»Wir ermitteln wegen des Einbruchs im Kunstseminar der Schule.«

»Welcher Einbruch?«, fragte CJ.

»Ein Laptop, Bargeld und ein versilberter Bilderrahmen wurden gestohlen«, erklärte der eine Polizist.

Gloria rang nach Luft.

»Das kann nicht sein!«, rief CJ und ich spürte die Angst, die in ihr hoch kroch.

»Was hast du verbrochen?«, schrie Gloria.

»Das war ich nicht, das war Shane.«

»Sie müssen mitkommen aufs Revier, Clarity.«

»Sie wird nirgendwo hingehen!«, sagte Gloria.

»Ich heiße CJ, nicht Clarity!«

Ich stellte mich neben mein Mädchen.

»Also los«, sagte der andere Beamte.

»Meine Tochter wird nicht von der Polizei abgeführt. Ich fahre sie persönlich hin.«

»Lass gut sein, Gloria«, sagte CJ.

»Nein, ich lasse es nicht gut sein. Das ist immer noch mein Haus!«

Allmählich schienen die Polizisten die Geduld zu verlieren. »Ihre Tochter muss mit auf die Wache, ganz egal wie.«

»Auf gar keinen Fall!«, rief Gloria.

Einer der Männer griff in die Seitentasche seiner Jacke und zog zwei Ringe aus Eisen heraus. »Drehen Sie sich bitte um, CJ.«

Dann verließen alle das Haus. CJ streichelte mich nicht zum Abschied, und ich kam mir vor wie ein böser Hund. In dem nun leeren Haus fühlte ich mich sehr einsam.

Ich trottete die Stufen zum Keller hinunter, um mich an einem sicheren Ort einzurollen und ein wenig zu schlafen.

Ich erwachte, als ich die Eingangstür oben hörte, blieb aber liegen, weil es bloß Gloria war. Sie schloss sofort die Kellertür.

Die ganze Nacht lang wartete ich auf mein Mädchen, aber sie kam nicht nach Hause. Sie kam auch nicht am nächsten Tag, und auch nicht am übernächsten. Ich hatte großen Hunger und kaute an einem alten Gummiknochen herum, den ich im Keller fand. Bevor CJ und die Männer das Haus verließen, hatte ich nichts zu essen bekommen. Auch am folgenden Tag fiel die Mahlzeit aus. Aus einer Wasserpfütze im Garten trank ich Wasser, aber der Hunger, die Einsamkeit und die Traurigkeit blieben.

Das Loch im Bauch wurde immer größer und schließlich ließ ich meinem Kummer freien Lauf und bellte mein Leid in die Welt hinaus. Aus der Ferne antwortete ein anderer einsamer Hund. Ich hatte ihn nie zuvor wahrgenommen. Wir bellten einander eine Weile lang zu, dann verstummte er plötzlich. Verwundert fragte ich mich, wer er war, und warum wir noch nie zusammen gespielt hatten. Ob er wohl auch keine Mahlzeit bekommen hatte heute?

Tage, an denen man krank vor Hunger und Sorge um den vertrauten Menschen ist, ziehen sich endlos hin. Irgendwann wurde es dunkel und ich zwängte mich durch die Hundeklappe zurück in den Keller. Auf meinem Kissen rollte ich mich ganz fest ein, damit ich das schreckliche

Loch im Bauch nicht spürte. Leise Panik beschlich mich und allmählich wurde mir angst und bang. In der Nacht konnte ich kaum schlafen.

Wo blieb CJ nur?

Elf

Am nächsten Tag beobachtete ich von einem schattigen Fleck im Garten aus Vögel, die im feuchten Gras umherhüpften. Meinen Hunger vergaß ich nur, wenn Gloria wieder an die Glastür trat und mich mit kaltem Blick musterte. Dann fühlte ich mich wie ein böser Hund. Ansonsten fühlte ich mich dem Hungertod nah.

Wohin CJ auch gegangen sein mochte, sie hatte bestimmt nicht gewollt, dass ich kein Abendessen bekam. Schon mehrmals war ich um meinen Napf herumgeschlichen, um zu sehen, ob vielleicht was drin war. Aber er war immer leer. Außer ein Paar Socken fand ich nichts Essbares weit und breit, und die zählten nicht, weil ich bei früheren Versuchen feststellen musste, dass sie dazu nicht taugten. Während ich im leeren Napf leckte, stellte ich mir wenigsten vor, es sei Futter drin.

Die schlimmste Qual waren die köstlichen Gerüche, die mir in die Nase stiegen, wenn irgendwo gekocht wurde. Von Ferne roch ich sogar Grillfleisch! Ich wäre einfach meiner Nase gefolgt, um dorthin zu gelangen, aber ich wusste nicht, wie ich aus dem hinteren Garten kommen sollte.

Es gab eine Holztür, die zur Garage führte und ziemlich hoch war. Die andere war aus dem gleichen Material wie der Zaun, aber niedriger. Mit etwas Anlauf könnte es gelingen.

Der Gedanke ließ mich nicht los. Immer wieder sah ich mich über Tür und Zaun springen, um das Fleisch aufzuspüren und mich von einem Menschen füttern zu lassen.

Wenn ich nur daran dachte, lief mir das Wasser im Mund zusammen. Doch bei dem Gedanken, wegzulaufen, fühlte ich mich wie ein böser Hund. CJ brauchte mich doch. Wenn ich mich jetzt davonmachte, um Nahrung zu suchen, war keiner da, der sie beschützte.

Leise winselnd drückte ich mich durch die Hundeklappe, um noch einmal meinen Napf zu inspizieren. Er war leer. Stöhnend rollte ich mich auf dem Kissen ein, doch mein knurrender Magen hinderte mich am Schlafen.

Und dann hörte ich Trent meinen Namen rufen. In Sekundenschnelle war ich wieder im Garten. Er pfiff mich zu sich und bei der stürmischen Begrüßung hätte ich ihn beinahe umgeworfen. Er lachte und wir rauften ein bisschen. Alles an ihm roch nach Rocky.

»Na, Molly, alles okay? Du vermisst CJ, nicht wahr?«

Ich hörte, wie die hintere Glastür aufgeschoben wurde. »Holst du ihn endlich ab?«, rief Gloria.

»Sie! Molly ist eine Hundedame«, sagte Trent. Ich setzte mich, als ich meinen Namen hörte. »Wann haben Sie sie das letzte Mal gefüttert?«

»Wieso sollte *ich* sie füttern?«, fragte Gloria.

Ich spürte, wie ein Schreck Trent durchfuhr.

»Soll das heißen, Sie haben ihr nichts gegeben?«

»Sprich nicht in diesem Ton mit mir! Ich bin davon ausgegangen, dass sie draußen schon irgendwas findet. Mir hat niemand was gesagt.«

»Sie hätten den Hund also verhungern lassen?«

»Jetzt bist du ja da, um dich um ihn zu kümmern.« Hässliche Gefühle drängten aus Glorias Innern an die Oberfläche.

»Nun, ich meine…«

»Du bist doch gekommen, weil du denkst, dass du bei Clarity punkten kannst, wenn du dich um ihren Hund kümmerst. Ich weiß, dass du in sie verknallt bist.«

Trent holte tief Luft, dann blies er den Atem ganz langsam wieder aus. »Komm, Molly«, sagte er gefasst.

Ich folgte Trent zum Gartentor und während er die Pforte öffnete, blickte ich über die Schulter zurück zu Gloria. Sie sah uns mit starrem Blick nach, die Hände in die Hüften gestemmt. Ihr Blick machte mir Angst.

Trent brachte mich zu Rockys Haus und fütterte mich. Ich war so ausgehungert, dass ich Rocky böse knurrend anfuhr, weil er mich zum Spielen aufforderte, bevor mein Napf leer war. Nachdem mein Bauch endlich wieder gefüllt war, wurde ich schläfrig. Ich hätte nichts gegen ein Nickerchen gehabt, doch Rocky rannte mit einem Strick im Garten herum und tat so, als würde ich ihn nie kriegen, was natürlich Unsinn war. Ich jagte hinterher, erwischte das andere Ende des Seils und so zerrten wir uns gegenseitig durch den Garten. Trent lachte und Rocky sah sofort zu ihm rüber. Ich nutzte den kleinen Moment der Unaufmerksamkeit, um ihm den Strick abzuluchsen und davonzurennen. Rocky stürmte hinterher.

Die Nacht verbrachten Rocky und ich völlig erledigt Seite an Seite auf dem Boden in Trents Zimmer. Während der Jagd nach dem Strick hatte ich CJ einen kurzen Moment lang vergessen. Doch als ich nun im Dunkeln lag, vermisste ich sie schrecklich und war traurig. Rocky beschnüffelte mich, stieß mich aufmunternd an und leckte meine Schnauze, schließlich legte er seinen Kopf auf meine Brust.

Am nächsten Morgen schickte sich Trent an, das Haus zu verlassen, und daraus, dass er beim Anziehen immer hektischer wurde und beim Hinausgehen noch rasch Papiere einsammelte, schloss ich, dass er wieder zur Schule ging. Rocky und ich balgten im Garten, zerrten am Strick und buddelten Löcher ins Gras. Als Trent zurückkehrte, bekamen wir erst zu essen und dann Schimpfe, während er mit unseren Löchern spielte und die Erde wieder zurückscharrte. Es sah ganz so aus, als ob wir, oder wahrscheinlich nur Rocky ein böser Hund war; aber wir hatten keine Ahnung, warum. Mit hängendem Kopf und angelegten Ohren stand Rocky eine Weile da, bis Trent ihn streichelte, dann war alles wieder gut.

Als wir später im Garten rauften – Trent war gerade im Haus beschäftigt – hörten wir ein Klappern an der Pforte. Bellend und mit gesträubtem Rückenfell liefen Rocky und ich los, um nachzusehen, was das bedeutete. Da stand mein Mädchen! Außer mir vor Glück stürmte ich auf sie zu. »Molly!«, rief sie freudig. »Guten Tag, Rocky!«

Rocky kam schon wieder mit dem albernen Strick an. CJ ließ sich auf die Knie fallen, umarmte mich und küsste mir das Gesicht. Plötzlich reckte Rocky den Kopf und rannte zur Schiebetür, weil in dem Augenblick Trent heraustrat. Rocky begrüßte ihn derart stürmisch, als sei Trent eine Ewigkeit weggewesen, was natürlich albern war.

»Aus, Rocky! Hi CJ.«

CJ richtete sich auf. »Hi Trent.«

Trent lief eilig auf CJ zu und umarmte sie. »Oh!«, sagte CJ und lachte kurz.

Dann holten sie die Leinen und wir gingen spazieren. Rocky und ich versuchten, die herabgefallenen Blätter zu fangen, die der Wind hochwirbelte, wurden aber durch die Leinen stark behindert.

Ich war selig, dass CJ wieder zurück war und wir alle vier zusammen waren. Ich wurde ja nicht gefragt als Hund, aber wäre es nach mir gegangen, ich hätte nichts dagegen gehabt, von nun an mit CJ in Trents Haus zu leben. Vorausgesetzt Gloria kam nicht auch noch mit.

Ich hörte ein Klicken, dann schoss eine kleine Flamme auf und wieder quoll Rauch aus CJs Mund von dem brennenden Stäbchen, das die Menschen, wenn ich mich recht erinnerte, Zigarette nannten. »Im Vollzug durfte man nicht rauchen. Die Tage zogen sich hin wie eine Ewigkeit!«

»War es schlimm?«

»Im Jugendknast? Nein, eher merkwürdig. Ich habe zwei Kilo abgenommen, in der Hinsicht hat es sogar etwas gebracht«, sagte CJ lachend. »Die Jungs und Mädchen sind in getrennten Flügeln untergebracht, man sieht sich kaum, dafür machen die Jungs umso mehr Krach. Sie sind auch in der Überzahl, und die meisten Mädchen haben die Straftat aus Liebe begangen – wird jedenfalls behauptet. Das ist doch unfassbar!«

»Genau wie du«, murmelte Trent.

Unser Spaziergang war herrlich! Rocky musste an jedem Busch und Baum eine Duftmarke setzen, und ich hockte mich aus Verbundenheit und weil ich mich von früher an diesen Drang erinnern konnte, daneben.

»Ich wusste ja nicht, dass Shane das Zeug klauen wollte.«

»Aber dass er die Klausur mitgehen lassen wollte schon?«

»Er meinte, er würde sie bloß kopieren, nicht stehlen. Außerdem ist das Fach doch total unwichtig, Kunstgeschichte ist nicht dasselbe wie Mathe. Fängst du jetzt auch noch damit an?«

Trent war kurz still. »Nein, mach ich nicht, tut mir leid«, sagte er dann.

Rocky hechtete einem vom Wind aufgewirbelten Blatt hinterher, fing es im Maul und wollte mit seiner Beute prahlen. Aber für mich war es einfach bloß ein Blatt, das ihm aus dem Maul hing.

»Weil ich schon Probleme mit dem Schwänzen hatte, werde ich nun eine Zeitlang von der Schule beurlaubt. Du kannst dir nicht vorstellen, wie dick meine Akte ist. Ich wette, nicht einmal Topspione haben eine dickere.«

»Wie lange bist du suspendiert?«

»Bis zum Ende des Schuljahrs.«

»Dann nimmst du also auch nicht am Abschlussball teil?«

»Das macht nichts. So erspare ich mir dieses ganze Tamtam, die hässlichen Talare und die albernen Baretts! Nein, ich werde ganz ohne Pomp und Tracht Mitte des nächsten Schuljahrs abschließen, und Gloria wird sich ärgern, dass sie eine Gelegenheit verpasst, bei der sich alle Blicke wieder einmal auf sie richten könnten.«

»Dann wirst du also suspendiert und das war alles?«

»Zusätzlich hab ich noch viele Sozialstunden in einer gemeinnützigen Organisation aufgebrummt bekommen. Dafür hab ich mir aber einen echt coolen Job ausgesucht: Ich helfe bei der Ausbildung von Dienst- und Servicehunden.«

Bei dem Wort »Hunde« spitzte ich die Ohren und sah sie

aufmerksam an. Sie streckte die Hand aus und streichelte meinen Kopf. Ich leckte ihre Finger. »Guter Hund, Molly«, sagte sie.

Im Hundepark durften wir von der Leine und stürmten sofort los. Ich genoss die frische Luft und raufte und rannte mit meinem Bruder um die Wette. Überall wimmelte es von den Gerüchen anderer Hunde, aber außer uns war keiner da.

Wir waren beide fast so aufgekratzt wie nach der Höchststrafe Baden, wenn wir durch die Wohnung rasten und auf alle Möbel hüpften. Rocky hielt aber immer wieder inne, um zu sehen, ob Trent noch da war. Er war ein guter Hund. CJs Anwesenheit konnte ich riechen, denn sie verströmte den beißenden Geruch des Rauchs auch dann, wenn sie gerade kein Feuerstäbchen im Mund hatte.

Viele Menschen rochen nach diesem Qualm, aber bisher hatte ich selten darauf geachtet. Doch bei CJ vermischte sich der Geruch mit den anderen Düften zu ihrer ganz eigenen Note, und das gefiel mir. Trotzdem wünschte ich mir manchmal, sie hätte noch ihren Babygeruch, den ich damals auf der Farm an ihrem kleinen Kopf erschnuppert und selig eingesogen hatte. Diesen Duft fand ich himmlisch!

In einer Ecke des Parks stöberten Rocky und ich ein halbverwestes Eichhörnchen auf. Auch diesen Duft fand ich unwiderstehlich. Doch bevor wir uns ausgiebig darin wälzen konnten, rief uns Trent und wir rannten zu ihm zurück. Wir wurden wieder angeleint. Es war wohl an der Zeit, wieder zurückzugehen.

Bei Rocky zu Hause standen Trent und CJ dann noch eine Weile neben CJs Wagen. Ich wartete schon ungeduldig an der Autotür, weil ich nicht sicher war, ob sie noch wusste, dass ich ein Vordersitz-Hund war.

»Mach's gut und viel Glück mit deiner Mutter.«

»Ach, der bin ich doch völlig gleichgültig. Stell dir vor, sie war nicht einmal da, als ich vorhin mit dem Taxi zu Hause ankam.«

»Warum hast du nichts gesagt! Ich hätte dich abgeholt.«

»Nein, ich wollte nicht, dass du wegen mir die Schule schwänzt. Ich muss dich doch vor meinem kriminellen Einfluss schützen«, sagte CJ lachend.

Wir fuhren mit dem Auto und ich saß auf dem Vordersitz. Als wir ins Haus kamen, saß Gloria mit einem Mann auf der Wohnzimmercouch. Ich wedelte mit dem Schwanz und lief zu ihm, um ihn zu beschnuppern. Er streichelte meinen Kopf. Gloria hob die Hände und versteinerte. An ihr schnupperte ich nicht. Nachdem ich den Mann begrüßt hatte, lief ich zu CJ zurück, die an der Eingangstür stehen geblieben war.

»Clarity, das ist Rick. Er hat mir geholfen, die schwere Zeit zu überstehen, die ich wegen deines schlechten Benehmens durchmachen musste.«

»Ich habe auch eine Tochter in deinem Alter«, sagte Rick und streckte eine Hand aus. CJ berührte sie flüchtig.

»Ich heiße CJ. Nur Gloria nennt mich noch Clarity, weil sie´s einfach nicht blickt.«

»Gloria?« Der Mann wandte sich erstaunt zu Gloria um. Auch ich sah zu ihr hinüber, was ich sonst tunlichst vermied. »Deine Tochter nennt dich beim Vornamen?«

»Ja, ich weiß ...«, murmelte Gloria und schüttelte den Kopf.

»Das ist schon das erste Problem«, sagte der Mann. Er

erschien mir recht sympathisch. Seine Hände rochen nach Schmieröl und Fleisch und stark nach Gloria.

»Sie hat mich dazu gezwungen, ich darf nicht Mom sagen, weil es ihr peinlich wäre, wenn irgendein dahergelaufener Mann im Supermarkt merkte, dass sie schon eine große Tochter hat«, erklärte CJ. »Sie dürften schon bemerkt haben, wie wichtig es ihr ist, was Männer von ihr denken.«

Einen Augenblick lang herrschte Schweigen. Ich gähnte und kratzte mich am Ohr.

»Ich muss jetzt gehen. Deine Mutter möchte bestimmt ein paar Dinge mit dir besprechen. Hat mich gefreut, dich kennenzulernen, CJ.«

»Wie gut, dass Sie nun da sind, um alles zu regeln«, sagte CJ.

Wir gingen in CJs Zimmer und ich rollte mich auf meinem Lieblingsplatz ein. Es war wundervoll, wieder bei meinem Mädchen zu sein. Angenehm ermattet von den Raufereien mit Rocky, wartete ich sehnsüchtig darauf, dass CJ endlich ins Bett kam und mir beim Einschlafen durchs Fell streichelte.

Plötzlich ging die Tür auf und Gloria stand im Zimmer.

»Kannst du nicht anklopfen?«, sagte CJ.

»Haben sie im Knast vielleicht auch angeklopft?«, entgegnete Gloria.

»Selbstverständlich. Sie mussten mich sogar um Erlaubnis bitten, um meine Zelle betreten zu dürfen. Was denkst du denn!«

»Das ist doch gelogen.«

Vor Anspannung gähnend erhob mich also wieder und schüttelte mich. Mir war es unbehaglich, wenn Gloria und

CJ so miteinander sprachen, denn dann kamen immer dunkle, verworrene Gefühle in ihnen hoch.

»Was war das für ein Typ?«, fragte CJ. »Er tat ja gerade so, als wollte er für die Rolle meines Stiefvaters vorsprechen.«

»Rick ist ein erfolgreicher Unternehmer und weiß eine Menge über Menschenführung.«

»Dass er ein Karrieretyp ist, hab ich mir fast gedacht, sonst würdest du nicht mit ihm auf der Couch kuscheln.«

»Er hat mir wichtige Tipps gegeben, wie man mit Kindern umgeht, die auf die schiefe Bahn geraten sind. Ich mache mir große Sorgen um dich, Clarity June.«

»Das habe ich gemerkt. Deine Sorge um mich war so groß, dass du ganz entspannt mit einem Glas Wein auf der Couch saßt, als ich gerade mal acht Stunden später als angekündigt aus dem Knast zurückgekehrt bin.«

Als CJ sich aufs Bett setzte, hüpfte ich neben sie. Es war kaum möglich, ihren wunderbaren Duft wahrzunehmen, denn Glorias vielschichtige Gerüche überlagerten alles.

Als ich ihr rasch einen Blick zuwarf, starrte Gloria mit unbeweglicher Miene zurück, weshalb ich mich schnell wieder abwandte. Sie atmete laut hörbar aus. »Okay, fangen wir an«, sagte sie dann. »Erstens hast du für den Rest des Jahres strikten Hausarrest. Das bedeutet keine Verabredungen, keine Besuche und keine Telefonate. Du verlässt das Haus unter keinen Umständen.«

»Okay, wenn das Jugendamt anruft und wissen will, warum ich meine Sozialstunden nicht ableiste, sage ich einfach, Gloria hat mir Stubenarrest verordnet. Das verstehen die sicher. Im Todestrakt sitzt auch so ein Typ, den sie nicht exekutieren dürfen, weil er tierischen Stress mit seiner Mutter hat.«

Gloria legte die Stirn in Falten und schwieg.

Dann sagte sie: »Das ist was anderes, dafür kannst du das Haus natürlich verlassen.«

»Und sicher auch, um dir bei den Weihnachtseinkäufen zu helfen.«

»Ja, auch dafür mache ich eine Ausnahme.«

»Und für Thanksgiving bei Trent.«

»Nein, dafür nicht, auf gar keinen Fall.«

»Du bist doch an Thanksgiving gar nicht hier, wolltest du nicht zu Rick? Soll ich etwa mutterseelenallein feiern?«

CJ kraulte mich hinterm Ohr und ich gab mich dem wonnigen Gefühl hin, obwohl sie nicht recht bei der Sache war. Wann ging Gloria denn endlich?

»Dann kommst du an Thanksgiving eben mit zu Rick – seine Kinder sind allerdings bei der Mutter«, sagte Gloria gedehnt.

»Ist das dein Ernst? Nie im Leben!«

»Gut, da es nun schon Ausnahmen gibt, geh meinetwegen an Thanksgiving zu Trent.«

»Und was ist mit Jana? Du wolltest doch unbedingt, dass ich mich mit ihr anfreunde, weil ihr Vater Vorstand des Country Klubs ist?«

»Das hab ich nie gesagt. Ich würde es nur unterstützen, wenn du eher mit Leuten wie Jana Umgang pflegst. Sie darf dich gern hier besuchen.«

»Und wenn sie mich dann fragt, ob ich mit ihr im Klub Mittagessen will?«

»Das müssen wir im Einzelfall klären. Nicht alles lässt sich im Voraus regeln. Wenn du eine Einladung bekommst, reden wir noch mal drüber. In besonderen Fällen bin ich bereit, Ausnahmen zuzulassen.«

»Rick scheint dich ja kompetent beraten zu haben in Sachen wirkungsvolle Erziehungsmaßnahmen.«

»Sag ich doch! Außerdem müssen wir noch etwas anderes besprechen.«

»Noch mehr Strafe als strikter Hausarrest mit vielen Ausnahmen? Meine Güte, Gloria, ich komme eben aus dem Jugendvollzug! Ist das nicht Strafe genug?«

CJs Hand hörte auf, mich zu streicheln. Ich stieß sie diskret mit der Schnauze an, um sie daran zu erinnern, dass hier unten ein Hund saß, der noch mehr Streicheleinheiten verdient hatte.

»Ich glaube, dir ist gar nicht klar, wie demütigend und peinlich es für mich war, als du in Handschellen abgeführt wurdest«, sagte Gloria. »Rick meint, es sei ein Wunder, dass ich danach kein post… äh Post-Dingens erlitten habe.«

»Post-partum Depression? Die käme allerdings ein bisschen spät.«

»Nein, das Wort hieß anders.«

»Tut mir leid, wenn das für dich ein solcher Albtraum war. Als ich im Polizeiwagen saß und dich da allein an der Haustür stehen sah, dachte ich auch die ganze Zeit nur: O je, meine arme Mutter, die ist jetzt wirklich sehr viel schlimmer dran als ich!«

Gloria versteinerte; sie wandte sich um und ihr Blick traf mich. Schnell sah ich in eine andere Richtung.

»Rick meint, du hast keinen Respekt vor mir, und das sei das größte Problem. Das Ganze fing erst an, nachdem du diesen Hund hier ins Haus geschleppt hast.«

Mir schwante nichts Gutes, als ich das Wort »Hund« aus Glorias Mund hörte.

»Du irrst dich, es fing schon in dem Moment an, als mir bewusst wurde, dass du meine Mutter bist.«

»Du wirst dich von ihm trennen müssen«, fuhr Gloria fort.

»*Wie bitte?*«

Ängstlich blickte ich zu CJ hoch, denn ich spürte ihre tiefe Bestürzung.

»Rick meint, dass dich deine Erpressungsversuche nicht weit bringen werden. Es wird dir niemand glauben, dass ich dich allein zu Hause gelassen habe. Ich behaupte eben, dass es immer jemanden gab, der auf dich aufgepasst hat, wenn ich mal ein paar Tage verreist war. Im Übrigen warst du diejenige, die das abgelehnt hat. Außerdem waren wir erst neulich gemeinsam auf einer Kreuzfahrt. Das beweist doch, dass ich dich meistens mitnehme, wenn ich verreise. Hast du eine Vorstellung, was mich diese Schiffsreise gekostet hat? Du musst endlich lernen, dass ich hier im Haus das Sagen habe.«

»Ich werde Molly nicht hergeben.« Ich legte den Kopf schief, als ich meinen Namen hörte.

»Das wirst du aber müssen.«

»Nein, nie im Leben!«

»Entweder du verzichtest auf den Hund oder du verzichtest auf den Wagen. Und auf deine Kreditkarte. Rick findet es ohnehin absurd, dass du eine Karte für mein Konto hast.«

»Bekomme ich dann ein eigenes Konto?«

»Nein, das musst du dir selbst erarbeiten. Als Rick in deinem Alter war, musste er jeden Morgen in aller Frühe aufstehen, um irgendwas mit den Hühnern zu machen. Ich hab vergessen, was.«

»Gut, dann züchte ich Hühner!«

»Halt endlich dein freches Mundwerk!«, rief Gloria. »So redest du nicht mit mir, verstanden? Das ist mein Haus und du musst lernen, dich nach meinen Regeln zu richten!«

Als Gloria mit dem Finger in meine Richtung wedelte, wurde mir ganz mulmig zumute. »Ich werde diesen Hund keinen weiteren Tag im Haus dulden. Mir ist es gleichgültig, wo du ihn hinbringst und was mit ihm geschieht, aber ich werde euch das Leben zur Hölle machen, dir und deinem Hund, wenn ich ihn noch länger hier sehe.«

CJ saß auf der Bettkante und bekam kaum noch Luft. Sie war der Verzweiflung nah. Um Glorias Aufmerksamkeit möglichst nicht zu erregen, schlich ich mich ganz leise an CJ heran und schob meine Schnauze unter ihre Hand.

»Alles klar«, sagte CJ schließlich. »Ab morgen bist du Molly los.«

Zwölf

Am nächsten Tag unternahmen wir eine Autofahrt und besuchten einen Hund namens Zeke und die Katze Annabelle. Zeke war ein flinker Kerl, dem es großen Spaß machte, sich von mir durch seinen Garten jagen zu lassen. Wenn ich erschöpft eine Pause einlegte, harrte er mit geneigtem Kopf neben mir aus, bis ich wieder Lust hatte, weiterzumachen. Annabelle war am ganzen Körper schwarz, und nachdem sie mich kurz beschnuppert hatte, wies sie mich auf Katzenart zurück, indem sie hochnäsig davonstolzierte. Im Haus wohnten auch noch Trish und ihre Eltern. Trish war CJs Freundin.

Nach zwei Tagen fuhren wir zum nächsten Haus, wo es weder Hunde noch Katzen gab. Danach wohnten wir in einem Haus mit zwei Katzen, aber ohne Hund, und schließlich in einem weiteren, in dem ein alter und ein junger Hund wohnten, aber keine Katzen. In jedem Haus gab es ein Mädchen in CJs Alter und auch andere Leute, die sehr freundlich zu mir waren. Manchmal bekam CJ ein spezielles Zimmer, meistens schlief sie jedoch bei ihren Freundinnen.

Ich fand es großartig, mit so vielen Hunden Bekanntschaft zu machen. Die meisten waren lustig und stets für eine kleine Rauferei zu haben, nur die sehr alten wollten lieber ihre Ruhe. Auch die Katzen fand ich spannend. Die einen waren scheu, die anderen vorwitzig, manche fies, andere äußerst sympathisch; die eine rieb ihren Rücken schnurrend an meinem Fell und die nächste sah hochmütig über mich hinweg. Aber eines hatten sie alle gemeinsam: ihren köstlichen Mundgeruch.

Obwohl mir Trent und Rocky manchmal fehlten, gefiel mir unser neues Leben gut.

In einem Haus wohnte ein Junge, der mich an Ethan erinnerte, weil er genauso schwarzes Haar hatte wie er. Seine Hände rochen nach den beiden Ratten, die er in einem Käfig im Zimmer hielt. Er war etwa so groß wie Ethan am Tag unserer ersten Begegnung. Der Junge schloss mich sofort ins Herz und wir spielten Stock-Ziehen und Hol-den-Ball im Garten. Er hieß Del, aber Del hatte keinen eigenen Hund. Ratten schienen mir jedoch nur ein kümmerlicher Ersatz dafür zu sein, selbst wenn man zwei davon hatte.

Nachdem ich den ganzen Tag über mit Del draußen gespielt hatte, stellte ich erschrocken fest, dass ich CJ seit dem Frühstück nicht mehr gesehen hatte. Ich fühlte mich plötzlich wie ein böser Hund. Während ich vor der Haustür saß und wartete, bis mich einer reinließ, um nach meinem Mädchen zu sehen, musste ich an Ethan denken. Ich liebte CJ genauso innig wie ich ihn geliebt hatte. Aber hatte ich mich so getäuscht, als ich dachte, meine Hauptaufgabe sei es, Ethan zu lieben? Oder war CJ zu lieben und sie zu beschützen nun ein anderer Lebenssinn? Waren es zwei verschiedene Bestimmungen oder ergaben sie zusammen wieder einen höheren Sinn?

All diese Gedanken kamen mir nun, nachdem ich den lieben langen Tag mit Del gespielt hatte. Weil er so große

Ähnlichkeit mit Ethan hatte, hatte ich plötzlich große Sehnsucht nach meinem Jungen.

Emily, Dels Schwester, war CJs Freundin, und die beiden tuschelten ständig miteinander. Wenn ich zu ihnen lief, um zu hören, ob sie vielleicht gerade darüber redeten, welche Leckerei für mich die richtige sei, streichelten sie mich ausgiebig.

Beim Abendessen saß ich meist unterm Tisch. An Dels Platz regnete es immer kleine Köstlichkeiten, die ich unauffällig aß in der Hoffnung auf mehr. Manchmal streckte CJ die Hand nach unten, um mich zu kraulen, und dann schwelgte ich im Doppelglück über so viel Essen und so viel Liebe. Es gab auch eine Mutter und einen Vater von Del und Emily, aber denen fiel nie etwas runter.

Als es einmal an der Tür klingelte, sprang Del auf, um nachzusehen. Ich blieb neben CJs Füßen liegen.

»Draußen steht einer, der CJ sprechen will«, sagte Del, als er wiederkam.

Die Tür stand offen, weshalb ich gleich gerochen hatte, wer es war: Shane. Erfreut darüber war ich nicht. Erst seit er aufgetaucht war, hatte CJ angefangen, mich manchmal aus ihrem Leben auszuschließen. Es war mir schleierhaft, warum ich nicht bei ihr sein sollte, wenn er da war. Mit Trent hatte es solche Probleme nie gegeben.

Ich folgte CJ also zur Tür, aber es kam, wie es kommen musste: Sie schlug mir die Tür vor der Nase zu beim Rausgehen. Also trottete ich zurück ins Zimmer und legte mich neben Dels Füße, was mir prompt ein Stück Hühnchen einbrachte.

»Wie lange will CJ denn noch bei uns bleiben, Emily?«, fragte Emilys Mutter.

»Keine Ahnung, Mom. Sie ist zu Hause rausgeschmissen worden.«

»Ich weiß, dass Gloria Mahoney eine schwierige Frau ist«, sagte Emilys Mom.

»Mahoney? Ist das nicht die, die auf der Halloween-Party als Stripperin aufgetaucht ist?«, fragte der Vater.

»Als Stripperin?«, kicherte Del.

»Nein, als Las-Vegas-Showgirl«, korrigierte Emilys Mutter streng. »Ich wusste gar nicht, dass sie bei dir so einen großen Eindruck hinterlassen hat.«

Emilys Vater machte ein merkwürdig kehliges Geräusch.

»Sie ist echt peinlich«, rief Emily. »Einmal saßen CJ und ich im Wohnzimmer und guckten fern, da kam Gloria mit einem Liebhaber nach Hause und die setzten sich einfach dazu. Und dann haben die beiden vor unseren Augen rumge…«

»Das reicht, Emily«, sagte ihre Mutter mit lauter Stimme.

Danach herrschte Schweigen. Ich leckte Dels Hosensaum, um ihn daran zu erinnern, dass ich auch noch da war.

»Was ich sagen wollte«, hob die Mutter wieder in normaler Stimme an, »ist, dass ich CJs schwierige familiäre Situation kenne, aber…«

»… sie kann trotzdem nicht länger bei uns wohnen«, ergänzte der Vater.

»Meine Güte, Dad! Das ist doch nur vorübergehend!«

»Ich finde sie nett«, sagte Del.

»Es geht nicht darum, ob sie nett ist, Del. Es geht darum, die richtige Entscheidung zu treffen«, sagte Dad.

»Ich mag sie auch gern«, sagte die Mutter. »Aber sie scheint auf die schiefe Bahn geraten zu sein. Sie war im Gefängnis und wurde von der Schule suspendiert.«

»Es war nur Jugendarrest und es war nicht ihre Schuld!«, rief Emily. »Ihr seid gemein.«

»Und der Junge, der hinter all dem steckt, steht gerade draußen auf unserer Veranda«, entgegnete die Mutter.

»Wie bitte?«, rief Dels Vater. Ich sah wachsam auf seine Füße, die eben heftig gezuckt hatten.

»Und letzte Nacht habe ich gehört, wie sich CJ im Bad übergeben hat«, fügte die Mutter hinzu.

»Na und?«, sagte Emily.

»Der Typ kommt mir nicht über die Türschwelle!«, rief der Vater.

Del ließ ein Stück Broccoli fallen, den ich überhaupt nicht mochte, aber stillschweigend aufaß, um den weiteren Zustrom nicht zu gefährden.

»Ich meine, sie hat sich *absichtlich* übergeben«, sagte die Mutter.

»Ach, Mutter«, stöhnte Emily.

»Wie geht das denn?«, fragte Del.

»Man steckt sich den Finger in den Hals. Aber unterstehe dich, es selbst zu versuchen!«, sagte die Mutter in warnendem Ton.

»Was ist schon dabei?«, sagte Emily.

Die Haustür wurde zugeschlagen.

»Kein Wort zu CJ über unsere Unterhaltung eben, verstanden, Del?«, sagte der Vater.

CJ bog um die Ecke und war völlig durcheinander. »Tut mir leid«, sagte sie. Ich sprang sofort auf und rannte zu ihr. Sie wischte sich die Tränen aus dem Gesicht. »Entschuldigt mich bitte«, sagte sie leise.

Ich folgte ihr in Emilys Zimmer, wo sie ebenfalls schlief. Sie ließ sich aufs Bett fallen und ich sprang hinterher. Sie legte den Arm um mich und ich spürte, wie ihre Traurigkeit ein wenig nachließ. Ich tat, was ich konnte, damit CJ sich etwas weniger unglücklich fühlte.

Ich wünschte nur, ich hätte diese wichtige Aufgabe besser erfüllt. Die dunklen Gefühle saßen tief in ihrem Innern und ich hatte kaum Hoffnung, dass sie je vergingen.

Später in Emilys Zimmer saßen CJ und sie auf dem Boden und aßen Pizza mit Eis. Ich bekam auch etwas ab.

»Shane droht, wenn er mich nicht bekommt, soll mich auch kein anderer kriegen«, sagte CJ. »Ich komme mir vor wie in einer Teenie-Seifenoper.«

Ich konnte zusehen, wie Emilys Augen immer größer wurden. (Sie stand im Mittelpunkt meines Interesses, weil sie den ganzen Pizza-Rand übrig ließ.)

»Aber ihr seid doch gar nicht mehr zusammen!«

»Das sag ich ihm auch ständig, doch er meint, er liebt mich wie keine andere und wird bis in alle Ewigkeit auf mich warten, ganz gleich, wie lange es dauert. Ich hab geantwortet, dass das eigentlich nur auf eins hinauslaufen würde und man doch genau wüsste, wie lang das dauert. Das zeigt, wie intelligent der Typ ist…«

»Woher wusste er überhaupt, dass du hier bist?«

»Er hat telefoniert und rumgefragt, bis es ihm irgendjemand gesteckt hat«, sagte CJ. »Er weiß zwar nicht, wie man ein Buch aufschlägt, aber anscheinend kennt er Kniffs, um Leute übers Mobiltelefon aufzuspüren. Vielleicht macht er ja mal Karriere in einem Callcenter und verkauft dann Lebensversicherungen übers Telefon. Obwohl – das ist ihm sicher zu anstrengend. Na was soll's.« Sehr zu meinem Leidwesen nahm sie sich nun das letzte Stück Pizza. »Möchtest du das noch essen?«, fragte sie Emily.

»Bloß nicht, ich bin pappsatt.«

»Ich hab fast nichts zu Abend gegessen.«

»Ich mache dir doch keinen Vorwurf!« Emily warf mir ein Stück vom Rand zu und ich fing es aus der Luft. Mit einem Biss hatte ich den Happen verschlungen und war gern bereit, das Kunststück noch einmal zu wiederholen.

»Willst du noch Eis?« Ich hörte den fragenden Tonfall, war aber nicht sicher, ob CJ mich meinte. Allein schon bei dem Gedanken an Eis lief mir das Wasser im Mund zusammen und ich leckte meine Lippen.

»Bloß nicht, räum' es weg!«

»Ich hab gleich wieder fünf Kilo mehr drauf!«, sagte CJ.

»Was? Ich wäre froh, wenn ich deine Figur hätte. Schau mich an! Meine Oberschenkel sind wie Tonnen.«

»Du siehst fantastisch aus! Aber ich hab einen fetten Arsch!«

»Nach Silvester beginne ich definitiv wieder mit der Diät.«

»Ich auch.«

»Hör auf, du siehst doch toll aus!«, rief Emily. Ich starrte sie ganz intensiv an, um sie dazu zu bringen, noch ein Stück vom Rand rüberzuwerfen.

»Morgen fange ich an, meine Sozialstunden abzuarbeiten«, sagte CJ. »Ich helfe bei der Ausbildung von Dienst- und Servicehunden.«

»Klingt spannend.«

»Nicht wahr? Ich bin froh, dass ich den Job auf der Liste der gemeinnützigen Arbeiten überhaupt entdeckt habe. Er stand nach Mülleinsammeln an der Landstraße, Mülleinsammeln im Park, Mülleinsammeln in der Bücherei, ganz am Ende. Ich hab kurz überlegt, was sich im Lebenslauf besser macht. Vielleicht will ich ja mal Abfallwirtschaft studieren, dann würde sich natürlich das Mülleinsammeln als erster Schritt auf der Karriereleiter anbieten.«

Emily lachte.

»O Gott, ich mag gar nicht daran denken, was ich schon wieder alles gegessen habe!«, sagte CJ und ließ sich mit einem Ächzen auf den Rücken fallen.

Am nächsten Morgen stand CJ früher als die anderen auf, nahm eine Dusche und dann machten wir eine Autofahrt (Vordersitz!). Wir hielten vor einem großen Haus und noch bevor ich meine Pfoten auf den Asphalt setzen konnte, hatte ich die anderen Hunde schon gerochen. Und gehört, denn das Gebell war infernalisch.

Eine Frau hieß uns willkommen. »Hallo, ich bin Andi«, sagte sie und ließ sich auf die Knie fallen, um mich zu umarmen, während mich ihre langen schwarzen Haare im Gesicht kitzelten. »Na, wen haben wir denn da?«, begrüßte sie mich.

Sie war älter als CJ, aber jünger als Gloria, und roch nach Unmengen von Hunden.

»Das ist Molly und mein Name ist CJ.«

»Molly, wie schön! Ich hatte auch mal eine Molly, sie war wirklich ein guter Hund!« Die offene Zuneigung, die von Andi ausging, war betörend. Ich leckte sie ab und sie küsste mich sogar auf die Lippen, was die meisten Menschen nicht gern machten. »*Molly-Molly-Molly*«, summte sie. »Du bist so wunderbar, *yes you are*. Was für ein schöner Hund du bist!«

Ich muss sagen, Andi war mir auf Anhieb sympathisch.

»Eine Mischung aus Pudel und Spaniel?«, fragte Andi und hörte gar nicht mehr auf, mich zu streicheln.

»Gut möglich. Ihre Mutter ist ein Pudel, der Vater unbekannt. Bist du ein kleiner Spudel, Molly?«

Ich wedelte mit dem Schwanz, weil ich meinen Namen hörte. Andi richtete sich wieder auf, hielt mir jedoch weiterhin ihre Hand hin, damit ich sie ablecken konnte.

»Ihr kommt wie gerufen, ich brauche wirklich dringend Verstärkung«, sagte Andi, während wir ins Gebäude hineingingen und einen großen Raum betraten, in dem viele Käfige standen mit Hunden, die ständig auf und ab wanderten und sich gegenseitig anbellten. Ich ignorierte sie, denn ich war ein besonderer Hund, weil ich frei herumlaufen durfte, während sie in ihren Käfigen saßen.

»Ich kenne mich mit der Ausbildung von Servicehunden nicht aus, möchte es aber gern lernen«, sagte CJ.

Andi lachte. »Nun ja, es ist eher so, dass du mir die Versorgungsarbeit abnimmst, damit ich die Hunde trainieren kann. Sie brauchen Futter, Wasser, sie müssen ausgeführt werden und die Zwinger müssen gereinigt werden.«

CJ blieb stehen. »Moment mal, wo bin ich denn hier gelandet?«

»Eigentlich beim Tierschutzverein, aber ich arbeite in der Krebsforschung. Hunde können mit ihren feinen Spürnasen bei der Krebsfrüherkennung helfen. Ich habe ein Forschungsstipendium und will herauszufinden, ob Hunde tatsächlich – wie neueste Studien nahelegen – allein am Atem eines Menschen erkennen, ob er an Krebs leidet, und zwar schon vor der medizinischen Diagnose. Das würde die Früherkennung enorm vorantreiben, was wiederum die Heilungschancen um ein Vielfaches verbessern würde. Meine Arbeit besteht darin, die wissenschaftlichen Thesen in der Praxis zu testen.«

»Das heißt, Sie trainieren die Hunde darauf, dass sie Krebs erschnüffeln können?«

»Genau. Viele meiner Kollegen tun das auch, doch meist geschieht das im Forschungslabor. Die Hunde schnuppern an Reagenzgläsern. Ich wollte aber gern raus aus dem Labor und mit den Hunden auf Gesundheitsmessen oder in den medizinischen Einrichtungen der Stadtteilzentren arbeiten.«

»Und die Hunde werden so ausgebildet, dass sie an verschiedenen Menschen riechen, und dann anzeigen, wenn einer von ihnen Krebs hat.«

»Ja, aber meine Halbtagskraft hat vor Kurzem woanders eine Vollzeitstelle bekommen und meine Vollzeit-Mitarbeiterin ist im Mutterschutz. Meistens kommen freiwillige Helfer tagsüber, die mit den Hunden spazierengehen, aber die Zwinger reinigen wollen sie nicht. Das könnte deine Aufgabe sein.«

»Wollen Sie etwa sagen, dass ich die neue Hundekackebeauftragte bin?«, sagte CJ.

Andi lachte. »Eigentlich wollte ich das so nicht ausdrücken, aber ja – so sieht's aus. Meine Tante arbeitete beim Jugendgericht, deshalb kam ich auf die Idee, mein Projekt auf die Liste gemeinnütziger Arbeiten setzen zu lassen. Am Anfang habe ich eine detaillierte Beschreibung des Jobs beigefügt, doch niemand hat sich dafür interessiert. Kein Wunder! Dann habe ich es schlauer formuliert und geschrieben ›Arbeit mit Hunden‹. Wahrscheinlich musst du die Sozialstunden als Strafe für ein Vergehen ableisten, das heißt, die Arbeit soll dir nicht nur Spaß machen. Was hast du denn ausgefressen?«

CJ sagte lange nichts, nur die Hunde bellten immerzu.

»Ich habe mich von einem Typen zu einer großen Dummheit überreden lassen.«

»Und dafür wird man mittlerweile bestraft? Auweia, dann stecke ich aber auch tief im Schlamassel«, sagte Andi. Beide lachten und ich wedelte zustimmend mit dem Schwanz. »Also gut, bist du startklar?«

Es war ein sonderbarer Tag. CJ steckte mich zuerst mit einem Hund zum Spielen ins Außengehege. Dann kam sie wieder, um mit mir und dem anderen Hund an der Leine eine Runde um den Block zu laufen. Dann kam ein anderer Hund an die Reihe, und das wiederholte sich etliche Male. Dabei wurde ihre Hose immer feuchter und die Schuhe weichten auf vor Nässe, und alles roch ganz herrlich nach Urin. Es machte großen Spaß!

Am Abend rieb sich CJ stöhnend den Rücken. Wir beobachteten Andi, die mit einem großen brauen Rüden spielte. Überall standen Blecheimer herum, an die Andi den Hund heranführte, damit er hineinriechen konnte. An einem Eimer rief Andi: »Na, wie riecht das? Riechst du das? Und ablegen, mach Platz!« Der Hund legte sich hin und bekam von Andi prompt ein Leckerli. Als Andi uns bemerkte, kam sie mit dem Hund zu uns rüber.

Höflich beschnüffelten wir gegenseitig unsere Hinterteile. »Darf ich vorstellen, das ist Luke. Molly gefällt dir, hab ich recht, Luke?«

Wir spitzten beide die Ohren, als wir unsere Namen hörten. Luke war ein sehr ernsthafter Hund, das merkte ich gleich, er war konzentriert auf das Spiel mit Andi. Nicht so wie Rocky, der immer nur Faxen, Spaß und Liebe wollte.

»Insgesamt sechs Stunden mit Mittagspause, korrekt?«, sagte Andi.

»Korrekt. Hallelujah, die ersten sechs Stunden sind rum, jetzt sind es nur noch 194.«

Andi lachte wieder. »Am Ende der Woche trage ich die Stunden ein. Danke für heute, du hast ganze Arbeit geleistet.«

»Vielleicht liegt meine Zukunft ja in der Hundekacke«, sagte CJ.

Wir machten eine Autofahrt und ich saß wieder auf dem Vordersitz! An Emilys Haus bogen wir in die Auffahrt ein, aber da stand Gloria! Sie redete mit Emilys Mutter. CJ versteinerte, als sie Gloria erkannte, die wild gestikulierte.

»Ach du Schande«, murmelte CJ. »Tolle Überraschung.«

Dreizehn

»Ich lass euch beide dann mal besser allein«, sagte Emilys Mutter, als wir näher kamen. Sie ging ins Haus zurück. Ich blieb bei CJ und die machte gar nichts, sondern blieb einfach nur reglos stehen. Glorias stets auf Hochbetrieb arbeitende Geruchsschmiede verströmte wieder süßlich-schwere Aromen und legte sich über alle anderen Düfte.

»Hast du mir nichts zu sagen?« Gloria war wie üblich sehr unglücklich.

»Schickes Auto, dein neuer Cadillac«, sagte CJ.

»Das meine ich nicht. Ich habe mir furchtbare Sorgen um dich gemacht. Warum hast du nicht angerufen, um mir wenigstens zu sagen, wo du bist? Ich konnte nächtelang nicht schlafen.«

»Was willst du eigentlich, Gloria?«

Am Wohnzimmerfenster bewegte sich etwas. Del hatte die Vorhänge beiseite gezogen und sah nach draußen. Während ich ihn beobachtete, erschien die Hand seiner Mutter auf seiner Schulter und dann war er weg vom Fenster.

»Okay, du hörst dir jetzt an, was ich zu sagen habe, und dann gibt es keine weitere Diskussion mehr, verstanden?«

»Klingt nach einem gleichberechtigten Dialog«, sagte CJ.

»Ich habe mich für teures Geld von einer Anwältin beraten lassen, die auf Familienrecht spezialisiert ist. Sie erklärte mir, dass ich einen Antrag auf richterliche Entscheidung stellen kann, um dich zu zwingen, nach Hause zu kommen. Sie meinte auch, dass ich mich in meinem Haus nicht von einem Hund tyrannisieren lassen muss. Ich kann beantragen, den Hund entfernen zu lassen. Du hast keine Wahl. Das Gericht kann sogar Hausarrest über dich verhängen. Das war eigentlich schon alles. Eine gerichtliche Klärung ist äußerst kostspielig und am Ende würdest du nur verlieren. Darüber solltest du dir im Klaren sein. Ich sehe allerdings keinen Sinn darin, das ganze Geld für eine richterliche Entscheidung auszugeben, wenn es auch in lohnendere Dinge investiert werden kann, zum Beispiel in eine schöne Reise.«

Es sah nicht danach aus, als würde demnächst etwas Interessantes passieren, deshalb legte ich mich mit einem Gähnen ab.

»Und?«, sagte Gloria.

»Ich dachte, ich soll den Mund halten.«

»Du kannst zu dem, was ich eben geschildert habe, etwas sagen. Ich werde nur keine Diskussion mit dir anfangen. Du bist minderjährig und das Recht ist auf meiner Seite.«

»Okay, gut«, sagte CJ.

Gloria schnaubte. »Was ist okay?«

»Wir machen es so, wie du es beschrieben hast.«

»Das klingt schon besser. Du hast dich mir gegenüber sehr respektlos verhalten und ich habe keine Ahnung, was du diesen Leuten erzählt hast oder was die von uns denken. Ich bin deine Mutter und habe von der Verfassung garantierte Rechte!«

»Nein, was ich meine, ist, wir machen es, wie du gesagt hast, und gehen vor Gericht.«

»Wie bitte?«

»Wir sollten das von einem Gericht klären lassen. Ich besorge mir einen Anwalt und nehme das Geld von Dads Treuhandkonto, auf das ich ja bald Zugriff habe. Du kämpfst um dein Sorgerecht und ich darum, dass du als Mutter für ungeeignet erklärt wirst.«

»Aha, nun bin ich also die schlechte Mutter! Wieso nur hat man *dich* dann ins Kittchen gesteckt und von der Schule beurlaubt? *Du* gehorchst nicht und lügst und betrügst, aber am Ende soll ich die Böse sein, obwohl ich mich immer für dich aufgeopfert habe!«

Beide waren jetzt wütend, aber nur Gloria schrie. Ich setzte mich auf und legte besorgt eine Pfote an CJs Bein, weil ich jetzt lieber gehen wollte. Sie streichelte meinen Kopf, ohne mich anzusehen.

»Ich wünsche dir, dass du später auch eine so missratene Tochter hast, wie du eine bist!«

»Trent hat erzählt, dass du Molly nicht gefüttert hast, als ich im Arrest war.«

»Lenk nicht ab.«

»Stimmt, wir sprachen ja gerade darüber, wie schrecklich ich bin. Also, wie machen wir es? Soll ich einen Anwalt beauftragen? Oder nimmst du endlich zur Kenntnis, dass Molly mein Hund ist und ich sie auch behalten werde? Ich kann auch hier einziehen, kein Problem«, sagte CJ und deutete aufs Haus. Ein Schatten wich vom vorderen Fenster zurück. Es war nicht Del, dazu war der Umriss zu groß.

»Du wirst unter keinen Umständen bei fremden Leuten wohnen, wie sieht das denn aus!«

»Wie machen wir es dann?«

Noch am selben Abend kehrten wir zu CJs Haus zurück. Trent kam mit Rocky zu Besuch und ich war überglücklich, meinen Bruder wiederzusehen, der mich aufgeregt am ganzen Fell beschnüffelte, eifersüchtig wegen der vielen neuen Gerüche. Als wir nach draußen durften, hatte es angefangen zu schneien. Rocky rannte zwischen den Schneeflocken herum, warf seine Hinterbeine in die Luft und wälzte sich im Schnee, bis er triefend nass war. Trent kam mit einem Handtuch aus dem Haus und rieb ihn ab, während Rocky vor Wonne stöhnte. Hätte ich mich bloß auch im Schnee gewälzt!

Danach verlief das Leben allmählich wieder in vertrauten Bahnen, bis auf die Tatsache, dass CJ morgens nicht zur Schule fuhr, sondern gemeinsam mit mir zu Andi und ihren Hunden.

Als wir das nächste Mal hinfuhren, begrüßte mich Andi mit ausgebreiteten Armen und küsste und umarmte mich. Ich mochte die innige Zuneigung, die sie verströmte, und auch den Geruch der vielen Hunde an ihr. Dann richtete sie sich auf.

»Ich dachte schon, du wolltest den Job hinschmeißen«, sagte Andi zu CJ.

»Nein, ich musste nur eine dringende Familienangelegenheit klären. Haben Sie das Jugendamt oder den Gerichtshelfer informiert?«, fragte CJ bang.

»Nein, aber du hättest mir Bescheid sagen müssen.«

»Ja, ich hätte mich melden sollen. Irgendwie vergesse ich das immer.«

»Also gut, machen wir uns an die Arbeit.«

Aus mir nicht verständlichen Gründen durften Andis Hunde an dem Tag nicht hinaus in den Schnee, jedenfalls nicht ohne Leine. Während CJ die Zwinger säuberte, musste ich mit den Hunden in einem abgezäunten Bereich im Innern des großen Hauses spielen. Aber viele Hunde hatten gar keine Lust dazu. Einige waren schon alt und beschnupperten mich nur, bevor sie sich auf dem Boden niederlegten, um ein Nickerchen zu halten. Andere wussten anscheinend nicht, wie Spielen ging, denn sie schnappten knurrend nach mir, während ich versuchte, ihnen auszuweichen. Auch diese Hunde schienen sehr traurig und verängstigt zu sein. Sie wurden dann in einen anderen Stall gebracht, damit CJ ihre Zwinger saubermachen konnte.

Es blieb mir also viel Zeit, um Andi und Luke zu beobachten. Heute spielten auch zwei weibliche Hunde mit, eine Ockergelbe und eine Schwarze. Das Spiel ging so: Einige alte Leute saßen auf Metallstühlen im Raum verteilt, und Andi führte die Hunde der Reihe nach zu ihnen, damit sie an ihnen schnuppern konnten. Die Menschen spielten aber nie mit den Hunden, sondern saßen nur still auf ihrem Stuhl. Manchen Leuten schien das eben zu gefallen, einfach in Reglosigkeit zu verharren, selbst wenn sich ein Hund zum Streicheln anbot. Danach brachte Andi die Hunde zurück in ihre Zwinger und die Leute standen auf und tauschten die Plätze.

Andi versicherte allen, sie seien gute Hunde. Doch bei Luke war sie total aus dem Häuschen. Denn immer, wenn Luke zu einem Mann ohne Haare geführt wurde, beschnüffelte er ihn eingehend, dann legte Luke sich nieder, kreuzte die Vorderpfoten und legte den Kopf darauf. Und gleich kam Andi mit einem Leckerbissen für ihn an! »Guter Hund, Luke!«, rief sie dann voll des Lobes.

Auch ich hätte sehr gern einen Hundekuchen bekommen, also legte ich mich ebenfalls hin und kreuzte die Vorderpfoten. Doch Andi nahm es nicht einmal zur Kenntnis und CJ schien davon gänzlich unbeeindruckt. So war das immer – der eine Hund bekam Süßigkeiten für nichts und wieder nichts, während der andere sich abmühte, ein guter Hund zu sein, und leer ausging.

CJ holte mich später, um ein bisschen nach draußen zu gehen. Der Schnee lag zentimeterhoch und knirschte unter meinen Füßen, als ich nach einem geeigneten Platz suchte, um mich zum Pinkeln hinzuhocken. CJ steckte ein brennendes Stäbchen in den Mund und blies scharfen Rauch aus.

Dann hörte ich ein Geräusch an der Hintertür des Hauses und rannte hin, um nachzusehen. Ein großer Schreck durchfuhr CJ, deshalb sträubten sich mir die Nackenhaare.

»Ich. Hatte. Gehofft. Dass Sie. Draußen sind.« Es war der Mann ohne Haare, vor dem sich Luke immer hingelegt hatte. Während er sprach, machte er keuchende Geräusche. Ich schob meine Schnauze in CJs Hand, weil sie immer noch erschrocken wirkte. »Kann ich. Eine Zigarette. Haben?«

»Natürlich«, sagte CJ und kramte in ihrer Jackentasche.

»Könnten Sie. Mir. Die Zigarette. Anzünden? Ich habe. Nicht mehr. Genug. Saugkraft.« Der Mann strich sich mit der Hand über den kahlen Kopf.

CJ zündete ein weiteres Stäbchen an und reichte es dem Mann. Doch anstatt es wie CJ an den Mund zu halten, drückte er es an seine Kehle. Ein leises Sauggeräusch war zu hören, dann kam Rauch aus einem Loch in seinem Hals.

»Ahhh«, sagte der Mann. »Wie gut! Ich. Gönne mir. Allerdings. Nur eine. Pro Woche.«

»Was ist mit Ihnen, ich meine ...«

»Das Loch?«, sagte der Mann lächelnd. »Kehlkopf. Krebs.«

»O Gott, das tut mir leid für Sie!«

»Nein. Es ist. Meine eigene. Schuld. Ich hätte. Nicht rauchen. Müssen.«

Schweigend standen sie einen Moment nebeneinander. CJ schien noch etwas durcheinander, doch der schlimmste Schreck hatte sich gelegt.

»So alt. Wie du.«

»Wie bitte?«

»War. So alt. Wie du. Als ich. Anfing. Zu Rauchen.« Er lächelte. Ich beschloss, dass CJ nicht weiter von mir beschützt werden musste, daher ging ich zu dem Mann hin und beschnupperte seine Hand, um zu sehen, ob er Süßigkeiten dabeihatte. Er beugte sich zu mir herunter. »Schöner Hund«, sagte er und sein Atem roch nach Rauch, aber auch irgendwie nach Metall. Ich erinnerte mich plötzlich ans Ende meiner Zeit als Buddy, als dieser üble Geschmack auf meiner Zunge lag, den ich nicht mehr loswurde. Wahrscheinlich hatte der Mann mit dem kahlen Kopf denselben Geschmack im Mund, weil ich ihn in seinem Atem roch.

Der Mann ging zurück ins Haus und CJ blieb in der Kälte draußen stehen und starrte lange in den Himmel. Der brennende Stab verglimmte. Sie stocherte damit im Schnee herum und dann warf sie ihn beim Hineingehen in einen Mülleimer.

Andi spielte gerade mit der Ockerfarbenen. Da ich nicht angeleint war, trottete ich kurz zu dem kahlen Mann hinüber, der wieder auf einem Stuhl saß. Vor ihm legte ich mich hin und überkreuzte meine Vorderpfoten, so wie ich es von Luke abgeguckt hatte.

»Sieh mal an!«, rief Andi und kam zum mir herüber. »Na Molly, hast du dir das von Luke abgeschaut?«

Ich klopfte mit dem Schwanz auf den Boden. Trotzdem bekam ich keinen Hundekuchen. Stattdessen führte mich Andi zurück zu CJ.

Ich mochte Andi wirklich sehr. Es war toll, wie überschwänglich sie mich mit Umarmungen und Küssen begrüßte, als Hund konnte man sich kaum etwas Schöneres wünschen. Aber es war echt unfair, dass Luke Hundekuchen bekam und ich nicht.

Zu Hause freute sich Gloria über CJs Rückkehr, mich aber ignorierte sie. Mittlerweile hatte ich gelernt, mich von ihr fernzuhalten. Sie sprach sowieso nicht mit mir und gab mir auch nie zu essen. Meist sah sie mich nicht einmal an.

»Ich werde an Weihnachten eine Party steigen lassen«, sagte Gloria und wedelte mit einem Block Papier. »Mit allem Drum und Dran, mit Catering und Champagner.«

»Ich bin erst siebzehn, du weißt genau, dass ich keinen Alkohol trinken darf.«

»An Weihnachten kann man schon mal eine Ausnahme machen. Du kannst einladen, wen du willst«, fuhr Gloria fort. »Hast du eigentlich einen Freund?«

»Du weißt genau, dass ich keinen habe.«

»Und was ist mit dem netten Jungen, wie hieß er noch gleich? Shane!«

»Ich weiß schon, warum ich auf dein Urteil in puncto Jungs keinen großen Wert lege.«

»Ich werde Giuseppe einladen«, sagte Gloria.

»Wer ist das? Und was ist mit Rick?«

»Rick war doch anders, als ich zuerst dachte.«

»Und jetzt hast du dich Pinocchios Vater an den Hals geworfen?«

»Was? Nein! Er heißt Giuseppe, weil er ein echter Italiener ist. Aus St. Louis!«

»Ach da liegt Italien also! Kein Wunder, dass ich in Erdkunde immer so schlechte Noten habe.«

»Nein, ich meine doch das echte Italien!«

»Und du bist ihm nur dabei behilflich, ein Haus zu erwerben?«

»Ja … selbstverständlich!«

Ich lief in die Küche, um sicherzustellen, dass während des Tages nicht versehentlich etwas Essbares auf den Boden gefallen war, was dort nun vergammelte. Da sah ich den Mann draußen am Fenster. Durch die Scheibe versuchte er hereinzuschauen. Ich bellte alarmiert.

Der Mann machte auf dem Absatz kehrt und rannte davon. CJ kam in die Küche. »Was ist los, Molly?« Sie schob die Fenstertür auf und ich rannte wie ein geölter Blitz hinaus in den Garten. Der Geruch des Mannes hing noch in der Luft und ich folgte ihm bis zur Gartenpforte. Ich wusste, wem er gehörte.

Shane.

CJ rief mich zurück ins Haus. »Komm rein, Molly, es ist eiskalt draußen.«

Als wir das nächste Mal zu Andi kamen, lief sie uns gleich entgegen. CJ stampfte mit den Füßen auf, um den Schnee von den Schuhen zu klopfen. »Ich würde heute gern etwas Neues ausprobieren, CJ.«

»Von mir aus gerne.«

Am Ende war es aber nur dasselbe Spiel, das Andi jeden Tag spielte. Mich interessierte das alles nur mäßig und ich hätte Seil-Ziehen oder Ball-Werfen jederzeit vorgezogen, aber so waren die Menschen eben – sie verstanden unter

Spielen häufig etwas anderes als ein Hund. Schon wieder saßen also ein paar Leutchen auf Metallstühlen im Raum verteilt, und Andi wollte, dass mich CJ an der Leine zu ihnen führte. Wir liefen zuerst zu einer Frau ganz hinten an der Wand, die Fellstiefel trug, die nach Katzen rochen. »Na, wie heißt du denn?«, fragte sie und hielt mir ihre Hand hin, damit ich daran lecken konnte. Ihre Finger verströmten ein würziges Aroma.

»Das ist Molly«, sagte Andi. Als ich meinen Namen hörte, wedelte ich mit dem Schwanz.

Dann liefen wir weiter zur nächsten Person. Und dann zur nächsten. Wenn ich gehofft hatte, dass mir jemand einen Hudekuchen zustecken würde – Fehlanzeige! Obwohl ich ganz genau riechen konnte, dass einer der Männer etwas mit Käse in der Tasche hatte.

Schließlich standen wir vor einer Frau, deren Hände nach Fisch rochen. Sie lehnte sich etwas vor, und da erschnüffelte ich denselben Geruch, den ich damals als Buddy nicht mehr von meiner Zunge wegbekommen hatte. Denselben Geruch auch, den der Atem des kahlen Mannes verströmte, als er draußen mit CJ gesprochen hatte.

»Hallo Molly«, sagte die Frau.

Als wir gerade weitergehen wollten, spürte ich bei Andi eine leichte Anspannung. Und dann fiel der Groschen. Das Spiel hatte offenbar mit dem schlechten Atem zu tun! Ich drehte mich also wieder zu der Frau hin und legte mich dann vor ihr auf den Boden mit gekreuzten Pfoten.

»Sie hat's verstanden!«, rief Andi und klatschte in die Hände. »Guter Hund, Molly! Du bist ein guter Hund!«

Ich bekam Hundekuchen von Andi und langsam wurde

das Spiel interessanter. Ich wedelte mit dem Schwanz und war bereit für die nächste Runde.

»Molly hat es also geschafft?«, fragte CJ.

»Die meisten Hunde können den Geruch erschnüffeln, doch die wenigsten verstehen, dass sie uns genau dies signalisieren sollen. Molly hat durch Beobachtung von Luke gelernt, die Pfoten zu kreuzen, und das ist schon sensationell.« Andi kniete sich neben mich und küsste meine Schnauze. Ich schleckte ihr übers ganze Gesicht. »Molly, du bist ein Genie!«

»Sieh an, du bist also ein Gudel-Hund! Halb Genie und halb Pudel!«, sagte CJ. Ich wedelte mit dem Schwanz, weil mir die Aufmerksamkeit natürlich gefiel.

»Ich würde Molly gern in mein Projekt einbinden«, sagte Andi. »Und dich auch, falls du möchtest. Du kannst es als gemeinnützigen Dienst abrechnen.«

»Und Hundekacke-Schaufeln einfach an den Nagel hängen? Das muss ich mir gut überlegen.«

Von da an führte mich CJ immer, wenn wir bei Andi waren, zu verschiedenen Leuten hin, und ich zeigte dann an, wenn mir wieder dieser üble Geruch in die Nase stieg. Das kam aber nicht so häufig vor. Meistens rochen die Menschen einfach, wie sie eben rochen.

Manchmal rochen sie auch nach himmlischen Köstlichkeiten. An Thanksgiving fuhren CJ und ich zu Trents Haus, wo die Luft und die Hände der Menschen so verführerisch nach Käse, Brot und anderen wundervollen Dingen rochen, dass es Rocky und mich fast um den Verstand brachte. Den lieben langen Tag wurde nur gegessen, und die Leute warfen uns kleine Happen zu, die wir in der Luft aufschnappten.

Auch Trent hatte Mom und Dad. Zum ersten Mal kam mir der Gedanke, wie merkwürdig es war, dass CJ keinen Dad hatte. Und Gloria wäre vielleicht nicht immer so wütend, wenn sie einen Gefährten hätte.

Allerdings konnte ich die Situation im Augenblick auch nicht ändern, deshalb konzentrierte ich mich nun auf die Freuden von Thanksgiving und die leckeren Köstlichkeiten.

Ich war höchst zufrieden mit dem Tag.

An »Fröhliche Weihnachten« stellten Gloria und CJ einen Baum im Wohnzimmer auf und behängten ihn mit Katzenspielzeug. Diesen Baum konnte man im ganzen Haus riechen. Eines Abends kamen ziemlich viele Leute, die Lichter an den Baum hängten und Essen kochten. CJ trug dazu ein Kleid, das beim Gehen laut raschelte. Gloria ebenfalls.

»Wie findest du mich?«, fragte Gloria und trat ins Zimmer. Sie wirbelte geräuschvoll um die eigene Achse. Ich hätte es zwar nicht für möglich gehalten, doch Glorias Duftschwaden waren an diesem Abend noch durchdringender und intensiver als sonst. Unwillkürlich zog ich die Nase kraus, als sie ins Zimmer schwappten.

»Sehr schick«, sagte CJ.

Gloria lachte geschmeichelt. »Nun zeig du dich mal.«

CJ legte die Bürste weg, mit der sie gerade ihre Haare kämmte, und drehte sich einmal im Kreis. Dann hielt sie inne und sah Gloria an. »Was ist denn?«

»Ach nichts, mir kommt es nur so vor, als hättest du zugenommen. Das Kleid sitzt nicht so perfekt wie neulich, als wir es zusammen gekauft haben.«

»Ich habe das Rauchen aufgegeben.«

»Na und?«

»Wie, na und?«

»Ich verstehe einfach nicht, wie du dich kurz vor meiner Party so gehen lassen konntest.«

»Stimmt, du hast recht. Wie konnte ich nur aufhören, Gift in mich hineinzupumpen, wenn du bald eine Party steigen lässt und dann mein Kleid nicht mehr tadellos sitzt.«

»Das habe ich nicht gesagt. Am besten, wir beenden das Gespräch an dieser Stelle«, sagte Gloria wütend und lief davon.

Dann kamen viele Freunde. Auch Trent erschien, leider ohne Rocky, was mir unbegreiflich war. Die meisten Leute waren in Glorias Alter. Ich wanderte zwischen den Menschen hin und her und genoss das Aroma warmer Köstlichkeiten, das durchs ganze Haus wehte und mir in die Nase stieg. Später warfen mir die Leute Leckerbissen zu und ich musste dafür nicht einmal Kunststücke machen, sondern konnte einfach bloß Hund sein. Die Sorte Mensch war mir am liebsten.

Eine Frau bückte sich, um mir ein Stück Fleisch mit zerlaufenem Käse zu füttern. »Du bist ein feiner Hund«, sagte sie.

Ich tat das, was man von mir erwartete: Ich legte mich ab und kreuzte die Pfoten.

»Wie niedlich! Der Hund bedankt sich bei mir!«

CJ kam herbeigelaufen, um zu sehen, was ich da treibe. Ich wedelte mit dem Schwanz. »O Gott!«, rief sie.

Vierzehn

CJ war aufgewühlt und schockiert. »Sheryl, ich muss mit dir reden. Allein.«

Während die Frau mich weiterstreichelte, sah ich CJ an, um zu begreifen, was geschehen war. »Na klar«, sagte die Frau.

Ich folgte ihnen in den Hausflur, doch CJ wandte sich um und sagte: »Bleib, Molly.«

Ich wusste, was »Bleib« bedeutete; es war der Befehl, den ich am wenigsten mochte. Eine Weile lang blieb ich brav sitzen, doch dann trottete ich zur Tür, hinter der die beiden verschwunden waren, um am Türschlitz zu schnüffeln. Nach etwa zehn Minuten ging die Tür wieder auf und die Frau eilte heraus. Sie hatte eine Hand vor den Mund geschlagen und weinte. Auch CJ war völlig durcheinander und ich spürte ihre tiefe Traurigkeit.

Die Frau holte ihren Mantel, da kam Gloria mit einem Glas in der Hand angelaufen. »Was ist denn los?« Sie sah zwischen CJ und der Frau hin und her. »Was hast du mit ihr gemacht?«

CJ schüttelte den Kopf. Die Frau sagte: »Entschuldige mich bei den anderen, Gloria, ich rufe dich an!« Dann verschwand sie durch die Haustür. Gloria war wütend. Trent erschien im Flur, sah erst Gloria an und dann CJ und stellte sich dann an CJs Seite. Als er an mir vorbeilief, stupste ich seine Hand sanft mit der Schnauze an.

»Was, um alles in der Welt, ist geschehen?«, fragte Gloria.

»Molly hat bei Sheryl etwas angezeigt, so wie sie es gelernt hat. Krebs ... Sheryl hat Krebs.«

»O Gott«, sagte nun auch Trent.

Andere Leute drängten in den Flur, eine Frau sagte: »Wer hat Krebs?«

»Musstest du ihr das ausgerechnet heute Abend auf meiner Party eröffnen?«, zischte Gloria. Ruckartig drehte sie dann den Kopf in Richtung der anderen. »Keine Sorge, alles in Ordnung. Es ist nichts passiert«, rief sie.

»Was ist passiert?«, fragte ein Mann.

CJ schüttelte den Kopf und sagte: »Ist eine Privatangelegenheit, tut mir leid.«

Kurz darauf löste sich die Menschentraube im Flur wieder auf.

»Du denkst doch immer nur an dich«, sagte Gloria.

»Was wollen Sie damit sagen?«, sagte Trent mit lauter Stimme.

»Nicht, Trent.« CJ legte eine Hand auf seinen Arm.

»Hast du eine Ahnung, was mich diese Weihnachtsparty hier gekostet hat?«, sagte Gloria.

»Wie können Sie jetzt bloß an Ihre Party denken?«, sagte Trent.

»Lass gut sein, Trent«, sagte CJ. »Weißt du was, Gloria? Ich leg mich jetzt hin. Du kannst mich ebenfalls bei deinen Gästen entschuldigen. Erzähl' ihnen, ich hätte furchtbare Kopfschmerzen.«

Gloria machte ein lautes Geräusch, drehte sich um und blickte mich hasserfüllt an. Ich wandte den Blick ab. Dann machte sie auf dem Absatz kehrt und entfernte sich mit schnellen Schritten. Am Ende des Flurs, kurz bevor sie wieder ins Zimmer trat, hielt sie kurz inne, straffte die Schultern und warf ihre Haare in den Nacken. »Giuseppe«, rief sie in den Raum hinein, »wo steckst du denn?«

»Ich hol dir deinen Mantel«, sagte CJ zu Trent.

Er ließ die Schultern fallen. »Bist du sicher? Ich kann auch bleiben, vielleicht brauchst du jemanden zum Reden.«

»Nein, danke. Ist schon in Ordnung.«

CJ ging in Glorias Zimmer hinein und kam mit Trents Mantel wieder heraus. Als Trent den Mantel anzog, war er traurig. CJ warf ihm ein Lächeln zu. »Hey, falls wir uns nicht mehr sehen – Fröhliche Weihnachten!«, sagte sie.

»Das wünsche ich dir auch! Übrigens, deine Mutter hat nicht recht, mit dem, was sie über dich gesagt hat, das ist dir hoffentlich klar! Sheryl ist jetzt möglicherweise völlig aufgelöst, aber du hast das einzig Richtige gemacht und sie informiert. Hättest du damit gewartet, um ihr die Party nicht zu vermiesen, wäre es immer schwieriger geworden, darüber zu sprechen. Du musstest es ihr sofort sagen.«

»Danke, dass du das auch so siehst.«

»Zieh dir den Stiefel nicht an, versprich mir das. Lass dir von Gloria nicht alles bieten.«

Sie sahen sich einen Moment lang schweigend an. »Gut, ich verspreche es dir, Trent.«

Trent wandte sich zum Gehen und wir folgten ihm bis zur Tür. Dort blieb er wieder stehen und sah hinauf. »Hey, ist das ein Mistelzweig?«

CJ nickte.

»Na dann … komm mal her!« CJ lachte, weil er mit ausgebreiteten Armen vor ihr stand. Trent drückte sie an sich und küsste sie, und ich sprang an ihr hoch und legte meine Vorderpfoten an ihren Rücken, um auch dabei zu sein, was immer sie da gerade machten.

»Wow«, sagte CJ.

»Also dann, auf Wiedersehen! Und fröhliche Weihnachten!«, sagte Trent.

Ich wollte mit ihm nach draußen, doch CJ hielt mich zurück. Dann fiel die Tür ins Schloss und ich sah CJ lange auf die geschlossene Tür starren, und fragte mich, was hier eigentlich gespielt wurde.

Ich hätte nichts dagegen gehabt, noch ein Weilchen zwischen all den lauten Menschen im Wohnzimmer herumzuwandern, um den einen oder anderen Leckerbissen abzugreifen, doch CJ lief die Treppe hoch und schnippte mit den Fingern. Ich musste ihr folgen. In ihrem Zimmer zog sie das laut raschelnde Kleid aus und wieder was Normales an – ein flauschiges T-Shirt, das ihr bis zu den Knien reichte. Dann legte sie sich ins Bett, knipste die Nachttischlampe an und nahm ein Buch zur Hand.

Bücher sind okay, weil man sie zerkauen kann, obwohl sie nicht besonders schmackhaft sind. Aber die Menschen sind nie glücklich, wenn man das macht. Ein Buch ist also ein Spielzeug, mit dem man als Hund lieber nicht spielen sollte.

Ich rollte mich neben dem Bett auf dem Fußboden ein und wurde langsam schläfrig, während ich dem Raunen der Gespräche im Wohnzimmer unter uns lauschte. Später hörte ich noch mehrmals, wie die Haustür geöffnet und wieder geschlossen wurde. Als es plötzlich an der Zimmertür klopfte, war ich jedoch sofort hellwach. Die Tür wurde aufgerissen.

»Hallo CJ«, sagte eine Männerstimme. Ich erkannte ihn an seinem Geruch. Es war der Mann, dessen dicke Armbanduhr mit einem wuchtigen Geräusch über sein Handgelenk gerutscht war, als er mir unten ein Stück Fisch hingehalten hatte.

»Ach Giuseppe, du bist es.«

Lachend trat der Mann ein. »Sag einfach Gus zu mir. Nur deine Mutter nennt mich Giuseppe. Sie denkt, ich stamme aus einem italienischen Adelsgeschlecht.« Er lachte wieder.

»Aha«, sagte CJ. Sie strich die Bettdecke über ihren Beinen glatt.

Der Mann schloss die Zimmertür hinter sich. »Na, was liest du denn da?«

»Du bist betrunken, Gus.«

»Hey, wir feiern doch eine Party!« Der Mann ließ sich schwer auf CJs Bett sinken. Seine Füße standen nun direkt neben meiner Schnauze. Ich setzte mich aufrecht hin.

»Was machst du da? Hey, raus aus meinem Zimmer!«, sagte CJ. Sie war wütend.

Der Mann legte seine Hand auf die Bettdecke. »Das Kleid, das du heute Abend getragen hast, steht dir. Hat mir gefallen, du hast hübsche Keulchen. Weißt du was das ist? Keulchen. Deine Beine.«

Der Mann zog an der Decke. CJ zog in die andere Richtung. »Hör sofort auf«, sagte sie.

»Komm schon, hab´ dich nicht so.« Er stand auf und streckte die Arme nach CJ aus. Ich spürte, wie Angst in ihr hochkroch, sprang auf und legte meine Vorderpfoten aufs Bett. Dann warf ich meinen Kopf in seine Richtung und fing an, wütend zu knurren, so wie damals im Stall, als Troy, das Pferd, Baby Clarity zertrampeln wollte.

Der Mann torkelte zurück und riss dabei Bücher und Fotos vom Regal. Nach einer halben Drehung krachte er zu Boden und blieb auf der Seite liegen. Ich bellte und stürzte mich auf ihn mit entblößten Zähnen.

»Molly, aus! Es ist gut. Gutes Mädchen.« Ich spürte CJs Hand in meinem Fell, doch meine Nackenhaare sträubten sich noch immer bis zum Anschlag.

»Okay, okay«, sagte der Mann.

CJ zog mich am Halsband von ihm weg. »Ich will, dass du verschwindest, Gus.«

Er rollte sich auf die Knie. Dann flog die Tür auf und Gloria stand auf der Schwelle. »Was geht hier vor?«, verlangte sie zu wissen. Sie blickte hinüber zu Gus, der auf allen Vieren durchs Zimmer kroch, sich dann am Bettpfosten hochhievte und endlich zum Stehen kam. »Was ist hier los, Giuseppe?«

Er schob sich an Gloria vorbei durch die Tür hinaus in den Flur und entfernte sich mit schweren Schritten. Gloria sah ihre Tochter an. »Ich hab den Hund bellen gehört, hat er Giuseppe gebissen?«

»Nein, Molly hat niemanden gebissen.«

»Was ist passiert?«

»Das willst du nicht wissen, Gloria.«

»Du erzählst es mir auf der Stelle!«

»Er kam hier rein und fing an, mich zu begrapschen«, rief CJ. »Molly hat mich vor ihm beschützt.«

Ich hob den Kopf, weil ich meinen Namen hörte. Gloria versteinerte und ihre Augen wurden zuerst riesengroß und dann klein wie Schlitze. »Du kleine miese Lügnerin!«, zischte sie. Dann drehte sie sich um und rannte immer schneller, weil unten die Tür ins Schloss krachte. »Giuseppe«, rief sie mit lauter Stimme.

In den darauffolgenden Tagen hielten sich CJ und Gloria nie gemeinsam im selben Raum auf. Und während des Teils von Fröhliche Weihnachten, an dem die Menschen buntes Papier zerrissen und Schachteln geschenkt bekamen, sprachen sie kaum ein Wort miteinander. CJ nahm die Mahlzeiten meistens in ihrem Zimmer ein, manchmal war es nur ein kümmerliches Häuflein Gemüse, manchmal aber auch ein Riesenteller voll mit leckeren Nudeln und Soße und Käse, oder Pizza und Fritten und viel Eis. Danach ging sie jedes Mal ins Bad, stellte sich auf die flache Kiste und machte unglückliche Laute. Alle paar Stunden stieg sie auf dieses flache Ding. Für mich stand fest, dass es nur Unglück brachte, weil CJ danach immer so traurig war.

Trent kam mit Rocky vorbei und wir tollten gemeinsam im Schnee herum. Das war der einzige Tag, an dem CJ wirklich glücklich war.

Ich fühlte mich nicht wie ein böser Hund, weil ich den Mann angeknurrt hatte. CJ hatte Angst gehabt und da konnte ich nicht lange fackeln. Zuerst fürchtete ich, dafür bestraft zu werden, aber nichts dergleichen geschah.

Bald darauf ging CJ wieder zur Schule. Gloria und sie sprachen auch wieder miteinander, trotzdem spürte ich die Spannung zwischen ihnen. Wenn CJ in der Schule war, ging ich runter in den Keller an meinen angestammten Platz unter der Treppe. Dort wartete ich auf ihre Rückkehr, nur unterbrochen von gelegentlichen Ausflügen in den Garten, wo ich ein bisschen spielte oder kläffenden Hunden in der Umgebung mit meinem Gebell antwortete.

Andi besuchten wir nur noch selten, aber ich freute mich jedes Mal unheimlich, sie wiederzusehen. So war das immer bei den Menschen – kaum hatte man sich an etwas gewöhnt, wurde alles wieder anders. Nach der wie üblich stürmischen Umarmung mit vielen Küssen spielten wir dann erneut dieses Spiel mit den Leuten auf den Metallstühlen, probierten aber auch andere Varianten aus mit Menschen, die in einer geraden Reihe standen oder saßen.

»Für mein Forschungsprojekt will ich herausfinden, ob Hunde auch in großen Menschengruppen die Erkrankten aufspüren und mir anzeigen«, erklärte Andi. »Bisher schafft das nur Luke.«

Als sie seinen Namen aussprach, schaute er auf.

Wir gingen die Reihe mehrmals auf und ab und ich spürte, dass Andi und CJ etwas Bestimmtes von mir erwarteten, wusste aber nicht recht, was. Doch dann witterte ich den Geruch bei einer Frau ohne Haare, deren Hände streng nach Seife rochen. Ihr Atem hatte diese metallische Färbung. Ich zeigte an und bekam einen Hundekuchen.

Das schien die Spielregel zu sein, obwohl ich mir noch nicht ganz sicher war, denn Andi führte mich oft zu Menschen, die diesen Geruch nicht verströmten, und dann wusste ich nie, ob ich bei ihnen auch anzeigen sollte. Wenn ich mich dann hinlegte und die Pfoten kreuzte, blieb Andi mit verschränkten Armen vor mir stehen und ich ging leer aus. Ziemlich verwirrend, das Ganze.

Eines Tages, als ich gerade hinten im Garten im tiefen Schnee herumhüpfte, hörte ich, wie die Tür zum Garten aufgeschoben wurde. Dort stand Gloria und rief: »Willst du ein schönes Stück Roastbeef?«

Zögernd bewegte ich mich ein paar Schritte in ihre Richtung, doch dann blieb ich stehen. Der fragende Unterton, den ich gehört hatte, konnte auch Ärger bedeuten.

»Da, nimm«, rief sie und warf etwas in meine Richtung. Ich lief zu der Stelle hin, musste aber erst erschnüffeln, wo das Zeug lag, weil es tief in den Schnee gesunken war. Es stellte sich als ein köstliches Stück Fleisch heraus. Nachdem ich es verschlungen hatte, hob ich den Kopf und schaute zu Gloria hinüber. Probehalber wedelte ich ein bisschen mit dem Schwanz.

»Willst du noch mehr?« Wieder warf sie mir einen Brocken hin, den ich prustend im Schnee aufstöberte und hastig hinunterschlang.

Als ich wieder aufsah, war Gloria im Haus verschwunden. Was, um alles in der Welt, ging hier vor?

Plötzlich hörte ich Gloria aus dem vorderen Garten rufen. »Huhuuu, Molly! Hey Hund, willst du noch mehr Leckerbissen?«

O ja, mehr Leckerbissen! Mit einem Satz war ich an der Gartenpforte, die überraschenderweise offen stand. Der Gehweg war am Morgen von einem Mann freigeschaufelt worden, der an Wintertagen mit einem Laster erschien, um den Schnee wegzuräumen. Ich trottete seitlich an der Hauswand entlang und sah Gloria in der Einfahrt stehen.

»Hier, noch ein Leckerbissen!«, sagte sie und warf mir ein Stück Fleisch zu, das ich in der Luft auffing. Sie öffnete die Tür zum Rücksitz ihres Wagens. »Willst du da rein? Hmmmm Leckerli.«

Die Botschaft war eindeutig. Vorsichtig näherte ich mich der offenen Tür. Sie warf noch einen Brocken Fleisch auf die Fußmatte im Auto, ich sprang auf den Rücksitz und während ich das Stück hinunterschlang, schlug sie die Tür hinter mir zu. Dann setzte sie sich ans Steuer, ließ den Motor an und wir fuhren die Einfahrt hinunter.

Es war mir ziemlich egal, dass ich diesmal kein Vordersitz-Hund war. Mit Gloria am Steuer hätte es mir ohnehin keinen Spaß gemacht. Geraume Zeit schaute ich aus dem Fenster auf die vorüberziehenden schneebedeckten Bäume und Gärten, dann drehte ich mich ein paar Mal im Kreis und ließ mich zu einem Nickerchen nieder.

Als der Wagen plötzlich hielt und Gloria den Motor abstellte, erwachte ich und schüttelte mich ausgiebig.

»Ganz ruhig, denk dran, dass ich dir heute viele Leckerbissen gegeben habe. Sei ein braver Hund, Molly.«

Als sie meinen Namen sagte, wedelte ich mit dem Schwanz. Gloria legte beide Hände an meinen Hals und ich beschnupperte sie, doch es befand sich kein weiterer Fleischbrocken darin. Mit einem Klicken fiel mein Halsband auf den Sitz. Ich senkte die Schnauze, um daran zu riechen.

Gloria stieg aus und öffnete meine Tür. »Los, raus mit dir. Bei Fuß! Sei ein braves Mädchen. Und untersteh dich, jetzt abzuhauen!«

Wir liefen zu einem großen Haus, das nach vielen Hunden roch. Gloria drückte die Haustür auf, klatschte sich auf die Knie und ich folgte ihr. Wir betraten einen engen Raum, durch dessen geöffnete Tür ich vielstimmiges Gebell hören konnte.

»Hallo? Ist jemand da?«, rief Gloria.

Eine Frau kam durch die offene Tür. »Was kann ich für Sie tun?«, fragte sie lächelnd.

»Ich habe diesen Hund hier herrenlos auf der Straße gefunden«, sagte Gloria. »Keine Ahnung, wie lange er schon herumstreunt, so allein. Seine Familie wird ihn sicher vermissen. Kann ich ihn hier abgeben?«

Fünfzehn

Ich kannte solche Orte aus früheren Zeiten. Es erinnerte mich auch an das Haus, wo wir mit Andi und Luke spielten, außer dass es hier noch viel mehr Hunde gab und die Decke niedriger war. Auch fehlte der große Bereich, in dem die Menschen auf Metallstühlen saßen, stattdessen gab es hier nur Hunde in engen Käfigen zusammengepfercht.

Ich landete in einem Zwinger mit kahlem Boden und wenig Platz zwischen der Käfigtür und der kleinen Hundehütte im hinteren Teil. In der Hütte lag ein Teppichfetzen, der die Gerüche vieler Hunde verströmte; auch die Luft roch nach ihnen und von allen Seiten erschallte wildes Gebell.

Als die Frau mit einer Schüssel Wasser oder Futter erschien, stellte ich mich an die Käfigtür und wedelte hoffnungsfroh mit dem Schwanz. Ich wollte raus, herumtollen, spielen, gestreichelt werden. Die Frau war freundlich, aber sie ließ mich nicht frei.

Auch die anderen Hunde drängten an ihre Käfigtüren, wenn die Frau in der Nähe war. Viele bellten, andere versuchten, in möglichst gutem Licht zu erscheinen und blieben still sitzen. Doch auch das nützte ihnen nichts, denn nicht einmal die wurden rausgelassen.

Ich versuchte zu begreifen, was geschehen war. Warum

ich an diesem Ort mit den kläffenden Hunden festsaß. Ich vermisste mein Mädchen und wanderte winselnd im Käfig auf und ab. Dann verzog ich mich in die Hundehütte und legte mich auf den Teppichfetzen, fand aber keinen Schlaf.

In dem fürchterlichen Gekläffe, das mir um die Ohren schwirrte, vermischten sich Angst, Wut und Schmerz, und auch viel Traurigkeit. Auch ich bellte mein Leid in die Welt hinaus und mein Verlangen, diesen Ort möglichst rasch wieder zu verlassen.

Wenn sich in der Nacht die meisten Hunde langsam beruhigt hatten, fing plötzlich einer erneut zu kläffen an – oft war es der große dürre Schwarz-Braune ohne Schwanz neben mir im Käfig. Daraufhin stimmten nach und nach die anderen wieder mit ein und bald bellten alle durcheinander. Es war unmöglich, unter solchen Bedingungen zu schlafen.

Ich malte mir aus, wie ich bei CJ im Bett lag. Manchmal wurde es mir dort zu warm und ich hüpfte mitten in der Nacht raus, um auf dem Boden weiterzuschlafen. Doch nun vermisste ich sie derart, dass ich alles gegeben hätte, in ihrem Bett zu liegen, ganz gleich, wie heiß es mir wurde. Ich sehnte mich nach ihren zärtlichen Berührungen und dem wunderbar vertrauten Duft ihrer Haut.

Am nächsten Morgen wurde ich aus dem Käfig geholt, durch einen Korridor geführt und dann auf einen Tisch gelegt, der mich an den Stahltisch beim Tierarzt erinnerte. Ein Mann und eine Frau streichelten mich und der Mann schaute mir in die Ohren. Die Frau hielt mir einen Stock vors Gesicht, doch da der Mann mich gleichzeitig mit beiden Händen am Kinn festhielt, konnte ich nicht richtig erkennen, ob es ein Spielzeug war.

»Treffer«, sagte die Frau.

»Ich war mir sicher, dass sie einen Hundechip trägt«, sagte der Mann.

Ich wurde in den Käfig zurückgebracht. Das war eine so herbe Enttäuschung, dass ich mich nicht einmal mehr aufraffen konnte, die Hütte mit dem Teppichfetzen aufzusuchen. Ich nagte ein bisschen an der Hütte herum, aber nicht einmal das hellte meine Stimmung auf. Mit einem tiefen Seufzen ließ ich mich einfach auf den blanken Boden fallen.

Stunden später kam der Mann wieder. »Hallo Molly«, rief er und ich setzte mich sofort auf und klopfte zustimmend mit dem Schwanz auf den Boden, weil ich froh war, meinen Namen zu hören. Er legte mir einen Strick um den Hals. »Komm mit, Mädchen, draußen wartet jemand auf dich.«

Noch bevor der Mann die Tür am Ende des Korridors geöffnet hatte, witterte ich CJs Geruch. »Molly!«, rief sie, und ich sprang ihr entgegen. Sie sank auf die Knie und nahm mich in die Arme. Ich küsste sie über Gesicht und Ohren, und umrundete sie so oft, dass sich das Ende des langen Stricks um ihre Beine wickelte und ich mich fast erwürgte. Ich gab meiner Riesenerleichterung durch lautes Jaulen Ausdruck. Sie lachte. »Du bist ein guter Hund, Molly. Sitz!«

Ich setzte mein Hinterteil auf den Boden, doch es kam wie von selbst gleich wieder hoch. Ich musste jetzt ein guter Hund sein. Also versuchte ich, still zu sitzen und nur mit dem Schwanz zu wedeln, während mein Mädchen mit dem Mann sprach.

»Ich habe mir solche Sorgen um sie gemacht«, sagte sie. »Sie muss wohl am Morgen, als der Schneeräumdienst da war, durchs Gartentor entwischt sein.«

Am Ende des Korridors hob der große schwarz-braune Hund wieder an zu bellen und steckte die anderen an. Ich wünschte mir für sie alle, dass auch sie bald von ihren Menschen nach Hause geholt wurden.

»Sie wurde von einer Frau abgegeben, die behauptete, den Hund streunend auf der Straße aufgelesen zu haben.«

»Das klingt überhaupt nicht nach Molly. Wie viel schulde ich Ihnen?«

»Sechzig Dollar.«

Ich wedelte mit dem Schwanz. CJ streichelte meinen Kopf. »Moment noch bitte. Was war das denn für eine Frau?«

»Wohlhabende Lady, schätze ich.«

»Wie wohlhabend?«

»Nun ja, Cadillac, teure Klamotten, sehr gut frisiert, stark parfümiert.«

»Blondiert?«

»Ja, genau.«

CJ holte tief Luft. Sie suchte nach etwas in ihrer Geldbörse. Ich sah aufmerksam zu ihr hoch, denn oft hatte sie dort Hundekuchen gebunkert. »War sie das?«, fragte CJ und zeigte ihm ein Papier.

»Das darf ich Ihnen nicht sagen.«

»Diese Frau hier auf dem Bild ist meine Mutter.«

»Wie bitte?«

»Sie haben richtig gehört.«

»Ihre Mutter hat Ihren Hund bei uns abgegeben? Ohne Ihr Wissen?«

»Ganz genau.«

Es herrschte Stille. Ich spürte, dass CJ wütend und traurig zugleich war.

»Das tut mir leid«, sagte der Mann.

»Ja, mir auch.«

Während der Fahrt saß ich auf dem Vordersitz. »Ich habe dich so vermisst, Molly. Ich hatte Angst, dir sei etwas Schlimmes zugestoßen«, sagte CJ. Sie zog mich an sich und ich leckte ihr kurz übers Gesicht. »Ach Molly, du bist mein kleiner Schnudel-Pudel.« Sie war so traurig, obwohl wir jetzt wieder zusammen waren. »Es tut mir sehr leid, was passiert ist. Ich hatte ja keine Ahnung, dass sie dir das antun würde.«

Draußen gab es viele interessante Dinge zu bestaunen, doch ich konnte meinen Blick einfach nicht von CJ wenden. Ich leckte ihre Hand und legte meinen Kopf auf ihren Schoß, so wie damals, als ich noch ein kleiner Welpe war. Es tat so gut, wieder bei ihr zu sein. Vor lauter Erschöpfung schlief ich sofort ein.

Als der Wagen langsamer fuhr, eine scharfe Kurve nahm und plötzlich wohlbekannte Gerüche durchs Fenster hereinwehten, richtete ich mich auf. Wir waren wieder zu Hause. Es wurde still im Auto und CJ nahm mein Gesicht in beide Hände. »Hier sind wir nicht mehr sicher, Molly. Ich weiß noch nicht, wie es weitergeht, aber Gloria können wir nicht mehr trauen. Ich will nicht, dass sie dir etwas antut. Ich würde sterben, wenn dir etwas zustößt, Molly.«

Ich wedelte mit dem Schwanz. CJ ließ mich aussteigen und ich lief durch den schmelzenden Schnee zur Haustür. Es war schön, wieder zu Hause zu sein. CJ öffnete die Tür und trat ein. Dann rang sie nach Luft und ich spürte, dass sie auf einmal Angst bekam.

»Shane!«

CJs Freund Shane saß mitten im Wohnzimmer. Als er

uns bemerkte, erhob er sich vom Sofa, doch ich ging nicht zu ihm hin und wedelte auch nicht mit dem Schwanz. Es war nicht richtig, dass er ganz allein und ohne uns im Haus war.

»Hallo CJ.«

»Wie bist du hier reingekommen?«

Shane kniete sich mit einem Bein auf den Boden und klatschte in die Hände. »Hallöchen, Molly!« Er roch nach Rauch. Ich blieb fest an CJs Seite.

»Shane, ich habe dich was gefragt. Wie bist du hier reingekommen?«

»Mit einem Rechen, den ich durch die Hundeklappe geschoben habe, um den Riegel der Kellertür von innen zu öffnen«, sagte er lachend.

»Was willst du hier?«

»Du hast mich ja nie zurückgerufen.«

»Verschwinde! Du hast hier nichts zu suchen!«

CJ war wütend. Ich ließ sie nicht aus den Augen, weil ich verstehen wollte, was hier vor sich ging.

»Ich hatte keine andere Wahl. Du hast nicht auf meine Anrufe reagiert.«

»Das ist völlig normal, wenn man sich getrennt hat, Shane. Dann spricht man eben eine Weile nicht miteinander. Kann man überall nachlesen.«

»Kann ich hier rauchen?«

»Nein, und jetzt raus mit dir!«

»Ich gehe nicht, bevor wir darüber geredet haben!«

»Worüber? Shane, du …« CJ holte tief Luft. »Du hast neulich nachts um zwei dreißig Mal bei mir angerufen!«

»Hab ich das echt?« Shane lachte.

Ein Wagen hielt in der Auffahrt und ich sprang ans Fenster, um nachzusehen, wer gekommen war. Die Autotür öffnete sich und heraus sprang Rocky. Trent folgte hinterher. Rocky rannte gleich zum nächsten Baum und hob das Bein.

»Ich bekomme Besuch«, sagte CJ.

»Soll ich oben in deinem Zimmer warten?«

»Spinnst du jetzt völlig? Ich will, dass du verschwindest.«

Es klingelte. Ich rannte zur Tür und schnüffelte am Türspalt. Auf der anderen Seite machte Rocky dasselbe. CJ kam, um zu öffnen.

»Du hast sie also wieder!«, sagte Trent. Dann erstarrte er.

»Hey Trent«, sagte Shane.

Rocky und ich beschnüffelten uns erst einmal ausgiebig. Ich sprang auf seinen Rücken und schnappte freudig nach seiner Nackenfalte, um ihn ein bisschen zu schütteln.

»Sorry, ich sollte dann wohl besser ein anderes Mal wiederkommen«, sagte Trent.

»Nein!«, rief CJ.

»Doch«, sagte Shane. »Wir haben etwas Wichtiges zu besprechen.«

»Nein, Shane wollte gerade gehen.«

»CJ, wir müssen reden!«, sagte Shane.

»Sieht so aus, als wärst du hier nicht erwünscht«, sagte Trent.

Rocky verharrte plötzlich reglos. Sogar als ich ihm in die Schnauze biss, hatte er nur noch Augen für Trent. Jeder Muskel seines Körpers war aufs Äußerste gespannt.

»Vielleicht will ich aber nicht gehen«, sagte Shane mit lauter Stimme.

Ich merkte, wie Trent langsam wütend wurde. CJ griff nach seinem Handgelenk. Rocky stellte die Ohren auf und sein Rückenfell sträubte sich.

Schlagartig wurde mir klar, dass es Rockys Lebenssinn war, Trent zu lieben und ihn zu beschützen, so wie es meiner war, CJ zu lieben und auf sie aufzupassen.

»Shane«, sagte CJ, »bitte geh jetzt. Wir sehen uns morgen.«

Shane starrte Trent an.

»Shane, bitte!«, sagte CJ, diesmal lauter.

Shane blinzelte mehrmals, dann sah er CJ an. »Was hast du gesagt?«

»Wir sehen uns morgen. Im Park, dort, wo du Skateboard fährst, okay? Nach der Schule.«

Shane stand da und nickte. Dann nahm er seinen Mantel und warf ihn sich über die Schulter. Beim Hinausgehen drückte er Trent zur Seite, der ihn nicht aus den Augen ließ, bis er zur Tür draußen war.

»Warum willst du dich morgen mit ihm treffen?«, fragte er CJ und streichelte nachdenklich Rockys Kopf. Ich leckte Rockys Schnauze.

»Ich werde ihn nicht treffen, weil ich morgen nicht mehr hier sein werde.«

»Was soll das heißen?«

»Ich werde mit Molly abhauen. Noch heute Abend. Wir fahren nach Kalifornien.«

CJ lief die Treppe hoch in ihr Zimmer. Trent, Rocky und ich folgten.

»Wovon redest du?«, fragte Trent.

CJ holte einen Koffer aus dem Schrank. Ich hatte das Ding schon einmal gesehen, als mich CJ zu Trent brachte und ich dort tagelang bleiben musste. Auch damals hatte sie diesen Koffer aus dem Schrank geholt. Rocky war schon wieder rauflustig, doch mich hatte der Anblick des Koffers in einen solchen Schrecken versetzt, dass ich keinen Millimeter von CJs Seite wich. Sie begann, Schubladen zu öffnen und Kleider herauszuziehen, die sie in den Koffer warf. »Molly ist nicht weggelaufen. Gloria hat sie anonym im Tierheim abgegeben.«

»Sag das noch mal!«

»Ich habe dem Tierpfleger ein Foto von ihr gezeigt, und er hat es bestätigt. Nicht zu fassen, oder?«

»Ich traue deiner Mutter mittlerweile alles zu.«

»Deshalb hauen wir ab. Wenn's sein muss, wohnen wir eben eine Weile am Strand, bis ich einen Job gefunden habe. Wenn ich einundzwanzig bin, kann ich endlich über das Treuhandkonto meines Vaters verfügen, und dann gehe ich aufs College.«

»CJ, hast du dir das gut überlegt? Du kannst nicht aufs College ohne Highschool-Abschluss.«

»Dann lege ich eben die Ersatzprüfung für den Hochschulzugang ab. Oder gehe in Kalifornien noch einmal auf die Highschool, was weiß ich!«

»Ich komme mit euch«, sagte Trent.

»Na klar, das ist eine super Idee!«

»Du kannst nicht einfach am Strand leben, was glaubst du denn!«

CJ gab keine Antwort, doch ich spürte, wie sie langsam ärgerlich wurde. Trent sah ihr ein paar Minuten lang schweigend beim Packen zu. »Und was ist mit der anderen Sache?«, fragte er dann leise.

CJ unterbrach ihre Tätigkeit und sah ihn an. »Was meinst du?«

»Das mit … dem Essen.«

CJ blickte ihn starr an und atmete einmal tief durch.

»Meine Güte, Trent, Tag für Tag muss ich mit dieser Stimme in mir kämpfen, die mir vorschreiben will, was ich zu essen habe. Ich werde wahnsinnig, wenn sich deine Stimme da jetzt auch noch druntermischt.«

Trent sah zu Boden. Ich spürte seine Traurigkeit. Rocky lief zu ihm hin und drückte seine Schnauze an sein Bein. »Tut mir leid, das wollte ich nicht«, sagte Trent.

CJ holte einen weiteren Koffer aus dem Schrank und legte ihn aufs Bett. »Ich muss weg sein, bevor Gloria kommt und merkt, dass ich Molly zurückgeholt habe.«

»Dann nimm wenigstens Geld von mir an.«

»Du musst das nicht tun, Trent.«

»Ich weiß. Hier, nimm, was ich im Geldbeutel habe.«

Ich gähnte vor Anspannung. Eigentlich war ich sehr gern mit Rocky und Trent zusammen, aber nicht, wenn ich gleichzeitig Angst hatte, dass CJ die Koffer nahm und ohne mich wegfuhr.

»Du bist der beste Freund der Welt, Trent«, sagte CJ sanft. Dann umarmten sie sich. »Ich weiß nicht, was ich ohne dich und Molly tun würde!«

Es gab einen lauten Knall. Die Haustür unten war zugeschlagen worden. »Clarity!« Das war Glorias Singsang. »Ist das Trents Wagen vor der Tür?«

CJ und Trent rissen die Augen auf. »Ja!«, rief CJ. Dann senkte sie die Stimme und flüsterte: »Kannst du dafür sorgen, dass Molly ruhig ist?«

Ich wedelte mit dem Schwanz.

»Klar«, sagte Trent. Er kniete sich neben mich und kraulte meine Ohren. »Molly, psssst«, flüsterte er. Ich wedelte mit dem Schwanz. Rocky drückte eifersüchtig seine Schnauze zwischen uns.

CJ ging aus dem Zimmer und beugte sich übers Treppengeländer. Ich wollte ihr folgen, doch Trent hielt mich sanft davon ab. Mich drängte es trotzdem zu ihr und ich konnte ein leises Winseln kaum unterdrücken. Keinen halben Meter Abstand wollte ich nun zwischen ihr und mir dulden. Nicht mit diesen schrecklichen Koffern überall. »Nein«, sagte Trent mit gedämpfter Stimme. »Du musst hier bleiben und still sein, Molly.«

»Schätzchen, Giuseppe und ich gehen ins Kino und danach etwas essen. Warte also nicht auf mich heute Abend.«

»Giuseppe«, sagte CJ. Ihre Stimme klang tonlos vor Wut.

»Fang nicht wieder damit an, Clarity June! Ich habe diesen unerfreulichen Zwischenfall abgehakt und erwarte dasselbe von dir.«

»Mach's gut, Gloria.«

»Was soll das heißen? Warum sagst du das in diesem Ton?«

Ich konnte leider nicht anders. Mir entwich ein leises Fiepen und ich kratzte mit den Pfoten am Teppich.

»Was war das für ein Geräusch?«, fragte Gloria.

CJ drehte sich zu mir um. Winselnd versuchte ich, zu ihr zu gelangen. »Das war Rocky. Er ist mit Trent bei mir hier oben. Er merkt, wie traurig ich bin, weil Molly weg ist.«

»Muss dieses Haus ständig voller Hunde sein?«

»Nein, Gloria. Ich verspreche dir, es kommt nie wieder vor.«

»Vielen Dank. Also, schönen Abend, Clarity.«

»Leb wohl.«

CJ kam zurück ins Zimmer und schloss die Tür hinter sich. Ich sprang ihr entgegen und leckte ihr das Gesicht. »Molly, ich war doch nur einen Meter entfernt von dir, du hast mich doch gesehen! Du Schussel-Dussel, Schnudel-Pudel.« Sie küsste mich auf die Schnauze.

Trent trug die Koffer hinunter und verstaute sie im hinteren Teil von CJs Auto. Derweil stand ich an der Beifahrertür, um meinen Anspruch auf den Vordersitz anzumelden. Rocky lief mir hinterher und beschnüffelte mich, versuchte aber erst gar nicht, mit ins Auto zu hüpfen. Ich hätte es ihm ohnehin nicht erlaubt.

Trent wirkte traurig, als er mich zum Abschied umarmte. Ich schleckte ihm übers ganze Gesicht. In zwei oder drei Tagen würden wir uns bestimmt wieder sehen.

CJ hatte am Steuer Platz genommen, rollte die Scheiben herunter und Trent beugte sich zum Fenster herein. Auch mein Fenster öffnete sich, damit ich die Nase in den kühlen Abendwind halten konnte.

»Weißt du schon, wohin die Reise geht?«, fragte er.

»Ich werde dir schreiben «, sagte CJ. »Es wird alles gut, Trent.«

»Ruf mich an, okay?«

»Und was, wenn sie meine Anrufe zurückverfolgen lässt?«

»Na klar, sie wird ihre tollen Verbindungen zum FBI spielen lassen.«

CJ lachte. Durchs offene Fenster umarmte sie Trent noch einmal. »Und du bist ein guter Hund und passt auf CJ auf, verstanden, Molly?«, sagte er zu mir.

Ich wedelte mit dem Schwanz, weil ich ein guter Hund war.

»Es geht los, Molly«, sagte CJ.

Sechzehn

Wir machten eine lange Autofahrt. Ich entschied mich diesmal für die eingerollte Position auf dem Vordersitz, damit mein Kopf ganz dicht bei CJs Hand war. Sie streichelte mich immer wieder und durch ihre Hand strömte innige Liebe, die mich schnell in einen unbeschwerten Schlummer gleiten ließ. Hier war es so viel schöner als in dem Haus mit den kläffenden Hunden. Hoffentlich musste ich nie wieder an diesen Ort zurückkehren. Ich wollte nirgendwo anders mehr sein, als hier neben meinem Mädchen im Auto auf dem Vordersitz!

Wir hielten an einem kleinen Haus, das Tische draußen hatte, wo es herrlich nach Essen roch. »Wenn ich den Mantel anbehalte, können wir im Freien sitzen«, sagte CJ und leinte mich am Tischbein an. »Alles klar, Molly? Ich muss nur kurz rein, bin gleich wieder da. Sieh mich nicht so an! Ich werde dich nicht verlassen. Guter Hund.«

Ich verstand nur »guter Hund«. Als sie sich von mir abwandte, versuchte ich sofort, ihr zu folgen, wurde aber von der Leine daran gehindert. Ich zerrte und zog, und als CJ hinter einer großen Glastür verschwand, verstand ich die Welt nicht mehr. Ich winselte laut. Wenn ich ein guter Hund sein sollte, musste ich doch mit CJ mitgehen!

»Hallo Molly.«

Ich drehte mich um und da stand Shane. Ich wedelte nicht mit dem Schwanz.

»Guter Hund.« Er ging in die Hocke und streichelte meinen Kopf. Er roch nach Rauch und Öl und Fleisch. Ich wusste nicht recht, was ich tun sollte.

Als ich CJ an der Tür innen erkannte, wedelte ich mit dem Schwanz. Sie stand mit einer großen Tüte in der Hand hinter dem Glas und sah zu uns rüber. Shane winkte ihr zu. Ganz langsam trat CJ ins Freie.

»Hi, Süße«, sagte Shane und richtete sich auf.

»Es ist wohl unnötig zu fragen, ob du mich verfolgt hast«, sagte CJ. Sie stellte die Tüte auf den Tisch. Ein köstlicher Duft verbreitete sich und ich hätte wirklich gerne wenigstens kurz meine Nase hineingehalten, um das würzige Aroma aufzunehmen.

»Ich hab gesehen, wie Trent die Koffer in dein Auto packte. Dachte mir schon, dass wir uns nicht im Park treffen werden.«

»Meine Cousine ist krank geworden, ich will sie besuchen. In ein paar Tagen bin ich wieder zurück.«

»Der springende Punkt ist, dass du dich nicht an deine Vereinbarungen hältst. Du hast mir was versprochen.«

»Das nennt man dann wohl Vertragsbruch.«

»Hör auf, dich über mich lustig zu machen. Mir reicht's jetzt.«

»Ich hätte dir noch Bescheid gesagt.«

»Darum geht es aber nicht. Ich habe dich mehrfach um ein Gespräch gebeten und du lässt mich jedes Mal abblitzen. Ich habe keine andere Wahl. Wenn du dich davonmachst, muss ich dir eben hinterherfahren.«

Ich stupste CJ mit der Schnauze an, um sie darauf aufmerksam zu machen, dass ich auch noch da war und den Inhalt der Tüte sehr zu schätzen wüsste, falls sie dafür keine Verwendung hatte.

»Worüber willst du mit mir sprechen, Shane?«

»Über uns.« Shane straffte die Schultern. »Ich kann nicht mehr schlafen, mir geht es schlecht, ich habe Magenkrämpfe, weil du nicht auf meine Anrufe reagierst. Wie soll ich mir da vorkommen? Ich bin stinksauer. So kannst du nicht mit mir umspringen. Ich will, dass es wieder so wird, wie es war. Du fehlst mir.«

»Na toll«, sagte CJ. Sie setzte sich an den Tisch und fing endlich an, das Essen aus der Tüte zu holen. Ich setzte mich hin und wartete still und brav.

»Was ist toll? Hey, kann ich ein paar Pommes haben?« Shane schnappte sich was von dem lecker riechenden Zeug und schob es in den Mund. Ich ließ seine Hand dabei nicht aus den Augen, doch es fiel nichts runter.

»Bitte bedien' dich«, sagte CJ.

»Wo ist der Ketchup?«

CJ schob ihm die ganze Tüte hin und Shane wühlte darin herum. »Also, was ist toll?«

»Mir kam gerade eine Erkenntnis. Mir ist schlagartig klar geworden, dass ich ein wirklich großes Talent habe.«

»Welches denn?«

»Das Talent, mir immer Freunde zu suchen, die nur an sich denken.«

Shane führte nun seine Hand nicht bis zum Mund, sondern hielt das Essen in die Luft. Ich konzentrierte mich nur noch auf ihn.

»Ich bin mehr als nur *ein* Freund!«

CJ atmete hörbar aus und sah in die andere Richtung.

»Und das weißt du auch!« Shanes Worte wirbelten verlockende Gerüche durch die Luft. »Du gehörst zu mir, Baby! Wir sind füreinander gemacht. Hey, hast du nur eine Packung Ketchup mitgebracht? Das reicht aber nicht.«

Einen Augenblick lang saß CJ einfach nur da und sah ihn an. Dann erhob sie sich wortlos und ging ins Haus zurück. Sobald sie durch die Tür verschwunden war, griff Shane nach ihrer Tasche und öffnete sie. Er zog etwas heraus, aber nichts Essbares, sondern nur ein Telefon. Obwohl er damit gar nicht sprechen wollte. Er glotzte es nur an. »Santa Monica also«, sagte er laut. »Verdammt …« Er steckte es wieder in die Tasche und lehnte sich auf dem Stuhl zurück.

CJ kam und reichte ihm etwas. Sie streckte die Hand aus und streichelte mich.

»Du bekommst dein Abendessen gleich, Molly«, sagte sie. »Abendessen« und »Molly« im selben Satz zu hören, machte mich sehr sehr glücklich.

»Wo, sagtest du, lebt deine Cousine?«, sagte Shane.

»Was?«

»Ich habe gefragt, wohin du fährst.«

»Nach St. Louis.«

»Das ist eine Lüge.«

»Wie bitte?«

»Du hast gar keine kranke Cousine. Du rennst vor mir davon, um dich vor einer ehrlichen Auseinandersetzung zu drücken.«

»Weißt du übrigens, was dein größtes Talent ist? Dass du so unfreiwillig komisch bist.«

Hitzige Wut drang ihm plötzlich aus allen Poren. Seine Hand fuhr mit einem harten Schlag auf die Tischplatte. Ich sprang erschrocken auf, weil ich nicht verstand, was er da tat. In CJ kroch die Angst hoch. Was, um alles in der Welt, war hier los? Ich spürte das Kribbeln meiner Haut, als sich mir unwillkürlich die Nackenhaare aufstellten.

»Jetzt ist aber Schluss!«, blaffte Shane.

»Womit?«

»Mit dem Lügen, Betrügen und deiner egozentrischen Art.«

»Wovon redest du?«

»Wir fahren jetzt sofort zurück nach Wexford. Ich werde hinter dir her fahren und Molly kommt zu mir in den Wagen. Damit du auf keine dummen Gedanken kommst.«

Ich sah ihn an. CJ saß eine Weile da, ohne zu sprechen und ohne zu essen. »Also gut«, sagte sie dann. Ihre Angst war wie weggeblasen.

»Gut.« Auch Shanes Wut schien sich zu legen. Was auch immer zwischen den beiden vorgefallen war, es war wohl vorbei.

CJ schob die Tüte von sich weg. »Willst du das nicht mehr essen?«, fragte Shane.

»Schlag dir ruhig den Bauch voll.«

Shane aß tatsächlich CJs ganze Mahlzeit auf. Ich sah ihm traurig dabei zu. »Gib mir deinen Schlüssel, damit ich Molly in dein Auto bringen kann«, sagte CJ.

»Ich mache das selbst«, sagte Shane.

»Nein, das muss ich tun.«

»Ich trau dir nicht.«

»Wenn du es machst, versteht sie es nicht. Sie wird nicht mitkommen. Hunde haben eine gute Menschenkenntnis. Ich werde sie zu deinem Wagen bringen, damit sie sich in meiner Gegenwart schon mal reinsetzen kann. So gewöhnt sie sich an den Gedanken.«

»Gute Menschenkenntnis, dass ich nicht lache«, schnaubte Shane.

»Gibst du mir jetzt den Schlüssel?«

Mit vollem Mund kauend griff Shane in seine Jackentasche und warf CJ etwas hin. Ich hörte das wohlbekannte Klimpern eines Schlüsselbunds. CJ nahm ihn und warf ihn mir vor die Füße. Ich beschnüffelte das Ding, es roch nach Rauch und einem schon lange toten Tier.

»Was soll denn diese Hasenpfote an deinem Schlüsselbund?«, fragte CJ.

»Sie erinnert mich daran, dass ich ein Glückspilz bin, weil ich dich habe.«

CJ machte ein merkwürdiges Geräusch und schnappte sich das Teil mit dem toten Tier und dem Schlüssel. Sie band mich vom Tischbein los. »Komm mit, Molly.«

»Ich komme gleich nach«, sagte Shane.

»Nur keine Eile.« CJ führte mich zu einem Auto und öffnete die Tür. Drinnen roch es nach Shane und anderem Zeug, aber nicht nach Hunden. »Los Molly, rein mit dir!«

Es leuchtete mir zwar überhaupt nicht ein, warum, aber ich tat, wie mir befohlen. Immerhin handelte es sich um den Vordersitz. CJ beugte sich über mich und dann senkte sich das Autofenster an meiner Seite herunter. »Okay, Molly. Du bist jetzt ein braves Mädchen und wartest«, sagte CJ. »Alles wird gut.«

Sie schloss die Tür. Ich sah ihr verwirrt nach, während sie sich wieder zu Shane an den Tisch setzte. Was machten die beiden da? Ich streckte meinen Kopf durch das offene Fenster und winselte leise.

CJ stand auf und lief wieder ins Haus. Shane aß immer

noch weiter, ohne aufzusehen. Es gab nicht den kleinsten Hinweis darauf, ob er mir etwas übrig lassen wollte.

Dann sah ich zu meiner Verblüffung, wie sich eine Hintertür am Gebäude öffnete und CJ heraustrat. Ganz vorsichtig schlich sie an der Mauer entlang. Was war da los? Als ich sie plötzlich nicht mehr sehen konnte, jaulte ich auf.

Ich hörte vertraute Motorengeräusche und jaulte noch lauter. Shane erhob sich vom Tisch und warf die Tüte in einen Mülleimer. Dann gähnte er, sah auf sein Handgelenk und starrte dann lange auf die Haustür. Er reckte den Kopf und kratzte sich am Kinn.

Auf einmal brauste CJs Auto um die Ecke und raste an Shane vorbei, der ihr wie versteinert nachschaute. Das Auto fuhr ein paar Meter die Straße entlang, dann öffnete sich die Vordertür.

»Molly«, schrie CJ.

Shane drehte sich nach mir um. Ich bellte zum Fenster hinaus.

»Molly, hierher«, rief CJ noch einmal.

Mit gesenktem Kopf rannte Shane geradewegs auf mich zu. Ich zog meinen Kopf vom Fenster zurück und drehte mich auf dem Vordersitz mehrmals im Kreis, in freudiger Erwartung, dass mich Shane nun gleich zu meinem Mädchen lassen würde.

»Molly«, schrie CJ, »komm schon! Los, Molly!«

Ich machte noch eine Drehung, dann sprang ich durchs offene Fenster hinaus. Genau in dem Moment kam Shane auch am Auto an. »Erwischt«, sagte er und hielt mich fest. Ich spürte seine Hand in meinem Rückenfell, duckte mich, drehte mich erneut um die eigene Achse und wand mich aus seinem Griff. »Komm zurück! Böser Hund!«, rief er mir nach.

Dann legte er einen Sprint ein und versuchte mich einzuholen. Ich flitzte über den Parkplatz auf die offene Tür von CJs Auto zu und sprang hechelnd auf den freien Platz neben ihr. CJ schloss die Tür sofort wieder und fuhr los.

Sie sah immer wieder an den oberen Rand des vorderen Fensters. »Du bist nicht sehr helle, nicht wahr, Shane?«, sagte sie. Dann fuhr sie sehr langsam und kurz darauf hielt der Wagen an. Noch immer schaute sie an den oberen Rand der Scheibe. Ich drehte mich um und sah durch das hintere Fenster, wie Shane hinter uns herrannte. An seinem Gesicht sah ich, dass er wütend war. CJ ließ ihr Fenster herunter und fuhr ganz langsam weiter.

Shane rannte jetzt nicht mehr, sondern legte seine Hände auf die Knie. CJ hielt wieder an. Er schaute zu uns rüber und setzte sich dann in Bewegung. Er kam immer näher und schon wehte der Wind in seinem Rücken wieder das leckere Zeug in meine Nase, das er gerade verspeist hatte. Ich hätte vielleicht doch versuchen sollen, seine Finger abzulecken.

Das Auto rollte weiter, während CJ in ihre Tasche griff und den Schlüssel mit dem toten Tier herauszog. Sie hielt ihn aus dem Fenster und winkte damit herum. Dann warf sie ihn ins hohe Gras am Straßenrand und fuhr zügig weiter. Durch das hintere Fenster sah ich, wie Shane zu der Stelle lief und – die Hände in die Hüften gestemmt – übers weite Feld starrte.

Menschen sind nicht dafür geschaffen, verlorene Dinge aufzuspüren. Das ist einer der Gründe, warum sie uns brauchen. Ich hätte ihm sofort zeigen können, wo das Ding lag, obwohl ich schon ahnte, dass der Anlass, warum CJ den Schlüssel weggeworfen hatte, wohl nichts mit dem üblichen Such-und-Hol-Spiel zu tun hatte.

Kurze Zeit später hielt CJ an, um mir Futter in eine Schüssel zu füllen. Natürlich war ich froh, dass sie mich nicht vergessen hatte, doch das, was Shane vorhin aus der Tüte gezogen hatte, roch, ehrlich gesagt, sehr viel interessanter.

Dann folgte die längste Autofahrt meines Lebens. Erst spät in der Nacht stellte CJ das Auto unter einer Straßenlaterne ab und schlief über dem Lenkrad ein. Ich legte meinen Kopf auf ihre Beine und tat es ihr gleich. Am nächsten Tag fuhren wir durch eine verschneite Region, und dann durch eine sehr trockene, windige Gegend.

Wenn CJ Hunger hatte, drehte sie eine Runde um ein Gebäude, und dann reichte ihr jemand eine Tüte aus dem Fenster. Manchmal aßen wir aber auch an einem Tisch im Freien. Die Mahlzeiten schmeckten delikat und exotisch. Es war die schönste Autofahrt, die ich je unternommen hatte!

Ich schlief gerade tief, als der Wagen plötzlich anhielt und das Motorengeräusch verstummte. Verschlafen sah ich mich um und schüttelte mich. Neben uns parkten viele Autos und die Sonne stand noch nicht sehr hoch am Himmel. »Wir sind da, Molly!«, rief CJ.

Beim Aussteigen wehte mir ein wohl bekannter Geruch um die Nase und ich wusste sofort, wo wir waren.

Als Arbeitshund war ich früher mit meinen Leuten, Jakob und Maya, oft an diesen Ort gefahren. Wir waren am Meer. CJ führte mich an der Leine zum Wasser, dann ließ sie mich frei und lachte, während ich in den Wellen umherhüpfte, um die angestaute Energie mehrerer Tage Stillhalten im Auto zu entladen.

Nachdem wir eine Weile am Strand gespielt hatten, liefen wir hinüber zu ein paar Tischen im Freien. Ich bekam

Futter und Wasser, und dann saßen CJ und ich einfach in der Sonne und ließen uns wärmen.

»Schöner Tag«, sagte ein Mann. »Hübscher Hund.«

Er streckte die Hand aus, um mich zu streicheln. Sie roch nach Minze.

»Danke«, sagte CJ.

»Wo kommt ihr her? Nein, lass mich raten – Ohio?«

»Was? Nein! Wir sind von hier.«

Der Mann lachte. »Ganz sicher nicht, sonst würdest du keinen Mantel tragen. Ich heiße Bart.«

»Hallo«, sagte CJ und sah in die andere Richtung.

»Okay, ich hab verstanden. Du legst keinen Wert auf Gesellschaft. Aber ich dachte, es ist einfach ein zu schöner Tag, um dir und deinem Hund nicht wenigstens Hallo zu sagen. Lass dich von den Bullen nicht mit ihm am Strand erwischen, sonst kassierst du einen Strafzettel.« Der Mann lächelte und setzte sich allein an einen anderen Tisch.

In den darauffolgenden Nächten schliefen CJ und ich im Auto. Nach dem Aufwachen stellte sich CJ unter ein Rohr, aus dem Wasser floss, dann gingen wir in ein kleines enges Haus, wo sie die Kleider wechselte. Danach fuhren wir mit dem Auto durch die Gegend und hielten an vielen Restaurants, soweit das meine Nase beurteilen konnte. CJ leinte mich dann an einem schattigen Plätzchen an und ging ins Restaurant hinein. Manchmal kam sie gleich darauf wieder zurück, manchmal dauerte es etwas länger, und abends dufteten dann ihre Haare und Kleider immer wunderbar nach köstlichen Gerüchen aus der Küche.

Wir gingen regelmäßig ans Meer, wo ich herumtollen und spielen konnte, aber CJ wollte nie ins Wasser.

»Du bist ein guter Hund, Molly«, sagte sie eines Abends.

»Ich hätte nie gedacht, dass es so schwer ist, einen Job zu finden, obwohl ich sogar bereit wäre, für einen Hungerlohn zu arbeiten.«

Ich wedelte mit dem Schwanz, weil ich gern ein guter Hund war. Was mich betraf, so fand ich, dass wir nie schönere Zeiten erlebt hatten. Entweder wir fuhren im Auto umher, oder wir waren draußen im Freien – und das Tag für Tag!

Eines Nachts, als wir es uns gerade im Auto zum Schlafen gemütlich machten, fing es an zu regnen. Deshalb rollte CJ die Fenster ganz hoch; normalerweise standen sie nachts einen Spaltbreit offen. Und so konnte ich den Mann nicht riechen, der plötzlich aus dem Regen kam. Erst als er unter der Straßenlaterne stand, sah ich ihn: eine dunkle, nasse Gestalt aus tiefer Nacht. Ich verhielt mich mucksmäuschenstill und beobachtete das weitere Geschehen. Er hatte lange Haare auf dem Kopf und im Gesicht, außerdem trug er einen großen Beutel über der Schulter. Die ganze Zeit sah er zu uns herüber.

Ich spürte, wie CJ ängstlich wurde. Sie hatte ihn also auch bemerkt. Aus tiefster Kehle entfuhr mir ein Knurrlaut.

»Alles in Ordnung, Molly«, sagte CJ. Ich wedelte mit dem Schwanz. Der Mann drehte langsam den Kopf und warf einen prüfenden Blick auf die wenigen anderen Autos auf dem Parkplatz. Dann sah er wieder zu uns.

CJ atmete geräuschvoll ein, als der Mann geradewegs auf unser Auto zukam.

Siebzehn

Als der Mann die Hand nach der Tür ausstreckte, stellte ich mich drohend ans Fenster und knurrte und bellte ihn wütend an. Ich schnappte nach ihm durchs geschlossene Fenster, denn er sollte ruhig wissen, dass er es mit meinen gefährlichen Reißzähnen zu tun bekommen würde, falls er versuchte, einzusteigen. Ich hätte keine Skrupel gehabt, ihn zu beißen; es zuckte bereits in meinen Mundwinkeln.

Während er sich runterbeugte, troff ihm der Regen aus den Haaren und übers Gesicht. Er würdigte mich keines Blickes sondern starrte nur CJ an. Vor lauter Angst stieß sie einen spitzen Schrei aus. Ich konnte ihr Herz pochen hören.

Wutentbrannt darüber, dass es jemand wagte, mein Mädchen so in Angst und Schrecken zu versetzen, warf ich mich mit aller Macht gegen das Fenster und kratzte an der Scheibe, denn ich wollte nur noch raus und dem Mann an die Gurgel. Ich bellte so grimmig wie damals im Stall, als ich Baby Clarity vor Troy schützen musste.

Der Mann lachte und klopfte an die Scheibe. Ich wollte nach seinen Knöcheln schnappen, doch das Fenster war mir im Weg. Auf einmal richtete er sich auf und blickte sich um.

»Verschwinden Sie!«, rief CJ.

Der Mann reagierte nicht. Erst nach vielleicht einer Minute ging er weiter und verschwand in der Dunkelheit.

»O Gott, Molly! Du bist so ein guter Hund«, sagte CJ und schlang ihre Arme um mich. Ich leckte ihr übers ganze Gesicht. »Ich hatte solche Angst. Er sah aus wie ein Zombie! Aber du hast mich beschützt, nicht wahr? Du bist ein toller Wachhund und ein Pudel, und vielleicht sogar ein Gudel! Ich hab dich so lieb!«

Plötzlich hörte ich ein lautes Krachen und CJ fing an zu kreischen. Der Mann war zurückgekommen, mit einem Stock in der Hand, und schlug nun gegen das Fenster. Dabei lachte er die ganze Zeit, obwohl ich im Dunkeln nur seine schiefen, gelblichen Zähne sehen konnte, denn die Augen wurden von der breiten Krempe seines Huts verdeckt. Wieder hieb er mit dem Stock gegen die Scheibe. Ich drückte mein Gesicht ganz dicht ans Fenster, und nun konnte ich auch seine Augen sehen. Bedrohlich knurrend starrte ich ihn an, während mir der Geifer schon aus dem Maul troff. Er wollte meinem Mädchen etwas zuleide tun und das machte mich derart wütend, dass ich den Mann am liebsten in der Luft zerfetzt hätte.

Immer noch lachend starrte der Mann durch die Scheibe zurück. Er streckte einen Finger nach mir aus und schüttelte ihn mehrmals, so wie Gloria, wenn sie mit mir redete. Dann richtete er sich auf und verschwand erneut in der Dunkelheit.

Bisher dachte ich, Stöcke wären nur zum Spielen da, doch nun wurde mir klar, dass ein Stock auch etwas sehr Böses sein konnte. Zum Beispiel wenn man an einem unheimlichen Ort war und die Person, die ihn in der Hand hielt, nicht in der Stimmung war, zu spielen.

Die ganze Nacht über machte der Regen einen fürchterlichen Lärm auf dem Autodach. CJ konnte lange nicht einschlafen, erst allmählich ließ ihre Angst nach und sie bettete ihren Kopf auf die Bank. Ich schmiegte mich eng an sie, um ihr zu zeigen, dass ihr Hund für sie da war und sie beschützen würde. Sie musste keine Angst haben.

Am nächsten Morgen war der Himmel strahlend blau. Die feuchte Erde verströmte ein interessantes, würziges Aroma, doch CJ drängte es sofort zu den Tischen im Freien. Dort trafen wir den netten Mann von neulich wieder. Er grüßte uns freundlich und bückte sich, um mich zu streicheln. Selten zuvor hatte ich einen so großen Mann gesehen. Seine Hände rochen wieder nach Minze. »Ich lade euch zum Frühstück ein«, sagte er.

»Nein danke, nicht nötig«, sagte CJ. »Ich trinke ohnehin nur Kaffee.«

»Nicht so schüchtern, was möchtest du? Wie wäre es mit einem Omelette?«

»Danke, nichts.«

»Ein Gemüseomelette für die Dame, bitte«, sagte der nette Mann zu der Frau, die ständig Essen herumtrug.

»Ich sagte doch, dass ich nichts möchte«, sagte CJ, als die Frau wieder weg war.

»Sorry, aber du siehst ziemlich abgemagert aus. Bist du Schauspielerin oder Model? Wahrscheinlich ein Model, hübsch genug wärst du. Ich heiße Bart. Meine Eltern haben mich Bartholomew getauft, dafür bin ich ihnen heute noch undankbar. Also bitte nenn' mich Bart. Und jetzt halt dich fest: mein Nachname ist Simpson. Tja, ich bin der leibhaftige Bart Simpson! Und wie heißt du?«

»Wanda«, sagte CJ.

»Hi Wanda.«

Wir saßen gemütlich an einem Tisch und erfreuten uns

an dem herrlichen Geruch von gebratenem Speck, der aus der Küche wehte.

»Also, hab ich recht? Du bist ein Model. Deshalb bist du auch so klapperdürr«, sagte der Mann.

»Nein, ich bereite mich gerade auf eine Karriere als Schauspielerin vor.«

»Umso besser! Ich leite eine Schauspieleragentur und bin immer auf der Suche nach neuen Talenten. Hast du schon einen Agenten?«

Ich setzte mich aufrecht hin, denn die Frau brachte uns gerade einen Teller Essen, den sie direkt vor CJ abstellte. CJ fing an zu essen, doch dann unterbrach sie den Vorgang, nur um mir ein Stück Toast zu geben!

»Nein, ich kann mich sehr gut selbst managen«, sagte CJ. »Trotzdem danke fürs Angebot.«

»Hab ich's nicht gesagt? Du hast einen Bärenhunger. Keine Sorge, ich weiß, was hier abgeht.«

CJ hörte erneut auf zu essen. Diesmal blickte sie dem Mann ins Gesicht.

»Ich gehe jeden Morgen am Strand spazieren und ich habe gesehen, wie ihr vorhin gekommen seid. Du hast eingeparkt, als wärt ihr eben angekommen, aber dummerweise bin ich auch schon ein paar Mal abends hier entlanggelaufen, und jedes Mal stand dein Auto auf dem Parkplatz. Du wärst nicht die erste Jungschauspielerin in Los Angeles, die in einem Auto übernachtet. Du brauchst dich dafür nicht zu schämen.«

CJ aß weiter, sehr langsam. »Ich schäme mich auch nicht«, sagte sie leise. Dann warf sie mir einen Brocken mit zerlaufenem Käse zu, den ich gekonnt in der Luft aufschnappte.

»Ihr könnt eine Weile bei mir wohnen«, sagte der Mann.

»Aha, als Dankeschön fürs Omelette?«, sagte CJ.

Der Mann lachte. »Nein, natürlich nicht. Ich habe viele leer stehende Zimmer im Haus. Ihr könnt so lange bleiben, bis du hier in L. A. Fuß gefasst hast.«

»Wir sind hier im Urlaub und fahren morgen zurück.«

Wieder lachte der Mann. »Du bist wirklich eine gute Schauspielerin. Wovor hast du Angst? Was brauchst du? Ich kann dir besorgen, was du willst.«

»Was?«

»Hör mal, ich versuche nur, dir aus der Klemme zu helfen und ein Dach überm Kopf anzubieten. Kein Grund, mich so anzufauchen.«

»Willst du mir Drogen verchecken? Ist es das? Ich nehme keine Drogen.« Ich merkte, wie CJ ärgerlich wurde, es war mir nur schleierhaft, warum.

»Okay, gut, mein Fehler. Die meisten Mädchen hier sind auf Drogen, ich meine, Mann! Wir sind hier in L. A.!«

»Die meisten Mädchen – besitzt du gleich einen Harem oder was? Einen Stall voller Showgirls?«

»Ich sagte doch, ich vermittle …«

»Ich weiß schon, was du vermittelst, Bart. Los, Molly, wir gehen.« Sie nahm mich an die Leine und erhob sich vom Tisch.

»Wanda!«, rief der Mann uns nach, »wir werden uns wiedersehen, das weißt du!« Doch CJ drehte sich nicht mehr um und ging weiter.

Den Rest des Tages verbrachten wir auf einer Decke sitzend auf dem Gehweg. CJ hatte eine Dose aufgestellt, in die Menschen ab und zu etwas hineinklimpern ließen und dabei mit mir redeten. »Feiner Hund«, sagten sie, worauf CJ dann höflich »Danke« sagte. Ich fand es prima, so viele neue Leute zu treffen.

Wir blieben auf der Decke sitzen bis die Sonne langsam unterging, dann bekam ich Futter von CJ. »Wir haben genug eingenommen, das reicht auch für Morgen, Molly.« Ich klopfte mit dem Schwanz auf den Boden, um ihr zu bedeuten, dass ich meinen Namen gehört hatte und nun aber erstmal aufessen musste.

Als wir uns dem Parkplatz näherten, verlangsamte CJ ihre Schritte. »O nein!«, sagte sie.

Ums Auto herum lagen überall kleine glitzernde Steinchen auf dem Boden. Neugierig wollte ich sie beschnuppern. Sie glänzten bunt und schön im Licht der Straßenlaterne.

»Nicht, Molly! Du schneidest dir in die Pfoten!« CJ zerrte mich an der Leine zurück und ich wurde das Gefühl nicht los, etwas Verkehrtes getan zu haben. Ich sah sie an. »Sitz«, befahl sie. Dann band sie die Leine um den Pfosten der Straßenlampe, so dass ich ihr nicht zum Auto folgen konnte. Da die Fenster offen waren, steckte sie den Kopf von außen hinein. Ich winselte laut, denn ich wollte nicht hier am Pfosten vergessen werden, wenn sie nun gleich losfuhr.

Ein anderes Auto näherte sich in langsamem Tempo, von dem seitlich ein gleißend heller Lichtstrahl ausging, der CJs Rücken beleuchtete. Sie wirbelte herum.

»Ist das Ihr Wagen?«, fragte eine Frau aus dem Fenster heraus. CJ nickte. Die Frau stieg auf der einen Seite aus, auf der anderen öffnete ein Mann die Autotür. Beide erkannte ich gleich als Polizisten.

»Wurde etwas gestohlen?«, fragte die Polizistin.

»Ein paar Klamotten, sonst nichts«, sagte CJ.

Der Polizist lief auf mich zu und streichelte mir den Kopf. »Hübscher Hund«, sagte er. Ich wedelte mit dem Schwanz. Seine Finger rochen würzig.

»Wir werden eine Anzeige aufnehmen«, sagte die Frau. »Wahrscheinlich übernimmt die Versicherung den Schaden, je nach Kaskobeteiligung.«

»Das wird die Sache kaum wert sein«, sagte CJ.

»Das ist kein Aufwand«, sagte die Polizistin. »Können Sie sich ausweisen?«

CJ reichte ihr etwas. Der Polizist richtete sich wieder auf, nahm es der Frau aus der Hand und setzte sich damit ins Auto. CJ kam zu mir gelaufen. »Guter Hund, Molly«, sagte sie. Aus irgendeinem Grund schien sie ängstlich zu sein.

Die Polizistin ging einmal um unser Auto herum. CJ ließ mich von der Leine. Der Polizist kam wieder aus seinem Auto heraus. »Sie wird gesucht«, sagte er.

Die Polizistin sah CJ an und CJ drehte sich um und rannte los! Keine Ahnung, was hier gespielt wurde, aber ich freute mich unheimlich auf ein kleines Wettrennen mit ihr.

Wir waren noch nicht weit gekommen, da holten uns schon schnelle Schritte ein. Es war der Polizist. Er überholte uns. »Wie lange glauben Sie, halten Sie durch?«, sagte er, während er vor uns her rannte.

CJ strauchelte, dann hielt sie inne. Sie legte ihre Hände auf die Knie und ich leckte ihr das Gesicht, bereit für die nächste Runde.

»Ich trainiere gerade für den nächsten Halbmarathon am Wochenende, da kann ich ein bisschen Übung gut brauchen«, sagte der Mann. Er beugte sich über mich, um mich zu streicheln. Ich wedelte mit dem Schwanz. »Warum laufen Sie davon, wenn wir Ihnen doch helfen wollen?«, fragte er.

»Ich will nicht ins Gefängnis«, sagte CJ.

»Man kommt nicht ins Gefängnis, weil man von zu Hause ausgerissen ist. Aber sind Sie noch minderjährig, deshalb sind Sie bei uns registriert und müssen mitkommen.«

»Das kann ich aber nicht.«

»Ich weiß, dass Sie mir nicht glauben, aber ich versichere Ihnen, das Leben auf der Straße ist kein Zuckerschlecken. Wie heißen Sie?«

»CJ.«

»Also gut, CJ. Ich muss Ihnen jetzt leider Handschellen anlegen, weil akute Fluchtgefahr besteht.«

»Und was wird aus Molly?«

»Sie kommt vorläufig ins Tierheim.«

»Nein!«

»Keine Sorge, ihr wird nichts geschehen. Sie kümmern sich dort um den Hund, bis er wieder abgeholt wird.«

Wir gingen zurück zum Auto. Dort standen alle bloß herum und redeten. Schließlich fuhr ein Lastwagen mit einem Käfig auf der Ladefläche heran. Da ich überhaupt keine Lust auf eine Autofahrt im Käfig hatte, drückte ich mich flach auf den Boden, als ein Mann mit einer Stange aus dem Truck stieg. Am Ende der Stange baumelte eine Schlinge.

»Einen Augenblick, lassen Sie mich das machen!«, sagte mein Mädchen. »Molly, hier!« Gehorsam lief ich zu ihr. Sie kniete sich vor mich hin und nahm meinen Kopf in beide Hände. »Molly hör zu: du musst für ein paar Tage ins Tierheim, aber ich werde dich da bald rausholen, das verspreche ich dir. Verstanden, Molly? Guter Hund.«

CJ schien traurig. Sie führte mich zum Laster und der Mann mit der Strange öffnete die Käfigtür. Ich sah zu CJ hoch. *Muss ich da wirklich rein*?

»Nun mach' schon, Molly«, sagte CJ. Ich sprang in den Käfig und drehte mich dann zu ihr um. CJ drückte das Gesicht ans Gitter und ich leckte ihr die salzigen Tränen von den Wangen. »Alles wird gut, Molly, keine Bange.«

Die Fahrt im Käfig machte überhaupt keinen Spaß. Als der Laster endlich anhielt, öffnete der Mann die Käfigtür und schob die Stange hinein, um mir die Schlinge um den Hals zu legen. Dann führte er mich in ein großes Gebäude.

Noch bevor er die Tür öffnen konnte, hatte ich schon alle möglichen Gerüche in der Nase: Hunde, überall Hunde! Der Fußboden im Flur war spiegelglatt und das Gekläffe ohrenbetäubend, ich konnte das Geräusch meiner Krallen auf dem harten Boden kaum hören. Die Hunde machten einen Radau, wie ich ihn selten erlebt hatte. Der Mann führte mich in ein Zimmer, wo ich eine Rampe hochlaufen musste, um auf ein Stahlbett zu gelangen. Dort standen schon zwei weitere Männer, die mich festhielten.

»Sie ist friedlich«, sagte der Mann mit der Stange.

Eine Hand griff mir ins Fell hinter den Ohren und ich spürte einen feinen Stich. Ich legte die Ohren an und wedelte mit dem Schwanz, um zu zeigen, dass ich ihnen nicht böse war, auch wenn sie mir wehtaten.

»Als Erstes werden die Hunde geimpft. Falls sie es schon sind, schadet ein zweites Mal nicht, denn nur so können wir eine Staupeepedemie verhindern«, hörte ich den einen sagen. Er musste schreien, weil der Lärm so groß war. »Der hier ist jetzt Ihr Job, als Einstieg gewissermaßen.«

»Alles klar«, sagte der andere Mann.

»Die Besitzerin ist minderjährig, sie befindet sich im Augenblick im Frauenhaus«, sagte der Mann mit der Stange.

»Wie dem auch sei, sie hat genau vier Tage, um den Hund wieder abzuholen.«

Dann wurde ich einen engen Korridor entlang geführt. Der Boden war genauso glatt wie im Eingangsbereich, es war wirklich anstrengend. Links und rechts standen reihenweise Käfige, und in jedem saß ein trauriger Hund. Die meisten bellten, manche weinten, die einen standen an der Käfigtür und andere lagen zusammengekauert im hinteren Teil des Käfigs. Überall roch es nach Angst und Furcht.

Obwohl ich schon an einigen Orten mit eingesperrten, kläffenden Hunden gewesen war, schien mir dieser Ort der lauteste zu sein.

Ein beißender chemischer Geruch lag in der Luft, der mich an die Maschine im Keller erinnerte, in die CJ oft ihre Kleider steckte, um sie nass zu machen. Auch Katzen konnte ich riechen, aber wegen des Krachs, den die Hunde veranstalteten, nicht hören.

Ich wurde in einen engen Zwinger gesteckt, ohne Hundehütte, nur mit einem schmalen Handtuch auf dem blanken Boden. Der Mann schloss die Tür hinter mir. Im Fußboden war eine Abflussrinne, in der schon sehr viele Hunde vor mir ihre Duftmarken hinterlassen hatten. Im Augenblick hatte ich keinerlei Bedürfnis, meine hinzuzufügen.

Im Käfig gegenüber warf sich ein großer schwarzer Hund immer wieder bedrohlich knurrend gegen das Gitter. Als sich unsere Blicke trafen, fletschte er die Zähne. Er war ein böser Hund.

Ich rollte mich auf dem Handtuch ein. CJ fehlte mir so. Das todunglückliche Kläffen und Jaulen nahm kein Ende.

Nach einer Weile schloss ich mich dem Gebell an. Es half alles nichts.

Achtzehn

Ich hatte Angst und fühlte mich so einsam wie noch nie, dem wilden Gebell der anderen Hunde zum Trotz. Deshalb rollte ich mich so fest es ging auf dem Handtuch ein. Futter und Wasser wurden mir in Pappschalen hingestellt. Der schwarze Hund gegenüber zerfetzte seine Schalen. Ich machte das nicht.

Es dauerte lange, ehe ein Mann kam, der mich endlich aus dem Käfig holte. Er schnallte mir Riemen übers Gesicht, sodass ich das Maul kaum öffnen konnte. Dann wurde ich in ein kühles Zimmer gebracht, auf dessen Boden ich ebenfalls rutschte. Dort war es etwas leiser, obwohl ich das Gekläffe noch gut hören konnte.

In allen Ecken hing der Geruch unzähliger Hunde, und es roch nach Angst und Schmerzen und Tod. An diesem Ort waren viele Hunde gestorben. Der Mann führte mich zu einem Loch im Boden, das von einem Metallgitter überdeckt war. Mit zittrigen Beinen stand ich dort und versuchte mich an den Mann zu drücken, in der Hoffnung auf etwas Trost, doch er wich zurück.

Ich roch den anderen Mann, der gestern auch in dem Zimmer gewesen war, und wedelte mit dem Schwanz, um ihm zu zeigen, dass ich ihn erkannte. Doch er reagierte nicht.

»Arbeiten Sie zum ersten Mal hier?«, fragte der Mann, der mich hereingeführt hatte.

»Nein, gestern habe ich die Körper der eingeschläferten Tiere entsorgt«, sagte der Mann, den ich wiedererkannt hatte.

»Also gut, wir machen jetzt einen Aggressionstest mit ihr. Wenn sie ihn nicht besteht, wird sie im Schnellverfahren eliminiert, sie kriegt dann genau vier Tage und danach ist Sense. Hunde, die den Test bestehen, bekommen bei uns eine Chance, falls wir nicht überbelegt sind.«

»Seid ihr nicht dauernd hoffnungslos überbelegt?«

»Ja, meistens platzen wir aus allen Nähten, doch manchmal haben wir tatsächlich ein Plätzchen frei.« Der andere Mann ging zu einer Arbeitsplatte und holte einen Futternapf. »Ich werde sie jetzt am Futter schnuppern lassen, damit sie glaubt, es sei für sie. Dann werde ich es ihr aber mit einem Plastikarm vor der Nase wegziehen. Wenn sie nach der Hand schnappt, ist sie aggressiv. Auch wenn sie knurrt, ist das ein Zeichen von Angriffsbereitschaft.«

»Und woher weiß der Hund, dass dieses Plastikding eine menschliche Hand darstellen soll?«

»Es hat die Form einer Hand und die Farbe menschlicher Haut. Also ist es eine Hand.«

»Ich finde, es sieht eher nach einem länglichen, weißen Plastikkeil aus.«

»Na ja, Sie sind ja auch kein Hund!«

Beide Männer lachten.

Keine Ahnung, was sie mit mir vorhatten, aber ich fühlte mich furchtbar elend. Der eine Mann stellte mir den Futternapf hin und mir lief der Speichel im Maul zusammen. Sollte ich hier etwa Futter bekommen? Hungrig war ich ja. Ich steckte meine Nase in den Napf. Doch da kam der andere Mann mit einem dicken Stock an.

Neulich nachts mit CJ im Auto war auch plötzlich ein Mann mit einem dicken Stock erschienen, mit dem er mir vor der Schnauze herumgewedelt hatte. Vor lauter Schreck fing ich an, laut zu knurren.

»Na bitte, da haben wir es. Ein aggressiver Hund«, sagte der Mann mit dem Stock. »Schnellverfahren.«

»Aber die Besitzerin sagte doch, sie würde sicher zurückkommen, um das Tier zu holen«, sagte der andere Mann.

»Das sagen alle, weil sie sich dann besser fühlen, wenn sie ihren Fifi hier abgeben. Am Ende holt sie keiner ab.«

»Aber …«

»Ich weiß, dass Sie neu hier sind, aber je schneller Sie ein paar Dinge begreifen, desto besser. Sonst werden Sie hier nicht alt. Also: Wir haben es hier eindeutig mit einem aggressiven Tier zu tun, verstanden?«

»Ja, verstanden.«

Ich wurde zurück in den Zwinger geführt. Dort rollte ich mich ein und schloss die Augen. Erst sehr viel später gelang es mir, trotz der nicht enden wollenden Lärmattacke auf meine Ohren ein wenig zu schlafen.

Ein weiterer Tag verging. Und dann noch einer. Ich war krank vor Angst. Mittlerweile hatte ich mich an den furchtbaren Radau gewöhnt und auch an die trostlosen Gerüche, doch daran, dass CJ nicht bei mir war, konnte ich mich nicht gewöhnen. Weil ich die Trennung von ihr kaum ertragen konnte, stimmte ich oft in das wilde Gebell ein.

Dann verging noch ein Tag, und der war der schlimmste, denn es kam mir vor, als hätte CJ mich nun wirklich vergessen. Wann kam sie bloß, um mich hier rauszuholen?

Das Gekläffe war so ohrenbetäubend, dass ich die Gegenwart der Frau draußen vor dem Zwinger eher spürte als dass ich sie hören konnte. Sie öffnete die Tür und klatschte dann auf ihre Knie. Zaghaft und mit angelegten Ohren näherte ich mich ihr und wedelte unsicher mit dem Schwanz. Sie leinte mich am Halsband an und führte mich an den Käfigen vorbei, aus denen die anderen Hunde wütend herausbellten, jaulten und winselten.

Die Frau brachte mich zu einer Tür, und als sie aufging, stand CJ plötzlich vor mir. Mit einem lauten Schluchzen hüpfte ich an ihr hoch und versuchte, ihr Gesicht zu lecken.

»Molly!«, rief sie. »Süße Molly, ist alles in Ordnung mit dir? Es tut mir leid, Molly. Geht es dir gut?«

Minutenlang drückte sie mich an ihre Brust und wir küssten einander. Mein Mädchen hatte mich nicht vergessen. Ich konnte ihre Liebe so intensiv spüren, dass mein Herz gleich noch höher schlug.

CJ führte mich zu einem Auto und vor lauter Seligkeit folgte ich ihr blind. Als sie die hintere Tür öffnete, war ich noch so benommen vor Freude, diesen schrecklichen Ort endlich verlassen zu haben, dass ich einfach hineinsprang und erst auf der Rückbank erkannte, warum ich heute kein Vordersitz-Hund sein konnte. Dort, auf meinem angestammten Platz, saß nämlich Gloria. Als sie zu mir rübersah, wedelte ich mit dem Schwanz, weil ich mich, noch beschwingt, diesem Ort der traurigen Kläffer entkommen zu sein, sogar über ihren Anblick freute.

»Du bist ein guter Hund, guter Hund«, sagte CJ, während sie hinterm Steuer Platz nahm und den Motor anließ.

Wir fuhren zu einem anderen Ort, an dem es mindestens ebenso laut war, wie dort, wo die kläffenden Hunde wohnten. Nur wurde der Lärm diesmal von den Menschen gemacht. Ich hörte Autos, Busse und viele Menschen, die durcheinanderriefen, vernahm unbekannte Geräusche, und immer wieder vibrierte die Luft von einem kolossal donnernden Getöse.

CJ holte eine Kiste aus dem Kofferraum, die an einem Ende eine Tür aus Gitterdraht hatte. »Rein in die Transportbox, Molly.« Ich sah sie fragend an. »Rein mit dir!«, wiederholte sie. Mit gesenktem Kopf trottete ich schon wieder durch eine Gittertür. »Guter Hund. Das ist jetzt deine Reisekiste.«

Drinnen stellte ich fest, dass ich zwar an der Drahtseite hinaussehen konnte, aber alle anderen Wände hart und undurchlässig waren. »Du darfst jetzt fliegen, Molly. Keine Angst, alles wird gut.« CJ streckte eine Hand durchs Gitter.

Es war ein merkwürdiger Tag. Meine Kiste wurde mehrfach wild hin und her gekippt und irgendwann landete ich in einem Raum mit einem anderen Hund, den ich zwar riechen, aber nicht sehen konnte. Der Hund fing an zu bellen, doch ich war vom tagelangen Kläffen so erschöpft, dass ich nur noch schlafen wollte. Dann setzte auf einmal ein derart heftiges Brausen und Tosen ein, dass ich mit den Zähnen klapperte. Die Kiste wackelte bedenklich und mein Körper wurde plötzlich schwerer, wie bei einer schnellen Fahrt mit dem Auto. Der andere Hund bellte ununterbrochen, aber ich störte mich nicht mehr dran, weil ich inzwischen einiges gewohnt war. Die starken Schwingungen fuhren mir auch in meine Knochen und bald wurde ich müde und schlummerte ein.

Dann wurde die Kiste abermals in unterschiedliche Richtungen gekippt und gedreht und schließlich landete ich wieder an einem Ort mit sehr vielen Menschen, die noch mehr Lärm und Getöse machten. CJ erschien am Gitter und machte auf. Ich hüpfte heraus und schüttelte mich, um wach zu werden. Dann war ich zu neuen Späßen bereit. Sie führte mich zu einem Streifen Gras, wo ich mein Geschäft verrichten konnte. Die Aromen, die sich in der kühlen Luft mischten, verrieten mir, dass ich wieder zu Hause war. Vor Freude wedelte ich mit dem Schwanz.

Ein Mann nahm uns im Auto mit. Gloria saß vorne und CJ hinten neben mir. Eigentlich wäre ich am liebsten auf CJs Schoß geklettert, aber sie schob mich lachend weg.

Zu Hause angekommen, erwarteten uns Trent und Rocky vor der Tür. Ich sprang aus dem Wagen und stürmte auf meinen Bruder zu, der mich gleich überall beschnupperte und natürlich die vielen anderen Hunde und Menschen roch, die ich seit unserer letzten Begegnung getroffen hatte. Wir balgten im Schnee, doch ich achtete sehr darauf, in CJs Nähe zu bleiben, die neben Trent auf der Veranda saß.

»Es war schon abenteuerlich«, sagte CJ. »Aber ohne Hotel und Dusche mache ich das nicht mehr. Der alte Ford war nicht gerade komfortabel.«

»Was ist mit dem Auto passiert?«

»Gloria hat mich gezwungen, es zu verkaufen, weil sie der Ansicht ist, ein Auto mache mich zu unabhängig. Ihrer neuesten Theorie zufolge habe ich nämlich zu viele Freiheiten. Ich soll auch zu einem Psychologen. Sie ist überzeugt, dass alle, die es mit ihr nicht aushalten, verrückt sein müssen.«

»Und wie war das, als sie plötzlich in Los Angeles aufgetaucht ist?«

»Willst du's genau wissen? Sie war einfach wie immer –

ganz die unverfälschte, echte Gloria. Sie segelt zur Tür rein, in dieses Frauenhaus, ruft: ›Dem Himmel sei Dank, mein Kind, da bist du ja!‹ und bedankt sich dann derart überschwänglich bei den Mitarbeiterinnen, weil sie auf ihr ›kleines Mädchen‹ aufgepasst haben, als winke ihr dafür die Auszeichnung ›Mutter des Jahres‹. Als wir dann im Auto saßen, fragte sie mich, ob ich nicht Lust hätte auf eine Spritztour, um an den Villen der Promis in Los Angeles vorbeizufahren.«

Nach vielen fruchtlosen Versuchen, mich dazu zu bringen, ihn durch den Garten zu jagen, hatte Rocky aufgegeben und rollte sich nun auf den Rücken, um mir seine Kehle zu präsentieren, damit ich daran herumkauen konnte. CJ streckte ihre Hand nach mir aus, um mich zu streicheln. Es war wundervoll, wieder zu Hause zu sein.

»Dann hielt sie mir einen Vortrag und erklärte, dass sie bereits einen Händler beauftragt hatte, meinen beschlagnahmten Ford zu verkaufen. Und danach ist sie mit mir ins Ivy gegangen, das Restaurant, in dem angeblich die meisten Filmstars verkehren. Dort erklärte sie mir, ich hätte sie schwer enttäuscht, denn selbst sie hätte ihre Mutter wirklich geliebt. Dann fragte sie mich, ob ich von ihrem Wein probieren wollte, weil die in Kalifornien mindestens so guten Wein machten wie die Franzosen. Stell dir vor, in einem öffentlichen Restaurant hat sie mir, ihrer minderjährigen Tochter, Alkohol angeboten! Dann haben wir Molly geholt und sind erster Klasse zurückgeflogen, und während des Flugs hat sie unablässig mit einem Steward geflirtet. Sie dachte wohl, weil er immerzu Wein nachschenkte, habe er ein Auge auf sie geworfen. Dabei war er kaum älter als 25 und stand ganz sicher nicht auf Frauen.«

»Und was passiert nun mit Molly?«

»Das ist die Frage. Ich habe ihr gedroht, dass ich, falls Molly noch einmal irgendetwas zustoßen sollte, ein Buch darüber schreiben werde, mit dem Titel ›Wie ich von meiner Mutter aus meinem Elternhaus vertrieben wurde, weil sie meinen Hund misshandelte‹. Das werde ich dann im Selbstverlag veröffentlichen und Lesereisen durch ganz Amerika machen. Das gab ihr zu denken.«

Rocky und ich hatten das Raufen einen Moment lang eingestellt, als mein Name gefallen war. Nun versuchte er schon wieder, mich von hinten zu bespringen.

»Rocky, hör sofort damit auf«, rief Trent. Rocky ließ von mir ab und trottete zu Trent, um sich seiner Liebe zu versichern.

»Wollen wir nicht ein paar Schritte gehen?«, sagte CJ und erhob sich. Wir wurden am Halsband angeleint und dann gingen wir durch die seitliche Gartenpforte hinaus auf die Straße. Es war herrlich, gemeinsam spazieren zu gehen!

»Ach, und dann hat sie mir noch erzählt, was für ein netter Typ Shane doch sei, weil er ihr bei der Suche nach mir geholfen und ihr gepetzt hat, dass ich auf dem Weg nach Los Angeles war. Die beiden plaudern ganz selbstverständlich am Telefon und wahrscheinlich kichert sie auch noch dabei. Und das, nachdem ich ihr schon oft ziemlich abstoßende Geschichten von ihm erzählt habe.«

»Ich habe auch versucht herauszufinden, wo du steckst. Übers Internet, in den Suchmaschinen, in der Hoffnung, dein Name taucht vielleicht unter irgendeinem Posting auf.«

»Ich weiß, ich hätte mich melden sollen, tut mir leid. Ich … es gab nie den richtigen Zeitpunkt.«

»Ich habe trotzdem etwas Interessantes herausgefunden«, sagte Trent.

»Was denn?«

»Besser gesagt, interessant ist eher, was ich *nicht* gefunden habe. Auf der Webseite der Immobilienfirma, für die deine Mom arbeitet, gibt es zwar ein Foto von ihr, aber weder Anzeigen noch Immobilienangebote, die unter ihrem Namen abgewickelt werden.«

»Welches Foto? Das, auf dem sie so aufgedonnert aussieht? Furchtbar!«

»Ja, kann sein, es ist ziemlich unscharf.«

»Sie ist der festen Überzeugung, dass ihr dieses Foto eines Tages die Tür zu einem Plattenvertrag öffnen wird.«

»Auf der Webseite sind sämtliche Vertragsabschlüsse und Verkäufe der Mitarbeiter in den letzten drei Jahren verzeichnet. Der Name deiner Mutter taucht dabei kein einziges Mal auf.«

»Was bedeutet das?«

»Ich glaube, deine Mutter hat in den letzten drei Jahren kein einziges Haus zum Verkauf angeboten, geschweige denn tatsächlich verkauft.«

»Das kann nicht sein!«

»Doch, sieh selbst nach.«

»Ich kann mir das nicht vorstellen. Allerdings spricht sie auch nie über ihre Arbeit.«

Rocky blieb plötzlich wie angewurzelt stehen, und in dem Moment sah ich es auch: Ein Eichhörnchen, das auf die Straße gesprungen war, stoppte, offenbar gelähmt vor Angst, mitten auf der Fahrbahn, und starrte uns an. Wir stemmten beide Vorderpfoten in den Schnee und zogen an den Leinen, doch das Eichhörnchen hatte sich wieder gefasst und erklomm bereits einen Baum auf der anderen Straßenseite. Trent und CJ führten uns zu ihm. Rocky legte seine Pfoten an den Stamm und bellte eine Warnung hoch, um dem Eichhörnchen mitzuteilen, dass wir es schon gekriegt hätten, wären wir nicht angeleint gewesen.

»Hallo«, sagte die Stimme einer Frau hinter uns. Ich hob die Schnauze und nahm Witterung auf. Der Geruch kam mir bekannt vor, allerdings wusste ich nicht mehr, woher.

»Hi Sheryl«, sagte CJ.

Die Frau bückte sich und hielt uns ihre Hand hin, damit Rocky und ich daran riechen konnten. Sie trug einen Handschuh, der wirklich lecker roch, aber ich wusste, dass es nicht so gut ankommen würde, wenn ich anfing, daran herumzukauen. »Hallo Trent, hi Molly.«

»Wir sind uns auf Glorias Weihnachtsparty begegnet«, sagte Trent.

»Ja, natürlich!«, sagte Sheryl.

»Hm«, machte CJ und warf Trent einen Blick zu. »Sheryl, nachdem Molly auf der Feier gewisse Probleme angedeutet hat, haben wir gar nichts mehr von dir gehört – ist alles in Ordnung?«

Die Frau richtete sich wieder auf. »Ja. Ich hatte tatsächlich einen Knoten in der Brust gespürt. Aber er war so winzig und ich hatte die ganze Zeit über so viel Arbeit, dass ich den Besuch beim Arzt dauernd aufschob. Ohne Molly hätte ich vermutlich bis heute nichts unternommen.«

Ich wedelte mit dem Schwanz.

»Der Arzt meinte, der Tumor befinde sich noch in einem Frühstadium, deshalb …« Die Frau lachte kurz. »Aber ich hab deiner Mutter doch alles erzählt! Hat sie nichts gesagt?«

»Nein, aber ich war in letzter Zeit auch viel … unterwegs.«

Die Frau bückte sich zu mir und küsste mich auf den Kopf. Ich wedelte mit dem Schwanz und Rocky schob eifersüchtig seine Schnauze zwischen uns. »Danke, liebe Molly«, sagte die Frau, »du hast mir das Leben gerettet.«

Wir kehrten nach Hause zurück, und Rocky und Trent verabschiedeten sich. Ein Zimmer in CJs Haus hatte ich bisher noch nie betreten, denn dort saß Gloria oft, um auf Papier zu starren. Nun gingen wir hinein. Da es dort weder Futter noch Spielsachen gab, wunderte ich mich schon, was wir dort zu suchen hatten. CJ öffnete Schubladen und sah ebenfalls Papier an, während ich einem Nickerchen nicht abgeneigt war und mich einrollte.

»O nein«, hörte ich CJ sagen. Doch das Wort »nein« klang nicht nach böser Hund.

Eilig lief CJ hinaus in den Flur. Sie war wütend und stampfte bei jedem Schritt. »Gloria!«, rief sie.

»Ich bin hier!«

Wir betraten Glorias Zimmer. Sie saß in einem Sessel vor dem Fernseher.

»Was ist das?«, fragte CJ mit lauter Stimme und raschelte mit dem Papier. Gloria sah sie mit starrem Blick an und ihre Augen verengten sich zu Schlitzen. Dann seufzte sie.

»Ach, das!«

»Unser Haus soll zwangsversteigert werden?«

»Keine Ahnung, es ist alles so kompliziert, ich blicke da nicht mehr durch.«

»Aber … hier steht, wir sind sechs Monate im Verzug mit der Abzahlung des Kredits. Sechs Monate, Gloria! Sag, dass das nicht wahr ist.«

»Das kann gar nicht sein. Ist es wirklich schon so lange her?«

»Gloria, hier steht schwarz auf weiß, dass eine Zwangsvollstreckung angesetzt wird. Wenn wir nichts dagegen unternehmen, werden wir bald auf der Straße stehen!«

»Ted hat versprochen, mir Geld zu leihen.«

»Wer ist Ted?«

»Ted Petersen, er wird dir gefallen. Er sieht super aus, fast wie ein Model!«

»Auf deinem Schreibtisch liegen Unmengen von ungeöffneten Rechnungen!«

»Du hast in meinen Unterlagen herumgeschnüffelt? Auf meinem Schreibtisch?«

»Wir können den Kredit fürs Haus nicht mehr bedienen und du meinst, mich ginge das alles nichts an?«

»In meinem Privatbereich hast du nichts zu suchen, Clarity!«

Langsam wich die Anspannung und Wut von meinem Mädchen. Sie ließ sich in einen Sessel fallen und die Papiere flatterten zu Boden. Ich lief rüber, um sie zu beschnuppern.

»Also gut«, sagte CJ, »dann müssen wir wohl oder übel an Dads Treuhandkonto ran.«

Gloria sagte nichts. Sie schaute in den Fernseher.

»Hörst du mir überhaupt zu, Gloria? Du hast doch gesagt, es gibt eine Vertragsklausel, die es gestattet, uns in Notfällen vorzeitig das Geld ausbezahlen zu lassen, zum Beispiel wegen einer lebensnotwendigen Operation oder ähnlichen Katastrophen. Ich denke, das Dach überm Kopf zu verlieren, ist ein solcher Notfall.«

»Darum geht's doch, was meinst du, warum wir überhaupt in Verzug geraten sind!«

»Ich weiß nicht, wovon du redest.«

»Das Geld deines Vaters hat hinten und vorne nicht gereicht. Er hätte damals einfach nicht so knausrig sein dürfen und höhere Raten in seine Lebensversicherung einbezahlen müssen. Aber eine ordentliche Lebensplanung war nie seine Stärke.«

CJ war ganz still geworden, nur ihr Herz schlug wie wild. Besorgt drückte ich meine Schnauze in ihre Hand, doch sie beachtete mich nicht. »Was sagst du da? Du hast das ganze Geld ausgegeben? Dads Geld? Mein Geld? Du hast dir *mein Geld* genommen?«

»Es war nie *dein* Geld, Clarity. Es war Geld, das dein Vater hinterlassen hatte, damit du ein anständiges Leben führen kannst. Und nur dafür habe ich es ausgegeben. Für dich. Wie hätte ich denn sonst dein Essen bezahlen sollen? Oder die Reisen, denk nur an unsere Kreuzfahrt neulich!«

»Du hast Dads Treuhandkonto geplündert, damit du eine Schiffsreise machen kannst?«

»Wenn du eines Tages selbst Mutter bist, wirst du das alles besser verstehen.«

»Und woher kam das Geld für deine Nobelkarossen und die teuren Kleider?«

»Soll ich etwa nackt herumlaufen? Ich brauche doch was zum Anziehen!«

CJ sprang auf. Sie war außer sich vor Wut, ihr Körper versteifte sich und ich duckte mich sicherheitshalber weg. »Ich hasse dich! Du bist wirklich der mieseste Mensch auf der Welt!«, schrie sie.

Weinend rannte sie in die Küche und ich folgte ihr dicht auf den Fersen. Dort schnappte sie sich ein paar Dinge von der Arbeitsplatte, bevor wir durch die Haustür hinaus zu Glorias Auto rannten. Sie öffnete die Tür – und ich durfte auf den Vordersitz!

Sie weinte noch, als wir längst die Straße entlang fuhren. Ich sah zum Fenster hinaus, konnte jedoch das Eichhörnchen, das Rocky und ich gejagt hatten, nirgends mehr entdecken. CJ hielt eine Hand ans Gesicht, in der ein Telefon war.

»Trent? Stell dir vor, Gloria hat mein gesamtes Geld durchgebracht. Das Geld, das mir mein Vater hinterlassen hat, das Geld vom Treuhandkonto! Es ist alles weg. Sie behauptet, damit hätte sie meinen Lebensunterhalt bezahlt, aber das ist eine Lüge! Sie hat ihre Reisen damit finanziert und sich Klamotten und Autos gekauft. Von meinem Geld, das für meine College-Ausbildung gedacht war! Es war meins!« CJ wurde von Schmerz und Kummer überwältigt. Winselnd legte ich meinen Kopf auf ihren Schoß.

»Wie? Nein, ich bin gegangen. Ich sitze mit Molly im Auto. Was? Nein, ich habe ihr Auto nicht gestohlen, denn es gehört ihr gar nicht! Sie hat es mit meinem Geld gekauft«, rief CJ.

Dann war sie einen Augenblick lang still. Sie rieb sich mit dem Handrücken die Augen. »Ich weiß. Kann ich zu dir kommen? Mit Molly?«

Ich klopfte mit dem Schwanz auf den Polstersitz.

»Warte mal«, sagte CJ. Dann war sie wieder still, ihr Körper versteifte sich erneut und ich spürte, wie sich ein anderes Gefühl breitmachte, nämlich Angst. »Trent! Shane ist hinter mir her. Er verfolgt uns.«

CJ drehte den Kopf mehrmals nach hinten, dann sah sie wieder nach vorne. Ich spürte, wie ich schwerer wurde, was immer dann passierte, wenn sich die Geschwindigkeit des Autos stark veränderte. »Nein, ich bin ganz sicher. Er verfolgt mich! Ich melde mich gleich wieder.«

CJ warf das Telefon neben mich auf den Sitz, es prallte jedoch am Polster ab und fiel auf den Boden. Ich schaute ihm nach, mochte aber nicht runterklettern, um es zu beschnuppern. »Halt dich fest, Molly.« Ich hatte bereits große Mühe, mich aufrecht zu halten. Dann hörte ich eine laute Hupe. Das Auto drehte sich und ich prallte gegen die Beifahrertür. Plötzlich hielten wir, dann fuhren wir jedoch schnell weiter. Eine weitere abrupte Wendung folgte.

CJ schnaufte schwer. »Okay, ich glaube, den haben wir abgehängt, Molly.« Sie bückte sich zu ihrem Telefon hinunter, dann hörte ich einen Grunzlaut und auf einmal knallte etwas gegen mich mit voller Wucht. Ich verlor den Überblick und ruckartig schoss mir ein heftiger Schmerz durch die Glieder. Ich konnte nichts mehr sehen, sondern nur spüren, dass wir hinunterfielen.

Erst nach und nach begriff ich, was los war. Ich war kein Vordersitz-Hund mehr. Stattdessen lag ich auf dem Autodach, aber innen. CJ saß über mir im Fahrersitz. »O Gott, Molly, ist alles in Ordnung?

Ich schmeckte Blut im Maul und konnte weder meinen Schwanz noch meine Beine bewegen. CJ öffnete den Gurt ihres Sitzes und rutschte in meine Richtung. »Molly!«, schrie sie. »Molly, tu' mir das nicht an, wie soll ich denn ohne dich weiterleben?«

Ich spürte ihr Entsetzen und ihre Traurigkeit und wollte sie trösten. Doch ich konnte sie nur ansehen. Sie nahm meinen Kopf in beide Hände und wiegte ihn sanft hin und her. Es war wunderbar, ihre Hände in meinem Fell zu spüren. »Ich hab dich so lieb, Molly! Molly, verzeih mir, verlass mich nicht, Molly!«

Ich konnte ihre Stimme kaum noch hören, sie klang wie aus weiter Ferne. »Molly!«, hörte ich sie noch einmal rufen.

Dann wusste ich, was geschehen würde. Ich merkte, wie mich die Dunkelheit umschloss und erinnerte mich an meinen letzten Augenblick als Buddy. Hannah war bei mir und während ich langsam ins Dunkel abglitt, dachte ich damals an Baby Clarity und hoffte inständig, sie würde einmal einen Hund finden, der gut auf sie aufpasste.

Und es war mir vollkommen bewusst: Dieser Hund war ich!

Neunzehn

All die vorigen Male, wenn die sanfte, weiche Welle die Schmerzen weggespült hatte und ich mich von den warmen Fluten forttragen ließ, war es ohne Verlauf und Richtung geschehen. Jede Wiedergeburt war eine kleine Überraschung gewesen, denn ich hatte vorher stets das Gefühl gehabt, meinen Auftrag und Lebenszweck erfüllt zu haben.

Dieses Mal war alles anders. Mein Mädchen war in höchster Bedrängnis und ich musste unbedingt zu ihr zurückkehren. Als mich die Welle umhüllte und ich CJs liebkosende Hände in meinem Fell kaum mehr spüren konnte, stemmte ich mich mit letzter Kraft dagegen und wollte nicht loslassen. Ich musste unbedingt wiedergeboren werden!

Deshalb war ich sehr erleichtert, als ich merkte, dass ich langsam wieder zu Bewusstsein kam und tatsächlich abermals zum Welpen geworden war. Mir schien, als sei der Schlaf auch kürzer gewesen als sonst, was mir sehr recht war. Nun musste ich schnell groß und stark werden und mich dann auf die Suche nach CJ begeben, um wieder ihr Hund zu sein.

Das Fell meiner Mutter war diesmal hellbraun, so wie das meiner beiden Schwestern, die sehr rauflustig waren, wenn es um den besten Platz an Mutters Brust ging. Als ich nach und nach auch einzelne Töne aus der noch unscharfen Umgebung herausfiltern konnte, hörte ich Hundegebell. Jede Menge Hunde und Gebell.

Ich war also wieder im Haus der kläffenden Hunde gelandet. Doch schon nach kurzer Zeit nahm ich den Lärm und Radau kaum mehr wahr, es war einfach die alltägliche Geräuschkulisse meines neuen Lebens.

Solange mein Blick noch verschwommen war und meine Glieder schwach waren, konnte ich kaum etwas anderes tun, als Schlafen und Trinken. Wie ich mich zu Mutters Zitzen vordrängeln konnte, wusste ich ja von früher ziemlich genau. Ich konnte es kaum erwarten, dieses hilflose Welpendasein hinter mir zu lassen.

Wir waren offenbar in der Obhut von mehreren Frauen, deren Stimmen ich manchmal hören und ihre Anwesenheit spüren konnte. Wenn eine von ihnen in der Nähe war, zitterte der Körper meiner Mutter, weil sie dann mit dem Schwanz wedelte. Besonders heftig spürte ich das, wenn ich dabei gerade Milch bei ihr trank.

Als mein Blick klarer wurde und ich eine der Frauen zum ersten Mal richtig erkennen konnte, war ich völlig erschüttert. Sie war eine Riesin! Beängstigend hoch und mächtig stand sie über mir. »Wie entzückend ihr seid«, sagte sie. »Gut gemacht, Daisy!«

Meine Mutter wedelte mit dem Schwanz, doch ich sah verschreckt blinzelnd zu der riesenhaften Frau hoch und versuchte, meinen Blick scharf zu stellen. Als sie ihre Hand ausstreckte, um Mutter zu streicheln, verkroch ich mich in den hintersten Winkel. Die Hand war gigantisch groß, größer als ich, sogar größer als der Kopf meiner Mutter!

Nach ein paar Tagen wurden meine Schwestern mutiger

und stürmten freudig auf die Riesenfrauen zu, wenn sie zu uns kamen. Ich hielt mich ängstlich zurück und folgte nicht einmal Mutter, wenn sie zu ihnen lief, um sich streicheln zu lassen. Warum hatten meine Schwestern denn bloß keine Angst vor ihnen?

Eine der Frauen hob mich hoch und ich wurde von ihren Händen vollständig umhüllt wie in einer warmen Höhle. Trotzdem knurrte ich drohend, obwohl mir klar war, dass ich gegen diese Riesenhände keine Chance hatte. »Na, Mäxchen, bist du ein kleiner Wüterich? Willst du später ein großer bedrohlicher Wachhund werden?«

Eine andere Riesin kam hinzu und sah mich prüfend an. Auch ihr schickte ich ein bedrohliches Knurren entgegen. »Der Vater könnte ein Yorkshire-Terrier sein.«

»Ja, sieht ganz nach einer Chihuahua-Yorkshire-Mischung aus«, sagte die Frau, die mich hielt und deren Name, wie ich bald erfahren sollte, Gail war. Von all den Menschen an diesem furchtbar lauten Ort war sie diejenige, die am meisten Zeit mit mir verbrachte.

Ich hieß Max und meine Schwestern Abby und Annie. Immer wenn ich mit ihnen herumbalgte, dachte ich voller Sorge daran, dass ich mich eigentlich längst auf die Suche nach CJ hätte begeben sollen. Andererseits hatte mich CJ bisher noch jedes Mal in diesen Häusern der kläffenden Hunde aufgespürt. Wahrscheinlich musste ich einfach nur abwarten und dann kam sie von allein. Mein Mädchen hatte mich immer gefunden.

Eines Tages durften Annie, Abby und ich in ein kleines Gehege mit anderen Welpen, die sofort auf uns losstürmten, weil sie noch nicht gelernt hatten, dass man sich nicht gleich von hinten bespringt oder die Nasen reibt, sondern erst mal kurz abwartet. Mit abschätzigem Blick schüttelte ich den Hund ab, der als Erster auf mich losgeschossen war und mir die Schnauze leckte, um ihm eine Lektion zu erteilen und zu zeigen, was sich gehörte: nämlich dass man erst höflich die Genitalien des anderen zu beschnuppern hatte.

Auch in den anderen Außengehegen waren Hunde und als ich neugierig durch den Maschendrahtzaun spähte, bekam ich wieder einen Schock. Auch sie waren gigantisch groß! Wo war ich nur gelandet? Was war das für ein Ort, an dem menschliche Riesen und tierische Monster lebten? Ich beschnupperte einen weißen Hund, der an den Zaun gelaufen kam. Als er den Kopf zu mir herabsenkte, bemerkte ich mit Schrecken, dass sein Schädel mindestens zehn Mal größer war als der meiner Mutter. Wir beschnüffelten uns durch den Drahtzaun, dann trippelte ich laut bellend ein paar Schritte rückwärts, um ihm zu bedeuten, dass ich überhaupt keine Angst vor ihm hatte (was glatt gelogen war).

»Alles ist gut, Max, geh zu deinen Kameraden und spiel weiter«, sagte Gail, die Riesin, zu mir.

Außerhalb des Käfigs mussten wir immer an der Leine gehen. Als ich eines Tages angeleint durch den Korridor zwischen den kläffenden Hunden zu meinem Zwinger geführt wurde, fiel mir ein Hund auf, der mich an Rocky erinnerte. Er hatte die gleiche Kopfform wie er und ebenfalls sehr hohe, feingliedrige Beine. Natürlich wusste ich, dass es nicht Rocky war, trotzdem war die Ähnlichkeit verblüffend, und ich hielt kurz inne. Auch dieser Hund hatte, wie fast alle anderen hier, unglaubliche Ausmaße.

Und da wurde mir schlagartig klar, dass nicht die Menschen und Hunde riesig waren, sondern ich war winzig klein. Ich war ein Zwerg, ein Winzling!

Selbstverständlich hatte ich schon in früheren Leben sehr kleine Hunde gesehen. Aber dass ich jemals so enden würde, wäre mir nie in den Sinn gekommen. Ich war stets ein großer, kräftiger Hund gewesen, weil meine Menschen einen starken Beschützer brauchten. Und ganz besonders CJ hatte den nötig! Ich erinnerte mich wieder daran, wie wir eines Nachts im Auto schliefen und der Mann mit dem großen Stock versuchte, zu uns ins Auto zu steigen. Er hatte immer wieder gegen das Fenster geschlagen, aber durch mein bedrohliches Knurren und Bellen hatte ich ihn in die Flucht schlagen können. Einem Winzling wie mir würde das nie gelingen.

Doch! Ich würde es trotzdem schaffen. Gefährlich knurren konnte ich auch im Kleinformat und so dem schrecklichen Mann zeigen, dass ich ihn, sollte er es wagen, die Tür zu öffnen, in der Luft zerreißen würde. Vom Herumbalgen in früheren Zeiten wusste ich noch, dass gerade kleine Hunde messerscharfe Zähne hatten. Wer Böses im Schilde führte, musste nur davon überzeugt werden, dass man sie auch entsprechend einsetzte. Dann würde keiner mehr versuchen, nachts bei uns einzusteigen!

Als wir wieder im Käfig waren, beobachtete ich meine Schwestern Annie und Abby beim Spielen, die ihrerseits mich stets im Blick behielten. Da ich viel mehr Erfahrung hatte als sie, sahen sie natürlich zu mir als Leithund auf. Jedenfalls hätte man das doch erwarten dürfen. Aber als ich mitspielen wollte, verbündeten sie sich gegen mich, anstatt meine Führungsrolle anzuerkennen. Auch das war ein Problem von kleinen Hunden: jede harmlose Rauferei endete damit, dass sie auf dem Rücken lagen, festgenagelt von anderen Hunden. Daran würde ich verstärkt arbeiten müssen, denn kein Hund sollte glauben, er könne mich unterdrücken, nur weil ich etwas kleiner war.

Als wir das nächste Mal zu den anderen Welpen ins Gehege gebracht wurden, beschloss ich, meine guten Vorsätze sofort in die Tat umzusetzen. Alle sollten wissen, dass ich trotz meiner geringen Größe hier das Sagen hatte. Ein etwas albern aussehender braunschwarzer Hund, der nur aus Stummelbeinen und Ohren zu bestehen schien, offenbar aber mindestens so groß werden wollte wie Rocky, dachte, er könnte mich allein durch sein Körpergewicht niederringen; doch da hatte er sich getäuscht. Elegant wand ich mich zwischen seinen Vorderpfoten unter ihm hervor und jagte ihn dann durchs Gehege, während ich mit meinen messerscharfen Zähnen nach ihm schnappte. Schon nach kurzer Zeit gab er sich geschlagen und warf sich gefügig auf den Rücken.

»Sei lieb, Max«, sagte Gail. Ja genau, mein Name war Max und bei mir musste man sich auf etwas gefasst machen!

Nachdem wir die Milch unserer Mutter nicht mehr nötig hatten, wurden wir auf einem Laster im Käfig an einen anderen Ort gebracht. Mutter wurde dort in einen separaten Zwinger verfrachtet, was Abby und Annie ziemlich aus der Fassung brachte, mich jedoch nicht überraschte. Ich wusste ja, was nun folgte. Nun würden uns Leute besuchen und manchmal auch Welpen mit nach Hause nehmen.

Unsere neuen Käfige hatten keinen Fußboden, sondern standen auf der grünen Wiese. Eigentlich wollte ich mich sofort im frischen Gras wälzen und mir das Fell von der Sonne wärmen lassen, aber dann war ich doch von den vielen neuen Gerüchen und Geräuschen überwältigt. Auch hier war es furchtbar laut, aber nicht vom Gebell anderer Hunde. Die Luft zitterte, ich hörte ein Rumpeln am Himmel und kreischende Geräusche, die ich von damals kannte, als ich in einer großen Plastikbox kräftig durchgeschüttelt wurde, nachdem mich CJ aus dem Haus der kläffenden Hunden am Meer abgeholt hatte. Und dann die vielen exotischen Gerüche von Autos, Hunden, Menschen, Wasser, Blättern, Gräsern und vor allem Essen! Duftwolken köstlichster Art wehten mir um die Nase. Abby und Annie schienen genauso überwältigt von den neuen Sinnesreizen zu sein wie ich, denn auch sie standen wie angewurzelt da und hielten ihre Nasen in den Wind, um die üppigen Eindrücke in sich aufzunehmen.

Wie vorherzusehen war, kamen tatsächlich viele Leute, die prüfend in alle Käfige schauten und manchmal sogar mit uns Hunden spielten. »Wie süß die sind!«, riefen sie meistens, wenn sie vor unserem Käfig standen und meine Schwestern und mich sahen. Annie und Abby stürmten jedes Mal freudig auf sie zu, doch ich hielt mich sehr zurück. Denn ich wartete auf meine CJ.

Dann knieten plötzlich zwei Männer am Käfig nieder und streckten ihre Finger durch den Maschendraht. Gail eilte herbei und sprach mit ihnen.

»Wahrscheinlich ist ein Teil ein Yorkshire-Terrier, die Mutter ist jedenfalls die Chihuahua-Hündin dort drüben.«

Gail öffnete die Käfigtür und sofort sprangen Annie und Abby ins Freie. Die beiden Männer lachten entzückt. Ich verzog mich geduckt in den hintersten Winkel.

Danach sah ich meine Schwestern nie wieder. Ich freute mich, dass die beiden Männer, die offensichtlich sehr gute Freunde waren, sie als Pärchen mitnahmen, denn dann konnten sich Annie und Abby später oft sehen und zusammenbleiben, so wie Rocky und ich früher.

»Mach dir nichts draus, Max«, sagte Gail. »Für dich finden wir auch bald ein Zuhause.«

Als wir einige Tage später wieder im Gras in unseren Käfigen warteten, wurden Mutter und etliche andere Hunde von Menschen mitgenommen. Die Gittertür meines Käfigs öffnete sich an dem Tag drei Mal, aber sobald einer versuchte, mich anzufassen, duckte ich mich und entzog mich der Hand böse knurrend im Rückwärtsgang.

»Was ist denn mit dem Kleinen los, wurde er misshandelt?«, fragte ein Mann.

»Nein, er wurde im Tierheim geboren«, sagte Gail, »keine Ahnung, Max ist eben nicht besonders gesellig. Er spielt auch nicht gern mit anderen Hunden. Am besten wäre er wohl bei Leuten aufgehoben, die viel zu Hause sind und eher selten Besuch bekommen.«

»Oh, dann bin ich leider nicht der Richtige!«, sagte der Mann lachend. Am Ende nahm er einen kleinen weißen Hund mit nach Hause.

Geraume Zeit später standen Gail und ein anderer Mann neben meinem Käfig. »Gab es heute Interessenten für Max?«, fragte der Mann. Ich sah ihn flehentlich an, doch er machte keine Anstalten, die Käfigtür zu öffnen, damit ich endlich auf eigene Faust CJ suchen konnte.

»Leider nicht«, sagte Gail.

»Dann müssen wir ihn nach der nächsten Vermittlungsveranstaltung auf die Liste setzen.«

»Ja, ich weiß.«

Sie standen am Gitter und sahen mich schweigend an. Seufzend ließ ich mich ins Gras fallen. Anscheinend musste ich doch länger warten, bis ich endlich aus dem Käfig raus durfte.

»Hoffentlich haben wir beim nächsten Mal mehr Glück mit ihm«, sagte der Mann.

»Ja, hoffentlich.« Gail klang bedrückt und ich sah kurz zu ihr auf, bevor ich meine Schnauze auf die Vorderpfoten sinken ließ.

Und dann fiel mir mitten im Lärm der Autos und im Getöse der Maschinen, die die warme Nachmittagsluft erzittern ließen, inmitten der verwirrend vielen Gerüche von unzähligen Hunden, Menschen und köstlichem Essen, die mich andauernd in der Nase kitzelten, plötzlich eine Frau auf, die nicht weit von mir entfernt die Straße entlang ging. Ich sprang auf, um sie besser sehen zu können. Die Haare, der Gang, ihre Haltung kamen mir seltsam vertraut vor...

Die Frau lief energischen Schrittes neben einem nicht bloß im Vergleich zu mir riesigen Hund, wie ich ihn noch nie zuvor gesehen hatte. Er erinnerte mich an den Esel auf Ethans Farm, so groß war er, mit einem schlanken Körper und einem gewaltigen Kopf. Als sie auf meiner Höhe waren, wehte der Wind ihren Geruch zu mir herüber.

Es war niemand anderes als CJ.

Ich winselte und fiepte, jaulte und bellte, doch mein vergleichsweise leises Organ konnte den Radau um mich herum nicht übertönen. Der Riesenhund warf mir zwar einen kurzen Blick zu, doch CJ merkte nichts. Völlig verzweifelt musste ich zusehen, wie sie achtlos an mir vorüberging und dann in der Menge verschwand.

Warum hatte sie nicht angehalten?

Wenige Tage später stand ich erneut im Käfig auf der Wiese und CJ kam prompt zur selben Zeit mit demselben

Hund wieder vorbei. Ich bellte mir die Seele aus dem Leib, doch sie schien mich nicht zu bemerken.

»Warum bellst du so aufgeregt, Max? Was ist denn da?«, fragte Gail. Ich wedelte mit dem Schwanz. *Ja, lasst mich doch raus, ich muss CJ unbedingt einholen!*

Wieder kam der Mann von neulich und sprach mit Gail, doch ich hatte nur Augen für CJ, die erneut von der Menge verschluckt wurde.

»Was macht unser Max?«, erkundigte sich der Mann.

»Er macht sich nicht gut, heute Morgen hat er ein kleines Kind in die Hand gezwickt.«

»Wahrscheinlich kommt mit ihm keiner klar, selbst wenn wir ihn noch vermitteln können«, sagte der Mann.

»Das wissen wir aber nicht, vielleicht entwickelt er sich mit mehr Zuwendung und Fürsorge noch. Bei uns hat er jedenfalls keine Chance.«

»Meine Meinung dazu kennst du, Gail.«

»Ja.«

»Wenn wir die nicht vermittelbaren Hunde nicht einschläfern, dann haben wir keine Kapazitäten frei für all die anderen, die unsere Hilfe brauchen.«

»Aber er hat doch nicht einmal richtig zugebissen.«

»Er hat ein Kind in die Hand gezwickt.«

»Ja, schon … aber er ist im Grunde ein lieber Kerl, ein großartiges Kerlchen.«

Was hatte es zu bedeuten, dass CJ hier dauernd mit einem anderen Hund herumlief? War das etwa ihr Hund? Jeder Mensch, und ganz besonders CJ, brauchte ja einen Hund, aber musste es denn gleich so ein großer sein? Gut, hier lebten sehr viel mehr Menschen als an den Orten, die ich bisher kannte, und vielleicht vermittelte ein größerer Hund auch ein größeres Schutzgefühl, für den Fall, dass in einer Regennacht mehrere Männer auf einmal versuchen sollten, zu ihr ins Auto zu steigen. Trotzdem war dieser Hund sicher nicht in der Lage, mein Mädchen so zu beschützen wie ich. Denn nur ich kannte sie schon seit sie ein Baby war.

»Also gut«, sagte der Mann, »geben wir Max noch eine Chance. Wann ist die nächste Vermittlungsveranstaltung? Nächsten Dienstag? Vielleicht klappt's dann. Aber eigentlich ist er fällig.«

»O je, armer Max.«

Die ganze Nacht über dachte ich nur an CJ. Sie war nun älter als in meiner Zeit als Molly, und die Haare waren kürzer. Trotzdem hatte ich sie sofort wiedererkannt. Wenn man einen Menschen so oft und intensiv in die Augen gesehen hatte, wie ich meiner CJ, dann vergisst man dieses Gesicht nie, auch wenn sich Kleinigkeiten verändert hatten. Außerdem hatte ich sie trotz der vielen Gerüche, die der Wind zu mir herübergetragen hatte, gleich identifiziert.

Als ich erneut im Käfig ins Freie gebracht wurde, war der Himmel stark bewölkt. Gail beugte sich zu mir runter und sagte: »Max, das ist die letzte Gelegenheit heute, tut mir wirklich leid, kleiner Kerl. Ich weiß auch nicht, was mit dir los ist und warum du so garstig bist. Ich finde dich zwar klasse, darf aber in meiner Wohnung keine Hunde halten. Nicht einmal einen so winzigen wie dich, wirklich schade.«

Eigentlich hatte ich CJ später erwartet, doch bereits nach einer halben Stunde lief sie mit zwei Tüten in der Hand und ohne Hund an mir vorbei. Ich fiepte laut und da drehte sie sich tatsächlich zu mir um. Sie sah mir direkt in die Augen! Einen Moment lang war mir, als wollte sie stehen bleiben, denn ihr Blick schweifte flüchtig über die vielen Menschen und Käfige. Doch dann ging sie erstaunlicherweise einfach weiter.

Dabei hatte sie mir doch direkt in die Augen geschaut! Ich jaulte und weinte und kratzte verzweifelt am Maschenzaun. Gail kam herbeigelaufen. »Was ist denn los, Max?«

Ich dachte nur an CJ und heulte noch einmal laut auf, um mein Leid und den Frust herauszulassen. Die Käfigtür klapperte, dann beugte sich Gail über mich und befestigte die Leine an meinem Halsband.

»Komm, Max«, sagte sie.

Ich schnappte nach ihrer Hand, die ich nur knapp verfehlte, und machte einen gewaltigen Satz vorwärts. Gail wich erschrocken zurück und ließ dabei die Leine fallen. Blitzschnell schoss ich zur offenen Käfigtür hinaus und jagte CJ hinterher, während die Leine hinter mir am Boden schleifte.

Wie herrlich, endlich frei zu sein und meinem Mädchen nachjagen zu können! Es war ein wundervoller Tag!

Ich sah sie die Straße überqueren und rannte hinterher. Dann hörte ich ein lautes Quietschen und genau über mir kam ein großer Laster zum Stehen. Ich flitzte darunter hervor und musste mich dabei nicht einmal ducken. Einem anderen Wagen konnte ich haarscharf ausweichen, dann hatte ich es auf die andere Seite geschafft. Ein paar Meter weiter bog CJ gerade in einen Nebenweg ein.

In rasendem Tempo nahm ich die Verfolgung auf. Ein Mann öffnete die Eingangstür zu einem ziemlich hohen Gebäude und CJ trat ein. Die Leine behinderte mich zwar, aber ich bekam trotzdem die Kurve und schaffte es ins Haus, bevor die Tür wieder zufiel.

»Hey du!«, rief mir der Mann hinterher.

Ich befand mich in einem großen Raum mit glattem,

hartem Fußboden. Als ich mich nach CJ umschaute, kam ich ins Rutschen, weil meine Krallen keinen Halt fanden. Sie stand in einer Art Kleiderschrank mit Beleuchtung an der Decke. Überglücklich stürmte ich auf sie zu. Meine Krallen machten kleine Tickgeräusche auf dem rutschigen Boden.

CJ sah auf und wir blickten uns in die Augen. Zwei Türen schoben sich von unterschiedlichen Seiten aufeinander zu. Ich setzte zum Sprung an und landete mit ihr im Schrank. Dann legte ich meine Vorderpfoten an ihr Bein und weinte vor Freude.

Endlich hatte ich mein Mädchen wieder!

»Ach du liebe Güte!«, sagte CJ.

Plötzlich straffte sich die Leine stark.

»O Gott, du wirst eingeklemmt!«, rief CJ und ließ die Tüten fallen. Mit einem lauten Knall landeten sie auf dem Boden und sofort breiteten sich leckere Gerüche aus. CJ streckte die Hand nach mir aus, doch ich konnte nicht zu ihr. Die straffe Leine hielt mich zurück.

»Um Himmels willen!«, schrie CJ.

Zwanzig

CJ warf sich auf den Boden und griff nach meinem Hals, an dem sie aufgeregt herumnestelte. Währenddessen straffte sich die Leine immer fester und schnürte mir die Kehle zu. Angsterfüllt rief CJ immer wieder: »Bitte nicht!«

Unerbittlich wurde ich von der Leine nach hinten gezerrt, dann knallte ich gegen die Wand hinter mir und plötzlich machte es Klick und mein Halsband war weg. Es fiel zu Boden, dann folgte ein lautes Knirschen, die schwarzen Gummiränder der Schiebetüren öffneten sich mit einem leichten Zittern und dann war mein Halsband verschwunden.

»Ach Hündchen!«, rief CJ und zog mich an sich. Ich leckte ihr übers ganze Gesicht. Wie herrlich, wieder in ihren Armen zu liegen, den vertrauten Duft ihrer Haut zu riechen und endlich bei ihr zu sein. »Um ein Haar wärst du vor meinen Augen gestorben!«

Ich roch auch noch andere Hunde und eine Katze, und natürlich stieg mir auch der intensive Geruch all der Dinge, die aus der Tüte auf den Boden gefallen waren, in die Nase.

»Gutes Hündchen, brav, alles in Ordnung! Warte mal«, sagte CJ lachend und hob die Tüten vom Boden auf. »O je«, sagte sie dann traurig.

Als sich die Tür erneut auseinanderschob, folgte ich ihr durch einen langen Korridor, der mit Teppich ausgelegt war, bis zu einer Tür, an der es sehr stark nach Hund roch. Erst fummelte sie an der Tür herum, dann öffnete sie sie.

»Duke!«, rief sie und drückte die Tür mit der Hüfte von innen wieder zu.

Ich hatte ihn gerochen, noch bevor ich ihn sehen konnte – diesen Riesenhund, der neulich mit CJ an der Leine gegangen war. Er hatte grau-weißes Fell und einen schwarzen Fleck auf der Brust. Allein der schon war größer als meine Mutter. Den Schwanz wie eine Pfeilspitze aufgestellt, verharrte er reglos, als er mich sah.

Ich lief direkt auf ihn zu, denn ich war gekommen, um CJ zu beschützen, und das sollte er wissen. Er senkte den Kopf zu mir herunter und ich knurrte ihn an, denn ich war entschlossen, das Feld nicht zu räumen.

»Seid nett zueinander«, sagte CJ.

Ich konnte ihn nicht einmal richtig beschnuppern, weil ich nicht höher als bis zu seinen Knien reichte. Als er mich beschnupperte, klapperte ich warnend mit dem Gebiss.

CJ war in die Küche gegangen, und der Riese und ich schlichen ein paar Mal unbehaglich umeinander herum. Die Katze, deren Geruch in allen Ecken hing und von der ich deshalb wusste, dass sie hier wohnte, konnte ich nirgends entdecken. Dann kam CJ wieder aus der Küche, trocknete sich die Hände an einem Tuch ab und nahm mich auf den Arm.

»Mal sehen, ob wir rauskriegen, wem du gehörst, Kleiner.«

Verächtlich sah ich auf den Riesenhund hinab, der mich aus triefenden Augen ansah.

CJ mochte mit ihm spazieren gehen, aber sie würde ihn niemals auf den Arm nehmen, um mit ihm zu schmusen.

Wir gingen zur Tür hinaus, den Flur entlang und dann

wieder in den Schrank, in dem wir uns vorhin getroffen hatten. Dann trug sie mich einen weiteren Flur entlang bis zu einer gläsernen Tür, die sich nach draußen öffnete.

Dort stand der Mann, der mir hinterhergerufen hatte.

»Guten Tag, Miss Mahoney. Ist das Ihr Hund?«

»Nein, ich habe ihm im Aufzug nur das Leben gerettet. Leider ist bei der Aktion eine Weinflasche zu Bruch gegangen und Wein im Fahrstuhl ausgelaufen. Könnten Sie dafür sorgen, dass es weggewischt wird, David?«

»Selbstverständlich, Miss Mahoney.«

Der Mann streckte eine weiße Handschuhhand nach mir aus und ich knurrte ihn drohend an, denn mir war nicht ganz klar, ob er nach mir oder nach CJ greifen wollte. Und CJ durfte keiner berühren, nicht, solange ich da war. Ruckartig zog er seine Hand wieder zurück.

»Klein, aber feurig, der Mini!«

Ich heiße Max, nicht Mini! Ich beschloss, ihn einfach zu ignorieren.

CJ trug mich hinaus und wir liefen die Straße entlang. Äußerst besorgt nahm ich wahr, dass die Gerüche der Hundekäfige wieder stärker wurden. Ich versuchte mich aus ihrem Griff zu winden und drehte den Kopf in die andere Richtung, als wir tatsächlich dort ankamen, wo ich hergekommen war. »Hallo, ich glaube, das ist einer Ihrer Hunde«, sagte mein Mädchen, während ich auf ihrer Schulter lag und an ihrem Ohr schleckte.

»Da ist Max ja wieder!«, sagte Gail in meinem Rücken.

»Max ist ein süßer Hund, er ist hinter mir in den Fahrstuhl meines Apartmenthauses gesprungen, als hätte er schon immer dort gelebt. Dann hat sich die Leine in der Aufzugtür verfangen und er hätte sich fast stranguliert.«

CJ streichelte mich und ich drückte meinen Kopf fest an ihren Hals. Ins Haus der kläffenden Hunde wollte ich nicht mehr zurück. Ich wollte bei ihr bleiben.

»Was für ein süßer Fratz!«, sagte CJ.

»So hat ihn bisher noch niemand genannt«, sagte Gail.

Während ich CJ übers Gesicht leckte, warf ich Gail einen kurzen Blick zu und wedelte mit dem Schwanz, um ihr zu bedeuten, dass nun alles gut war und sie sich endlich wieder um die anderen Hunde kümmern sollte.

»Welche Rasse ist es?«

»Die Mutter ist ein Chihuahua, der Vater vermutlich ein Yorkshire.«

»Na, dann bist du also ein Chorkie!«, sagte CJ und lächelte mich an. »Wie dem auch sei, wo darf ich ihn abgeben?«

Gail sah erst mich an, dann CJ. »Wissen Sie was? Für ihn wäre es am besten, Sie würden ihn gar nicht abgeben.«

»Ich verstehe nicht, was Sie meinen.«

»Haben Sie einen Hund?«

»Nein, ich darf auch keinen ... naja, im Augenblick passe ich zwar auf einen Hund auf, aber eigentlich ...«

»Sie mögen Hunde also.«

CJ lachte. »Natürlich! Wer mag denn Hunde nicht!«

»Mehr Menschen, als Sie glauben.«

»Stimmt, wenn ich es mir genau überlege, sind mir auch schon welche begegnet.« Vorsichtig zog mich CJ von ihrer Schulter weg, an die ich mich eng gekuschelt hatte.

»Max hat Sie in sein Herz geschlossen.«

»Er ist wirklich allerliebst«, sagte CJ.

»Aber morgen früh soll er eingeschläfert werden.«

»Wie bitte?« Ein Schreck fuhr CJ in die Glieder, ich merkte

es, weil ihr Griff fester wurde und sie kleine Schritte rückwärts machte.

»Tut mir leid, dass ich das so brutal sagen muss. Aber wir können die Tiere nicht endlos lang durchfüttern.«

»Das ist ja entsetzlich!«

»Wir tun unser Möglichstes und versuchen immer, sie in Pflege zu geben oder zu vermitteln. Aber wir arbeiten ständig am Limit, jeden Tag kommen neue Hunde dazu. Welpen und junge Hunde können wir in der Regel gut vermitteln, aber Max konnte sich bisher für niemanden erwärmen. Wir können ihn nicht länger halten, denn wir brauchen jeden Platz.«

CJ sah mich traurig an. Ihre Augen wurden feucht. »Aber das ist doch …!«

»Auch andere Hunde brauchen unsere Hilfe, es ist eben ein permanenter Fluss, die einen kommen, die anderen gehen. Nur so können wir die Nächsten retten.«

»Ich hatte ja keine Ahnung, wie das läuft.«

»Sie sind die Erste, die Max akzeptiert und offenbar gern hat. Heute Morgen hat er sogar nach mir geschnappt, obwohl er mich von klein auf kennt und ich ihn regelmäßig füttere. Es scheint, als hätte er Sie von all den Menschen in New York für sich auserkoren. Können Sie ihn wirklich nicht nehmen? Wir erlassen Ihnen auch die Gebühren.«

»Erst vor zwei Wochen habe ich mir eine Katze angeschafft.«

»Wenn Hund und Katze gemeinsam aufwachsen, vertragen sie sich in der Regel gut. Bitte. Sie würden ihm das Leben retten.«

»Das geht wirklich nicht, ich führe Hunde zwar aus,

aber… ich bin Schauspielerin und verdiene mir damit ein bisschen Geld. Die Hunde, die ich ausführe, sind ziemlich groß.«

»Max ist es gewöhnt, große Hunde um sich zu haben.«

»Tut mir leid, es geht nicht.«

»Ist das Ihr letztes Wort? Er hat eine Chance verdient. Sie sind seine letzte Chance.«

»Es tut mir aufrichtig leid.«

»Dann wird er morgen eingeschläfert.«

»O Gott.«

»Sehen Sie ihn an.«

CJ sah mich lange an und ich wand mich in ihren Armen vor Freude über so viel Aufmerksamkeit. Sie nahm mich hoch und ich schleckte ihr übers Kinn.

»Ich darf nicht darüber nachdenken, aber gut: Ich tu's einfach.«

Nachdem wir den Ort mit den Hundekäfigen verlassen hatten, gingen wir in ein Haus mit furchtbar laut trillernden Vögeln und unfassbar exotischen Tiergerüchen, die selbst ich bisher nicht kannte. CJ legte mir ein Halsband an und mit einem Klick war auch eine Leine dran. Hocherhobenen Hauptes schritt ich neben ihren Fesseln einher und war mächtig stolz darauf, wieder für ihren Schutz und ihre Sicherheit zuständig zu sein.

Bald stiegen wir erneut in den engen Schrank und ich freute mich, dass ich nun ein neues Zuhause hatte.

Der nasse Fleck auf dem Boden war weg, doch den süßlichen Geruch konnte ich noch wahrnehmen. Selbstbewusst stolzierte ich neben ihr durch den Korridor, aber an der Wohnungstür nahm sie mich hoch. »Duke?«, rief sie.

Ein donnerndes Geräusch wie von einem galoppierenden Gaul war zu vernehmen und der Riesenhund kam um die Ecke gestoben. Ich zog die Lippen hoch und entblößte meine Zähne. »Duke, Max wird von nun an bei uns wohnen«, sagte CJ. Er legte die Ohren an und wedelte steif mit dem Schwanz. CJ wollte mich nicht absetzen.

»Sneakers?«, rief sie. Sie trug mich in ein anderes Zimmer und Duke blieb uns dicht auf den Fersen. Auf dem Bett lag eine kleine Katze. Als sie mich sah, weiteten sich ihre Augen. »Sneakers, darf ich vorstellen – das ist Max. Er ist ein kleiner Chorkie.«

Dann setzte sie mich auf dem Bett ab. Da ich mit Katzen Erfahrung hatte und wusste, wie man mit ihnen umgehen musste, stapfte ich zu ihr, um zu signalisieren, dass sie nichts zu befürchten hatte, solange auch sie sich anständig benahm. Doch noch bevor ich ihr eine Pfote auflegen konnte, hatte sie mir auch schon ins Gesicht gespuckt und ihre winzigen, spitzen Krallen in meine Schnauze gerammt. Ich jaulte auf vor Schmerz! Völlig verdattert wich ich ein paar Schritte zurück und fiel prompt vom Bett. Dukes Monsterkopf sank auf mich herab – und dann leckte er mich ab, mit einer Zunge, die größer war als mein ganzer Kopf. So wurde ich also von diesen ignoranten Kreaturen empfangen, die offenbar keine Ahnung hatten, wie wichtig es war, dass ich endlich im Haus war, und wie eng CJ und ich uns standen.

An diesem Abend kochte CJ himmlisch duftende Köstlichkeiten, die ganze Wohnung roch nach Fleisch. Duke folgte ihr überall hin und legte seinen Kopf sogar auf die Arbeitsplatte in der Küche, um zu schauen, was sie machte. »Nein, Duke!« CJ schob ihn fort. Mir blieb nur übrig, mich auf die Hinterbeine zu stellen, um an ihren Waden zu kratzen, damit sie mich auch bemerkte. »Klar, Max, du bist ein guter Hund!«

Das war nun also geklärt: Ich war ein guter Hund und Duke war »Nein, Duke!«. Zu meinem Leidwesen lag Sneakers noch im Schlafzimmer und hatte diesen wichtigen Schlagabtausch gar nicht mitbekommen. Ich war CJs Liebling.

Während CJ das Essen zubereitete, spielte sie gleichzeitig mit ihren Kleidern und Haaren. Allerdings waren Hunde bei diesem Spiel nicht mit von der Partie. Sie schlüpfte in wohlriechende Schuhe und hinterher machten ihre Schritte klackernde Geräusche auf dem Küchenboden.

Dann hörte ich ein Rumoren hinter der Haustür. CJ nahm mich auf den Arm und öffnete. »Hi, Liebling«, sagte sie zu dem Mann, der dort stand. Er war stämmig, hatte keine Haare auf dem Kopf und verströmte den Geruch von Verbranntem, von Erdnüssen und einem beißenden Aroma, das mir unbekannt war.

»Wer ist denn das?«, fragte er und streckte mir seine Finger ins Gesicht. Ich knurrte bedrohlich und entblößte meine Zähne.

»Das ist Max, mein neuer Hund. Mehr oder weniger.«

»Was soll das heißen?« Der Mann drängte zur Tür herein und CJ schloss hinter ihm zu.

»Er stand auf der Todesliste des Tierheims, das musste ich doch verhindern! Der Kleine ist so lieb.«

Der Mann drängte sich ziemlich dicht an CJ heran. Ich zeigte ihm wieder die Zähne.

»Ja, er ist ein ganz Lieber, das merkt man. Und was sagt Barry dazu, wenn er zurückkommt und sieht, dass du noch einen Hund in seiner Wohnung hältst?«

»Gegen Sneakers hat er doch auch nichts. Max ist kaum größer.«

Duke wollte seinen blöden Monsterkopf in die Hand des Mannes schieben, doch der stieß ihn weg. CJ setzte mich ab und ich funkelte ihn wütend an. Bei meiner geringen Größe musste man stets wachsam bleiben, auch wenn mir im Moment nicht recht klar war, ob der Mann tatsächlich eine Gefahr darstellte.

»Es gibt Hackfleischauflauf mit Broccoli. Mach doch schon mal den Wein auf, Gregg.«

»Komm her, Baby«, sagte der Mann.

Er hielt CJ fest umklammert, und dann gingen sie ins Schlafzimmer. Ich war zu klein, um zu ihnen aufs Bett zu hüpfen. Duke hätte das mit Leichtigkeit geschafft, aber weil Sneakers fluchtartig den Raum verließ, als die beiden reinkamen, war ihm mehr daran gelegen, ihre Verfolgung aufzunehmen. Sneakers flitzte unter die Couch. Ich hätte ihr das ohne Probleme gleichtun können, wollte mir aber meinen Körper von ihr nicht noch an anderer Stelle aufritzen lassen.

Duke allerdings war ein Vollidiot, denn er schien zu glauben, dass er sich ebenfalls unter die Couch zwängen könnte. Unter Knurren und Ächzen drückte er seinen Schädel unters Sofa bis sich das Ding tatsächlich in die Luft hob. Ich fragte mich, wie lange sich Sneakers das noch mit ansah, bevor sie Duke spüren ließ, was Krallen hießen.

Geraume Zeit später kamen CJ und der Mann wieder aus dem Schlafzimmer. »Gut, dass ich den Herd abgestellt hatte«, sagte CJ lachend. »Na, Max, hast du dich mit Duke gut amüsiert?« Duke und ich sahen sie erwartungsvoll an, weil wir unsere Namen hörten und uns der fragende Unterton nicht entgangen war. »Machst du den Wein auf?«

Der Mann stand am Tisch mit den Händen in den Hosentaschen. CJ kam aus der Küche, aus der erneut verlockende Düfte drangen. »Was ist los?«

»Ich kann nicht zum Essen bleiben, Süße.«

»Aber du hast doch gesagt …?«

»Ich weiß, aber es ist was dazwischen gekommen.«

»Und was genau ist dieses Etwas, Gregg?«

»Ich hab dir nie etwas vorgemacht, Baby. Du weißt, was Sache ist.«

»Die Sache, von der du dich die ganze Zeit lösen willst? Meinst du die?«

»Es ist komplizierter als ich dachte.«

»Das kann ich mir vorstellen. Dann erläutere mir doch diese Sache mal näher, wie ist der neueste Stand? Ich war bisher nämlich davon ausgegangen, dass du mich nicht angelogen hast, als du sagtest, zwischen euch sei alles aus.«

CJ war wütend. Eingeschüchtert senkte Duke den Kopf. Aber ich blieb wachsam. Der Name dieses Mannes war Gregg und er machte mein Mädchen ärgerlich.

»Ich muss jetzt gehen.«

»Das war's also? Ein kurzer Boxenstopp?«

»Hör auf, Baby!«

»Hör du auf! Ich bin nicht dein Baby.«

Nun war also auch Gregg wütend. Die Situation spitzte sich zu. Ich schoss auf ihn los und schnappte nach seinem Hosenbein. »Hey!«, rief er und sein Fuß verfehlte mich nur um Haaresbreite.

»Nicht!«, schrie CJ. Sie bückte sich, um mich auf den

Arm zu nehmen. »Tu' das nie wieder! Lass meinen Hund in Ruhe!«

»Dein Hund wollte mich beißen!«

»Er will mich beschützen. Er ist im Tierheim aufgewachsen.«

»Dann musst du ihn besser erziehen.«

»Okay, dann wechseln wir also das Thema. Reden wir über Max.«

»Was willst du eigentlich?«, rief Gregg. »Ich komme zu spät.« Mit großen Schritten ging er zur Tür und riss sie auf. Dann drehte er sich auf der Schwelle noch einmal um. »Auch für mich ist das alles nicht einfach. Wenigstens dafür könntest du ein bisschen Verständnis zeigen.«

»Ich werd drüber nachdenken.«

»Mir reicht's«, sagte der Mann und knallte die Tür hinter sich zu.

CJ setzte sich auf die Couch und vergrub ihr Gesicht in den Händen. Ich war zu klein, um da hochzuspringen und sie zu trösten. Duke trabte an und legte seinen gigantischen Schädel auf ihren Schoss. Als ob ihr das weiterhelfen würde!

Schluchzend zog sie die Schuhe aus und warf sie von sich. Es waren blöde Schuhe, schloss ich daraus.

Kurz danach lief CJ in die Küche und kam mit zwei Töpfen in der Hand zurück. Sie stellte sie auf den Wohnzimmertisch und begann, daraus zu essen. Sie aß und aß und hörte nicht auf zu essen, während Duke alles mit aufmerksamem Blick verfolgte.

Ich wusste ziemlich genau, wie es nun weiterging. Und tatsächlich – eine halbe Stunde später war sie im Bad und erbrach sich. Mich hatte sie ausgesperrt, und so saß ich winselnd vor der Tür und war verzweifelt, weil ich ihr nicht helfen konnte. Für CJs Wohl zu sorgen, war mein Lebenszweck, aber im Augenblick hatte ich den Eindruck, dass ich meine Aufgabe nicht ordentlich erfüllte.

Einundzwanzig

Am nächsten Tag gingen wir alle gemeinsam raus, das heißt, alle außer Sneakers, weil Katzen lieber allein spazieren gehen. Ich hatte bisher nie eine Katze in Begleitung eines Menschen auf der Straße gesehen. Ein Hund hingegen ging nie ohne seine Leute aus. Schon deshalb ist er als Haustier viel besser geeignet als eine Katze.

Duke und ich gingen an der Leine. Mittlerweile hatte ich eine positivere Einstellung zu ihm entwickelt als bei der ersten Begegnung, denn er zeigte sich mir gegenüber sehr gefügig. Beim Spielen rollte er sich immer auf den Rücken und ließ mich auf ihm herumklettern oder an seinem Hals und an der Schnauze kauen. Mit ihm spazieren zu gehen war jedoch eine Qual. Aufgekratzt von den vielen unterschiedlichen Gerüchen, zog er ständig in eine andere Richtung, riss CJ am Ende der Leine mit und stolperte mir vor der Nase herum. »Duke … Duke bitte …«, sagte CJ dauernd. Nie jedoch musste sie sagen: »Max … Max bitte …«, denn als guter Hund blieb ich immer dicht neben ihr. Gelegentlich bellte ich, um sicherzustellen, dass mich die Leute bemerkten. In der Regel starrten sie nämlich bloß Duke an. Offenbar konnte keiner glauben, dass ein so großer Hund so schlechte Manieren hatte und nicht einmal wusste, wie man sich beim Spazierengehen benimmt.

Dass mein Mädchen nach mir als Molly einen anderen Hund brauchte, der sie beschützte, war klar. Aber nachdem ich jetzt das Regiment wieder übernommen hatte, wäre es an Duke gewesen, das Feld zu räumen. Aber er wusste wirklich nicht, was sich gehörte.

Überall lockten Düfte aus Dosenresten und von weggeworfenem Papier, doch ich hatte große Mühe mit den anderen Schritt zu halten, und so zogen all diese Köstlichkeiten an mir vorüber, ohne dass ich sie genießen konnte. Wir stiegen ein paar Stufen hoch und CJ klopfte an der Haustür. Als geöffnet wurde, wehten mir vielfältige Gerüche von Hund, Mensch und Essen entgegen. Hinter der Tür stand eine Frau. »Ach«, sagte sie, »ist es schon Zeit?«

Ich spürte CJs Unmut. »Ja, ich bin wie immer pünktlich.«

An einem Pflanzenkübel neben mir erschnupperte ich den Geruch eines fremden Hundes und ich setzte einen feinen Urinstrahl daneben. »Meine Pflanzen!«, rief die Frau.

»Tut mir leid«, sagte CJ und hob mich auf den Arm. »Er ist noch ganz jung.«

CJ war verstimmt und das lag an dieser Frau. Deswegen knurrte ich sie böse an, als sie mit dem Gesicht näher kam und mich anstierte. Sofort wich sie zurück. »Er bellt nur, aber er beißt nicht«, sagte CJ.

»Dann will ich Pepper mal holen.« Die Frau ließ uns vor der Tür stehen und kam kurz darauf mit einer rostbraunen Hündin an der Leine zurück, die natürlich sehr viel größer war als ich, aber bedeutend kleiner als Duke. Sie beschnüffelte mich und ich knurrte zurück, um klarzustellen, dass es meine Pflicht war, CJ zu beschützen.

Irgendwann bekam ich mit, dass die braune Hündin

Pepper hieß. Während des Spaziergangs blieben wir noch etliche Male stehen, um andere Hunde einzusammeln, und bald waren wir durch die braune Sally und den wuscheligen, grobknochigen Beevis zu einer erstaunlich großen Hundefamilie angewachsen.

Anders als mit Rocky oder Annie und Abby bildeten wir aber keine entspannte Truppe, sondern wurden von den Leinen in Schach gehalten und unfreiwillig dicht aneinander gedrängt. Die meiste Zeit über versuchten wir, einander zu ignorieren. Nur Duke wollte Sally unbedingt zum Spielen anfeuern, obwohl wir uns gerade auf einem Spaziergang befanden.

Ganz besonders eigentümlich fand ich eine neue Sammelleidenschaft von CJ. Auf der Farm hatte ich mein Geschäft meistens im Wald verrichtet und als Molly nutzte ich eine Ecke im hinteren Garten, und dann kam regelmäßig ein Mann mit einer lauten Maschine und hinterher war alles weg. Manchmal hatte CJ es damals auch geich aufgesammelt, aber nur, wenn wir im Garten anderer Leute waren. Doch ihr Benehmen jetzt war damit nicht vergleichbar. Jedes einzelne Geschäft wurde von ihr penibel in einer Tüte gesammelt, sogar Dukes gigantische Hinterlassenschaften. Die Tüten trug sie dann eine Weile mit sich herum, um sie hinterher achtlos in einen Blechbehälter zu werfen, was mich völlig verblüffte. Wozu machte sie sich die ganze Mühe, wenn sie das Zeug dann doch nicht behalten wollte?

So manches menschliche Verhalten werden Hunde wohl nie wirklich begreifen, und dass Menschen, diese komplexen Wesen, einem höheren Ziel dienten, war mir klar. Aber in diesem Fall kamen mir doch erhebliche Zweifel.

Trotz meiner Position als Leithund versuchte ich die

anderen fair zu behandeln. Aber Beevis mochte mich nicht, und ich konnte ihn auch nicht leiden. Als er mich das erste Mal beschnüffelte, stellte sich sein Rückenfell auf und er schob mich mit seiner breiten Brust grob beiseite. Er war größer als ich, allerdings nur marginal. Ohne mich wäre er der kleinste Hund im Rudel gewesen. CJ zog an seiner Leine und dadurch wurde sein Gesicht plötzlich in meine Richtung gedreht. Ich schnappte kurz nach ihm und sein Kiefer klappte haarscharf hinter meinem Ohr zusammen.

»Max, Beevis, hört sofort auf!«

CJ war ärgerlich. Ich wedelte mit dem Schwanz, um ihr zu zeigen, dass mich keine Schuld traf.

CJ führte uns zum Hundepark. Das war großartig! Überglücklich die Leine endlich los zu sein, flitzte ich los, und Sally und Duke jagten hinterher. Weil ich aber bessere Haken schlagen konnte als sie, wurde es ihnen bald zu anstrengend. Im Park waren auch zahlreiche andere Hunde mit ihren Besitzern. Manche jagten Bällen hinterher, andere rauften, und ein weißer Hund mit langen Ohren schloss sich hocherfreut Sallys und Dukes Jagd auf mich an. Es machte richtig Spaß, allen davonzurennen.

Beevis pirschte sich an, um sich auf mich zu stürzen. Geschickt wich ich aus, aber er raste mir knurrend hinterher. Abrupt machte ich eine Kehrtwende, doch er schnitt mir den Weg ab. Schon sah es so aus, als bliebe mir wieder nur, nach ihm zu schnappen, doch da galoppierte Duke herbei und warf sich dazwischen. Turmhoch ragte er über uns auf und gleich wirkte Beevis versöhnlicher. Ich eilte zu CJ und wollte neben sie auf die Bank springen, doch ich schaffte es wieder mal nicht. Lachend hob sich mich auf und dann saß ich mit geschwellter Brust auf ihrem Schoß und beobachtete von meiner erhobenen Position aus die anderen, nahm die unbekannten Gerüche auf und spürte ihre liebkosenden Hände in meinem Fell. Das Leben konnte so schön sein!

Auf dem Rückweg liefen wir wieder genau dieselbe Strecke ab und gaben die Hunde dort ab, wo wir sie geholt hatten. Nur Duke und ich durften mit CJ mit nach Hause. Ich war so erledigt, dass ich nach einer kleinen Mahlzeit sofort zu CJs Füßen einschlief.

Im Lauf des Sommers lernten Beevis und ich, uns aus dem Weg zu gehen, aber wenn ich im Park losrannte, jagte er mir trotzdem knurrend hinterher. Mit meinem Tempo konnte er zwar nicht mithalten, war aber oft geschickt genug, mir den Weg abzuschneiden. Wenn ich mit den anderen Hunden herumtollte, stand er manchmal unvermittelt im Weg und forderte mich im Beisein der anderen heraus. Dann stand die ganze Schar immer gespannt um uns herum und wartete ab, was passierte. Keine Ahnung, ob die anderen das auch so empfanden, aber mir ging das gehörig auf die Nerven.

Zu Hause versuchte ich Duke etwas mehr Anstand beizubringen. Es wollte einfach nicht in seinen riesigen Schädel, dass meine Schüssel für ihn tabu war. Deshalb musste ich ihn häufig in die Schnauze kneifen, denn sonst hätte er das nie kapiert. Es ging überhaupt nicht darum, dass er mir mein Essen wegfraß – auch seine eigene Schüssel leerte er selten ganz –, doch mir missfiel es schon, wenn er bloß seine Schnauze in meinen Napf steckte, um dort herumzuschnüffeln. Außerdem war Duke ziemlich faul. Er wäre nie auf den Gedanken gekommen mal von sich aus zu bellen, wenn es an der Tür klingelte. Erst wenn ich damit anfing, bellte er schließlich mit. Anscheinend war ihm nicht klar, dass CJ außer uns keinen auf der Welt hatte, der sie beschützte. Darum musste ich immer doppelt wachsam bleiben und beim kleinsten Geräusch im Flur Alarm schlagen.

Aber eines war sicher: CJ war sehr froh, wenn wir bellten. Denn immer, wenn es klingelte wurde sie stinksauer und rief: »Schluss damit! Ruhe jetzt! Das reicht!« Ich kannte diese Wörter nicht, aber die Botschaft war eindeutig: Sie fühlte sich durch das Klingeln gestört und deshalb sollten wir weitermachen, bis es endlich aufhörte.

Sobald Duke anfing zu bellen, verschwand Sneakers blitzartig unterm Bett. Ansonsten hatte die Katze alle Angst vor mir verloren, und nach ein paar misstrauischen Beschnüffelungsrunden fing sie sogar an, mit mir zu spielen. Es war zwar anders als mit Hunden, weil mich Sneakers immer mit den Pfoten umfing, aber herumzubalgen mit ihr machte Spaß. Jedenfalls war es mit ihr einfacher als mit Duke, der so absurd groß war, dass er immer bäuchlings an mich herankriechen musste, damit ich ihn niederringen konnte.

Frieden herrschte zwischen Duke und Sneakers nur, wenn CJ diese höllisch laute Maschine anwarf und über den Boden zog. Duke zog sich dann verängstigt zurück und Sneakers suchte kauernd Schutz in seinem Rücken. Ich hatte keine Angst vor dem Ding, denn ähnliche Maschinen waren mir früher schon begegnet. Nachdem CJ das Gerät weggeräumt hatte, schmuste sie mit uns dreien auf der Couch, und wir schmiegten uns fest an sie, um den Schrecken kollektiv zu verarbeiten.

Dass ich CJs Liebling war, spürte ich zwar schon lange, aber eines Abends hatte ich auch den Beweis dafür. Mit einem Klick war die Leine an meinem Halsband befestigt und dann nahm mich CJ mit – und nur mich allein! –, um draußen die warme, feuchte Luft zu schnuppern. Duke folgte uns bis zur Tür, doch CJ rief: »Bleib!«, und er sei ein guter Hund, und dann gab es nur noch uns beide.

Mittlerweile hatte ich mich an das laute Rauschen draußen gewöhnt, aber die verlockenden, unbekannten Gerüche waren noch immer überwältigend. Die ersten Bäume verloren schon Blätter, die beim Gehen unter den Füßen raschelten oder von einem kühlen Windstoß hochgewirbelt wurden. Es wurde dunkel, während wir die Häuserblocks entlangliefen, und wir begegneten vielen Menschen mit Hunden. Ich blieb wachsam.

Wir erklommen etliche Stufen, die uns zu einem großen Tor führten. CJ fummelte an der Mauer herum und dann sagte sie: »Ich bin's, CJ.« Ein Summen ertönte, wir betraten das Gebäude und mein Mädchen trug mich noch mehr Treppen hoch. Am Ende eines langen Korridors öffnete sich eine Tür und ein Mann kam heraus.

»Na hallo!«, rief er.

Beim Näherkommen erkannte ich seinen Geruch. Es war Trent.

Ich war total überrascht, hätte ich doch nie geglaubt, ihn je wieder zu sehen! Doch Menschen, diese erstaunlichen Wesen, können sogar veranlassen, dass genau das geschieht, was man sich wünscht. Deshalb hatte mich CJ auch immer gefunden, wenn sie mich brauchte.

Trent umarmte CJ und ich stellte mich auf die Hinterbeine, um auch zu Trent hinaufzureichen. Er lachte und bückte sich, um mich auf den Arm zu heben.

»Pass auf…«, sagte CJ.

»Na, wen haben wir denn da?«, sagte Trent und kicherte vor Entzücken, als ich ihm das Gesicht leckte. Ich war so glücklich, ihn wiederzusehen, und schmiegte mich eng an ihn.

»Das ist Max. Aber ich kann gar nicht glauben, was ich hier sehe! Er ist Fremden gegenüber sonst gar nicht so zutraulich. Die meisten Menschen mag er eigentlich nicht.«

»Ein süßer Fratz! Welche Rasse ist es?«

»Ein Mischling, halb Chihuahua, halb Yorkshire. Ein Chorkie eben. Jedenfalls ist das die wahrscheinlichste Variante. Wow, die Wohnung ist fantastisch!«

Trent lachte und setzte mich wieder ab. Er wohnte im schönsten Haus, das ich je gesehen hatte. Nirgends standen Möbel im Weg und so hatte ich freie Bahn.

»Es fehlt noch einiges, aber das kommt alles nach und nach. Sollen wir eine Flasche Wein aufmachen? Es ist schön, dich wiederzusehen.«

Ich ließ die beiden weiterreden und inspizierte die anderen Räume, die ebenfalls völlig leer standen. Von Rocky keine Spur. Anscheinend war mein Bruder nicht mehr am Leben. Allerdings wunderte ich mich, dass Trent keinen neuen Hund hatte. Die Menschen brauchten doch Hunde!

»Was macht dein neuer Job?«, fragte CJ.

»Die Firma gefällt mir. Ich habe mit den Leuten bereits in San Francisco ein Projekt auf die Beine gestellt, die Zusammenarbeit hat sich also mehr oder weniger von selbst ergeben. Und wie läuft's bei dir? Was macht die Schauspielerei?«

»Ich habe mehrere Workshops absolviert und muss sagen, es gefällt mir sehr gut. Das hat schon was, auf der Bühne zu stehen, alle lauschen aufmerksam deinen Worten, lachen an den richtigen Stellen und hinterher bekommt man auch noch Applaus. Das ist ein tolles Gefühl.«

»Wie kommt es bloß, dass ausgerechnet die Tochter von Gloria sich diesen Beruf ausgesucht hat?«

»Und wie kommt es, dass ausgerechnet ein Investmentbanker mir eine kostenlose Therapiestunde verpassen will?«

Trent lachte. Es klang genauso wie früher, zumindest soweit ich das in Erinnerung hatte.

»Tut mir leid, du hast recht. Ich hab übrigens selbst eine Therapie gemacht. Das ist fast unvermeidbar, wenn man länger in Kalifornien lebt. Aber mir hat es geholfen.«

»Das mit Rocky tut mir leid.«

Als ich den Namen meines Bruders hörte, hielt ich kurz inne und sah die beiden aufmerksam an. Dann setzte ich meine Erkundungsreise fort.

»Ja, Rocky war ein toller Hund. Er hatte eine Magentorsion. Der Tierarzt hat mir erklärt, dass vor allem große Hunde davon oft betroffen sind.«

Trent verströmte ein tiefes Gefühl von Traurigkeit, weshalb ich sofort zu ihm rannte und mich in seine Arme warf. Er umfing mich und küsste mich auf den Kopf. »Und wie bist du zu Max gekommen?«

»Ich wohne in der Nähe des Central Park, an einer Ecke, wo eine Tierschutzorganisation immer wieder mal Vermittlungsaktionen für ihre Schützlinge veranstaltet.«

»Oh, du musst ja gut im Geschäft sein, wenn du dir dort ein Apartment leisten kannst.«

»Ja, … nein, eigentlich ist es so, dass ich da nur eine Wohnung mit Hund hüte, solange der Besitzer, Barry, in Afrika ist, um sich dort auf einen anscheinend unglaublich wichtigen Boxkampf vorzubereiten. Er ist Box-Promoter.«

»Max ist der entzückendste Hund der Welt.«

»Ja, er scheint dich ebenfalls zu mögen.«

»Wollen wir uns was zu Essen kommen lassen? Wenn ich dich ansehe, bekomme ich Hunger.«

»Was soll denn das heißen?«, fragte CJ schneidend. Ich sprang von Trents Schoß runter und lief zu ihr.

»Du bist klapperdürr, CJ.«

»Ich bin Schauspielerin, schon vergessen?«

»Nein, aber ...«

»Fang nicht wieder davon an, bitte, Trent.«

Er seufzte. »Wir haben einander immer alles erzählt«, sagte er dann.

»Ich habe es unter Kontrolle. Mehr gibt's dazu nicht zu sagen.«

»Immer, wenn ich versuche, ein bisschen an dich heranzukommen, machst du zu.«

»Hast du das in deiner Therapie gelernt?«

»Hör schon auf. Du weißt genau, dass du mir fehlst. Und unsere Gespräche vermisse ich auch.«

»Ich auch«, sagte CJ leise. »Aber über manche Dinge will ich einfach nicht reden.«

Einen Moment lang war es still. Ich legte meine Vorderpfoten auf CJs Knie. Sie hob mich auf und küsste meine Schnauze. Ich wedelte mit dem Schwanz.

Nachdem die beiden noch eine Weile geredet hatten, kam ein Mann vorbei, der Tüten voller Leckereien brachte. Gemeinsam setzten wir uns auf den Fußboden, und CJ und Trent aßen aus der Verpackung und warfen mir kleine Stücke Hühnchen zu, von denen ich nicht genug bekommen konnte. Leider gaben sie mir auch ab und zu Gemüse, das ich aber schnell wieder ausspuckte.

»Wie heißt sie denn?«, fragte CJ an einer Stelle.

»Liesl.«

»Wie bitte? Du hast dir eins der Van-Trapp-Mädels geangelt?«, fragte CJ lachend.

»Sie ist Deutsche, ist aber mit neun Jahren nach New York gekommen. Sie wohnt in Tribeca.«

»In Tribeca, sieh an. Du treibst dich also schon seit geraumer Zeit in New York herum und hast dich trotzdem erst jetzt bei mir gemeldet?«

»Kann man so sagen.«

»Max, fass ihn! Geh ihm an die Gurgel!«

Ich hörte meinen Namen, wusste aber nicht, was CJ von mir erwartete. Sie zeigte auf Trent und ich lief gehorsam zu ihm rüber. Er beugte sich zu mir und ich leckte ihm übers Gesicht. Beide lachten.

Als wir gingen, standen Trent und CJ lange an der Tür und umarmten sich. Ich spürte die Liebe meines Mädchens zu Trent – und seine zu ihr. Da wurde mir schlagartig klar, dass es für CJ das Beste wäre, wenn wir Duke und Sneakers sofort verlassen und hier an diesen tollen Ort ohne Möbel ziehen würden, wo Trent und sie immer zusammensein konnten. CJ brauchte einen Gefährten, so wie Ethan einst Hannah brauchte. Und Trent brauchte dringend einen Hund.

Falls Sneakers und Duke allerdings mitkommen mussten, brauchten wir auch eine Couch. Damit Sneakers sich darunter verkriechen konnte.

»Ich freu mich so, dich wiedergesehen zu haben!«, sagte Trent.

»Ich mich auch.«

»Wenn ich hier endlich richtig eingezogen bin, sehen wir uns hoffentlich öfter.«

»Auf ein schnuckliges Abendessen vom Fußboden?«

»Wir können uns auch gern mal zu viert verabreden: du, ich, Liesl und Gregg.«

»Klar, warum nicht?«

Trent zog CJ an sich und sah ihr tief in die Augen. »Was ist los mit dir?«

»Ach, nichts. Es ist nur … Greggs familiäre Situation hat sich immer noch nicht geklärt.«

»Soll das ein Witz sein?«, sagte Trent mit sehr lauter Stimme.

»Bitte hör auf.«

»Das kann doch wohl nicht wahr sein! Wie kannst du nur!«

CJ legte ihre Hand auf seinen Mund. »Bitte nicht. Es war ein schöner Abend und ich weiß, dass du dir Sorgen um mich machst. Aber ich möchte mich nicht zurechtweisen lassen.«

»Das wollte ich auch nicht, CJ.«

»So hörte es sich aber an.«

»Sorry«, sagte Trent. »Okay?«

Danach war CJ ein wenig traurig. Wir verließen den schönen Ort und kehrten nach Hause zu den anderen zurück.

Eigentlich hätte ich erwartet, Trent von nun an wieder täglich zu sehen. Was ich nicht erwartet hatte, war das, was mir mit Beevis am nächsten Tag bevorstand.

Zweiundzwanzig

Wie üblich spielten wir im Hundepark. Duke und Sally beschnüffelten einen großen weißen Hund, der Hol-den-Ball-Tony hieß. Mehr als seinem Besitzer galt Hol-den-Ball-Tonys Interesse aber Sally, die er dauernd bespringen wollte. Ich für meinen Teil versuchte gerade, einen anderen Hund in meiner Größe, der Mutter sehr ähnlich sah, für ein Spielchen zu gewinnen. Schließlich hatte ich ihn so weit, mir nachzujagen, und wie nicht anders zu erwarten, kam Beevis gleich angerannt und stellte sich uns knurrend mit hochgezogenen Lefzen und aufgestellten Ohren in den Weg. Mein Spielpartner ließ sich von seinem aggressiven Verhalten einschüchtern und wich zurück, ich aber bot Beevis mutig die Stirn und schnappte nach ihm, um ihn zu warnen, es nicht zu weit zu treiben. Doch anstatt endlich einen Abgang zu machen, ging Beevis auf mich los!

»Nein!«, hörte ich CJ rufen, doch Beevis hatte sich bereits auf die Hinterbeine gestellt und ich tat es ihm gleich, während er versuchte, nach mir zu schnappen. Ich biss zurück und erwischte sogar eine dicke Falte im Nacken, doch plötzlich war der Fuß meines Mädchens zwischen uns. »Nein!«, rief sie wieder, dann hob sie mich auf und ich schnappte noch mehrmals böse knurrend nach Beevis, der an CJ hochsprang, um mir doch noch eins auszuwischen. CJ kehrte ihm den Rücken zu. »Hör sofort auf, Beevis. Du auch Max! Aus!«

Duke kam angerannt, weil er die Verzweiflung in CJs Stimme gehört hatte. Wie immer begriff er nicht recht, was eigentlich los war, aber allein sein Erscheinen ließ Beevis zur Besinnung kommen.

»Max, was ist mit deinem Ohr?« Ich spürte CJs Besorgnis, behielt aber den aufgeregt uns umrundenden Beevis vorsichtshalber im Blick. Es roch nach Blut, aber zuerst nahm ich gar nicht wahr, dass es mein eigenes war. Erst als CJ mein Ohr berührte, fühlte ich einen stechenden Schmerz. Sie kramte Papier aus der Tasche und drückte es fest gegen die Seite meines Kopfes.

Auf dem Heimweg wurde ich von CJ getragen. Als wir Sally wieder zurückgeben wollten, mussten wir lange vor der Tür warten, ehe aufgemacht wurde. »Tut mir leid, wir kommen heute früher zurück. Zwei der Hunde sind im Park aufeinander losgegangen, deshalb musste ich den Ausflug abbrechen«, sagte CJ.

Als wir Beevis ablieferten, sagte CJ zu dem Mann an der Tür: »Ich kann Beevis leider nicht mehr ausführen. Er geht auf andere Hunde los.«

»Das kann überhaupt nicht sein«, entgegnete der Mann. »Er wehrt sich höchstens, wenn andere Hunde mit dem Zoff anfangen.«

Ich merkte, wie ärgerlich CJ wurde, weshalb ich den Mann trotz meiner blutenden Wunde böse anknurrte. Beevis schien sehr zufrieden, wieder zu Hause zu sein, und trabte ins Haus, ohne uns noch eines Blickes zu würdigen.

Dann lieferten wir auch noch Duke zu Hause ab, während ich auf CJs Arm bleiben durfte und sie die ganze Zeit über das Papier fest gegen mein Ohr drückte. Kurz darauf verließen wir ohne Duke die Wohnung und ich wurde zum Tierarzt gebracht. Dass ich beim Tierarzt war, war mir ab dem Moment klar, als ich auf einen Stahltisch gesetzt und von einem Mann gestreichelt wurde, dessen weiße Kleidung nach unzähligen Hunden roch. Ich spürte einen feinen Stich in meinem Ohr und dann zupfte er daran herum. CJ beobachtete alles aufmerksam.

»Es ist nicht schlimm, auch wenn es sehr geblutet hat. Sie haben richtig reagiert, indem Sie mit einem Taschentuch fest auf die Wunde gedrückt haben«, sagte der Tierarzt.

»Ach Max, warum musst du auch dauernd alle grimmig anknurren?«

»Wenn Sie schon mal hier sind, könnten wir ihn gleich hierbehalten und kastrieren.«

»Gute Idee, dann muss Max wohl über Nacht bleiben?«

»Sie können ihn Morgen früh wieder haben.«

»Also gut, Max, dann gute Nacht!«

CJ sprach meinen Namen mit einem leisen Ton von Traurigkeit aus. Ich klopfte mit dem Schwanz auf den Metalltisch.

Dann ging sie ohne mich fort, was mir nicht gefiel, doch der Tierarzt streichelte mich freundlich und kurz darauf fiel ich in einen tiefen Schlaf. Als ich wieder erwachte, war es Morgen und ich befand mich in einem Käfig mit einem albernen Plastikkragen um den Hals, der alle Wahrnehmungen verstärkte. Nicht schon wieder, dachte ich resigniert. Ich hatte längst aufgegeben, verstehen zu wollen, warum es Menschen offenbar Spaß machte, Hunde immer wieder in eine derart unwürdige Lage zu bringen.

CJ kam und der Tierarzt holte mich aus dem Käfig und

übergab mich an sie. Ich fühlte mich derart müde und erschöpft, dass ich am liebsten auf ihrem Arm weitergeschlafen hätte. Am Ausgang blieben wir noch bei einer Frau stehen, die nach Zitronen roch und mit CJ sprach.

»Was, so viel? Das kann ich leider nicht bezahlen«, sagte CJ. Ich spürte ihre Bestürzung, deshalb knurrte ich die Zitronen-Frau grimmig an.

»Wir akzeptieren auch Kreditkarten.«

»Der Betrag übersteigt meinen Kreditrahmen. Kann ich vierzig anzahlen und den Rest bekommen Sie, wenn ich meinen Lohn Ende der Woche erhalte?«

»Die Zahlung ist sofort nach erfolgter Leistung fällig.«

Traurigkeit drängte aus CJs Innerem an die Oberfläche. Ich leckte ihr das Gesicht. »Ich habe das Geld im Augenblick aber nicht«, flüsterte sie.

Was auch immer der Grund für CJs Unglück war, es war allein Beevis' Schuld!

Sie überreichte der Zitronen-Frau Papier und bekam von ihr welches zurück. Dann verließen wir das Haus des Tierarztes. Ich wollte mich aus CJs Griff befreien und heruntergelassen werden, doch sie hielt mich eisern fest.

Duke und Sneakers wollten natürlich sofort an meinem albernen Kragen und dem Ohr herumschnuppern, das sich anfühlte, als ob etwas daran klebte. Duke knurrte ich grollend an, aber als mich Sneakers anschnurrte, konnte ich nicht nein sagen. Ich ließ sie an meinem Ohr schnüffeln, aber es war ziemlich unheimlich, als ihr Katzengesicht plötzlich durch den langen Kragen ganz dicht auf mich zukam.

Mehrere Tage lang durfte ich nicht mitkommen, wenn CJ mit Duke rausging, was mich sehr grämte. Sneakers hingegen war jedes Mal hocherfreut und kam sogar unter der

Couch hervor, um mit mir zu spielen, und wenn wir uns danach an einem sonnigen Fleck auf dem Boden zu einem Nickerchen einrollten, schmiegte sie sich schnurrend an mich. Ich schlief gern neben Sneakers, trotzdem kam ich mir wie ein böser Hund vor, weil ich diesen blöden Kragen tragen und zu Hause bleiben musste, anstatt spazieren zu gehen.

Eines Morgens nahm mir CJ den Kragen ab, wusch mein Ohr aus, und als sie Duke die Leine angelegt hatte, hörte ich das vertraute Klicken an meinem Halsband und wusste, dass ich wieder mit von der Partie war. Wir holten wie gewohnt alle anderen Hunde ab, nur Sally und Beevis waren nicht darunter. Beevis vermisste ich wirklich nicht, aber Duke wirkte geknickt, weil ihm Sally fehlte.

An manchen Tagen stand CJ nicht von allein auf, um mit den Hunden rauszugehen, dann mussten Duke und ich sie aufwecken. Allerdings holte sie dann die anderen Hunde trotzdem nicht ab, sondern ging nur mit Duke und mir spazieren. Diese Tage waren mir die liebsten und dann wünschte ich mir, es wäre immer so. An einem solchen Tag benutzte CJ einmal beißend riechende Flüssigkeiten, die sie auf den Boden und die Möbel schüttete und anschließend wieder aufwischen musste; danach setzte sie die laute Höllenmaschine in Gang, die Duke verbellte und Sneakers blitzartig in die Flucht schlug. Nachdem CJ die Maschine wieder versteckt hatte, raste Duke wie ein Irrer durch die Wohnung, als sei er tagelang eingesperrt gewesen.

Da konnte ich mich einfach nicht bremsen, sondern musste ihm nachjagen. Ausgelassen beugte sich Duke danach zu mir runter und wollte mich zu einer kleinen Rauferei animieren. Er ließ mich auf seinen Rücken steigen und dann balgten wir ein Weilchen, als sich plötzlich die Wohnungstür öffnete. Ich fing an zu bellen und Duke stimmte mit ein. Der Mann, der gerade die Wohnung betrat, rief: »Duke!« und hinter ihm kamen zwei weitere Männer, die große Koffer abstellten und dann wieder gingen. Knurrend schoss ich auf den Fremden los, Duke aber wedelte mit dem Schwanz und beschnupperte die Hände des Mannes.

»Max!«, rief CJ und hob mich auf, bevor ich meine Zähne im Hosensaum des Mannes versenken konnte. Er hatte nämlich nur Augen für Duke, den er unablässig streichelte und der ihn freudig begrüßte, obwohl der Mann einfach ohne Erlaubnis in CJs Wohnung eingedrungen war. Duke war ein hoffnungsloser Fall, weil er einfach nicht kapierte, was es bedeutete, einen Menschen zu beschützen. Wie gut, dass es mich gab!

»Willkommen zu Hause, Barry!«

»Hi CJ! Na Duke, alter Knabe, hast du mich vermisst?« Der Mann kniete nieder, um Duke zu umarmen. Duke wedelte mit dem Schwanz, zog es dann aber vor, an CJ zu schnüffeln, weil er ja ständig versuchte, mich auszustechen. Er war eifersüchtig, weil er nie zum Schmusen auf CJs Arm durfte, so wie ich.

»Er scheint mich ja nicht sehr vermisst zu haben«, sagte der Mann. Er roch nach Ölen und Früchten. Als er mir einen langen Blick zuwarf, begann ich leise zu knurren.

»Du warst lange fort«, sagte CJ. »Für einen Hund sind sieben Monate eine halbe Ewigkeit.«

»Die Alternative wäre gewesen, ihn ins Tierheim zu geben. So habe ich lieber dich bezahlt, damit er in seiner vertrauten Umgebung blieben kann.«

»Aber das weiß der Hund nicht, Barry.«

»Was ist das denn? Sieht nicht aus wie ein Kätzchen.«

»Stimmt. Das ist Max. Lange Geschichte. Max, benimm dich!«

Obwohl mir der Mann nicht geheuer war, schien CJ mit ihm auszukommen, weshalb ich weiter mit Duke spielte, nachdem mich CJ runtergelassen hatte.

»Und hat dein Boxchampion gewonnen?«, fragte CJ.

»Was?«

»Dein Boxer, in Afrika.«

Duke rollte sich auf den Rücken und ich erhaschte einen Hautlappen an seiner Kehle, an dem ich genüsslich herumkaute.

»Du kriegst nicht viel mit, stimmt's?«

»Wie bitte?«

»Nein, er hat leider nicht gewonnen.«

»Schade. Kommst du deshalb zwei Monate früher zurück als geplant?«

»Nun, der Verlierer reist hinterher nicht für Pressekonferenzen um die halbe Welt, deshalb hab ich jetzt frei … Moment mal, was macht Duke denn da?«

»Duke?«, wiederholte CJ. Duke verharrte reglos mit in die Luft gespreizten Vorderpfoten, nachdem er seinen Namen gehört hatte. Seine lange Zunge hing ihm aus dem Maul und ich stand auf seiner Brust und nagte an seinem Hals. »Die beiden spielen nur.«

»Duke, hörst du wohl auf!«, rief der Mann ärgerlich. Duke rappelte sich auf und lief mit hängenden Ohren zu CJ. Ich lag hechelnd auf der Stelle, wo Duke mich abgeworfen hatte.

»Was ist denn schlimm daran, Barry?«

»Du hast meinen Hund total verweichlicht!«

»Unsinn, sie spielen nur gern miteinander.«

»Ich will nicht, dass er mit dieser kleinen Ratte spielt.«

»Max ist keine Ratte, Barry.«

Barry war wohl der Name dieses Typen.

»Ich wüsste nicht, dass ich dir erlaubt hätte, hier einen anderen Hund zu halten. Mir gefällt Dukes Verhalten überhaupt nicht. Ich dachte, du hättest so viel Erfahrung mit Hunden? Jedenfalls bin ich jetzt wieder hier und du kannst samt Hund und Katze zurück in deine alte Wohnung ziehen. Ich brauche jetzt erstmal Ruhe. Und Duke erkenne ich kaum wieder!«

Einen Moment lang war CJ still. Ich sah zu ihr auf und spürte ihren Kummer und ihre Verletztheit. »Barry, du weißt genau, dass ich keine eigene Wohnung mehr habe.«

»Woher soll ich das wissen?«

»Du wolltest acht bis zehn Monate lang fortbleiben. Warum sollte ich meine Wohnung zusätzlich behalten, wenn ich so lange umsonst bei dir wohnen kann?«

»Und was machen wir nun? Willst du etwa mit mir zusammen hier pennen?«

»Nein,… doch – ich meine, ich könnte heute Nacht auf der Couch schlafen, dann suche ich Morgen nach einer neuen Bleibe.«

»Pass auf, wir machen es anders. Ich bin nach dieser anstrengenden Zeit völlig ausgeknockt, genau wie mein Boxer, der in der zweiten Runde bereits zu Boden ging. Du kannst erstmal hier bleiben. Ich stelle das ganze Zeug, das ich aus Afrika mitgebracht habe, nur hier unter, dann geh' ich zu Samantha und wir fliegen erstmal für zwei Wochen nach Hawaii. In der Zwischenzeit kannst du dich in Ruhe nach einer Wohnung umschauen, okay? Wenn ich wieder da bin, suche ich mir aber jemand anderen fürs Ausführen.«

»Das heißt also, ich bin gefeuert?«

»Es ist besser so.«

»Klar, bestimmt, wenn du das meinst.«

»Spar dir deinen Sarkasmus. Ich hab dich anständig bezahlt und du hattest eine ziemlich schicke Wohnung umsonst und für dich allein. Ich bin der Kunde und muss mit der Dienstleistung zufrieden sein.«

»Ja, das stimmt schon«, sagte CJ.

Bald darauf verließ Barry die Wohnung. »Ciao, Duke«, sagte er nur beim Hinausgehen. Duke wedelte mit dem Schwanz, als er seinen Namen hörte, doch ich sah ihm an, dass er mindestens so erleichtert war wie ich, dass Barry endlich verschwunden war und CJ sich wieder entspannte. Aber mein Mädchen schien traurig zu sein.

Nach dem Ausflug mit der üblichen Truppe am nächsten Morgen mussten Duke und ich den Tag über ohne CJ zu Hause blieben. Eine Weile lang balgten wir herum, doch mir wurde es bald zu anstrengend, weil er mit seinem Riesenschädel ständig gegen mich stieß und mich umwarf.

Genervt legte ich mich zu einem Nickerchen hin, wurde aber bald darauf durch einen gellenden Klagelaut aus dem Schlaf gerissen. Ich trottete ins Schlafzimmer, um nachzusehen, was er zu bedeuten hatte und traf Duke im Zustand höchster Erregung an. Aufgeregt hechelnd hatte er seinen Kopf unters Bett gezwängt, drängte mit dem Körper nach und sein Schwanz peitschte in der Luft hin und her. Das jämmerliche Maunzen kam von Sneakers, die völlig verängstigt unterm Bett kauerte. Mit seinem massiven Körper hob Duke das Bett an und schob sich robbend auf Sneakers zu.

Ohne viel Federlesens stellte ich mich vor Duke und bellte ihn streng an. Vor Erregung zitterte er am ganzen Körper und kroch immer näher an Sneakers heran, die sich mit angelegten Ohren in den hintersten Winkel verzogen hatte. Da Duke mein Bellen völlig ignorierte, beschloss ich, ihn von hinten anzuspringen und dabei laut und gefährlich mit dem Kiefer zu klappern.

Diese Sprache verstand er. Langsam schob er sich zurück und das Bettgestell schlug mit einem dumpfen Knall auf den Boden. Ich knurrte und schnappte noch mehrmals nach ihm und konnte ihn schließlich aus dem Zimmer jagen. Dann wollte ich mich um Sneakers kümmern.

Zierlich genug, um zu ihr unters Bett zu kriechen, war ich ja. Trotzdem ließ ich sie lieber erstmal in Ruhe. Der Schrecken saß ihr tief in den Knochen, und wenn Katzen Angst hatten, fuhren sie ihre Krallen aus. So viel Katzenkenntnis hatte ich bereits.

CJ ließ uns von nun an jeden Tag stundenlang allein. Wenn die Wohnungstür hinter ihr zufiel, war das für Duke das Startsignal, um die arme Sneakers weiter zu drangsalieren. Dann schoss Sneakers sofort unters Bett, um sich in Sicherheit zu bringen. Duke rannte wie ein Irrer hinterher und stolperte dabei mehr als einmal gegen Wände und Türen, wenn er die Kurve wieder nicht kriegte. Auch ich hastete dann schnell unters Bett, um mich leise grollend und mit entblößten Zähnen schützend vor Sneakers zu stellen und Dukes bebende, feuchte Schnauze abzuwehren. Meist stöhnte Duke dann frustriert auf, und sein Gebell hallte ohrenbetäubend unterm Bett, aber ich hielt die Stellung, und irgendwann war es ihm dann zu blöd und er verzog sich zu einem Nickerchen ins Wohnzimmer.

Doch eines Morgens veränderte sich alles. Zwar gingen wir wie gewohnt erst gemeinsam raus, aber nach der Rückkehr holte CJ eine Kiste mit einer Tür aus Draht aus dem Schrank, in die sie Sneakers verfrachtete. In einer solchen Kiste hatte ich als Molly auch schon einmal gesessen und war tüchtig hin- und hergeschleudert worden, bevor ich dann an diesem furchtbar lauten Ort mit den vielen Autos und Bussen landete. Sneakers war nicht glücklich über ihren Behälter und wollte nicht einmal ans Gitter kommen, als ich meine Nase reinsteckte, um sie zu beschnuppern. Als Duke schnaubend antrabte, verzog sie sich in den hintersten Winkel der Kiste.

»Duke«, sagte CJ in warnendem Tonfall und Duke lief sofort zu ihr, um zu sehen, ob sie eine Leckerei für ihn hatte.

CJ trug Sneakers in der Kiste zur Tür hinaus und ließ Duke und mich allein zurück. Ich war vollkommen perplex: Wo durfte Sneakers hin, und warum durften wir nicht mitkommen? Ratlos legten Duke und ich uns nieder und kauten ein bisschen an alten Gummiknochen herum.

Als mein Mädchen zurückkehrte, war Sneakers nicht mehr bei ihr.

Wo war sie geblieben?

Dreiundzwanzig

Zwei Tage lang führte uns CJ erst spazieren und dann blieben Duke und ich ohne Sneakers allein zu Hause. Wir versuchten, das Beste draus zu machen. Ohne Katze entspannte sich unsere Beziehung auch wieder und wir konnten länger und freier raufen, sodass wir oft erschöpft aufeinander einschliefen. Also, mehr ich auf Duke. Andersherum hätte ich vermutlich kaum einschlafen können.

Am dritten Tag erwartete uns nach der Rückkehr eine Frau vor CJs Tür. Duke wedelte natürlich gleich mit dem Schwanz und stieß sie mit seinem gewaltigen Schädel an. Ich wurde stocksteif und wartete zu CJs Füßen ab, ob Gefahr drohte.

CJ nannte die Frau »Marcia« und nahm sie mit hinein. Nach einer halben Stunde streckte die Frau mir vorsichtig ihre Hand hin, damit ich sie beschnuppern konnte, und CJ sagte mit besänftigender Stimme: »Sei lieb, Max.« Die Hand roch nach Schokolade und anderen Hunden und nach einer Süßigkeit, die ich nicht richtig identifizieren konnte.

Duke und ich kauten aus Langeweile ein bisschen aneinander herum, während sich Marcia und CJ unterhielten. »Gut, ich denke, das wär's dann«, sagte CJ irgendwann und erhob sich. Duke und ich sprangen auf die Beine. Spaziergang?

»Okay, Duke. Jetzt heißt es Abschiednehmen. Von nun an passt Marcia auf dich auf.« Von CJ ging plötzlich eine große Traurigkeit aus und ich lief zu ihr und legte ihr meine Vorderpfoten ans Bein, während sie sich bückte und Dukes Kopf in beide Hände nahm. Aus der Art, wie er seine Ohren hängen ließ und den Boden mit der Schwanzspitze berührte, schloss ich, dass er merkte, wie traurig CJ war. Ob er wohl wusste, was hier vor sich ging? Mir jedenfalls war es schleierhaft.

»Ich werde dich sehr vermissen, Großer«, flüsterte CJ. Ich mühte mich ab, um auf ihren Schoß zu klettern, doch es wollte mir nicht gelingen.

»Ich fühl mich ganz schrecklich«, sagte Marcia.

»Das müssen Sie nicht, es ist Barrys Hund und deshalb auch seine Entscheidung.«

»Aber Duke denkt, er ist *Ihr* Hund! Das sieht man doch. Es ist nicht schön, wenn nun jeder Kontakt zwischen euch beiden abreißt.«

»Ach Duke, es tut mir so leid«, sagte CJ. Ihre Stimme klang tief bekümmert.

»Vielleicht könnten wir uns ab und zu heimlich treffen«, sagte Marcia.

»Ich will Sie keinesfalls in Schwierigkeiten bringen. Barry würde Sie sofort fristlos entlassen. Ich habe da einschlägige Erfahrungen gemacht, glauben Sie mir.«

Voller Kummer legte Duke seinen schweren Kopf auf CJs Schoß und schloss sich der merkwürdigen Trauerstimmung an. Ich beneidete ihn um seine Größe. Mir blieb nichts anderes übrig, als an ihren Beinen zu scharren, in der Hoffnung, irgendwann einmal beachtet zu werden.

»Gut, bringen wir's hinter uns. Es hat mich gefreut, Sie

kennenzulernen, Marcia. Komm, Max.« CJ hob mich auf den Arm und endlich konnte ich auf Duke hinabschauen. CJ brachte die Leine an meinem Halsband an, nicht aber an dem von Duke; trotzdem liefen nun alle zur Tür.

»Wiedersehen«, sagte CJ leise. Dann öffnete sie die Tür und Duke wollte gleich rausrennen, doch Marcia hielt ihn am Halsband fest, während er zog und drängte. Mich fest im Arm haltend, versperrte CJ ihm den Weg. »Nein Duke. Bleib! Es tut mir leid.«

Nur mit Mühe konnte die Tür hinter uns geschlossen werden. CJ ließ mich dann auf den Boden und ich schüttelte mich kräftig und war bereit zu neuen Taten. Mit seinen Riesenpranken bearbeitete Duke die Tür von innen und das Geräusch schepperte durch den ganzen Flur.

Beim Weggehen begleitete uns Dukes tieftrauriges Gebell, und ich wusste nach wie vor nicht, was ich von all dem halten sollte. Warum kam Duke nicht einfach mit? Er wollte doch so gerne!

Mein Mädchen weinte und ich sah immer wieder besorgt zu ihr hoch, doch sie sprach nicht mit mir. Wir gingen lange spazieren, erst viele laute, stinkende Straßen entlang, dann unzählige Treppenstufen hinauf. Oben angekommen, rüttelte CJ an einer Türklinke, dann ging die Tür auf und noch im selben Augenblick roch ich Sneakers.

»Willkommen zu Hause, Max«, sagte CJ zu mir.

Wir standen in einer kleinen Küche, in der eine Schüssel mit Sneakers' Futter auf dem Boden stand, die ich gleich beschnupperte. In einem Bett daneben befand sich Sneakers, auf einem Kissen liegend. Als sie mich sah, erhob sie sich und machte einen Buckel.

Das war es also! Sneakers hatte ihre eigene Wohnung! Ich

verstand zwar nicht, warum, aber womöglich hatte es damit zu tun, dass Duke sie immer drangsalierte, wenn CJ uns alleine ließ. Wahrscheinlich wollte sie Sneakers beschützen und hatte deshalb eine Wohnung für sie allein am obersten Ende der vielen Treppen gefunden. Das war ein absolut sicherer Ort für eine Katze. Da ich nun gesehen hatte, wo Sneakers wohnte, konnten wir ja wieder zurück zu Duke nach Hause gehen. Ich war gespannt, was er aus der Tatsache, dass ich nach Sneakers roch, schließen würde. Ob er sich wohl denken konnte, dass wir sie in ihrer neuen Wohnung besucht hatten?

Meiner Meinung nach werden Katzen schon bevorzugt, indem sie besseres Futter bekommen als Hunde, aber gleich eine eigene Wohnung – das fand ich nun wirklich übertrieben. Aber die Menschen machten sowieso, was sie wollten.

Laut schnurrend umrundete Sneakers mich mehrmals, dann rieb sie sich an mir und wir spielten ein bisschen. Sie schien überglücklich zu sein, mich zu sehen – ohne Duke. Ihr Fell verströmte den Geruch einer anderen menschlichen Hand, die einen schweren blumigen Duft hinterließ, der mich an Gloria erinnerte.

An diesem Abend gingen wir nicht mehr nach Hause. CJ legte sich dort ins Bett und ich durfte mich am Fußende einrollen. Sneakers stromerte noch eine Weile durchs Quartier, dann sprang sie zu uns aufs Bett und wollte sich an mich kuscheln. Doch das war nicht besonders bequem, und als CJ etwas murmelte und mit den Füßen strampelte, sprang Sneakers wieder herunter und unternahm keine weiteren Annäherungsversuche mehr.

Am nächsten Morgen saß sie dann aber miauend vor der Eingangstür. »Du willst bestimmt zu Mrs Minnick, hab ich recht?«, sagte CJ. »Mal sehen, ob sie zu Hause ist.« Dann gingen wir alle nach draußen ins Treppenhaus und CJ klopfte an die Tür nebenan. Die Frau, die uns öffnete, verströmte den schweren Duft, der in Sneakers' Fell hing. Deshalb wusste ich gleich, dass die beiden viel Zeit miteinander verbrachten. Sneakers stolzierte auch durch die Tür, als sei das ihr Zuhause.

»Hallo Sneakers.« Mrs Minnick machte schmatzende Geräusche beim Sprechen. Ich blieb stocksteif stehen, sah aber von einem gefährlichen Knurren ab, denn die Frau wirkte gebrechlich und war offensichtlich keine Bedrohung.

So ging das bei jeder sich bietenden Gelegenheit: Sneakers flitzte zur Tür hinaus, setzte sich vor Mrs Minnicks Tür und wartete auf Einlass. Der besondere Reiz daran blieb mir zwar verborgen, aber Sneakers schien ganz wild darauf zu sein.

Ich hatte keine eigene Meinung zu Mrs Minnick, mir fielen nur die merkwürdigen Schnalzlaute beim Sprechen auf.

Die Spaziergänge mit der üblichen Meute fanden auch weiterhin statt, nur mussten wir jetzt sehr weit laufen, um Katie, die Erste im Bunde, abzuholen. Außerdem fehlten nun Sally, Beevis *und* Duke.

Beevis vermisste ich keine Sekunde lang.

Einmal regnete es auf dem weiten Weg zu Katie und ich fing an zu frieren und zu zittern. »Ach Max, du Armer, tut mir leid!«, sagte CJ und nahm mich auf den Arm, um mich zu wärmen. Und als dann später die heftigen Stürme einsetzten, bekam ich von ihr sogar eine eigene Decke! »Gefällt dir dein Winterpullover? Er steht dir ausgezeichnet!« Mir gefiel die weiche, eng anliegende Decke ungemein, sie hielt mich mollig warm. Voller Stolz trug ich sie, weil sie der Beweis war, dass CJ mich viel lieber hatte als Sneakers, die noch nicht einmal ein Halsband bekam! »Du siehst so niedlich aus, Max. Du bist mein kleines Pulli-Hundi«, trällerte CJ vor sich hin. Ich wedelte mit dem Schwanz, weil ich gern im Mittelpunkt ihrer Aufmerksamkeit stand.

Immer wenn CJ mir die Decke abnahm, erklang ein ratschendes Geräusch, wirklich jedes Mal! Für mich war das das Zeichen, dass es mit dem Spazierengehen vorbei und nun Zeit für ein Nickerchen war.

Warum wir nie wieder nach Hause zurückkehrten, wusste ich nicht. Und dass Duke nicht mehr mitkam, wenn wir nach draußen gingen, blieb mir auch unerklärlich. Sneakers vermisste Duke sicher nicht, aber mir fehlte er doch manchmal. So anstrengend er sein konnte, war er doch ein gutmütiger Trottel und mit ihm zu spielen hatte Spaß gemacht. Er ließ mich bestimmen und folgte mir, und wenn wir beide mit CJ ausgingen, wäre niemand auf den Gedanken gekommen, ihr etwas anzutun, denn sie wussten ja, dass wir sie beschützten. Duke gehörte einfach zur Familie.

So, dachte ich, läuft das eben bei den Menschen: Eines Tages beschließen sie, woanders zu wohnen und mit bestimmten Hunden nicht mehr zu spielen.

CJ saß manchmal auf dem Hocker in der Küche, der außer dem Bett das einzige Möbelstück war, und warf einen kleinen Ball, dem ich auf dem glatten Boden nachjagte – oder besser gesagt hinterherrutschte. »Tut mir leid, dass nicht mehr Platz ist, Max«, sagte CJ zu mir. Mir gefiel das Spiel und ich hatte mich an die neue Wohnung gewöhnt; mittlerweile mochte ich sie sogar lieber als die alte, denn hier konnte ich meinem Mädchen noch viel näher sein.

Während des Spiels flog der Ball einmal aufs Bett und ich sprang ihm einfach hinterher! Ich war selbst total überrascht, denn bislang war es mir noch nie gelungen, so hoch zu springen. Sneakers hatte einen Schreck bekommen, das sah man an den aufgerissenen Augen und ihrem aufgeplusterten Schwanz.

»Sieh mal einer an, Max!« CJ war begeistert.

Immer wenn sie die lecker riechenden Schuhe anzog und endlos mit ihren Haaren spielte, wusste ich, dass Gregg im Anmarsch war. Bald darauf hörte ich auch schon das Klingeln an der Tür. Bellend rannte ich hin, während Sneakers schnell das Weite suchte. Ich konnte Gregg auf der anderen Seite riechen und bellte weiter. CJ hob mich hoch.

»Sei ein braver Hund, Max«, sagte sie und öffnete die Tür. Gregg trat ein und ihre Gesichter berührten sich. Mich hielt sie dabei weg von Gregg. Ich fing an zu knurren.

»Beste Manieren, wie eh und je«, sagte Gregg.

»Max, benimm dich, sei nett.« Ich wusste mittlerweile, dass »benimm dich« so viel hieß wie »nicht beißen«. Trotzdem warf ich Gregg einen kühlen Blick zu, der ihm zu verstehen gab, dass er mir bloß nicht zu nahe kommen sollte.

»Hübsche Wohnung«, sagte Gregg und sah sich um. CJ ließ mich wieder herunter und ich trottete zu ihm, um an seinem Hosenbein zu schnüffeln. Es roch nach feuchten Blättern.

»Zur Führung bitte hier entlang, und immer schön dicht hinter mir bleiben, damit Sie nicht vom rechten Weg abkommen«, sagte CJ lachend. »Hier hätten wir also den Küchenesswohnschlafzimmerspiegelsaal.«

»Ich habe eine Überraschung für dich.«

»Oh, was denn?«

»Wir fahren ein paar Tage weg. Upstate New York.«

»Ist das dein Ernst?« CJ klatschte in die Hände und ich sah gespannt auf. »Wann geht's los?«

»Auf der Stelle.«

»Was?«

»Wir könnten sofort aufbrechen, ich habe in den nächsten Tagen keine Termine.«

»Aber was ist mit …?«

Gregg winkte mit der Hand. »Sie musste geschäftlich verreisen. Irgendeine Immobiliensache außerhalb.«

CJ stand reglos da und sah ihn an. »Das meinte ich nicht. Ich wollte damit sagen, dass ich hier nicht ohne weiteres weg kann. Nicht von jetzt auf gleich.«

»Warum denn nicht?«

»Weil ich Kunden habe. Ich kann nicht einfach alles stehen und liegen lassen. Ich muss erst einen Ersatz besorgen.«

»Deine Kunden sind Hunde«, sagte Gregg. Er hörte sich ärgerlich an und ich warf ihm einen warnenden Blick zu, den er allerdings völlig ignorierte.

»Die Hundebesitzer verlassen sich auf mich. Wenn ich nicht kommen kann, muss ich jemanden suchen, der den Dienst übernimmt.«

»Meine Güte, hier ist ja nicht einmal genug Platz, um solche Dinge in Ruhe auszudiskutieren.«

»Wir könnten uns ja aufs Bett setzen.«

»Gute Idee.«

Gregg und CJ setzten sich aufs Bett und umarmten sich. Sneakers sprang erschrocken herunter, ich sprang hinauf und küsste CJs Gesicht.

»Max, hör auf«, sagte sie lachend.

Gregg lachte nicht, sondern sagte: »Igitt.«

»Na komm, Max.« CJ nahm mich auf den Arm und trug mich ins Bad. Sneakers schlich zwischen CJs Füßen hindurch hinterher. »Bleib!«, sagte CJ.

Sie schloss die Tür und Sneakers und ich sahen uns ziemlich unglücklich an.

Bleib?

Trost suchend kam Sneakers zu mir und beschnupperte mich. Dann lief sie zur Tür und setzte sich erwartungsvoll davor, wahrscheinlich in der Hoffnung, ich könnte sie ihr öffnen. Winselnd kratzte ich ein paar Mal an der Tür, doch bald gab ich auf und rollte mich auf dem Fußboden ein. Nun hieß es warten.

Irgendwann öffnete CJ sie dann wieder und ich raste ein paar Runden durch die Küche, hocherfreut über die Freilassung. Ach, tat das gut. CJ war erst barfuß, doch dann zog sie die lecker riechenden Schuhe wieder an, während sie auf einem Bein hüpfte. Ich legte meine Vorderpfoten an ihr Bein und sie sah lächelnd zu mir herunter. »Na, Max? Guter Hund.«

Ich wedelte mit dem Schwanz, weil ich ein guter Hund war.

»Okay, verstehe. Wenn du nicht kannst, kannst du eben nicht«, sagte Gregg.

»Nein, tut mir leid. Ich muss mindestens ein oder zwei Tage vorher Bescheid wissen, damit ich einen Ersatz suchen kann. Neulich im Hundepark habe ich einen Typen kennengelernt, der ebenfalls professionell Hunde ausführt. Der könnte sicher für mich einspringen, aber ich habe keine Ahnung, wie ich den auf die Schnelle kontaktieren könnte.«

»So was weiß ich aber nicht schon ein oder zwei Tage im Voraus.«

»Bald spielt das alles keine Rolle mehr, nicht wahr? Ich meine, du hast doch gesagt, noch ein paar Monate und dann …«

Gregg schaute sich um. »Sogar für New Yorker Verhältnisse ist diese Wohnung hier echt winzig.«

»Gregg, hast du mir zugehört? Ein paar Monate noch, hast du gesagt, nicht wahr?«

Gregg fuhr sich mit der Hand durch die Haare. »Ich will ehrlich zu dir sein, CJ. Daraus wird nichts.«

»Wie bitte?«

Gregg sah sich immer noch in der Küche um. »Das ist jetzt wirklich ein bisschen ungünstig.«

»Ach so, ansonsten bin ich aber eine günstige Gelegenheit, oder was?« CJ klang sehr ärgerlich.

»Dein vorwurfsvoller Ton stinkt mir.«

»Vorwurfsvoll? Was willst du damit sagen?«

»Du weißt genau, was ich meine.«

»Nein, darum geht's ja. Leider weiß ich das nicht«, sagte CJ.

»Früher hattest du Verständnis für meine Situation, heute stellst du eine Forderung nach der anderen. Ich habe mir solche Mühe gegeben, diese Reise für uns zu arrangieren, und nun sagst du, du kommst nicht mit. Und was ich zu Hause am Hals habe, das wusstest du von Anfang an. Ich hab drüber nachgedacht und finde, es ist …«

»Ausgerechnet jetzt? Hättest du das nicht schon viel früher sagen können? Oder wäre das auch ungünstig gewesen?«

»Du hast doch damit angefangen. Ich wollte einfach nur mit dir ein paar schöne Tage verbringen, aber du musst ja wieder anfangen, Stress zu machen.«

»Ich mache Stress? Interessant.«

»Wir sollten uns vielleicht mal eine Weile nicht sehen, um uns über unsere Gefühle im Klaren zu werden.«

»Mein Gefühl sagt mir klar, dass es der größte Fehler meines Lebens war, mich auf dich einzulassen.«

»Ich hab jetzt wirklich genug von deinen Beleidigungen.«

»Dann hau doch einfach ab, Gregg.«

»Das alles ist doch nicht meine Schuld!«, schrie er.

So langsam begriff ich, dass Gregg mein Mädchen wütend machte und ihr wehtun wollte. Laut knurrend sprang ich auf ihn zu, weil ich ihm in die Waden beißen wollte. Er wich mir aber geschickt aus. CJ hob mich hoch.

»Wenn der Köter das noch einmal macht, schieß ich ihn mit einem gezielten Tritt in die Umlaufbahn.« Nun war auch Gregg ärgerlich. Ich versuchte mich aus CJs Griff zu winden, um ihn ordentlich zu beißen. Doch sie ließ mich nicht herunter.

»Verschwinde. Und wag es nicht, hier wieder aufzutauchen.«

»Die Aussichten sind gering«, fauchte Gregg.

Nachdem Gregg fort war, saß CJ lange auf ihrem Hocker und weinte. Ich jaulte mit und sie hob mich auf ihren Schoß. Als ich ihr das Gesicht abschlecken wollte, hielten mich ihre Hände fest nach unten gedrückt.

»Ich bin so ein Idiot«, sagte sie immer wieder. Ich wusste nicht, was es bedeutete, doch das, was sie ausstrahlte, schien dem mir bekannten Gefühl, ein böser Hund zu sein, ziemlich ähnlich. Sie streifte die Schuhe ab, lief zum Kühlschrank und holte eine große Packung Eis heraus, die sie dann aufaß.

Danach sah ich die Schuhe lange Zeit nicht wieder. An fast jedem Tag gingen wir mit den anderen Hunden spazieren, meist zu einem Hundepark, wo ich immer wieder versuchte, Dukes Spur aufzunehmen. Doch vergebens, nirgendwo hing sein Geruch in der Luft, obwohl es wirklich überall nach unzähligen Hunden roch. Sneakers wohnte abwechselnd bei uns und Mrs Minnick, was ich ihr hoch anrechnete, denn so hatte ich CJ oft für mich allein. Als die Tage langsam kühler wurden, durfte ich beim Spazierengehen wieder meine Decke tragen.

Doch plötzlich tauchten die Schuhe wieder auf und ich machte mich insgeheim auf ein Wiedersehen mit Gregg gefasst. Umso freudiger überrascht war ich, als ich, wegen des Klingelns zur Tür eilend, Trent dahinter roch!

»Hallo Fremder«, sagte CJ beim Öffnen. Duftschwaden von Blüten wehten mir entgegen. Trent trug Blumen im Arm. CJ und er umarmten einander, dann bückte sich Trent zu mir runter. Durch die blumigen Aromen hindurch roch ich den leicht seifigen, aber auch buttrigen Duft seiner Hände. Ich wand mich vor Wonne unter seinen liebevollen Berührungen.

»Erstaunlich, wie aufgeschlossen Max auf dich reagiert.« Sie stellte die Blumen ab und sofort war der ganze Raum erfüllt von ihrem Aroma.

»Hier gefällt es mir besser als in deiner vorigen Wohnung«, sagte Trent.

»Hör bloß auf! Der Vermieter hat tatsächlich behauptet, die Küche sei mit einem Herd ausgestattet. Ich musste ihm erst erklären, dass das kein Herd, sondern nur eine Kochplatte ist!«

Trent setzte sich auf die Arbeitsplatte, was mir nicht gefiel, weil ich nicht so hoch springen konnte. »Die Miete dürfte auch günstiger sein als im Penthouse, stimmt's?«

»Ja, aber billig ist es trotzdem nicht. New Yorker Preise eben. Und das mit dem Hundeausführen hat auch schon mal besser geklappt. Neulich hat einer meiner Promi-Kunden gekündigt und nur deswegen habe ich gleich noch ein paar andere verloren. Das ist New York!

»Kommst du über die Runden?«

»Ich komm schon zurecht.«

Trent sah sie an.

»Was ist?«, fragte CJ.

»Du siehst furchtbar abgemagert aus, CJ.«

»Trent, hör auf, nicht schon wieder das Thema.«

Daraufhin waren beide eine Weile still.

»Ich habe Neuigkeiten«, sagte Trent dann.

»Du wirst der Oberchef aller Weltfinanzmärkte.«

»Genau, aber das ist Schnee von gestern. Nein, es geht um Liesl.«

»Was?«

»Ich werde ihr am Wochenende einen Heiratsantrag machen.«

Schreck und Bestürzung durchfuhren mein Mädchen, das spürte ich. Sie setzte sich auf den Hocker. Besorgt lief ich zu ihr. »Puh«, sagte sie schließlich, »das sind ja …«

»Ja, nicht wahr? Wir haben gerade eine schwierige Phase überstanden, ich hab's dir ja erzählt. Ich glaube, es ist der richtige Moment. Wir sind seit anderthalb Jahren zusammen. Irgendwie haben wir uns um das Thema immer gedrückt, aber ich denke, jetzt ist die Zeit reif dafür. Soll ich dir den Ring zeigen?«

»Ja klar«, sagte CJ leise.

Trent griff in seine Jackentasche, holte ein Spielzeug heraus und gab es CJ. Da sie es mir nicht herunterreichte, ging ich davon aus, dass es nicht besonders aufregend war.

»Was ist denn mit dir, CJ?«

»Keine Ahnung, ist das nicht etwas… überstürzt? Wir sind noch so jung. Warum willst du heiraten?«

»Überstürzt? Meinst du wirklich?«

»Ach Quatsch, vergiss es. Der Ring ist wunderschön.«

Bald darauf verließen CJ und Trent die Wohnung. Als sie zurückkehrte, roch sie verlockend nach Fleisch. Trent war nicht mitgekommen, was mich sehr enttäuschte, denn ich hatte gehofft, wir könnten miteinander spielen, so wie damals, als es Rocky noch gab. Ob Trent wohl deshalb nicht mehr so häufig zu Besuch kam, weil er keinen Hund mehr hatte? Nicht zum ersten Mal kam mir der Gedanke, dass Trent einfach dringend wieder einen Hund brauchte.

CJ schien traurig. Sie legte sich aufs Bett, streifte die Schuhe ab und dann hörte ich sie da oben weinen. Sneakers sprang zu ihr aufs Bett, doch ich konnte mir schlecht vorstellen, dass eine Katze auf dieselbe Weise Trost spenden konnte wie ein Hund. Wenn man traurig war, brauchte man einen Hund. Mit etwas Anlauf gelang es mir schließlich, auch aufs Bett zu springen, und CJ drückte mich fest an sich.

»Mein Leben ist Scheiße«, sagte sie. In ihrer Stimme lag tiefe Verzweiflung, aber was die Worte bedeuteten, wusste ich nicht. Ich wusste nicht einmal, ob sie wirklich mit mir oder Sneakers sprach.

Irgendwann schlief sie ein in denselben Kleidern, die sie getragen hatte, als sie mit Trent die Wohnung verließ. Ich sprang vom Bett und wanderte ruhelos im Zimmer auf und ab, weil ich selbst der Verzweiflung nah war. Warum nur war sie so traurig?

Wohl, weil mich das alles sehr mitnahm und ich es trotzdem nicht richtig verstand, kam ich auf die Idee, dass es an den Schuhen liegen musste. Immer wenn CJ diese Schuhe trug, wurde sie traurig. Demnach waren das eben sehr, sehr traurige Schuhe, auch wenn sie wirklich lecker rochen.

Ich tat also, was getan werden musste.

Vierundzwanzig

Ich war fest davon ausgegangen, dass mit den zerkauten Schuhen auch die Misere ein Ende haben würde. Doch das Gegenteil war der Fall! Als CJ aufwachte und die traurigen Überreste der Schuhe auf dem Fußboden sah, war sie alles andere als glücklich.

»Das kann doch wohl nicht wahr sein!«, rief sie. »Böser, böser Max!«

Ich war also ein böser Hund. Die Schuhe hätte ich wohl doch besser nicht zerfetzt.

Nervös die Lippen leckend lief ich mit angelegten Ohren und gesenktem Kopf zu ihr hin. CJ sank auf die Knie, vergrub ihr Gesicht in den Händen und weinte. Sneakers lugte über die Bettkante herunter. Ängstlich legte ich meine Vorderpfoten an CJs Bein, aber erstmal brachte das gar nichts. Erst eine ganze Weile später nahm sie mich auf den Arm und drückte mich fest an sich. Die Traurigkeit kam tief aus ihrem Innern, und sie weinte unentwegt.

»Die ganze Welt hat mich verlassen, Max«, sagte sie zu mir. Ich wedelte nicht mit dem Schwanz, weil sie meinen Namen derart unglücklich aussprach.

Später warf CJ die Reste der Schuhe in den Mülleimer. Von diesem Morgen an waren ihre Bewegungen schleppender und die Traurigkeit fiel nicht mehr von ihr ab. Nach wie vor gingen wir fast täglich in einer Gruppe von Hunden spazieren, doch CJ strahlte nicht mehr vor Freude, wenn wir sie wiedersahen. Als Katie und ich fröhlich durch den ersten Schnee tollten, saß sie im Park auf einer Bank, ohne auch nur ein einziges Mal zu lachen.

Ich wäre froh gewesen, wenn Trent wenigstens mal vorbeigeschaut hätte. Sobald er da war, war CJ fast immer glücklich. Aber er kam nie und CJ sagte kein einziges Mal seinen Namen ins Telefon.

Stattdessen hörte ich nun den Namen »Gloria«. CJ hielt das Telefon ans Gesicht, während sie auf dem Hocker saß und redete.

»Wie geht's dir, Gloria?«, sagte sie. Ich hatte mit Sneakers gespielt, doch jetzt war ich neugierig und lief zu CJ. Gloria konnte ich nirgends entdecken. CJ sagte ständig: »Mhm. Mhm. Mhm. Ach!«

»Hawaii? Das klingt doch gut«, sagte sie nun, während ich mich auf meinem Kissen im Kreis drehte, um es mir bequem zu machen. Sneakers trabte auch an, sprang dann auf die Küchenplatte und tat so, als sei ihr völlig egal, dass ich es mir auf meinem Kissen gemütlich machte.

»Ja, das wird sicher nett«, sagte CJ. »Hör mal, Gloria, was ganz anderes, kannst du mir eventuell Geld leihen? Ich bin mit der Miete im Rückstand und suche gerade einen neuen Job. Oder neue Kunden fürs Hundeausführen, aber das ist nicht so einfach. Ja, mhm … verstehe, ja, das war sicher sehr teuer. Nein, mit den alten abgegriffenen Koffern kannst du unmöglich auf Reisen gehen. Nein, so meine ich das nicht … Ich höre dir nur zu. Gut, ich frag ja nur. Ich will keine Auseinandersetzung jetzt.«

Sneakers verlor die Geduld, sprang von der Ablage und

lief schnurrend zu mir rüber. Ich wich keinen Zentimeter von der Stelle. Trotzdem drückte sich Sneakers zu mir aufs Kissen, um zu kuscheln. Ich seufzte leise.

Mit einem lauten Knall warf CJ das Telefon auf den Tisch. Sie war wütend, aber aufgrund der letzten Geschichte mit den Schuhen war mir klar, dass sie deshalb noch lange nicht wollte, dass ich mich einmischte. Außerdem fand ich schon immer, dass Telefone als Spielzeug wenig hergaben. CJ öffnete den Kühlschrank und sah lange hinein. Dann sah sie mich an. »Komm, Max. Machen wir lieber einen Spaziergang.«

Draußen war es bitterkalt, aber ich beschwerte mich nicht. Schließlich hob mich CJ hoch und wir liefen immer weiter, aber wenigstens musste ich jetzt nicht mehr auf dem kalten, nassen Weg laufen, sondern hatte es warm und kuschelig auf ihrem Arm.

Viele Abende später klopfte es leise an der Tür und ich bellte alarmiert. CJ hatte den ganzen Tag lang im Bett gelegen und ich die meiste Zeit daneben. CJ schreckte hoch und ich lief zur Tür und schnüffelte am Schlitz. Mein Schwanz wedelte wie von selbst, als ich den Geruch erkannte: Trent!

»Wer ist denn da? Hallo?«, fragte mein Mädchen.

»Ich bin's, CJ!«

»Ach du!« Sie sah sich rasch um und fuhr sich mit der Hand durchs Haar. Dann ging sie zur Tür, um zu öffnen.

»Hi Trent.«

»Ich hab mir solche Sorgen gemacht. Warum hast du dein Telefon abgeschaltet?«

»Ein Problem mit dem Anbieter, nichts Wichtiges.«

»Kann ich reinkommen?«

»Natürlich.«

Trent stampfte mit den Füßen, um den Schnee von den Schuhen zu kriegen, dann trat er ein. Seinen nassen Mantel hängte er neben meine Leine. Ich sprang neben seinen Füßen auf und ab, bis er sich endlich hinkniete und meine Begrüßungsküsse empfing.

»Na Max, wie geht's dir, alter Knabe?«, sagte er lachend. Dann richtete er sich wieder auf und sah CJ an. »Hey, alles in Ordnung? Geht's dir gut?«, fragte er leise.

»Klar, alles bestens.«

»Du siehst … bist du krank?«

»Nein, ich hab mich nur kurz hingelegt.«

»Du hast nie auf meine Anrufe reagiert, ich meine, schon vorher, als das Telefon noch nicht abgeschaltet war. Bist du sauer auf mich?«

»Nein. Tut mir leid, dass ich mich nicht gemeldet habe. Ich hatte so viel zu tun und hab's einfach nicht geschafft, rechtzeitig zurückzurufen. Auch wenn du dir das vielleicht nicht vorstellen kannst.«

Trent schwieg einen Moment. »Tut mir leid«, sagte er dann.

»Macht ja nichts.«

»Sollen wir irgendwo was essen gehen?«

Ich spürte, wie Ärger in CJ hoch kam. Sie verschränkte die Arme. »Wieso sollten wir?« Ich setzte mich vorsichtshalber gleich neben ihre Füße, falls sie mich jetzt brauchte.

»Mmmmh, vielleicht weil es Zeit fürs Abendessen ist?«

»Du bist also hier, um mich zu füttern? Schade, dass ich nicht zwitschern kann, sonst könntest du mir das Futter direkt in den Schnabel schieben.«

»CJ, warum tust du das? Ich hab mir Sorgen gemacht und bin hier, um zu schauen, wie es dir geht.«

»Um mich zu kontrollieren. Um zu sehen, ob ich auch ordentlich esse.«

»Das habe ich nicht gemeint.«

»Ich habe schon eine Verabredung, tut mir leid.«

Trent blinzelte. »Ach so.«

»Ich muss mich nur noch umziehen.«

»Gut, also dann. Tut mir leid, wenn ich …«

»Du musst dich nicht entschuldigen. Mir tut es auch leid, dass ich vorhin gleich ausgetickt bin. Aber geh jetzt bitte.«

Trent nickte. Er nahm seinen Mantel vom Haken und dabei fing die Leine an, verheißungsvoll zu schwingen. Ich warf CJ einen Blick zu, aber es sah nicht so aus, als ob sie einen Spaziergang planen würde. Trent blickte ratlos auf den Mantel und zuckte mit den Schultern. Dann sah er CJ an. »Du fehlst mir sehr.«

»Ich hatte einfach wenig Zeit.«

»Vermisst du mich auch manchmal?«

CJ sah in die andere Richtung. »Na klar.«

Traurigkeit überkam Trent. »Wie kann ich dich in Zukunft erreichen?«

»Wenn mein Telefon wieder angeschlossen ist, geb ich dir meine Nummer durch.«

»Dann gehen wir mal … Kaffeetrinken oder so.«

»Machen wir.«

Sie umarmten einander, und auch CJ war betrübt; eine Wolke der Traurigkeit umhüllte sie beide. Ich begriff nicht recht, warum sie sich so unwohl fühlten, aber manchmal geschahen Dinge zwischen Menschen, für die der Verstand eines Hundes einfach nicht gemacht ist.

Als Trent fort war, kam Sneakers wieder unter dem Bett

vor. Warum sie sich vor ihm versteckt hielt, war mir auch ein Rätsel. Es gab keinen Grund, er war doch wirklich lieb!

Als wir ein paar Tage später von unserem Hundeausflug zurückkamen, stand eine Frau vor der Wohnungstür mit einem Papier in der Hand. CJ war etwas außer Atem von den vielen Treppen. Ich bellte die fremde Frau an.

»Hallo Lydia!«, sagte CJ. Sie bückte sich, um mich auf den Arm zu nehmen, und ich hörte auf mit dem Gebell.

»Gerade wollte ich die Kündigung an die Tür heften.«

»Aber wieso denn?«

Die Frau seufzte. »Sie sind mit der Miete im Rückstand, Schätzchen. Aber wenn Sie mir heute wenigstens einen Teilbetrag geben könnten, denke ich noch mal drüber nach.«

»Heute? Das geht leider nicht. Ich bekomme erst am Freitag den Lohn für die Woche. Am Freitag kann ich eine Anzahlung machen.«

Mein Mädchen hatte Angst. Ich schickte der Frau ein bedrohliches Knurren hinüber, denn der einzig mögliche Schluss war, dass sie der Anlass für CJs Aufregung war. »Ruhe, Max«, sagte CJ und bedeckte meine Schnauze mit ihrer Hand. Ich knurrte zwischen ihren Fingern hindurch.

»Am Freitag ist schon die nächste Miete fällig. Deshalb bin ich ja heute hier. Es tut mir leid, CJ, aber mir bleibt nichts anderes übrig. Entweder Sie zahlen jetzt sofort oder Sie müssen ausziehen. Ich habe schließlich auch meine Rechnungen zu zahlen.«

»Schon klar. Kein Problem, ich verstehe Sie«, sagte CJ und wischte sich mit dem Ärmel übers Gesicht.

»Können Sie denn nicht jemanden aus der Familie fragen? Oder Freunde?«

CJs Griff wurde immer fester, deshalb gab ich es auf, der Frau meine entblößten Zähne zeigen zu wollen. Ich merkte, dass CJ jetzt nicht meinen Schutz, sondern meine Zuwendung brauchte.

»Nein, mein Vater ist bei einem Flugzeugabsturz ums Leben gekommen, als ich noch sehr klein war.«

»Das tut mir schrecklich leid.«

»Ich ziehe aus. Danke für Ihre große Geduld. Ich verspreche Ihnen, ich begleiche die Schulden, wenn ich endlich einen besseren Job gefunden habe.«

»Passen Sie auf sich auf, Schätzchen. Sie sehen aus, als hätten Sie wochenlang nichts Ordentliches mehr zu essen bekommen.«

Dann ging die Frau. Mit dem Papier in der Hand öffnete CJ die Tür zur Wohnung. Dann setzte sie sich gleich aufs Bett. Als ich leise jaulte, nahm sie mich auf den Schoß. Von ihr ging so viel Angst und Traurigkeit aus.

»Ich bin schon wie meine Mutter«, flüsterte sie.

Etwas später erhob sie sich und fing an, ihre Kleider in einen Koffer zu packen. Ich bekam Käse und Sneakers' Futter, das sie naserümpfend stehen gelassen hatte. Normalerweise wäre ich begeistert gewesen von all den Leckereien. Doch die Art und Weise, wie CJ sie mir zusteckte, war anders als sonst, so als wäre sie gar nicht richtig anwesend, und das verdarb mir die Freude daran.

CJ holte auch Sneakers' Kiste mit der Gittertür hervor und stopfte ihr gesamtes Spielzeug und das Katzenbett hinein. Sneakers beobachtete das alles mit ausdrucksloser Miene, während ich CJ ängstlich um die Füße schlich. Als sie mir die Leine ans Halsband klickte, fühlte ich mich etwas besser. Dann nahm sie Sneakers und die Kiste unter den Arm und ging damit nach nebenan zu Mrs Minnick. »Hallo, Mrs Minnick«, sagte CJ.

Mrs Minnick streckte beide Hände aus, um Sneakers, die schon wieder schnurrte, in Empfang zu nehmen.

»Ich möchte Sie um einen Gefallen bitten. Da wir ausziehen müssen, und ich in der neuen Wohnung keine Katzen halten darf, wollte ich fragen, ob Sie Sneakers eine Zeitlang bei sich aufnehmen könnten? Vielleicht sogar für immer? Sie fühlt sich so wohl bei Ihnen.«

Mrs Minnick strahlte übers ganze Gesicht. »Sind Sie wirklich sicher?« Sie hielt Sneakers auf Armeslänge von sich entfernt. »Und du auch, Sneakers?«

Sneakers schnurrte nicht mehr, weil ihr die unbequeme Haltung nicht behagte. Ich legte CJ eine Pfote ans Bein, weil ich ungeduldig darauf wartete, endlich das Haus zu verlassen. Mrs Minnick trat zur Seite und CJ stellte Sneakers' Kiste in die Nachbarwohnung.

»Hier ist alles drin, was sie braucht. Auch ein paar Dosen Futter, allerdings hatte sie in letzter Zeit kaum Appetit.«

»Weil sie sich den Bauch bei mir vollgeschlagen hat.«

»Das dachte ich mir schon. Haben Sie vielen Dank für alles.« CJ trat einen Schritt auf Mrs Minnick zu, die Sneakers auf ihrem Arm streichelte. »Du bist eine gute Katze, Sneakers.« CJ steckte ihren Kopf in Sneakers' Fell und Sneakers schmiegte ihren Kopf an den von CJ. »Also dann«, flüsterte CJ.

Ich jaulte leise vor Kummer über die Traurigkeit, die mein Mädchen schon wieder ausstrahlte.

Mrs Minnick sah CJ aufmerksam an. »Ist wirklich alles in Ordnung?«

»Machen Sie sich keine Sorgen um mich. Und du,

Schnuckelmuckel-Sneakerchen, benimm dich und mach mir keinen Kummer!«

»Kommen Sie uns doch mal besuchen!«

»Sobald ich in der neuen Wohnung eingerichtet bin, okay? Jetzt müssen wir aber gehen! Bis bald, Sneakers, ich hab dich lieb!«

Sneakers sprang von Mrs Minnicks Arm und trabte in die Wohnung hinein. Eigentlich war sie eine gute Katze, aber dass sie CJ nun so unglücklich machte, nahm ich ihr doch übel.

Nachdem wir Sneakers bei Mrs Minnick gelassen hatten, unternahmen wir einen sehr seltsamen Spaziergang. Erst machte ich mein Geschäft im Schnee, doch dann trug mich CJ nur auf dem Arm, während wir immer weiterliefen. Es war zwar sehr komfortabel und ihr Körper hielt mich schön warm. Doch CJ schien furchtbar müde und traurig zu sein und ich fragte mich die ganze Zeit, wohin wir eigentlich gingen.

Endlich hielten wir an und sie ließ mich wieder runter. Ich schnupperte im Schnee, konnte aber keine vertrauten Gerüche erschnuppern. CJ ließ sich auf die Knie fallen und beugte sich über mich. »Max, hör zu.«

Ich schleckte ihr übers Gesicht, aber das machte sie nur noch trauriger. Ich verstand die Welt nicht mehr. Normalerweise war sie überglücklich, wenn ich sie küsste.

»Du bist mir immer ein guter, treuer Hund gewesen. Der tollste und beste Hund, den sich ein einsames Mädchen in der großen Stadt nur wünschen kann. Das musst du mir glauben, Max. Du hast mich beschützt und gut auf mich aufgepasst, dafür liebe ich dich sehr, Max. Egal was nun geschieht, vergiss nie, dass ich dich sehr lieb habe, versprochen?« CJ wischte sich die Tränen aus dem Gesicht, die ihr in Strömen über die Wange liefen. Die unheilvolle Traurigkeit, die aus ihrem Inneren kam, machte mir Angst.

Sie richtete sich wieder auf und holte tief Luft. »Also dann«, sagte sie und trug mich noch ein Stückchen des Wegs. Auf einmal stieg mir ein vertrauter Geruch in die Nase und ich wusste nun, dass wir Trent besuchten. Ich war erleichtert, denn er würde CJ sicher helfen können. Was auch immer hier vor sich ging, überstieg den Verstand eines Hundes, aber außer mir wusste nur Trent ganz genau, was gut für CJ war.

»Du meine Güte, was ist denn passiert?«, sagte Trent, nachdem er die Tür geöffnet hatte. »Komm rein.«

»Ich kann nicht bleiben«, sagte CJ, als wir im Flur standen. »Ich muss sofort zum Flughafen.« Sie setzte mich ab und ich stürmte mit wedelndem Schwanz auf Trent zu. Als ich an ihm hochsprang, streichelte er meinen Kopf, ohne CJ aus den Augen zu lassen.

»Was willst du am Flughafen?«

»Gloria ist sehr krank, ich muss zu ihr.«

»Ich komme mit«, sagte Trent.

»Nein. Könntest du stattdessen auf Max aufpassen, während ich weg bin? Du bist der einzige Mensch auf der Welt außer mir, den er wirklich gern hat.«

»In Ordnung«, sagte Trent gedehnt. »Willst du mir für ein paar Tage Gesellschaft leisten, Max?«

»Ich muss los«, sagte mein Mädchen. Hier bei Trent schien sie keinen Funken glücklicher zu sein.

»Soll ich dich zum Flughafen fahren?«

»Nein, das ist nicht nötig.«

»Irgendwas stimmt doch nicht, CJ. Du hast doch was.«

CJ holte wieder tief Luft und ein leises Schaudern durchzuckte sie. »Es ist alles in Ordnung. Du weißt ja, wenn's um Gloria geht, kommen immer alle möglichen Gefühle in mir hoch, aber das wird schon. Ich muss jetzt wirklich gehen.«

»Wann geht dein Flug?«

»Bitte Trent, ich schaff das schon alleine. Lass mich jetzt einfach gehen.«

»Okay, gut«, sagte Trent leise. »Also Max, sag ›auf Wiedersehen, CJ!‹«

»Wir haben uns schon ...« CJ schüttelte den Kopf. »Also Max, mach's gut!« Sie kniete mit einem Bein nieder. »Ich hab dich sehr lieb. Wir sehen uns bald wieder.« Dann erhob sie sich. »Mach's gut, Trent.«

Sie umarmten sich unheimlich lang. Als sie auseinandergingen spürte ich Trents Angst. Ich sah mich um, konnte aber keine Gefahr erkennen. »CJ?«, sagte er mit leiser Stimme.

Sie schüttelte den Kopf, ohne ihn anzusehen. »Ich muss jetzt wirklich gehen.« Dann wandte sie sich ab und ich wollte ihr folgen, doch die Leine hielt mich zurück. Ich bellte ihr nach, aber CJ ging einfach weiter auf den Schrank mit den Schiebetüren zu. Als die sich öffneten, trat sie ein, und erst dann drehte sie sich noch einmal um und unsere Blicke trafen sich ein letztes Mal. Dann schaute sie zu Trent hinüber, lächelte und winkte ihm kurz zu. Sogar auf die Entfernung sah ich ihre Tränen, die vom grellen Licht der Deckenbeleuchtung in dem schrankartigen Raum angestrahlt wurden. Ich bellte wieder. Dann schoben sich die Türen zu.

Trent hob mich hoch und sah mir tief in die Augen. »Was ist wirklich los, Max? Sag es mir«, flüsterte er. »Das gefällt mir nicht. Es gefällt mir ganz und gar nicht.«

Fünfundzwanzig

Auf einmal war alles völlig anders. Ich wohnte bei Trent in einem viel größeren Haus als vorher mit CJ und Sneakers. Jeden Tag kamen eine Frau namens Annie und ein gutmütiger dicker, ockerfarbener Hund namens Harvey vorbei und nahmen mich mit zum Spazierengehen. Ich fand es lustig, dass sie auch Annie hieß wie meine Schwester damals im Haus der bellenden Hunde, was darauf schließen ließ, dass manche Menschen Hunde so gern hatten, dass sie sich tatsächlich Hundenamen gaben. Annie roch nach vielen anderen Hunden und Katzen, was meine These nur bestätigte. Als sie zum ersten Mal erschien, schoss ich grimmig bellend auf sie los, um klarzustellen, dass ich vor ihrem Harvey keine Angst hatte. Trent fing mich ab und hob mich auf den Arm. Annie nahm mich ihm ab und auf einmal wusste ich nicht mehr weiter. Normalerweise drückte mich niemand ans Herz, wenn ich gerade wild knurrte und grollte. Doch Annie summte leise und wiegte mich in ihren Armen, sodass ich allen Widerstand aufgab. CJ konnte ich nicht beschützten, weil sie nicht da war, also musste ich es im Moment vielleicht nicht so genau nehmen.

Annie, Harvey und ich holten auch noch andere Hunde ab, aber Annie machte alles falsch. Wir fingen nicht bei Katie an, sondern bei einem Hund namens Zen, der sehr lang war, aber kurze Beine hatte und dessen Ohren ständig auf dem Boden schleiften. Er hatte eine gewisse Ähnlichkeit mit Barney, dem Hund von Jennifer damals, als Rocky und ich noch klein waren. Als ich Zen anknurrte, fiel er sofort auf den Rücken und ließ sich von mir von oben bis unten beschnüffeln. Ich merkte schnell, dass Zen mir keinen Ärger machen würde. Deutlich weniger kooperativ verhielt sich allerdings ein hochgewachsener Hund mit krausem Fell namens Jazzy. Er wollte nie mit mir spielen.

Trent kam immer erst spät abends nach Hause und meist brachte er eine Tüte mit Essen für sich mit, das er dann schweigend in der Küche im Stehen aufaß. Er wirkte müde und traurig. Oft hielt er mir seine Hände hin, damit ich sie beschnuppern konnte, und ich nahm viele unterschiedliche Gerüche wahr, doch nie den meines Mädchens.

»Sie fehlt dir, nicht wahr, Max?«, sagte Trent leise. Ich wedelte mit dem Schwanz, um zu zeigen, dass ich meinen Namen verstanden hatte und dass es mir sehr gefiel, wenn er meinen Kopf streichelte.

Ich mochte Trent wirklich und es tat mir auch leid, dass er keinen eigenen Hund hatte, aber ich musste doch bei CJ sein! Ich wusste nicht, wo sie steckte, und warum sie mich zurückgelassen hatte. Manchmal träumte ich davon, dass sie bei mir war, doch immer wenn ich die Augen öffnete, war ich bei Trent und meistens allein.

War CJ zu Sneakers zurückgekehrt, um mit ihr zu leben? War sie deshalb beim Abschied so traurig gewesen? Dieselbe Traurigkeit hatte ich bei Hannah gespürt, als ich als Buddy zum letzten Mal beim Tierarzt war. Doch CJ brauchte mich zum Leben, deshalb kam sie ja jedes Mal zu mir zurück, wenn ich neu geboren wurde. Daran würde sich nie etwas ändern, also beschloss ich, den Zustand ohne sie als vorübergehend einzustufen, was auch immer der Grund dafür sein mochte.

Als mich Annie und Harvey eines Nachmittags zurückbrachten, wartete Trent schon im Wohnzimmer. »Hallo«, sagte Annie, »ist es heute so weit?«

»Ja«, sagte Trent.

Harvey war an der Türschwelle sitzen geblieben, denn er gehörte zu den Hunden, denen man erst sagen musste, was zu tun war. Stets wartete er auf die Erlaubnis seiner Besitzerin. So hätte ich natürlich auch sein können, aber CJ legte darauf keinen Wert. »Komm rein, Harvey«, rief Annie. Harvey kam rein und sah erstmal nach, ob ich ihm Futter in meinem Napf übrig gelassen hatte. Das war zwar noch nie geschehen, trotzdem vergewisserte sich Harvey jedes Mal aufs Neue, denn man konnte ja nie wissen.

Annie ging in die Hocke und streckte die Arme nach mir aus. Etwas verlegen setzte ich mich in Bewegung, um mich von ihr knuddeln zu lassen. Harvey drückte ihr seine breite Schnauze ins Gesicht und wurde dafür auch getätschelt. »Einen schönen Tag wünsche ich dir noch, Max!«

Als Annie zur Tür hinausging, folgte ihr Harvey, ohne sich noch einmal umzuschauen.

»Sieh mal, ich hab was für dich«, sagte Trent. Es sah aus wie eine Kiste, aber die Seiten waren aus nachgiebigem Stoff. Trent schien wirklich davon begeistert zu sein. Vorsichtig schnüffelte ich daran. Als Molly hatte ich in einer größeren Kiste gesessen. Aber da war ich selbst ja auch größer gewesen.

Die Erinnerung an diesen turbulenten Trip als Molly in der Kiste, ließ mich die Hoffnung hegen, dass ich CJ bald wiedersehen würde. Deshalb begab ich mich widerstandslos in diese weiche Kiste, als Trent mich dazu aufforderte. Drinnen merkte ich, dass ich nur durch ein schmales Gitternetz an einem der beiden kurzen Enden hinausschauen konnte. Es war ein befremdliches Gefühl, in diesem Ding hochgehoben zu werden und definitiv nicht vergleichbar mit einer menschlichen Hand, die einen vom Boden direkt auf den Arm hob.

Wir machten eine Autofahrt, aber sowohl ich als auch Trent mussten hinten sitzen. Ich war ziemlich beleidigt, weil er mich nicht aus der Kiste herausnahm, damit ich aus dem Fenster sehen und andere Hunde anbellen konnte. Allerdings war es im Auto schön warm und der nasse, kalte Wind, der mich beim Verlassen des Gebäudes durch die Maschen angeweht hatte, störte uns hier drin nicht.

Dann kamen wir bei einem anderen Gebäude an und gingen hinein. Ich war wirklich enttäuscht, dass es hier überhaupt nicht laut war. Alles wirkte still und gedämpft und die Luft war erfüllt von chemischen Gerüchen, aber ich roch auch sehr viele Menschen. Sehen konnte ich fast gar nichts und außerdem war mir ein bisschen schlecht von der Art, wie ich in dieser weichen Kiste durch die Gegend getragen wurde.

Wir betraten ein schmales Zimmer, wo Trent die Kiste endlich auf den Boden stellte. »Hallo«, sagte er leise. Ich hörte ein Rascheln.

»Hi«, hörte ich ein schwaches Stimmchen.

»Ich hab jemanden mitgebracht, der dich unbedingt sehen möchte.« Trent fummelte an dem weichen Stoff herum und ich versuchte, ihm durch die Maschen die Hände zu lecken, weil ich es kaum erwarten konnte, endlich rauszukommen. Dann griff er in die Kiste hinein und hob mich in die Luft. Von oben sah ich eine Frau in einem Bett liegen.

»Max!«, rief sie und da begriff ich erst, dass es CJ war! Sie roch ziemlich seltsam, nach sauren Ausdünstungen und chemischen Aromen. Trotzdem erkannte ich sie sofort. Ich drehte und wand mich in Trents Händen, aber er hielt mich eisern fest.

»Ganz sachte, Max. Sei behutsam«, sagte Trent. Dann übergab er mich in CJs warme, wunderbare Hände. Winselnd vergrub ich meinen Kopf in ihren Armen und weinte sogar ein bisschen, weil ich so glücklich war, sie wiederzusehen.

»Ganz ruhig, Max, okay? Ganz ruhig«, sagte Trent.

»Ist schon in Ordnung«, sagte CJ, »du hast mich eben vermisst, nicht wahr, Max?« Ich fragte mich, warum ihre Stimme so dünn und krächzend klang. Sie hörte sich überhaupt nicht nach CJ an. Von ihrem Arm führte eine Plastikleine zu einem seltsamen Gerät und dauernd ertönte ein sehr unangenehmes Piepen.

»Wie geht es dir?«, fragte Trent.

»Der Hals ist noch ganz wund vom Schlauch, aber sonst geht's schon besser. Übel ist mir noch.«

Am liebsten hätte ich sie am ganzen Körper beschnuppert und die vielen unbekannten Gerüche aufgenommen, doch ihre Hände hielten mich still und ich fügte mich ihrem Willen.

»Verglichen mit dem Zustand auf der Intensivstation siehst du heute geradezu blendend aus, auch wenn du mir das nicht glaubst. Du hast sogar etwas Farbe im Gesicht«, sagte Trent. »Und deine Augen leuchten wieder.«

»Ich bin sicher ein toller Anblick«, murmelte CJ.

Eine Frau trat ins Zimmer, und ich gab ihr durch ein tiefes Grollen zu verstehen, dass ich hier war, um CJ zu beschützen.

»Nein, Max«, sagte CJ.

»Max, hör auf«, sagte Trent. Er trat ans Bett und half, mich festzuhalten, sodass ich effektiv nichts tun konnte, als die Frau CJ eine geruchlose Substanz zu essen gab und ein Glas Wasser reichte. Eigentlich fand ich es ganz schön, dass sich beide an mich klammerten, und darum hielt ich still.

»Wie heißt er denn?«, fragte die Frau.

»Max«, sagten Trent und CJ gleichzeitig. Ich wedelte mit dem Schwanz.

»Hunde sind im Krankenhaus nicht erlaubt. Er dürfte eigentlich gar nicht hier sein.«

Trent machte einen Schritt auf sie zu. »Er ist doch so klein und wird auch nicht bellen. Könnte er nicht noch einen Augenblick bleiben?«

»Ich mag Hunde sehr gern, deshalb werde ich ihn einfach mal übersehen. Aber sagen Sie bloß nicht, dass ich davon wusste, falls Sie erwischt werden.«

Als die Frau fort war, sagten CJ und Trent wie aus einem Mund »guter Hund«, und ich wedelte mit dem Schwanz.

Ich spürte, dass in CJ viele düstere Kräfte wirkten, Traurigkeit und Hoffnungslosigkeit saßen tief in ihr und es half auch nichts, dass ich sie beschnüffelte und mit der Schnauze anstieß. Sie schien müde und erschöpft und bald merkte ich, dass sich ihr Griff lockerte und ihre Hand nur noch entspannt auf mir ruhte.

Ich war verwirrt. Warum war CJ überhaupt in diesem Zimmer? Noch seltsamer wurde die Sache, als mich Trent bald darauf zu sich rief, und völlig konsterniert war ich, als er mich an der Leine von CJ wegzog.

»In ein paar Tagen siehst du sie wieder, Max«, sagte er. Ich hörte meinen Namen, verstand aber gar nichts mehr.

»Sei ein guter Hund, Max, und geh mit Trent. Aber bitte Trent, bringe ihn nächstes Mal nicht mit. Ich will die Belegschaft hier nicht gegen mich aufbringen.« Ich wedelte mit dem Schwanz, weil ich gern ein guter Hund war.

»Ich komme morgen wieder«, sagte Trent. »Versuche jetzt ein bisschen zu schlafen. Du kannst mich auch jederzeit anrufen, falls du nicht schlafen kannst, ich bin immer für dich da«, sagte Trent.

»Du musst wirklich nicht jeden Tag kommen«, sagte CJ.

»Das weiß ich.«

Wir fuhren zurück zu Trent. Während der nächsten Tage wurde ich wie immer von Annie zu einem Spaziergang mit Harvey, Jazzy und Zen abgeholt, doch wenn Trent abends zurückkehrte, roch er immer ein bisschen nach CJ. Aber auch nach anderen eigenartigen Sachen.

Als wir das nächste Mal in das schmale Zimmer gingen, machte CJ noch immer ein Nickerchen im selben Bett. Allerdings roch sie jetzt wieder besser und setzte sich sogar im Bett auf, als Trent mich aus der weichen Kiste herausholte.

»Max!«, rief sie überglücklich. Ich sprang in ihre Arme und ließ mich von ihr umarmen. Die Plastikleine an ihrem Arm war verschwunden und der unangenehme Piepton auch. »Mach die Türe zu, Trent«, sagte CJ. »Ich will wegen Max keinen Ärger bekommen.«

CJ und Trent wechselten viele Worte, doch ich rollte mich tief in ihrer Armbeuge ein, um anzuzeigen, dass das mein angestammter Platz war, falls Trent wieder auf die

Idee kommen sollte, mich erneut von CJ zu trennen. Gerade als ich wegschlummern wollte, hörte ich eine Frau an der Tür »Oh mein Gott!« rufen. Ich erkannte die Stimme sofort.

Gloria.

Mit Blumen im Arm kam sie ins Zimmer gerauscht und lief zum Bett, während sie Trent den Strauß in die Hände drückte. Nach diesen Blumen roch sie auch und wie immer nach unzähligen anderen süßen, schweren Düften, die mir die Tränen in die Augen trieben.

»Du siehst ja furchtbar aus«, sagte Gloria.

»Ich freu mich auch, dich zu sehen«, erwiderte CJ.

»Bekommst du hier überhaupt etwas zu essen? Was ist das für ein Laden hier?«

»Ein Krankenhaus«, sagte CJ. »Erinnerst du dich noch an Trent?«

»Guten Tag, Miss Mahoney.«

»Natürlich weiß ich, dass das ein Krankenhaus ist, das meinte ich nicht. Hallo Trent.« Gloria streckte ihm ihr Gesicht entgegen und wandte sich dann wieder CJ zu. »Ich hab mir noch nie so große Sorgen gemacht. Das hat mich fast umgebracht!«

»Bitte entschuldige«, sagte CJ.

»Schätzchen, ich hab auch schon schlimme Zeiten durchmachen müssen. Trotzdem hatte ich immer die Kraft weiterzumachen. Nur wenn man sich selbst als Versager sieht, ist man auch ein Versager. Wie oft hab ich dir das gesagt? Und dann das … es hat mich wirklich umgehauen. Ich habe mich sofort auf den Weg gemacht, als ich es erfuhr.«

»Nun ja, das war vor zehn Tagen«, sagte Trent.

Gloria drehte sich zu ihm um. »Wie bitte?«

»Ich habe Sie vor zehn Tagen angerufen, um Bescheid zu sagen. So viel zum Thema ›sofort‹.«

»Was soll ich auch hier, wenn sie noch im Koma liegt?«, sagte Gloria und schaute ihn finster an.

»Da haben Sie natürlich recht.«

»So kann man das auch sehen«, sagte CJ und daraufhin grinsten sich die beiden an.

»Krankenhäuser sind der absolute Horror für mich«, sagte Gloria.

»Wie außergewöhnlich«, sagte CJ. »Die meisten Leute sind liebend gern im Krankenhaus.« Diesmal lachte nur Trent.

»Trent, meinst du, du könntest es ermöglichen, dass eine Mutter mal ein paar Worte allein mit ihrer Tochter spricht?«, sagte Gloria mit kühler Stimme.

»Selbstverständlich«, erwiderte Trent.

»Und nimm deinen Hund mit«, sagte Gloria. Bei dem Wort »Hund« warf ich CJ einen Blick zu.

»Das ist Max und er ist mein Hund«, sagte CJ.

»Ruf mich, wenn du was brauchst«, sagte Trent und verließ den Raum.

Gloria setzte sich auf den einzigen Stuhl und sagte: »Ziemlich deprimierender Ort, nicht wahr? Steht Trent also wieder auf der Matte?«

»Trent stand nie auf irgendeiner Matte, Gloria. Er ist mein bester Freund.«

»Schon gut, nenn' es, wie du willst. Seine Mutter musste natürlich gleich bei mir anrufen, kaum dass sie erfahren hatte, dass meine Tochter eine Überdosis Schlaftabletten zusammen mit Frostschutzmittel geschluckt hat. Sie sagte, er sei der Vizepräsident von irgendeiner Bank. Lass dich bloß nicht davon blenden, wenn er so tut, als wäre das was Besonderes. Banken gehen äußerst großzügig mit solchen Titeln um, dann können sie bei der Bezahlung ihrer Angestellten nämlich umso zurückhaltender sein.«

»Trent ist Investmentbanker und tatsächlich sehr erfolgreich in seinem Beruf.« CJs Stimme klang gereizt.

»Apropos Investitionen – ich habe große Neuigkeiten!«

»Tatsächlich?«

»Carl möchte, dass ich ihn heirate.«

»Wer ist Carl?«

»Ich hab dir doch von ihm erzählt. Er hat ein Vermögen verdient mit diesen Münzdingern, die man im Waschsalon für den Trockner braucht. Eine Villa in Florida und ein Riesensegelboot. Dazu noch eine schicke Wohnung in Vancouver und zur Hälfte gehört ihm sogar ein Hotel in Vail! Wir können da hin, wann immer wir wollen! Stell dir vor, davon träume ich schon lange, leider fehlte mir bisher der richtige Reisepartner. Vail soll ja wie Aspen oder Sankt Moritz sein, bloß dass einem da nicht die ganzen Einheimischen den Spaß verderben.«

»Das heißt also, du heiratest?«

»Ja, nächsten Monat macht er mir offiziell einen Antrag. Dann fahren wir nämlich in die Karibik, wo er schon seinen beiden Ex-Frauen einen Heiratsantrag gemacht hat. Verstehst du? Willst du mal ein Bild von ihm sehen?«

»Na klar.«

Gähnend blickte ich auf, als Gloria CJ etwas in die Hand gab. CJ wieherte vor Lachen. »Das ist Carl? Er sieht aus wie ein Veteran aus dem amerikanischen Bürgerkrieg.«

»Halt den Mund, du weißt nicht, was du sagst.«

»Der ist ja mindestens tausend Jahre alt.«

»Unsinn. Er ist ein sehr distinguierter älterer Herr. Kein Grund, gleich ausfällig zu werden. Schließlich ist er bald dein Stiefvater.«

»Du meine Güte, wie oft ich das schon von dir gehört habe. Wie hieß der Typ noch mal, der die Hypothek damals für unser Haus übernommen hat? Der, zu dem ich auch immer Dad sagen sollte?«

»Auf die meisten Männer ist eben kein Verlass. Carl ist anders.«

»Warum? Weil er schon steinalt ist?«

»Nein, weil er zum Beispiel zu seinen Ex-Frauen noch Kontakt hat. Das will allerhand heißen.«

»O ja, bestimmt.« CJ legte mir zärtlich die Hand auf den Kopf und mich durchrieselte ein ungeheures Glücksgefühl, weil ich ihre innige Liebe spüren konnte. Bald war ich wieder eingeschlafen. Kurz darauf wurde ich wieder wach, weil ich merkte, dass CJ wütend wurde.

»Was soll das heißen, du willst nicht darüber reden?«, sagte sie gerade zu Gloria.

»Diese Familie hat mich ziemlich schlecht behandelt. Mit denen haben wir nichts mehr zu tun.«

»Das ist nicht fair, es sind immerhin meine nächsten Verwandten. Ich habe ein Recht darauf, sie kennenzulernen und zu wissen, woher ich komme.«

»Ich habe dich ohne ihre Hilfe ganz alleine großgezogen.«

Ein Gefühl von Traurigkeit stieg in CJ hoch. Gleichzeitig war sie aber auch wütend. »Ich erinnere mich kaum mehr an sie, obwohl Dad mich als kleines Kind ein paar Mal dahin mitgenommen hat. Da war ein Pferd. Und Grandma. Aber es sind nur noch Bruchstücke in meiner Erinnerung, ich war damals höchstens fünf Jahre alt.«

»So ist das eben.«

»Das hast nicht du zu entscheiden.«

»Jetzt will ich dir mal was sagen.« Gloria war nun auch wütend und erhob sich vom Stuhl. »Du bist kein kleines Kind mehr und hörst jetzt auch bitte auf, dich so aufzuführen. Du wirst demnächst wieder bei mir wohnen und dich an meine Regeln halten. Verstanden?«

»Das wird sie nicht«, sagte Trent an der Tür mit ruhiger Stimme.

Die Köpfe der beiden Frauen drehten sich in seine Richtung, während Trent näher kam.

»Das geht dich überhaupt nichts an«, sagte Gloria.

»Es geht mich sehr wohl etwas an. CJ braucht jetzt Ruhe. Sie muss jede Aufregung vermeiden. Und vor allem wird sie nicht mehr mit Ihnen nach Hause kommen, sondern hier ihre Laufbahn als Schauspielerin einschlagen.«

»Ich bezweifle, dass aus mir je eine Schauspielerin wird«, sagte CJ.

»Das sehe ich genauso«, bestätigte Gloria sie.

»Dann machst du eben irgendwas anderes. Was immer du willst, du kannst es schaffen. Du bist kein hilfloses Wesen, CJ. Du musst nur endlich anfangen, an dich zu glauben«, sagte Trent mit Nachdruck.

»Wovon redest du eigentlich?«, fragte Gloria kühl.

»CJ, hör auf mich. Vertrau mir. Bitte.«

»Ich kann nicht in New York bleiben, Trent. Ich kann es mir nicht leisten …«

»Bei mir ist jede Menge Platz. Du kannst dein eigenes Zimmer haben, bis du wieder auf den Beinen bist.«

»Und was sagt Liesl dazu?«

»Ach, Liesl.« Er lachte kurz auf. »Wir haben uns wieder

getrennt. Dieses Mal endgültig, denn ich habe nicht vor, noch einmal zu Kreuze zu kriechen. Ich habe kapiert, dass sie dieses Spiel braucht, dramatische Trennungen und dann hinterher die große Versöhnung. Und danach geht alles wieder von vorne los, es ist wie eine Sucht bei ihr.«

»Wann habt ihr euch denn getrennt?«

»Am Abend, bevor du Max zu mir gebracht hast.«

Ich wedelte mit dem Schwanz.

»Ich schäme mich so. Du hattest eine schwere Zeit und ich hab nicht ein einziges Mal gefragt, wie es dir geht«, sagte CJ.

»Das macht nichts, du hattest schließlich andere Sorgen«, sagte Trent mit schiefem Grinsen.

»Könnten wir bitte zurück zum Thema kommen?«, rief Gloria.

»Du meinst zu einem, das dir genehm ist?«, sagte CJ.

»Nein, das habe ich nicht gesagt. Ich meinte, dass du am Mittwoch mit mir kommst, ich habe schon alles vorbereitet«, sagte Gloria mit fester Stimme.

»Du solltest dich mit Menschen umgeben, die an dich glauben, CJ. Ich glaube an dich. Ich habe immer an dich geglaubt«, sagte Trent. Ich spürte, wie Glorias Zorn wuchs.

»Ich lasse mir von niemandem sagen, ich würde nicht an meine Tochter glauben! Wer hat denn diese idiotische Idee, nach New York zu ziehen, unterstützt? Das war doch ich!«

»Unterstützt nennst du das?«, erwiderte CJ.

»Sie tun ihr nicht gut, Gloria. Sie muss sich jetzt erholen und das kann sie bei Ihnen ganz sicher nicht«, sagte Trent.

»Ich bin immer noch ihre Mutter«, sagte Gloria eisig.

»Sie haben Sie auf die Welt gebracht, das stimmt wohl. Aber nun ist CJ erwachsen, und damit hat sich Ihre Aufgabe erledigt.«

»CJ?«, rief Gloria. Ich sah Gloria an, die CJ anstarrte, dann blickte ich hinüber zu Trent, der Gloria ansah, und schließlich hoch zu CJ, deren Blick zwischen beiden hin und her wanderte. Gloria stemmte die Hände in die Hüften.

»Du warst schon immer ein undankbares Kind. Dabei habe ich so viele Opfer für dich gebracht«, sagte sie bitter. Dann stolzierte sie aus dem Zimmer, wandte sich an der Tür aber noch einmal um und warf CJ einen erzürnten Blick zu. »Ich komme morgen wieder und am Mittwoch werden wir dieses Krankenhaus gemeinsam verlassen. So wie es abgemacht war. Mehr gibt es dazu nicht zu sagen.« Nun warf sie Trent einen wütenden Blick zu. »Auch nicht von dir.«

Ich wedelte mit dem Schwanz, weil ich froh war, dass Gloria ging. Die Atmosphäre war immer etwas angespannt, wenn sie da war.

Als wir an diesem Abend zu Trent zurückkehrten, fragte ich mich, ob dies nun zur Gewohnheit werden sollte: nachts bei ihm schlafen und tagsüber CJ in ihrem neuen Zimmer mit dem rutschigen Boden besuchen? CJ schien Gefallen daran zu finden, in immer winzigeren Wohnungen zu hausen.

Trent warf mit einem Gummispielzeug, das aberwitzig in der Küche umhersprang, und nachdem ich es erwischt und ihm zurückgebracht hatte, lachte er und sagte, ich sei ein guter Hund.

Etwas später beugte er sich zu mir herunter, um mir frisches Futter in den Napf zu füllen, und da bemerkte ich es: diesen untrüglichen, metallischen Geruch seines Atems. Ich war völlig verwirrt, aber ich tat, was man mir einst beigebracht hatte.

Ich kreuzte die Pfoten und zeigte an.

Sechsundzwanzig

Wenige Tage nach Glorias Gastspiel zog CJ bei Trent ein. Sie wohnten nicht im gleichen Zimmer, sondern CJ bekam ein eigenes, wo sie Sachen aus der Tasche packte. Sneakers' Geruch hing noch an so manchem Teil. Ihr neues Leben schien sie jedoch sehr müde zu machen, denn sie verbrachte furchtbar viel Zeit im Bett und wirkte immer traurig, matt und gequält. Ich versuchte sie aufzumuntern, indem ich ihr Kauknochen schenkte, die Trent tütenweise anbrachte, doch sie war nie in Stimmung für ein Spielchen und hielt die Knochen nur kraftlos in der Hand, damit ich ein wenig daran zerren konnte.

Trent kehrte mindestens einmal am Tag zurück, um mich rauszulassen. »Kein Problem, ich arbeite ja gleich um die Ecke«, sagte er.

»Vielleicht schaffe ich es morgen, Max auszuführen«, sagte CJ.

»Lass dir Zeit.«

Sie fanden anscheinend Gefallen an einem neuen Spiel, bei dem Trent sich neben CJ aufs Bett setzte und ihren Arm in einen kleinen Mantel einwickelte, der ähnlich aussah wie mein Pulli, der so schön wärmte, und dann einen kleinen Gummiball mehrmals fest drückte. Dann war ein eigenartiges Zischen zu hören, während Trent und CJ mucksmäuschenstill auf dem Bett saßen. »Der Blutdruck ist in Ordnung«, sagte Trent dann meistens. Wenn er ihr danach den Mantel wieder abnahm, machte der dasselbe ratschende Geräusch wie mein Winterpulli!

Allerdings durfte ich nie mit dem Gummiball spielen, weil das offenbar Trents bevorzugtes Spielzeug war.

Gefüttert wurde ich von Trent und ich lernte, dass ich, um eine Mahlzeit zu bekommen, anzeigen musste, wenn ich den metallischen Geruch in seinem Atem wahrnahm, also fast jedes Mal.

»Möchtest du vorher beten, Max?«, fragte Trent manchmal. Dann gab ich das Zeichen, wurde gelobt und mit einer Mahlzeit belohnt.

»Max betet vor jeder Mahlzeit«, sagte Trent einmal zu CJ. Ich war durchs Zimmer geflitzt, um überschüssige Energie abzubauen, doch als ich meinen Namen und Mahlzeit im selben Atemzug hörte, hielt ich abrupt inne. Ich hätte nichts gegen einen Nachtisch gehabt, obwohl ich schon gegessen hatte.

»Was meinst du damit?«, fragte CJ lachend.

»Ich schwör's dir. Er neigt den Kopf und kreuzt dabei die Vorderpfoten, als wollte er ein Tischgebet sprechen. Echt niedlich.«

»Ist mir noch nie aufgefallen«, sagte CJ.

»Bete doch mal, Max!«, rief Trent mir zu. Mir war klar, dass ich nun etwas machen sollte, also setzte ich mich und bellte. Beide lachten, aber ich bekam kein Leckerli, also musste ich irgendwas falsch verstanden haben.

Als CJ endlich wieder vom Bett zur Couch gehen konnte, schob sie mit unendlich langsamen Schritten ein Ding vor sich her, das aussah wie ein kleiner Metallstuhl, an dem sie sich festhielt. Auf diesem Stuhl-Schiebeding lagen viele Tennisbälle, aber nie warf sie einen für mich, damit ich ihn fangen konnte. Vor Freude hüpfte ich um sie herum, weil sie wieder auf den Beinen war. Doch sie atmete schwer und schien gar nicht froh zu sein.

Trent hingegen war begeistert, als er sie bei seiner Rückkehr auf der Couch sitzen sah. »Du bist aber weit gekommen!«, rief er zur Begrüßung lachend.

»Es hat auch nur Stunden gedauert.«

»Das ist doch fantastisch, CJ.«

»Ja, klar.« Seufzend sah sie zur Seite. Ich sprang zu ihr auf die Couch und drückte meine Schnauze in ihre Hand, damit sie sich besser fühlte.

Danach stand CJ jeden Tag auf und schob dieses Ding mit den Tennisbällen durch die Wohnung. Irgendwann gingen wir sogar wieder gemeinsam raus. Beim ersten Spaziergang schmolz der Schnee auf der Straße und die Autoreifen machten laute Geräusche. Überall tropfte und spritzte das Wasser. Nach ein paar Metern auf dem Gehweg waren alle Tennisbälle auf dem Schiebeding nass. Auch ein paar Tage später mussten wir nach wenigen Schritten umkehren, weil es anfing zu schneien. Tags darauf schien jedoch die Sonne, der Schnee schmolz weg und die Luft war erfüllt vom Geruch feuchter Erde und frischen Gräsern.

In der Wohnung gab es auch ein Zimmer im Freien, zu dem Trent Balkon sagte. Dort hatte er eine Kiste hingestellt, die mit einer borstigen Matte ausgelegt war. »Hier kannst du dein Geschäft reinmachen, Max. Das ist dein persönliches Dixi-Klo.«

Auf der Matte lag es sich angenehmer als auf dem nackten Betonboden, deshalb sprang ich oft in die Kiste und ließ mir die frische Brise und die interessanten Düfte der Straße unten um die Nase wehen. Manchmal mischte sich auch der Geruch von Mrs Warren vom Balkon nebenan dazu. »Hallo, Max«, sagte sie dann zu mir und ich wedelte mit dem Schwanz.

»Die Kiste ist nicht zum Reinliegen da, Max«, sagte Trent, als er mich zum ersten Mal da drin sah. CJ lachte schallend. Obwohl ich nicht recht begriff, was los war, freute ich mich derart über CJs Lachen, dass ich beschloss, mich von nun an öfter auf die Matte zu legen.

Je wärmer die Tage wurden, desto länger wurden auch unsere Spaziergänge, wenngleich CJ mit ihrem Stuhl-Schiebeding kaum vom Fleck kam. Katie oder andere Hunde holten wir aber nicht mehr ab.

Wir drehten immer dieselbe Runde und ich freute mich jedes Mal auf das Blumenbeet auf dem Weg. Dort hatte ein Rüde, dem ich bislang nie begegnet war, offenbar jede Pflanze einzeln markiert. Ich beschnüffelte sie alle vorsichtig, bevor ich ebenfalls ein Bein hob, um meine Duftmarke daneben zu setzen.

»Max liebt dieses Beet, er bleibt jedes Mal stehen, um es ausgiebig zu beschnüffeln«, sagte CJ zu Trent, als wir einmal zu dritt spazieren gingen.

»Max, du guter Hund! Antreten zum Rosenduft schnüffeln!«, rief Trent lachend. Ich nahm gern zur Kenntnis, dass ich ein guter Hund war. Im Augenblick war ich jedoch anderweitig beschäftigt und musste mich auf den Geruch dieses fremden Hundes konzentrieren.

An manchen Tagen ging es CJ schlechter, dann lag sie im Bett, wie zum Beispiel damals, als ich ein Geräusch an der Tür hörte, und bellend hinrannte, um nachzusehen. Mein

Erstaunen war grenzenlos, als die Tür aufging und Duke plötzlich auf mich zustürzte!

Ich sprang an ihm hoch und nahm seinen Riesenkopf zwischen meine Pfoten, um ihm die Schnauze zu lecken, weil ich mich aufrichtig freute, ihn zu sehen. Mit seiner langen Zunge schlabberte er mir übers Gesicht, während er jaulte und am ganzen Körper zitterte vor Glück, wieder bei mir zu sein. Dann ließ er sich auf den Rücken fallen, damit ich auf ihn draufsteigen konnte, und wir balgten ein bisschen herum.

»Kriegt euch wieder ein, Jungs«, sagte Trent. Dann trotteten wir hinter ihm ins CJs Zimmer. CJ setzte sich im Bett auf und rief: »Duke!«

Vor lauter Begeisterung, sie zu sehen, sprang Duke mitten aufs Bett. CJ stöhnte vor Schmerz. »Runter da«, rief Trent.

Die Lampe neben CJs Bett fiel zu Boden, es blitzte und dann war es dunkel. Duke sprang aufgeregt hechelnd umher und stieß dabei laufend gegen Wände und Möbel, dann sprang er wieder aufs Bett. »Runter vom Bett!«, rief nun CJ und klang sehr ärgerlich.

Knurrend biss ich Duke in die Ferse und er kauerte mit angelegten Ohren auf dem Boden.

Mein Mädchen brauchte Ruhe, das wurde mir nun klar, nachdem ich gesehen hatte, wie Duke ihr im Übermut Schmerzen zugefügt hatte. Trent und CJ waren nun böse auf ihn, weil er sich nicht benehmen konnte und überall wild herumsprang.

In dieser Wohnung war aber nur ein leiser und zurückhaltender Hund ein guter Hund, denn CJ brauchte Ruhe.

Als Duke sich halbwegs beruhigt hatte, nahm CJ seinen

Kopf in beide Hände und kraulte ihn an den Ohren. »Wie hast du das nun wieder geschafft, Trent?«

»Barry ausfindig zu machen, war nicht sonderlich schwer. Ich habe ihn im Büro angerufen und einfach gefragt. Er konnte gar nicht nein sagen.«

CJ hörte kurz auf, Duke zu kraulen und sah Trent an. »Du meinst, er konnte *dir* den Wunsch nicht abschlagen«, sagte CJ.

»Nun ja …«

»Ach Dukie-Duke, es ist so wunderbar, dich hier bei mir zu haben«, sagte CJ und es klang wie Singen.

Ich sprang aufs Bett und drängte mich dazwischen, damit nicht nur Duke alle Streicheleinheiten kassierte. Ich wusste, dass CJ mich dabeihaben wollte, denn ich war der wichtigere Hund und ganz klar die Nummer eins.

Als Duke wieder weg war, setzten sich Trent und CJ ausnahmsweise mal zum Abendessen an den Tisch. Meistens aß CJ im Bett, was mir auch heute lieber gewesen wäre, denn dort saß ich dann direkt neben dem Tablett. Aber aus unerfindlichen Gründen zogen sie es heute vor, mir ihre Füße vor die Nase zu halten. Geduldig wartete ich unterm Tisch und hielt Ausschau nach herabfallenden Stückchen.

»Vielleicht wäre eine Dialyse doch besser«, sagte Trent.

»Hör bitte damit auf, Trent.«

»Ich meine ja nur, damit werden wir auch noch fertig.«

»Wenn *ich* das durchmachen muss, werden *wir* also damit fertig?«, sagte CJ in scharfem Ton.

Eine Weile hörte ich nichts außer dem schabenden Geräusch der Gabeln auf den Tellern.

»Tut mir leid«, sagte CJ dann leise. »Ich bin dir unendlich

dankbar, dass du dich so um mich kümmerst. Das war gemein, ich rede manchmal schon wie Gloria.«

»Schon gut, du musst eine Menge aushalten, hast Schmerzen und Angst vor einer Dialyse. Ich verstehe, dass du genervt bist, wenn ich so tue, als sei ich der Betroffene. Ich wollte nur sagen, dass ich für dich da bin, egal was geschieht.«

»Danke, Trent. Einen Freund wie dich habe ich eigentlich gar nicht verdient.«

Nachdem sie gegessen hatten, füllte Trent meinen Napf. Voller Vorfreude umrundete ich seine Füße, während mein Futter klimpernde Geräusche machte und ich es kaum erwarten konnte, dass er mir die Schüssel endlich hinstellte.

»Sieh mal: Max! Beten!«

Trent bückte sich zu mir runter, hielt den Napf aber in die Höhe. Ich roch seinen metallischen Atem und wusste, was er von mir wollte. Ich gab das Zeichen.

»Siehst du das?« Trent lachte.

»Das ist aber merkwürdig, bei mir macht er das nie.«

»Er spricht ein Tischgebet«, sagte Trent.

Langsam wurden die Tage wärmer und unsere Spaziergänge immer länger. Endlich schob CJ auch nicht mehr dieses Stuhl-Ding mit den Bällen vor sich her, sondern stützte sich beim Gehen auf einen Stock mit Haken. Ich hatte mittlerweile gelernt, geduldig neben ihr herzugehen und nur so schnell zu laufen, wie sie eben konnte. Sie zu beschützen bedeutete nun, aufzupassen, dass sie nicht fiel oder Schmerzen beim Gehen hatte. Manchmal kam Trent um die Mittagszeit nach Hause, dann begleitete er uns. Auch seine Schritte waren dann sehr langsam.

Es war schon ewig her, seit ich das letzte Mal im Auto fahren durfte, und ich hatte die Hoffnung, je wieder ein Vordersitz-Hund zu sein, bereits begraben, trotz der vielen Autos um uns herum. Deshalb war ich überrascht, als ich in einer dieser Kisten mit den harten Wänden landete, von Trent aus dem Haus getragen und auf dem Rücksitz eines großen Autos abgestellt wurde.

»Am besten legen wir den Gurt um die Box«, sagte CJ. »Das ist sicherer.«

Ich fing an zu winseln, als Trent vorn am Steuer Platz nahm und losfuhr. Merkten sie denn nicht, dass ich hinten saß?

»Max, ich weiß, dass es dir nicht gefällt, aber die Sitze vorne sind besetzt. Außerdem ist es hinten für dich sicherer«, sagte CJ.

Ich verstand kein Wort von dem, was sie da sagte, aber CJs Stimme war so liebevoll. Ich überlegte, wie ich mich verhalten sollte. Eigentlich wollte ich am liebsten so lange bellen, bis ich aus dieser blöden Kiste herausgelassen wurde. Doch dann fiel mir wieder ein, wie ich als Molly auf dieser unbequemen Reise, nachdem wir am Meer gewesen waren, neben dem unablässig bellenden Hund in einer solchen Kiste saß und wie furchtbar mir sein Gebell damals auf die Nerven gegangen war. Ich wollte CJ aber nicht ärgern, sondern schonen, weil das die neue Art war, sie zu beschützen. Deshalb legte ich mich mit einem leisen Seufzer nieder und schwieg.

»Es ist das erste Mal, dass ich den August nicht in New York verbringen muss. Ich habe immer alle beneidet, weil sie der mörderischen Hitze entfliehen konnten«, sagte CJ.

Es wurde eine sehr lange Autofahrt.

»Willst du mir nicht verraten, wohin die Reise geht?«, sagte CJ nach einer Weile.

»Das wirst du bald merken«, erwiderte Trent. »Es soll ja eine Überraschung sein.«

Immer wenn wir tagsüber Halt machten, schlug uns draußen ein Hitzeschwall entgegen, aber die Nacht verbrachten wir an einem Ort, wo es so bitterkalt war, dass ich zu CJ unter die Decke kriechen musste. Trent schlief in einem anderen Zimmer, in dem es allerdings genauso roch wie bei uns.

Beim Einschlafen überlegte ich, wann ich das letzte Mal eine derart lange Reise gemacht hatte. Damals, als wir ans Meer gefahren waren? Ging da unsere Reise hin?

Nachdem wir am zweiten Tag erneut sehr lange gefahren waren und CJ viel geschlafen hatte, wurde sie mit einem Mal hellwach und ganz aufgeregt.

»Kann es sein, dass ich jetzt langsam ahne, wohin wir fahren? Ist das wirklich wahr?«, fragte sie.

»Du hast es erraten.«

»Wie hast du denn die Adresse herausgefunden?«

»Das war einfach. Es gibt offene Melderegister und Verwaltungsarchive, da gibt man zum Beispiel die Namen Ethan und Hannah Montgomery ein, und schon hast du die gewünschte Auskunft. Ich habe dann einfach angerufen und gefragt, ob wir sie besuchen dürfen.«

Ich wedelte in der Kiste mit dem Schwanz, als ich plötzlich die Namen Ethan und Hannah hörte.

»Wie immer war alles ganz einfach für dich. Wie machst du das nur? Früher war ich doch das schlaue Mädchen.«

»Du warst schlauer als ich? Hm, keine Ahnung, hab ich da irgendwas nicht mitbekommen?«

Beide lachten schallend.

»Sie wissen also, dass wir kommen?«

»Natürlich, sie erwarten uns schon.«

»Ich kann's kaum fassen, es ist so aufregend!«

Das Gebrumm des Motors machte mich schläfrig.

Als ich wieder erwachte, wurde mir ganz schwindlig von den Gerüchen, die mir plötzlich in die Nase stiegen. Auf einmal wusste ich, wo wir waren, und als der Wagen endlich hielt, winselte ich laut, weil ich sofort aussteigen wollte. »Schon gut, Max«, sagte Trent. Warme Abendluft schlug mir entgegen, als Trent die Tür meiner Kiste öffnete und mich anleinte. Ich hüpfte ins Gras.

Eigentlich hätte ich es mir denken können. Denn am Ende landeten alle irgendwann wieder auf der Farm.

Viele Menschen drängten aus dem Haus und rannten uns entgegen.

»Tante Rachel?«, fragte CJ unsicher.

»Lass dich ansehen, Kind«, rief die Frau und nahm CJ in die Arme, während die anderen im Kreis um uns herumstanden: drei Frauen, zwei Männer und ein kleines Mädchen. Außer der Kleinen erkannte ich alle am Geruch wieder. »Ich bin deine Tante Cindy«, sagte eine andere Frau. Sie bückte sich und streckte mir eine Hand entgegen, damit ich sie beschnuppern konnte. Doch Trent zog stark an der Leine, und mein Halsband erwürgte mich fast.

»Das ist Max, aber Vorsicht, er ist manchmal etwas ruppig«, sagte er.

Ich wedelte mit dem Schwanz vor lauter Wiedersehensfreude, und weil ich endlich zu Hause war. Ich hätte nichts dagegen gehabt, hier für immer zu bleiben.

»Er ist doch ganz freundlich«, sagte Cindy. Ich drängte zu

ihr und es gelang meiner Zunge sogar, ihre Hand zu erhaschen und zu lecken. Trent lachte. Kurz darauf nahm mich Cindy hoch und so konnte ich endlich auf Nasenhöhe mit der Familie Bekanntschaft schließen.

»Lasst uns reingehen«, sagte Cindy und übergab mich und meine Leine dem kleinen Mädchen, das anscheinend Gracie hieß.

Es war herrlich, die vertrauten Holztreppen hochzusteigen, obwohl es mich als Max sehr viel mehr Mühe kostete denn als Bailey. Voller Stolz wollte ich zeigen, dass ich mich auskannte und drängelte als Erster durch die Haustür, als ich merkte, dass Gracie die Leine losgelassen hatte.

Im Wohnzimmer saß eine Frau in einem Sessel. Sie war sehr alt und gebrechlich, aber ihren Geruch erkannte ich sofort. Ich sprang ihr mitten auf den Schoß. Es war Hannah, Ethans Gefährtin!

»Du meine Güte!«, rief sie lachend, während ich mich vor Wonne wand und versuchte, ihr das Gesicht abzulecken.

»Max!«, rief Trent. Er klang dabei so ernst, dass ich schnell von ihrem Schoß hüpfte und zu ihm rüberlief, um zu klären, ob ich mir schon wieder Ärger eingehandelt hatte. Er schnappte sich meine Leine.

»Grandma?«, sagte CJ.

Während sich Hannah schwerfällig erhob, lief CJ ihr entgegen. Dann umarmten sie einander lange. Beide weinten, und die Liebe und das ungeheure Glücksgefühl, das von ihnen ausging, rührte alle, die dabeistanden und es sahen.

Siebenundzwanzig

Wir blieben zwar nicht für immer auf der Farm, aber immerhin länger als eine Woche. Mit der Nase dicht am Boden rannte ich überall herum, um den vertrauten Gerüchen nachzuspüren. Dann stand ich am Teich und betrachtete die Enten – wie immer war es gleich eine ganze Familie –, doch ich entschied mich dagegen, sie aufzuscheuchen. Es war schon immer sinnlos gewesen und außerdem waren die Enteneltern genauso groß wie ich. Schon lange war mir nicht mehr so bewusst gewesen, was für ein winziger Hund ich nun war. Es erschien mir falsch, dass ein Hund die gleiche Größe haben sollte wie eine Ente.

Im Stall roch es stark nach Pferd, doch ich konnte zum Glück weit und breit keines entdecken. Denn wenn CJ noch einmal in eine Stallbox liefe, würde ich dem Pferd zwar wieder entgegentreten, doch die Vorstellung, es als kleiner Max tun zu müssen, versetzte mich in leichte Panik.

CJ und Hannah verbrachten viel Zeit miteinander und beide gingen in gleich langsamen Schritten nebeneinander her. Meistens war ich an ihrer Seite, in dem Hochgefühl, beide zu beschützen. »Ich habe die Hoffnung nie aufgegeben«, sagte Hannah. »Ich wusste, eines Tages würde es soweit sein, Clarity. Verzeih – ich meine CJ.«

»Ich mag es gern, wenn du mich Clarity nennst.«

»Als dein Freund anrief, wäre ich vor Freude fast in die Luft gesprungen.«

»Du meinst Trent? Er ist nicht mein Freund.«

»Nicht?«

»Nein, doch … ich meine, wir sind seit unserer Schulzeit befreundet, aber kein Paar.«

»Interessant.«

»Was ist? Warum schaust du mich so an?«

»Nichts. Ich bin einfach glücklich, dass du gekommen bist«, sagte Hannah.

Eines Nachmittags regnete es heftig und das Trommeln des Regens auf dem Dach klang fast so laut wie das Dröhnen der Autos, die ich von meinem Teppich auf dem Balkon bei Trent hören konnte, nur das Gehupe fehlte noch. Alle Fenster standen offen, sodass die feuchten, erdigen Gerüche in Hannahs Haus hereinwehen konnten. Ich hatte es mir zu CJs Füßen bequem gemacht, während Hannah und sie Kekse aßen, ohne mir auch nur einen einzigen abzugeben.

»Ich habe ein schlechtes Gewissen, weil ich nicht mehr unternommen habe«, sagte Hannah.

»Bitte nicht, Grandma. Das sollst du nicht haben. Wenn Gloria mit einem Anwalt gedroht hat …«

»Es war nicht allein dieses Schreiben. Deine Mutter ist häufig umgezogen, nachdem Henry … nach dem Flugzeugabsturz. Und dann ist man so beschäftigt mit dem eigenen Familienleben, dass man nicht mehr merkt, wie schnell die Zeit vergeht. Ich hätte mich mehr um dich bemühen müssen, vielleicht hätte ich auch einen Anwalt einschalten sollen.«

»So ein Unsinn! Ich kenne Gloria gut, immerhin bin ich

bei ihr groß geworden. Wenn sie mit einem Anwalt droht, dann meint sie es ernst.«

Mein Mädchen erhob sich und trat auf Hannah zu. Sie umarmten sich. Ich seufzte leise, weil mir der Geruch der Keksreste auf dem Teller in die Nase zog. Ab und zu stellten Menschen solche Teller für ihren Hund auf den Boden, damit er die Reste auflecken konnte. Aber meistens vergaßen sie das einfach.

»Ich habe etwas für dich«, sagte Hannah. »Siehst du den Pappkarton dort auf dem Regal? Der mit den rosafarbenen Blumen. Mach ihn auf.«

CJ lief durch den Raum und ich sprang auf die Beine, doch sie holte nur eine Kiste und kam dann wieder zurück. Die Kiste roch nicht sonderlich aufregend.

CJ setzte sich und hielt die Kiste auf dem Schoß. »Was ist das?« Was immer es auch sein mochte, es roch nach Papier.

»Geburtstagskarten. Jedes Jahr habe ich eine für dich gekauft und kurz geschrieben, was seit deinem letzten Geburtstag hier passiert ist. Hochzeiten, Geburten, alles steht da drin. Als ich damit anfing, war mir nicht klar, wie viele es schließlich werden würden. Irgendwann musste ich einen größeren Karton beschaffen. Man ahnt ja vorher nicht, dass man selbst einmal weit über neunzig wird«, sagte Hannah und lachte leise in sich hinein.

CJ spielte mit dem Papier ohne Rücksicht auf den ganz und gar offenkundigen Zusammenhang zwischen den Kekskrümeln und ihrem Hund Max, der sie mehr als verdient hätte.

»Grandma, das ist das schönste Geschenk, das ich je bekommen habe!«

Abends lag ich beim Essen unter dem Tisch, während Rachel und Cindy und die anderen mit CJ redeten und lachten, und alle ziemlich glücklich schienen. Deshalb war ich überrascht, als Trent eines Morgens Koffer aus dem Haus ins Auto trug, denn mir war klar, dass wir nun abreisen würden, obwohl CJ hier so glücklich war.

Aber so lief das immer bei den Menschen: Obwohl das Leben auf der Farm oder auch in einem Hundepark viel schöner ist, entscheiden sie plötzlich, dass es Zeit ist zu gehen, und das war's dann. Die Pflicht eines Hundes besteht darin, mit ihnen zu gehen, aber erst nachdem er beflissen überall Duftmarken gesetzt hat.

So saß ich bald darauf wieder in der Kiste auf dem Rücksitz. Mein Mädchen hatte offenbar völlig vergessen, dass ich ein Vordersitz-Hund war. »Grandma hat mir das Leben, das ich nicht gelebt habe, zurückgegeben. Einen Karton voller Erinnerungen an das, was ich versäumt habe«, sagte CJ während der Fahrt. Sie weinte und ich winselte, weil ich sie trösten wollte, obwohl ich sie nicht sehen konnte.

»Schon gut, Max«, sagte CJ. Ich wedelte mit dem Schwanz, als ich meinen Namen hörte.

Nachdem wir stundenlang gefahren waren, setzte ich mich in meinem Käfig auf, weil ich erneut vertraute Gerüche wahrnahm. Als der Wagen endlich anhielt, wartete ich geduldig darauf, aus der Kiste herausgelassen zu werden, doch CJ und Trent blieben einfach sitzen.

»Wirst du es schaffen?«, fragte Trent.

»Ich weiß es nicht. Ich bin mir nicht einmal sicher, ob ich sie sehen will.«

»Okay.«

»Nein, ich meine, ich fühle mich immer elend, wenn

ich sie sehe. Ist das nicht schlimm? Sie ist immerhin meine Mutter.«

»Du fühlst, was du fühlst.«

»Ich glaube, ich schaffe es nicht.«

»Na gut, dann …«

Also, mir reichte es jetzt. Ich jaulte vor lauter Verdruss.

»Sei ein guter Hund, Max«, sagte CJ. Ich wedelte mit dem Schwanz, weil ich gern ein guter Hund war.

»Sollen wir wieder fahren? Bist du sicher?«

»Ja. Nein! Ich geh rein, jetzt, wo wir schon mal hier sind«, sagte CJ. »Wartest du auf mich? Mal sehen, in welcher Verfassung sie ist.«

»Klar, Max und ich halten die Stellung.«

Ich wedelte mit dem Schwanz. Eine Autotür wurde geöffnet und ich hörte, wie CJ ausstieg. Ich wartete gespannt ab, doch sie kam nicht an meine Tür, um mich rauszulassen.

»Alles in Ordnung, Max«, sagte Trent. Ich fing an zu winseln. Wohin ging mein Mädchen? Trent beugte sich nach hinten und streckte seine Finger durchs Gitter, damit ich sie ablecken konnte.

Dann öffnete sich wieder eine Tür und der ganze Wagen fing an zu schaukeln, als CJ sich auf den Vordersitz fallen ließ. Ich wedelte mit dem Schwanz in der Hoffnung, sie würde mich nun rauslassen und streicheln, um gemeinsam ihre Wiederkehr zu feiern. Doch stattdessen fiel nur ihre Tür ins Schloss. »Ich fasse es nicht.«

»Was ist denn?«

»Sie ist weggezogen. Die Frau, die mir geöffnet hat, sagte, sie wohne schon seit über einem Jahr hier und habe das Haus von irgendeinem alten Mann gekauft.«

»Das kann doch wohl nicht wahr sein! Dabei hat ihr doch einer von ihren verflossenen Liebhabern, der mit dem Senator als Vater, damals die Hypothek für das Haus bezahlt, damit sie immer ein Dach über dem Kopf hat«, rief Trent.

»Wohl wahr. Und hinterher hat sie das Haus offenbar verkauft.«

»Willst du sie nicht anrufen? Ihre Handynummer wird sie ja wohl behalten haben.«

»Weißt du was? Ich nehme das jetzt einfach als Zeichen. Wie in dem schlechten Witz über die Eltern, die nach dem Umzug vergessen haben, ihren Kindern die neue Adresse mitzuteilen. Für mich hat sich der Witz bewahrheitet. Komm, lass uns einfach weiterfahren.«

Die Fahrt ging weiter. Seufzend legte ich mich nieder.

»Willst du an deinem Elternhaus vorbeifahren?«, fragte CJ.

»Nein, das ist allein deine Reise. Ich habe schöne Erinnerungen an unser Haus, aber nachdem Mom gestorben ist und das Haus verkauft werden musste … ich will lieber gar nicht wissen, was daraus geworden ist.«

Wir fuhren lange, ohne dass jemand irgendetwas sagte. Allmählich döste ich ein, doch dann wurde ich von CJs Stimme aufgeschreckt. Ich spürte etwas Angst darin.

»Trent?«

»Hmmm?«

»Ist es wirklich wahr, dass du diese Reise nur mir zuliebe unternommen hast? Alles, was du tust, seit ich im Krankenhaus war, scheinst du vor allem mir zuliebe zu tun.«

»Nein, mir hat die Reise auch Spaß gemacht.«

»Du hast alles eingefädelt und geplant, meine Verwandten ausfindig gemacht und sogar diesen Umweg zu Gloria auf dich genommen, obwohl wir beide wussten, dass ich letztlich kneifen würde, weil ich eben ein Angsthase bin.«

Ich legte den Kopf schief. Ein Hase? Wo?

»Du warst immer für mich da, schon als wir Kinder waren. Du bist mein Fels in der Brandung, weißt du das?«

Ich rollte mich in meinem Käfig auf die andere Seite.

»Aber das ist nicht der einzige Grund, warum ich dich liebe. Ich liebe dich, weil du der tollste Mann auf der ganzen Welt bist.«

Einen Augenblick lang herrschte Stille. »Ich liebe dich auch, CJ«, sagte Trent dann. Ich merkte, wie der Wagen eine Kurve nahm und langsam zum Stehen kam. Ich stand auf und schüttelte mich ausgiebig.

»Ich glaube, ich muss jetzt mal kurz anhalten«, sagte Trent.

Geduldig wartete ich in meiner Kiste, bis ich endlich rausgelassen wurde. Doch ich hörte nur Rascheln auf dem Vordersitz und ein merkwürdiges Geräusch, das wie Schmatzen klang. Aßen sie jetzt etwa den Hasen? Aber ich konnte gar nichts riechen. Trotzdem ließ mir der Gedanke keine Ruhe. Ich fing an zu bellen.

CJ fing an zu lachen. »Ach Max, dich haben wir ganz vergessen.«

Ich wedelte mit dem Schwanz.

Es stellte sich schnell heraus, dass ich Hannah und ihre Familie tatsächlich nicht das letzte Mal gesehen haben sollte. Nicht lange nach unserer Rückkehr zu Trent wurde ich in einen großen Raum gebracht, in dem reihenweise Menschen saßen, fast so wie damals bei dem Spiel mit Andi in meiner Zeit als Molly. Trent hielt mich fest auf dem Arm, doch als ich Hannah, Cindy und Rachel roch, versuchte ich mich aus seinem Griff herauszuwinden. Rachel lachte, schnappte mich vom Arm und hielt mich Hannah entgegen, deren Gesicht ich gleich ableckte. Ich versuchte dabei möglichst vorsichtig und sanft zu sein, also genau das Gegenteil von Duke, denn Hannah wirkte sehr zerbrechlich und musste immer von jemandem gestützt werden.

Ich war überglücklich, sie alle wiederzusehen. CJ war so glücklich, wie ich sie nie zuvor erlebt hatte, und all die aufgereihten Leute und CJ und Trent strahlten große Liebe und Freude aus. Ich musste einfach bellen. CJ übernahm mich und knuddelte mich. »Pssst, Max«, flüsterte sie und gab mir einen Kuss auf die Nase.

Ich trug etwas Weiches auf dem Rücken und schritt neben CJ langsam zwischen den Menschen auf Trent zu. Während die beiden im Stehen mit einem Mann redeten, setzte ich mich. Dann küssten sich CJ und Trent, die Leute im Saal johlten und ich bellte.

Es war ein herrlicher Tag. Alle Tische waren mit langen Tüchern bezogen, wodurch unheimlich viele kleine Räume entstanden mit vielen Füßen und noch mehr leckeren Fleischstückchen und Fischhappen. Es roch ganz wunderbar wie in einem Hundepark, weil überall Blumen und Zweige herumstanden. Ich spielte mit fröhlichen Kindern, die mir hinterherrannten, und als mich Trent nach draußen trug, damit ich mein Geschäft verrichten konnte, war ich in null Komma nichts fertig und wollte wieder rein.

Auch CJ war in viele Lagen Tücher gehüllt, sodass auch unter ihr ein kleiner Raum entstanden war. Allerdings waren dort nur ihre Füße, kein Essen oder irgendwelche Leckereien. Immer wenn ich unter ihre Tücher kroch, fing CJ an zu kichern und zog mich schnell wieder hervor. »Na, Max, amüsierst du dich gut?«, fragte sie dann, hob mich hoch und gab mir einen Kuss aufs Haupt.

»Er rennt die ganze Zeit schon wie ein Irrer durch den Saal«, sagte Trent. »Heute Nacht wird er schlafen wie ein Murmeltier.«

»Das trifft sich doch gut«, sagte CJ und beide lachten.

»Das ist der schönste Tag in meinen Leben. Ich liebe dich, CJ.«

»Ich liebe dich auch.«

»Du bist die schönste Braut seit der Erfindung der Hochzeit.«

»Und du bist auch nicht ganz zu verachten. Kaum zu fassen, dass wir jetzt wirklich verheiratet sind.«

»Und zwar so lange du willst. Für immer und ewig. Du bist jetzt meine Frau.«

Sie küssten sich, was in letzter Zeit wirklich häufiger vorkam. Ich wedelte mit dem Schwanz.

»Gloria hat mir übrigens eine Nachricht geschickt«, sagte CJ dann und setzte mich auf dem Boden ab.

»Und? Hat sie uns aus tiefstem Herzen verflucht und sieben Jahre Pech gewünscht?«

CJ lachte. »Nein, sie hat eigentlich ganz nett geschrieben – für ihre Verhältnisse. Dass es ihr leid tue, aber sie sei gezwungen, der Hochzeit fernzubleiben, was ich sicher verstehen würde.«

»Also *ich* verstehe es nicht«, sagte Trent.

»Macht nichts. Sie schreibt, sie sei stolz auf mich und ich hätte mit dir einen guten Fang gemacht. Wir sollten die Hochzeit auch ohne sie schön feiern und das Einzige, was sie wirklich bedaure, sei, dass sie nun nicht, wie schon immer geplant, auf meiner Hochzeit singen würde.«

»Da bin ich aber froh, dass dieser Kelch an uns vorüber gegangen ist«, sagte Trent grinsend.

Am Ende des Tages war ich so voll und erschöpft, dass ich nur noch matt mit dem Schwanz wedeln konnte, wenn sich Leute nach mir bückten, um mit mir zu reden. Ich wurde zu Hannah hochgehalten und ich küsste ihr das Gesicht und leckte dabei etwas sehr Süßes von ihren Lippen. Mir ging das Herz auf vor lauter Liebe zu ihr.

»Auf Wiedersehen, Max. Du bist ein süßer Hund«, sagte Hannah zu mir. »Und ein guter Hund dazu.«

Ich hörte diese Worte nur zu gern aus Hannahs Mund.

In diesem Winter konnte CJ nun wieder längere Spaziergänge unternehmen und auch ein bisschen schneller gehen. Trent spielte immer noch jeden Tag neben CJ mit seinem Lieblingsgummiball, der zischende Geräusche machte. Es blieb mir indes ein Rätsel, warum er nie auf den Gedanken kam, den Ball für mich zu werfen.

»Die Blutdruckwerte sind gut«, sagte Trent dann meist. »Gut« stand in diesem Fall allerdings in keinerlei Zusammenhang mit »Hund«. »Nimmst du die Aminosäuren regelmäßig ein?«

»Ich habe wirklich genug von dieser proteinarmen Magerkost. Was ich will, ist ein Hamburger und obendrauf noch ein fettes Steak«, sagte CJ.

Thanksgiving schien dieses Jahr auszufallen, obwohl der Geruch danach aus anderen Teilen des Wohngebäudes an meiner Nase vorbeizog. Trent und CJ ließen mich damit stundenlang allein, und als sie zurückkehrten, rochen auch ihre Hände und Kleider ganz wundervoll nach Thanksgiving. Ich beschnüffelte sie argwöhnisch. Konnte es wirklich sein, dass Menschen Thanksgiving ohne ihren Hund feierten? Es schien mir unvorstellbar.

Fröhliche Weihnachten fand aber statt. Trent fabrizierte ein merkwürdiges Ding im Wohnzimmer, das genauso roch wie mein rauer Teppich draußen in der Kiste auf dem Balkon. Dann hängte er Katzenspielzeug dran. Als wir später buntes Papier zerrissen und Schachteln bekamen, war in meiner ein leckerer Kauknochen drin.

Als Fröhliche Weihnachten vorbei war, fing CJ an, mich mehrmals in der Woche tagsüber allein zu lassen. Da sie nach ihrer Rückkehr nie nach Hunden roch, wusste ich, dass sie keine Spaziergänge mit Katie oder anderen Hunden ohne mich machte.

»Wie war der Unterricht heute?«, fragte Trent oft, wenn er nach Hause kam. Sie schien sehr glücklich darüber, dass sie mich den lieben langen Tag allein ließ, was mir nicht einleuchtete. Meiner Meinung nach sollte es so sein, dass Menschen ohne ihren Hund sehr traurig wurden.

Allerdings spürte ich, dass sie manchmal sehr kraftlos und müde war. »Schau dir bloß mein aufgedunsenes Gesicht an«, klagte sie oft Trent gegenüber.

»Vielleicht sollten wir mit dem Arzt sprechen. Er könnte dir stärkere harntreibende Mittel verschreiben.«

»Lieber nicht, ich verbringe schon jetzt den halben Tag auf der Toilette«, sagte CJ in bitterem Tonfall. Ich drückte meine Schnauze in ihre Hand, aber sie schien weniger Gefallen daran zu finden als ich. Ich wollte unbedingt, dass sie bei jeder Berührung dasselbe Glücksgefühl verspürte wie ich, aber Menschen sind kompliziertere Wesen als Hunde.

Wir lieben unsere Menschen immer freudig und unverdrossen, sie aber sind manchmal sehr böse auf uns, zum Beispiel wenn man traurige Schuhe zerkaut.

Eines Tages war mein Mädchen furchtbar traurig und saß mit mir auf dem Schoß am Wohnzimmerfenster, als Trent nach Hause kam. »Was ist mit dir?«, fragte er.

Sie fing wieder an zu weinen. »Es sind die Nieren«, sagte sie. »Ich kann keine Kinder bekommen, es ist zu riskant, sagen die Ärzte.«

Trent legte die Arme um sie und drückte sie fest an sich. Ich drückte meine Schnauze zwischen sie, damit beide die Möglichkeit hatten, mich zu streicheln. Auch Trent war sehr traurig. »Dann adoptieren wir eben ein Kind. Max haben wir doch auch adoptiert. Und sieh dir nur an, wie gut er sich entwickelt hat!«

Ich wedelte mit dem Schwanz, als ich ihn meinen Namen aussprechen hörte, doch CJ schob Trent einfach von sich fort.

»Du kannst nicht alles richten und in Ordnung bringen, Trent. Ich hab's vermasselt und jetzt müssen wir beide den Preis dafür zahlen. Bitte hör auf, so zu tun, als sei alles in Ordnung.« CJ erhob sich, setzte mich am Boden ab und stampfte aus dem Raum. Ich trottete hinterher, doch am Ende des Flurs schlug sie mir die Tür vor der Nase zu. Nachdem ich länger als eine Minute gewartet hatte, drehte ich mich wieder um und lief zurück zu Trent. Auf seinem Schoß suchte ich Trost und Zuspruch.

Manchmal waren die Menschen sehr aufgebracht, ohne dass es etwas mit Schuhen zu tun hatte. Meist überstieg das dann jedoch den Verstand eines Hundes. Doch was ich begreifen konnte, war das Gefühl einer großen Liebe zwischen

CJ und ihrem Gefährten Trent. Oft saßen sie in enger Umarmung auf der Couch oder lagen zusammen im Bett, und immer steckten sie ihre Köpfe ganz nah zusammen.

»Du bist die Liebe meines Lebens«, sagte Trent oft.

»Und du meine«, sagte CJ dann. Die Liebe zwischen den beiden war in solchen Momenten so innig, dass mir das Herz aufging vor Freude.

So stolz ich war, meinen Winter-Pulli auszuführen, so froh war ich auch, als es draußen wieder heiß und feucht wurde. In diesem Sommer blieb CJ jedoch meist in Decken gehüllt auf dem Balkon sitzen, und ich merkte an der Art, wie sie mich an sich drückte, dass ihr trotzdem ziemlich kalt war. Ich spürte auch, wie sie immer kraftloser wurde und ihre Müdigkeit zunahm.

Die Frau vom Nachbarbalkon, Mrs Warren, kam häufig heraus, um mit ihren Pflanzen zu spielen. »Hallo, Mrs Warren«, sagte CJ dann.

»Wie geht es Ihnen heute, CJ?«, fragte Mrs Warren immer wieder.

»Ein bisschen besser«, erwiderte CJ meist.

Mrs Warren war immer nur auf ihrem Balkon zu sehen, obwohl ihr Geruch manchmal auch im Hausflur hing. Sie hatte keinen Hund.

»Sieh dir meine Handgelenke an, sie sind total angeschwollen«, sagte CJ einmal zu Trent, als er nachmittags zurückkehrte.

»Liebling, hast du etwa den ganzen Tag über hier in der Sonne gesessen?«

»Mir ist eiskalt.«

»Dann warst du auch nicht in der Uni?«

»Wieso? Welcher Tag ist denn heute?«

»Mensch, CJ, ich mach mir Sorgen um dich. Wie ist der Blutdruck?«

Trent holte seinen Spezialball aus der Schublade und ich beobachtete ihn aufmerksam, während er ihn ständig drückte. Vielleicht war ja heute ein Spielchen drin?

»Wahrscheinlich sollten wir nun wirklich über eine dauerhafte Therapieform nachdenken.«

»Ich will aber keine Dialyse, Trent!«

»Liebling, du bist mein Ein und Alles, ich würde sterben, wenn dir etwas zustößt. Deshalb bitte: Geh zum Arzt und hol seine Meinung ein. Bitte!«

CJ ging an diesem Abend sehr früh zu Bett. Trent gab mir zwar nicht den Befehl, vor dem Essen zu beten, doch sein Atem roch so stark nach Metall, dass ich nicht umhin konnte als anzuzeigen. »Guter Hund«, lobte Trent, ohne wirklich bei der Sache zu sein.

Am nächsten Morgen, nachdem Trent schon aus dem Haus war, kippte CJ in der Küche plötzlich um. Eben wollte sie vom Balkon in die Küche treten, um ihre Wasserkaraffe zu füllen, da fiel sie der Länge nach hin. Ich spürte den harten Aufprall unter meinen Ballen, rannte zu ihr und leckte ihr übers Gesicht, doch sie reagierte nicht.

Erst winselte ich, dann fing ich an zu bellen. Sie bewegte sich nicht. Ihr Atem roch sauer und übel, doch immerhin atmete sie.

Panisch rannte ich zur Tür, aber im Hausflur konnte ich niemanden hören. Wieder bellte ich. Dann rannte ich auf den Balkon.

Mrs Warren kniete nebenan und spielte mit ihren Pflanzen. Ich bellte sie an.

»Hallo Max«, rief sie herüber.

Ich dachte nur an mein Mädchen, das krank und hilflos in der Küche lag. Mrs Warren musste davon erfahren. Also drückte ich meine Schnauze durch die Gitterstäbe und kläffte mir die Lunge aus dem Leib, was fast schon hysterisch war.

Mrs Warren kniete immer noch und sah mich an. Ich bellte immer weiter.

»Was ist denn los, Max?«

Ich hörte den fragenden Ton in ihrer Stimme, drehte mich um und rannte in die Wohnung, um Mrs Warren anzuzeigen, dass dort das Problem lag. Dann rannte ich zurück auf den Balkon und bellte erneut.

Mrs Warren richtete sich auf. »CJ?«, rief sie zaghaft und lehnte sich über die Brüstung, um in unsere Wohnung zu sehen.

Ich bellte immer weiter. »Pssst, Max«, sagte Mrs Warren. »CJ? Trent? Sind Sie da?«

Ich bellte weiter. Dann schüttelte Mrs Warren den Kopf, öffnete ihre Balkontür und verschwand. Ich war so erschüttert, als sie die Tür von innen zuschob, dass ich vergaß, weiterzubellen.

Was machte sie da?

Winselnd eilte ich zurück zu meinem Mädchen. Ihr Atem ging immer schwächer.

Achtundzwanzig

Obwohl es mir zwecklos zu sein schien, lief ich erneut an die Wohnungstür und kratzte verzweifelt. Aber außer, dass hinterher eine Kerbe im Holz war, hatte sich nichts getan. Ich jaulte meine Angst heraus und meine Rufe wurden immer schriller. Plötzlich hörte ich Geräusche auf der anderen Seite. Schritte. Ich bellte und versuchte gleichzeitig meine Schnauze unterm Türspalt durchzudrücken, da erkannte ich Mrs Warrens Geruch und den eines Mannes namens Harry, der oft mit sonderbaren Geräten im Treppenhaus umherlief.

Die Tür öffnete sich einen winzigen Spaltbreit. »Hallo?«, rief Harry.

»CJ, Trent, sind Sie da?«, sagte Mrs Warren. Vorsichtig betraten beide die Wohnung. Ich rannte voran in die Küche und schaute dabei mehrmals über die Schulter, um sicherzustellen, dass sie mir folgten.

»Um Himmels willen!«, rief Mrs Warren.

Wenige Minuten später kamen weitere Männer, die CJ auf einem Bett wegtrugen. Mrs Warren hob mich auf den Arm, streichelte mich und sagte, ich sei ein guter Hund, doch mein Herz raste und ich war krank vor Angst um mein Mädchen. Sie setzte mich wieder ab und dann verließen alle die Wohnung, nur ich blieb allein zurück.

Völlig aufgelöst und voller Sorge lief ich rastlos umher. Erst wurde es dunkel, dann war es Nacht, aber CJ kam nicht mehr. Ich sah sie vor mir liegen, auf dem kalten Küchenboden, und diese Erinnerung ließ mich aufjaulen. Endlich ging die Tür auf, aber es war Trent ohne CJ.

»Oh Max, du Ärmster, es tut mir so leid«, sagte er.

Dann durfte ich mit ihm raus und ich war ungeheuer erleichtert, weil ich endlich das Bein an eine Hecke heben konnte. »Wir beide müssen jetzt für CJ da sein. Sie wollte keine Dialyse, aber nun hat sie keine andere Wahl mehr. Wir müssen es veranlassen, sonst wird es ein schlimmes Ende nehmen.«

Als CJ einige Tage später zurückkehrte, war sie so müde, dass sie sich sofort hinlegen musste. Ich kuschelte mich an sie und war gleichzeitig erleichtert und doch besorgt, denn sie wirkte schrecklich traurig und bedrückt.

Von nun an unternahmen CJ und ich alle paar Tage auf dem Rücksitz eines gelben Autos eine längere Fahrt. Das Auto holte uns vor dem Haus ab, und die ersten Male kam auch Trent immer mit. CJ und ich lagen dann still in einem Zimmer auf einem Liegebett und mehrere Leute machten an meinem Mädchen herum. Wenn wir kamen, war CJ immer ganz krank und schwach, und wenn sie von dem Bett wieder aufstand, war sie erschöpft und traurig. Aber ich begriff intuitiv, dass es nicht an den Leuten lag, die sich ständig über sie beugten, auch dann nicht, wenn sie ihr am Arm wehtaten. Deswegen knurrte ich sie nicht an. Früher hätte ich das vielleicht getan.

Tags darauf ging es CJ normalerweise besser. Dann fühlte sie sich nicht mehr so schwach und war glücklicher.

»Es kann Jahre dauern, bis ich eine Spenderniere bekomme«, sagte CJ eines Abends. »Die Warteliste ist lang, weil es nicht genügend Organ-Spender gibt.«

»Oh, da fällt mir endlich ein geeignetes Geburtstagsgeschenk für dich ein«, sagte Trent lachend. »Ich hätte hier was für dich.«

»Kommt überhaupt nicht infrage! Ich werde weder von dir noch von irgendjemand anderem eine Lebendspende annehmen. Für mein Unglück bin ich selbst verantwortlich, Trent.«

»Ich brauche nur eine Niere. Die andere ist überflüssig und wirklich kaum benutzt!«

»Das ist nicht lustig. Nein, das will ich nicht. Lieber warte ich auf die Organspende eines Verstorbenen. Manche Menschen hängen 20 Jahre lang an der Dialyse.«

Im folgenden Winter kam CJ einmal mit einer großen Plastikkiste nach Hause. Ich war völlig perplex, als sie die Gittertür öffnete und Sneakers herausstolzierte! Voller Begeisterung rannte ich auf sie zu, doch sie machte einen Buckel, legte die Ohren an und fauchte. Wie angewurzelt blieb ich stehen. Was war bloß in sie gefahren?

Sie lief durch die ganze Wohnung und beschnüffelte jeden Gegenstand, während ich ihr auf Schritt und Tritt folgte und immer wieder versuchte, sie zu einer Runde Zieh-am-Spielzeug zu animieren. Doch sie ließ mich abblitzen.

»Wie verkraften es denn Mrs Minnicks Kinder?«, fragte Trent beim Abendessen.

»Ich glaube, sie haben ein schlechtes Gewissen. In all den Jahren haben sie ihre Mutter kaum besucht, und nun ist es zu spät.«

Ich beobachtete Sneakers, die geräuschlos auf die Arbeitsplatte in der Küche gesprungen war und nun hochmütig auf alles herabschaute.

»Was hast du?«, fragte Trent.

»Ich musste an Gloria denken. Ob ich auch ein schlechtes Gewissen haben werde, wenn sie stirbt? Weil ich mich nicht genug um sie gekümmert habe?«

»Willst du zu ihr fahren? Oder sollen wir sie zu uns einladen?«

»Ich weiß es, ehrlich gesagt, selbst nicht.«

»Sag's mir einfach, wenn du es weißt.«

»Ach Trent, du bist der beste Ehemann auf der ganzen Welt. Ich hab ein Riesenglück mit dir.«

»Wer hier ein Riesenglück hat, bin ich! Ich wollte mein Leben lang nur eine Frau, und die sitzt jetzt hier am Tisch und ist meine Ehefrau.«

CJ erhob sich vom Stuhl und ich sprang ebenfalls sofort auf die Beine. Aber sie hüpfte bloß auf Trents Schoß und drückte ihr Gesicht gegen seines. Ihr Stuhl neigte sich zur Seite, dann sagte CJ: »Benimm dich«, und dann krachte der Stuhl mit ihnen auf den Boden und beide lachten. Sie balgten eine Weile auf dem Teppich herum. Ich sah hinüber zu Sneakers, die das offenbar nicht im Geringsten interessierte, doch was ich in dem Augenblick zwischen Trent und CJ spürte, war eine Liebe, die groß und grenzenlos war.

Nach und nach wurde Sneakers zutraulicher. Manchmal kam sie ganz unvermittelt auf mich zu und rieb dann ihren Kopf an meiner Schnauze oder, wenn ich eingerollt auf dem Teppich lag, schleckte sie an meinen Ohren. Allerdings wollte sie nie mehr raufen, so wie früher. Ich wurde das Gefühl nicht los, dass ihr die lange Zeit ohne die Gesellschaft eines Hundes nicht gut bekommen war.

CJ und Trent saßen in den kühlen Nächten oft in Decken gehüllt auf dem Balkon oder sie lagen gemeinsam auf der Couch. Manchmal schlüpfte CJ wieder in lecker riechende Schuhe und dann gingen sie abends aus. Wenn sie zurückkehrten, waren beide glücklich, doch selbst wenn CJ einmal traurig nach Hause gekommen wäre, hätte ich bestimmt nicht noch einmal ihre Schuhe zerkaut.

Wir machten viele Spaziergänge durch die Straßen und im Park. Manchmal schlief CJ dort auf einer Decke im Gras ein, und Trent lag neben ihr und sah ihr zu, mit einem Lächeln im Gesicht.

Nach solchen Ausflügen kam ich immer ausgehungert zurück und wollte am liebsten gleich etwas zu essen. Dann trippelte ich unruhig in der Küche auf und ab, und sah erwartungsvoll zu Trent auf, während er Futter in meine Schale füllte. Doch einmal lief es ein bisschen anders.

»Bis ich meinen Abschluss habe und dann noch den Master draufsetze, bin ich weit über dreißig! Das kam mir früher schrecklich alt vor.«

CJ hielt meinen Napf in die Höhe. »Okay, Max. Jetzt will ich mal sehen, wie du betest!«, sagte sie. »Bete!«

Ich wartete gespannt. Gern hätte ich meine Mahlzeit gehabt, aber der Befehl ergab nur Sinn, wenn ich gleichzeitig den metallischen Geruch von Trents Atem wahrnahm.

»Bei mir macht er es immer«, sagte Trent. »Sieh mal: Max? Beten!«

Ich war am Verhungern, aber CJ hielt die Schale eisern fest. Ich lief zu Trent hin und als er sich zu mir runter bückte, roch ich es wieder. Ich gab das Zeichen.

»Guter Hund«, lobte mich Trent. CJ stellte meine Schale auf den Boden und ich rannte hin, um endlich zu fressen.

CJ blieb hinter mir stehen und stemmte die Hände in die Hüften.

»Was ist denn?«, fragte Trent.

»Max betet nur bei dir, bei mir nicht.«

»Na und?«

Gierig machte ich mich übers Essen her. »Wenn er fertig ist, möchte ich etwas ausprobieren«, sagte CJ. Ich war stark mit Essen beschäftigt. Als ich fertig war, leckte ich den Napf blitzblank. »Okay, ruf ihn noch mal«, sagte CJ.

»Max! Komm her!« Bereitwillig lief ich zu Trent und setzte mich. Früher hätte ich dafür eine Leckerei bekommen, doch aus unerfindlichen Gründen schienen diese Zeiten nun vorbei.

»Neige deinen Kopf zu ihm runter! So, als wolltest du seinen Napf auf den Boden stellen.«

»Wozu denn?«

»Tu's einfach. Bitte.«

Trent bückte sich in meine Richtung. Der Geruch war heute besonders stark.

»Bete, Max!«, rief CJ.

Gehorsam zeigte ich an.

»Was ist denn los, CJ? Warum schaust du so?«

»Du musst mir jetzt etwas versprechen«, sagte CJ.

»Und das wäre?«

»Du musst mir versprechen, gleich morgen zum Arzt zu gehen.«

Danach war Trent sehr lange furchtbar krank. Oft stand er im Badezimmer und übergab sich, was mich ständig daran erinnerte, wie CJ sich früher auch laufend übergeben hatte. Zum Glück waren diese Zeiten vorbei. Wenn Trent sich erbrach, war CJ genauso aufgewühlt wie damals, als sie es noch selbst machte. Winselnd lief ich hinter ihnen auf und ab, weil ich Angst um sie beide hatte.

Trent fielen alle Haare aus, und ich konnte ihn immer zum Lachen bringen, wenn er im Bett lag und ich seinen kahlen Schädel ableckte. Dann lachte auch CJ, aber ich spürte die stille Verzweiflung, die mitschwang. Sie war ständig in Sorge und Angst.

»Trent, versprich mir, dass das nicht das letzte Weihnachtsfest mit meinem geliebten Mann werden soll«, sagte sie in diesem Winter.

»Das wird es nicht, Liebling. Versprochen«, erwiderte er.

Dukes ungestümes Verhalten an CJs Krankenbett war mir eine Lehre gewesen, seither wusste ich, wie man sich besser nicht benahm, wenn es einem Menschen sehr schlecht ging. Ich versuchte also, auf zurückhaltende Art Trost zu spenden, was Trent und CJ offenbar beide zu schätzen wussten. Früher war meine Hauptaufgabe gewesen, drohende Gefahren abzuwenden, und die hatte ich erfüllt. Nun war es meine Pflicht, die Traurigkeit fortzuscheuchen, und das erforderte neue Verhaltensweisen.

CJ und ich gingen nach wie vor mehrmals pro Woche in dieses Haus, wo wir viele Stunden ruhig auf einem Bett lagen und Leute an CJ herummachten. Alle kannten mich und mochten mich sehr, ich wurde viel gestreichelt und ständig »guter Hund« genannt. Das lag daran, dass ich mich still verhielt und nicht hektisch im Zimmer umhersprang, so viel war klar. Wenn wir das Haus mit den Liegebetten verließen, schien mir mein Mädchen nicht mehr halb so krank zu sein wie bei unserer Ankunft, aber ich war ja nur ein Hund und konnte mich natürlich täuschen.

Eines Abends lagen Trent und CJ wieder auf der Wohnzimmercouch und ich gemütlich zwischen ihnen. Sneakers saß in der anderen Ecke des Zimmers und starrte ausdruckslos zu uns rüber. Ich kam nie dahinter, was in diesem Katzenhirn vorging. Falls da überhaupt etwas vorging.

»Für den Fall der Fälle habe ich dich gut abgesichert über diverse Versicherungen und Kapitalanlagen. Du musst dir also keine Sorgen machen«, sagte Trent.

»Davon will ich nichts hören! Du wirst wieder gesund. Du musst wieder gesund werden«, erwiderte CJ. Sie klang fast ärgerlich.

»Trotzdem musst du das wissen.«

»Das ist mir alles gleichgültig. Es wird nicht so weit kommen.«

Ab und zu kam Trent mehrere Tage lang nicht nach Hause, dann war auch CJ oft weg. Allerdings kam sie immer abends zurück, um mich auszuführen und zu füttern. Dann roch sie intensiv nach Trent, deshalb war klar, dass sie kurz vorher mit ihm zusammen gewesen sein musste.

An einem warmen Sommertag waren CJ und ich im Park. Sie saß im Gras und ich zufrieden auf ihrem Schoß, nachdem ich zuvor nach Herzenslust herumgetollt hatte. Sie streichelte meinen Kopf.

»Du bist ein so guter Hund«, sagte sie und fuhr mit den Fingern an meinem Rücken entlang. Es kribbelte herrlich und ich erschauderte vor Wonne.

»Ich weiß, dass es kein Tischgebet war, Max. Du wolltest die ganze Zeit signalisieren, dass Trent Krebs hat. Wir haben es nur nicht verstanden. War es Molly? Spricht sie manchmal mit dir, Max? Wusstest du es etwa von ihr? Ist sie vielleicht unser Schutzengel? Bist du auch ein kleiner Engel?«

Als CJ »Molly« sagte, wurde mir ganz warm ums Herz. Ich wedelte mit dem Schwanz.

»Sie haben den Krebs noch früh genug erkannt, um ihn zu behandeln, und bisher gab es keine Rückfälle. Du hast meinen Trent gerettet. Ich weiß zwar nicht, wie ihr das macht, aber wenn du das nächste Mal mit Molly sprichst, sag ihr, ich bin ihr ewig dankbar dafür.«

Ich war ziemlich enttäuscht, als Trents Haupthaar wieder nachwuchs. Mir hatte es riesigen Spaß gemacht, seinen Kahlkopf zu lecken und ihn zum Lachen zu bringen. Aber so war das eben, alles änderte sich ständig. Zum Beispiel waren CJs Haare nun so lang wie nie zuvor. Wenn sie sich zu mir runter beugte, entstand über mir ein herrliches Zeltdach. Und wenn Trent sich bückte, nahm ich keinen metallischen Geruch mehr wahr. Wenn er nun »Beten!« sagte, verwirrte mich das bloß, weil ich keine Ahnung hatte, was er in solchen Momenten eigentlich von mir erwartete. Noch verwirrender war allerdings, dass CJ und er immer lachten, wenn ich ihn nach diesem Befehl begriffsstutzig anstarrte. Sie klatschten sogar in die Hände und sagten, ich sei ein guter Hund! Und dann bekam ich Hundekuchen, obwohl ich rein gar nichts kapiert hatte!

Es konnte nicht Aufgabe eines Hundes sein, zu verstehen, was Menschen wirklich wollten, denn das war schlichtweg unmöglich.

Im Sommer als Trents Haare wieder wuchsen, kamen eines Tages Männer in die Wohnung, die alles raustrugen. CJ führte sie durch die Zimmer und redete mit ihnen, deshalb nahm ich mal an, dass das alles seine Richtigkeit hatte. Aus reiner Gewohnheit bellte ich sie trotzdem an. Daraufhin steckte mich CJ in eine Transportkiste und auch Sneakers wurde in die Katzenkiste verfrachtet. Ich fand die Reaktion etwas überzogen.

In diesen Kisten unternahmen wir eine lange Autofahrt – natürlich auf dem Rücksitz.

Als wir ausstiegen, waren diese Männer schon wieder da und trugen alles in ein Haus. Es machte großen Spaß, die unbekannten Räume dort zu erkunden! Sneakers beschnupperte alles mit großem Argwohn, doch ich war begeistert und rannte ausgelassen von Zimmer zu Zimmer.

»In diesem Haus werden wir von nun an leben, Max«, sagte Trent. »Es ist vorbei mit den schnöden Wohnungen!«

Ich lief zu ihm, weil ich mich angesprochen fühlte, und legte die Vorderpfoten an sein Bein. Er hob mich auf. Triumphierend sah ich auf Sneakers herab, die so tat, als würde sie das nicht bemerken. Trent war wirklich ein guter Mensch. Er liebte CJ und er liebte mich, und ich liebte ihn auch. Als ich in dieser Nacht eng an CJ geschmiegt einschlief, erinnerte ich mich an Rocky und daran, wie ergeben und treu er Trent gewesen war. Wenn ein Hund einen Menschen so lieben konnte, dann musste es ein guter Mensch sein.

Wir gingen nie wieder in die alte Wohnung zurück, sondern lebten nun in einem kleinen Haus mit vielen Treppen und einem herrlichen Stück Rasen hinterm Haus. Sneakers zeigte sich unbeeindruckt von der Wiese, aber ich war unheimlich gern draußen, obwohl die leckeren Gerüche aus der Küche dort schwächer waren. Dafür hatte ich im Garten meine Ruhe, konnte dem vielstimmigen Gebell anderer Hunde lauschen und mir den Duft der Blumen und des Regens um die Nase wehen lassen.

Ein Jahr verging und dann ein weiteres, und ich war glücklich und zufrieden. CJ war immer ein wenig krank, aber mit der Zeit ging es ihr trotzdem besser und sie sammelte neue Kräfte.

Wir lebten schon sehr lange in dem Haus, als mir meine Beine plötzlich im Winter zu schaffen machten. Schon morgens beim Aufwachen fühlten sie sich wund und steif an, und meine Bewegungen wurden immer schwerfälliger. Auf unseren Spaziergängen fühlte sich jeder Schritt mühsam an, es ging mir wie CJ, als sie damals an diesem Stuhl-Schiebeding gehen musste. Auch Sneakers wurde immer unbeweglicher. Wir beide schliefen oft auf der Couch und wachten manchmal erst mittags auf. Dann tauschten wir kurz die Plätze und dösten weiter.

»Wie geht's Max? Armer Kerl. Helfen die Medikamente wenigstens?«, fragte CJ oft. Ich hörte die Besorgnis in ihrer Stimme und wedelte mit dem Schwanz, weil sie meinen Namen sagte. Meine Hauptaufgabe blieb es, mein Mädchen alle paar Tage auf das fremde Liegebett zu begleiten, mich fest an sie zu schmiegen und so oft wie möglich mit ihr gemeinsam ein Nickerchen zu machen. Das tat meinem Mädchen gut und dazu brauchte sie mich.

Ich bemühte mich, meine Schmerzen vor Trent und CJ zu verbergen. Aber wenn der stechende Schmerz mir wieder in die Glieder fuhr, und sich dann innerlich alles anfühlte wie die blutende Wunde, die mir Beevis am Ohr zugefügt hatte, spürte ich ihre tiefe Besorgnis.

Ich hatte kaum mehr Kraft und war meistens zu erschöpft, um im Garten herumzutollen und dabei vor Freude zu bellen. Die innere Freude empfand ich noch, doch die behielt ich nun für mich.

Manchmal lag ich an einem sonnigen Fleckchen und hörte CJ nach mir rufen, aber meine Beine gehorchten mir nicht mehr und ich konnte nur noch matt den Kopf heben. Dann kam sie und hob mich auf, und wenn ich auf ihrem Schoß lag, spürte ich ihre Traurigkeit und nahm meine schwindenden Kräfte zusammen, um wenigstens den Kopf zu heben und ihr das Gesicht zu lecken.

»Geht's dir nicht gut, Max? Hast du starke Schmerzen?«, fragte sie in einem besonders schwachen Moment, nachdem ich minutenlang vergeblich versucht hatte, meine Glieder zu bewegen. »Ich habe versucht, es so lang wie möglich rauszuzögern, aber nun ist es soweit: Morgen gehen wir zum Tierarzt. Du musst dich nicht länger quälen, Max, das verspreche ich dir.«

Ich seufzte leise, weil ich mich in CJs Händen besser fühlte. Ihre liebkosenden Berührungen linderten meine Schmerzen. Trent setzte sich zu uns und streichelte mich ebenfalls.

»Wie geht es ihm?«, fragte Trent.

»Gar nicht gut. Als ich eben in den Garten kam, konnte er sich nicht mehr rühren, ich dachte schon, er wäre tot.«

»Er ist so ein guter Hund«, murmelte Trent.

»Oh Max«, flüsterte CJ und klang unendlich traurig.

Dann fühlte ich, wie mich ein warmer, weicher Mantel von Dunkelheit einhüllte. In meinem Inneren löste sich plötzlich etwas und der quälende Schmerz in meinen Gliedern war wie weggeblasen. »Max?« hörte ich CJ fragen, doch ihre Stimme drang nur noch aus weiter Ferne zu mir.

Ich lag im Sterben.

Ich sah nichts mehr, spürte nichts mehr und konnte

mich nicht mehr bewegen. Mein letzter Gedanke, bevor ich von den warmen Fluten fortgespült wurde, galt Sneakers. Sie musste von nun an für CJs Wohlergehen sorgen.

Sneakers war eine gute Katze.

Neunundzwanzig

Noch im Dämmerzustand wurde mir langsam bewusst, dass sehr viel Zeit verstrichen sein musste. Nur allmählich erwachte ich aus meinem langen Nickerchen. Irgendwann konnte ich die Augen öffnen, doch alles war noch verschwommen und schemenhaft.

Als mein Blick schärfer wurde, erkannte ich, dass meine Mutter und die Geschwister kurzes Fell hatten und alle schwarz-braun-weiß gefleckt waren.

CJs Geruch war nirgends. Auch ihre Stimme hörte ich nicht. Dafür wuselten viele andere Menschen in langen wallenden Gewändern und einem kleinen Tuch auf dem Kopf um uns herum.

Wir befanden uns in einem winzigen Raum mit einem schmalen, länglichen Fenster knapp unterhalb der Decke und Teppichflicken auf dem Boden. Ich hatte zwei Schwestern und drei Brüder, die dauernd nur spielten, sich balgten und etwas später einander fröhlich durch die Gegend jagten. Meist versuchte ich sie zu meiden, denn ich musste ja an der Tür nach CJ Ausschau halten, aber gelegentlich ließ ich mich doch von der Gaudi anstecken und machte mit.

Zum ersten Mal kam mir auch der Gedanke, dass sie womöglich schon früher einmal hier waren und nun ihren vertrauten Menschen wieder finden mussten, genau wie ich. Andererseits deutete ihr närrisches Verhalten eigentlich nicht darauf hin. Ich schien der Einzige zu sein, der nicht bloß dauernd ans Spielen dachte.

Die uns umsorgten, waren ausnahmslos Frauen. Bald konnte ich sie am Geruch auseinanderhalten, denn gekleidet waren sie alle gleich. Es waren sechs an der Zahl und sie waren älter als CJ, aber jünger als Hannah. Wenn wir an ihnen hochsprangen oder mit den Zähnen am Saum ihrer langen Kleider zerrten, lachten sie jedes Mal entzückt auf. Mich nahmen sie besonders gern auf den Arm, um mich zu küssen. Besonders eine Frau schenkte mir mehr Aufmerksamkeit als allen anderen.

»Der wird es«, sagte sie oft. »Er hat die Ruhe weg.«

»Kein Beagle ist je ruhig und zurückhaltend«, sagte eine andere.

»Ach Margaret, Hundewelpen kommen sowieso nicht infrage«, sagte die nächste. »Sie sind zwar niedlich, aber viel zu lebhaft. Wir brauchen einen erfahrenen Hund, einen wie Oscar, Gott hab' ihn selig.«

Ich begriff schnell, dass die Frau, die mich immer hochhob, Margaret hieß, weil dieser Name dauernd fiel, wenn sie in der Nähe war.

»Als Oscar zu uns kam, warst du noch gar nicht hier, Jane«, sagte Margaret. »Den richtigen Hund für diesen Job zu finden, ist ziemlich mühsam. Auch unseren Oscar haben wir erst nach vielen vergeblichen Anläufen gefunden, und jetzt ist er viel zu früh von uns gegangen. Ich finde, wir sollten es mit einem Welpen versuchen, er bliebe uns länger erhalten.«

»Aber kein Beagle«, sagte die erste Frau. »Beagles haben

einen ausgeprägten Bewegungsdrang. Ich war gleich dagegen, eine trächtige Beagle-Hündin bei uns aufzunehmen.«

Ich versuchte herauszukriegen, welche von ihnen wohl Beagle hieß.

Meine Knochen und Muskeln fühlten sich robust an, deshalb hielt ich es für gut möglich, diesmal größer zu werden als beim letzten Mal. Den Gedanken fand ich beruhigend, weil ich dann nicht dauernd unter Beweis stellen musste, dass in einem kleinen Hund durchaus eine große Persönlichkeit steckte, die in der Lage war, mein Mädchen zu beschützen. Als Margaret mich wieder absetzte, sprang ich sofort auf den Rücken meiner Schwester und stellte erfreut fest, dass ich bereits jetzt größer war als sie. Mir gefiel die Vorstellung, andere nun wieder durch Statur und nicht allein durch innere Haltung zu überragen.

Es dauerte nicht lange, da bekamen wir statt Milch nasses Futter aus einem Gemeinschaftsnapf und wir durften zum Auslauf in den Garten. Die warme Frühlingsluft duftete nach Blumen und frischen Gräsern. Wenn mich mein Geruchssinn nicht täuschte, lebten wir in einem feuchten Klima, wo der viele Regen eine Menge unterschiedlicher Bäume und Sträucher wachsen ließ. Für meine Geschwister war der Garten der herrlichste Ort ihrer noch neuen Welt und dementsprechend ausgelassen rasten sie jeden Morgen erstmal wie angesengt im Kreis herum. Ich fand ihr Verhalten albern, aber weil es trotzdem großen Spaß machte, machte ich meistens mit.

Wann, fragte ich mich, würde CJ endlich kommen? Unsere Schicksale waren doch miteinander verbunden; nur deshalb war ich ein weiteres Mal als Welpe geboren worden.

Eines Tages betrat eine Familie den Garten – zwei kleine

Mädchen, eine Frau und ein Mann – in Begleitung einer der Frauen, die uns umsorgten. Ich wusste sofort, was das zu bedeuten hatte. Meine Geschwister stürmten auf sie zu und wollten gleich mit ihnen spielen, ich jedoch hielt mich fern von ihnen. Als mich eins der Mädchen trotzdem auf den Arm hob, konnte ich mich nicht zurückhalten und leckte ihr übers Gesicht. Sie kicherte vor Freude.

»Den will ich, Daddy«, sagte sie. »Bitte schenke ihn mir zum Geburtstag.« Sie trug mich zu ihrem Vater.

»Ausgerechnet der Kleine ist schon für eine andere Aufgabe vorgesehen, sagte mir eine der Nonnen«, erwiderte die Mutter.

Das kleine Mädchen ließ mich ins Gras plumpsen. Schwanzwedelnd sah ich zu ihr auf. Sie war älter als CJ, als sie noch Clarity hieß, aber jünger als mein Mädchen, als sie mich und Rocky damals mit Trent bei Jennifer holte. Das war ein Alter, in dem ich mein Mädchen nicht begleitet hatte. Deshalb hätte ich gern noch länger mit ihr gespielt und war ein bisschen beleidigt, als sie dann meinen Bruder auf den Arm hob.

Eins nach dem anderen wurden meine Geschwister von fremden Leuten abgeholt, und bald waren nur noch meine Mutter Sadie und ich übrig. Wir sonnten uns gerade im Garten, als einige Frauen uns besuchen kamen. Ich schnappte mir einen Gummiknochen und trug ihn zu ihnen, in der Hoffnung, eine würde ihn mir vielleicht abluchsen wollen und mich durch den Garten jagen.

»Du warst eine gute Mutter, Sadie«, sagte Margaret.

Ich schleuderte den Gummiknochen mit dem Maul von mir, um mich dann kunstgerecht darauf zu stürzen, weil ich auch ein guter Hund sein wollte.

»Dein neues Zuhause wird dir gefallen«, sagte eine andere.

Eine dritte Frau hob mich in die Höhe, damit ich Mutters Nase berühren konnte. Wir beschnupperten uns, waren aber etwas peinlich berührt wegen der künstlichen Situation.

»Sadie, es ist Zeit, deinem Baby Auf Wiedersehen zu sagen!«

Die Frau befestigte eine Leine an Sadies Halsband und führte sie weg, während Margaret mich festhielt, damit ich Mutter nicht folgen konnte. Hier war etwas im Busch.

»Von nun an heißt du Toby, okay? Du bist ein guter Hund, Toby. Toby! Toby!«, gurrte Margaret.

Hörte sich an, als sollte ich Toby heißen. Vor langer Zeit, als ich zum ersten Mal auf der Welt war, hatte ich auch den Namen Toby gehabt. Offenbar wusste Margaret das.

Menschen wussten eben alles. Nicht nur, wo man den besten Speck fand oder wie man Auto fuhr, sondern auch, wann man ein guter oder böser Hund war, wo Hunde schlafen und mit welchen Spielsachen sie spielen durften. Trotzdem war es merkwürdig, dass Margaret mich so nennen wollte, denn bisher hatte ich in jedem neuen Leben einen anderen Namen.

Was hatte das zu bedeuten? Ging nun wieder alles von vorne los und als Nächstes wurde ich dann Bailey?

Sadie sah ich nie wieder. Nach und nach begriff ich, dass dieser Ort mit den Frauen in den langen Gewändern mein Zuhause bleiben sollte – eine mir bislang unbekannte Art von Zuhause. Die meiste Zeit verbrachte ich auf der umzäunten Wiese, nachts schlief ich am Ort meiner Geburt. Einsam fühlte ich mich trotzdem nie, denn den lieben langen Tag über bekam ich ständig Besuch von einer der Frauen, die für mich Bälle und Gummiknochen warfen oder eine Runde Zieh-am-Tuch mit mir spielten. Ihre Hände rochen zwar gleich, trotzdem hatte jede einen eigenen Geruch, an dem ich sie erkannte.

Was mich wunderte, war, dass ich, anders als in meinen vorigen Leben, nicht nur von einem Menschen umsorgt wurde. Ich konnte sie kaum zählen, so viele Frauen redeten und spielten mit mir oder fütterten mich. Ich war für alle da und sie für mich.

Von Margaret lernte ich einen neuen Befehl: »Stillhalten!« Während sie das sagte, drückte sie mich auf den Boden und erst dachte ich, sie wollte mit mir raufen. Aber stattdessen rief sie: »Nein! Nicht bewegen, stillhalten!« Mir war schleierhaft, was sie von mir wollte, aber »Nein« kannte ich und es bedeutete eigentlich immer, dass ich etwas falsch gemacht hatte. Also versuchte ich es erst mit Ablecken und dann mit dem einen oder anderen Kunststück, das ich früher mal gelernt hatte. Aber nichts schien ihr recht zu sein. Schließlich gab ich frustriert auf und legte mich ab. »Guter Hund!«, rief sie und gab mir eine Leckerei, obwohl ich gar nichts gemacht hatte!

So ging das noch tagelang, bis mir endlich dämmerte: »Stillhalten!« hieß einfach »Platz!«. Nachdem ich diese Nuss geknackt hatte, konnte ich stillhalten und reglos liegen, solange es ihr Spaß machte. Obwohl mir manchmal fast der Geduldsfaden riss, weil ich nicht verstand, warum es so lang dauerte, bis dieser Hundekuchen endlich gefunden war.

Eines Tages führte mich Margaret in einen Teil des großen Gebäudes, den ich nie zuvor betreten hatte. Dort gab es Unmengen von Frauen: Frauen, die irgendwo saßen, und Frauen, die herumstanden, und Frauen, die gemeinsam aßen. Die letzte Gruppe schien mir die interessanteste, aber genau an denen liefen wir vorüber. Margaret wollte unbedingt, dass ich auf dem Schoß von verschiedenen Frauen Stillhalten machte. Ich hatte zwar keine Ahnung, was das Ganze sollte, spielte aber trotzdem mit.

»Seht ihr, wie brav er ist? Guter Hund, Toby! Du bist ein guter Hund!«

Eine Frau legte sich sogar auf eine Couch und dann wurde ich neben sie auf eine Decke gesetzt und machte wieder Stillhalten. Die Frau kicherte und ich hätte ihr wirklich gern übers Gesicht geschleckt, doch ich hielt mich an die Anweisung und bekam dafür ein Leckerli. Reglos verharrend wartete ich auf den nächsten Happen, doch stattdessen bildeten die Frauen einen Kreis um uns.

»Also gut, Margaret, du hast uns überzeugt. Nimm ihn mit zur Arbeit, dann werden wir sehen, ob er sich bewährt«, sagte eine andere Frau.

Margaret hob mich auf. »Er wird seine Aufgabe gut machen, Schwester.«

»Das bezweifle ich. Er wird nur für Unruhe sorgen und alles zerkauen«, sagte die nächste.

Am darauffolgenden Tag bekam ich ein Halsband umgelegt und Margaret führte mich an der Leine zu einem Auto. »Du bist ein guter Hund, Toby«, sagte sie zu mir.

Wir machten eine Spazierfahrt und ich war wieder ein Vordersitz-Hund! Allerdings reichte ich noch nicht bis zu dem Spalt im Fenster, um die Nase in den kühlen Fahrtwind zu halten.

Margaret brachte mich an einen Ort, wo es so ähnlich aussah wie dort, wo CJ und ich immer stundenlang auf einem Liegebett bleiben mussten. Ich roch viele Menschen und meine Nase sagte mir, dass viele von ihnen sehr krank waren. Der Fußboden war weich und es war ziemlich still überall.

Margaret trug mich auf dem Arm von Raum zu Raum und ich wurde gestreichelt und geherzt. Manche Leute lagen auch reglos im Bett und sahen mich nur an. »Stillhalten!«, befahl Margaret und ich nahm mich zusammen, weil ich ja wusste, dass kranke Menschen viel Ruhe brauchten. Wenn ich, wie früher bei Trent, den metallischen Geruch witterte, zeigte ich aber nicht an. Ich hatte gelernt, es nur auf den Befehl hin »Beten!« zu tun, aber das wurde hier ja nicht verlangt.

Später durfte ich in einem Hof mit hohen Mauern herumtollen, und es tat richtig gut, endlich Auslauf zu haben und die angestaute Energie rauszulassen. Margaret warf mir einen Ball zu, an dem eine Schnur befestigt war, und den schüttelte ich zwischen den Zähnen hin und her. Ich hätte auch nichts gegen ein wenig Gesellschaft gehabt, um mit einem anderen Hund Zerr-am-Strick zu spielen. Als ich merkte, dass mir etliche Leute vom Fenster aus zusahen, bemühte ich mich, eine kleine Solo-Darbietung mit dem Strick zu geben.

Dann wurde ich von Margaret zurück ins Haus zu einer Art Käfig geführt. »Das ist dein neues Zuhause, Toby.« Sie ging in die Hocke und klopfte mit der Hand auf ein Kissen. Gehorsam nahm ich darauf Platz.

»Das ist ab jetzt dein Bett, Toby. Verstanden?«

Keine Ahnung, ob ich da nun für immer sitzen bleiben sollte? Andererseits war ich ziemlich ermattet, also beschloss ich, ein Nickerchen zu machen. Als ich wieder erwachte, hörte ich Margaret sagen: »Würden Sie bitte Schwester Cecilia anpagen? Sie soll mich anrufen. Danke.«

Noch etwas schläfrig sah ich zu ihr hinüber. Als ich gähnte, lächelte sie zu mir rüber, während sie das Telefon ans Gesicht drückte.

»Cecilia? Hier spricht Margaret, ja, ich bin noch im Hospiz. Nein, es lief sogar besser als gedacht mit Toby. Alle sind ganz vernarrt in ihn. Heute Nachmittag saßen viele Patienten sogar am Fenster, um ihm beim Spielen im Hof zuzusehen. Er hat kein einziges Mal gebellt ... Das bin ich auch ... Danke, Cecilia ... Selbstverständlich, aber das wird nicht passieren. Toby ist ein ganz besonderer Hund.«

Als ich meinen Namen hörte, wedelte ich ein paar Mal mit dem Schwanz, dann döste ich wieder ein.

Ich gewöhnte mich schnell an mein neues Leben. Margaret kam oft, aber nicht jeden Tag vorbei. Ich schloss Bekanntschaft mit Fran, Patsy und Mona, die mit mir zusammen ständig Menschen besuchten, die im Bett lagen. Patsy roch herrlich nach Zimt, hatte aber auch einen leichten Hundegeruch. Keine dieser Frauen trug jedoch ein wallendes Kleid wie Margaret. Wenn sie »Stillhalten!« sagten, legte ich mich neben die Person auf die Bettdecke. Manche spielten mit mir und streichelten mich, aber die meisten wollten lieber ein Nickerchen machen. Trotzdem spürte ich ihre Freude, weil ich bei ihnen war.

»Du bist eine alte Seele, Toby«, sagte Fran eines Tages. »Eine alte Seele in Gestalt eines jungen Hundes.«

Ich wedelte mit dem Schwanz, weil ich den lobenden Tonfall in ihrer Stimme hörte. So waren die Menschen nun mal: Sie machten viele Worte, ohne auch nur ein Mal »guter Hund« zu sagen, obwohl sie das im Grunde meinten.

Abgesehen von den Besuchsrunden am Bett konnte ich mich im Haus frei bewegen. Alle riefen mich dauernd zu sich, und manche saßen in Stühlen, die sich bewegten, wenn Fran oder Patsy hinter ihnen standen und sie schoben. Ich wurde von allen geliebt und gestreichelt und bekam jede Menge Leckerbissen zugesteckt.

Mein Lieblingsplatz aber war die Küche. Dort kochte ein Mann namens Eddie von früh bis spät Essen. Wenn er »Sitz« sagte, folgte ich aufs Wort; dann bekam ich stets eine besondere Köstlichkeit, obwohl »Sitz« für einen Hund wirklich kein Kunststück war.

»Wir Männer müssen doch zusammenhalten«, sagte er. »Hab ich recht, Toby?«

Bisher war ich immer nur in der Obhut eines einzigen Menschen gewesen, und diesen Menschen hatte ich von ganzem Herzen geliebt. Zuerst war es Ethan, von dem ich dachte, er sei der Sinn meines Lebens als Hund. Sogar als ich Baby Clarity rettete, war ich sicher, dass es nur deshalb geschah, weil Ethan es so gewollt hatte. Erst mit der Zeit lernte ich, dass es kein Verrat an Ethan war, dass ich CJ nun genauso liebte wie ihn. Hunde konnten auch mehr als einen Menschen lieben.

Aber in meinem neuen Zuhause gab es nicht die eine Person, der ich besonders treu ergeben war. Offenbar bestand mein neuer Sinn darin, für alle Menschen da zu sein und jeden glücklich zu machen.

Das machte mich zu einem guten Hund.

Ich wurde zwar wieder Toby genannt, aber es hatte sich sehr viel getan, seit ich das erste Mal so hieß. Auf meinem langen Lebensweg hatte ich einiges dazugelernt und verstand nun so manches besser. Zum Beispiel, warum ich mich unbedingt still verhalten musste. Viele dieser Menschen im Bett hatten starke Schmerzen, das spürte ich deutlich, und sobald ich auf sie draufkletterte, um mit ihnen zu spielen, tat ich ihnen furchtbar weh. Es war mir eine große Lehre, als ich einmal einem Mann auf den Bauch getreten war – noch Tage später hatte ich seinen gellenden Schrei in den Ohren und schämte mich jämmerlich. Ich war schließlich nicht wie Duke, dieser polternde Berserker, der sich nicht im Griff hatte. Ich war Toby und konnte fein stillhalten.

Wenn ich nicht mit Fran, Mona oder Patsy Bettbesuche machte, schaute ich auf meinen Wanderungen durchs Haus immer bei dem Mann vorbei, den ich getreten hatte. Sein Name war Bob und ich wollte ihm gern zeigen, wie leid es mir tat. Wie in allen anderen Zimmern stand auch dort ein Stuhl neben dem Bett, und auf den sprang ich oft, um mich, ohne ihm noch einmal wehzutun, von dort auf sein Bett zu schleichen. Bob schlief immer, wenn ich ihn besuchte.

Eines Tages lag ich wieder einmal neben Bob allein im Zimmer und spürte, wie ihn plötzlich eine innere Ruhe überkam. Das warme Wasser umhüllte ihn und spülte seine Schmerzen fort. Still legte ich mich neben ihn auf die Decke, um für ihn da zu sein. Wenn meine neue Aufgabe darin bestand, Menschen zu trösten, die furchtbare Schmerzen hatten, dann war es umso wichtiger, dass ich ihnen beistand, wenn sie ihren letzten Atemzug taten.

So lag ich neben Bob, als Fran ins Zimmer kam. Sie zog die Decke über sein Gesicht. »Guter Hund«, flüsterte sie.

Von nun an legte ich mich immer, wenn ich spürte, dass die Zeit eines Menschen gekommen war, neben diesen, um ihn in seiner letzten Stunde zu trösten. Manchmal versammelten sich Angehörige am Bett, manchmal waren die

Menschen allein, obwohl oft auch eine der Frauen, die den Kranken halfen, still neben ihrem Bett saß.

Bei manchen Angehörigen spürte ich tiefe Angst und auch Wut, wenn sie mich erblickten.

»Ich möchte nicht, dass dieser Hund neben meiner Mutter im Bett liegt!«, schrie einmal ein Mann. Das Wort »Hund« klang dabei wie ein Peitschenhieb und deshalb verließ ich rasch den Raum, ohne zu wissen, was ich nun wieder falsch gemacht hatte.

Die meisten Leute waren jedoch froh über meine Unterstützung. Da ich kein spezielles Herrchen hatte, wurde ich ständig von allen gestreichelt und gehätschelt. Oft spürte ich, dass sich ihre tiefe Traurigkeit löste, wenn sie mich umarmten.

Was mir allerdings fehlte, war die Gesellschaft anderer Hunde. Die viele Zuneigung der Menschen war schön und gut, aber ich hätte sehr gerne einmal wieder den intensiven Geruch eines anderen Hundes gerochen. Ich fing schon langsam an, von Rocky und Duke und den Hunden im Park zu träumen, als mich Fran eines Tages in den Hof führte und dort ein anderer Hund stand. Ich konnte ein überraschtes Kläffen nicht unterdrücken.

Der andere Hund hieß Chaucer und war ein robuster, feister kleiner Kerl, dessen Fell nach Patsy und Zimt duftete. Ohne viel Federlesens fingen wir an zu balgen, als wären wir schon jahrelang Freunde.

»Das hat Toby wirklich gebraucht«, sagte Fran lachend zu Patsy. »Eddie meinte, er machte bereits einen ganz depressiven Eindruck.«

»Auch für Chaucer ist das ein besonderes Schmankerl.«

Chaucer und ich sahen gleichzeitig auf. Schmankerl?

Von nun an kam Chaucer oft auf einen Besuch vorbei und ich fand immer ein halbes Stündchen für eine kleine Rauferei mit ihm, auch wenn ich gerade sehr viel Stillhalten zu erledigen hatte.

Zuweilen waren auch Hunde Familienangehörige, doch die schienen meist ängstlich und waren nie in Stimmung für eine Balgerei, auch wenn sie mit mir in den Hof durften.

So vergingen die Jahre. Ich war ein guter Hund, der viel erreicht hatte, und fühlte mich wohl in meinem Leben als Hund, der allen und doch niemandem zugleich gehörte.

An Thanksgiving kamen viele Leute, es wimmelte von köstlichen Gerüchen und regnete Leckereien auf einen Hund, der es tatsächlich verdient hatte. An Fröhliche Weihnachten kamen auch die Frauen in den langen Gewändern, um mich mit Leckerbissen zu füttern, mit mir zu spielen und um den großen Baum im Haus herumzusitzen, der wieder einmal mit Katzenkram behängt war, obwohl es weit und breit keine Katze gab, die damit spielen wollte.

Ich führte ein zufriedenes Dasein und hatte eine wichtige Aufgabe, die zwar nicht so klar umrissen war, wie etwa für CJs Wohlergehen zu sorgen, die mich aber trotzdem ausfüllte.

Eines Nachmittags fuhr ich aus dem Schlaf hoch und legte meinen Kopf schief. »Gib mir sofort meine Schuhe!«, schrie eine Frau aus einem der Zimmer.

Diese Stimme kannte ich.

Es war Gloria.

Dreißig

Wie ein geölter Blitz flitzte ich den Flur entlang und hätte Fran beinahe umgerannt, als ich durch die offene Tür stürmte. Gloria lag im Bett und ihre schweren, süßlichen Aromen erfüllten die Luft. Aber das war mir alles egal, denn ich hatte nur Augen für die Frau, die neben dem Bett stand. Es war meine CJ, die mich belustigt ansah.

Ich vergaß die Etikette und meine üblicherweise zurückhaltende Art am Krankenbett, sprang an meinem Mädchen hoch und reckte die Vorderpfoten in die Höhe.

»Na, so was!«, sagte sie.

Ich schluchzte vor Freude und peitschte mit der Schwanzspitze auf den Boden, während ich mich mehrmals um mich selbst drehte und auf und ab hüpfte. Sie nahm mein Gesicht in beide Hände und ich schloss selig die Augen. Mich durchrieselte ein ungeheures Glücksgefühl, als ich ihre liebkosenden Hände in meinem Fell spürte. Endlich hatte sie mich gefunden! Ich war wieder mit meinem Mädchen vereint!

»Toby, was soll das, sofort runter mit dir!«, rief Fran.

»Lassen Sie nur«, sagte CJ und sank mit einem Knacksen in den Gelenken auf die Knie. »Du bist ein gutes Hundchen, nicht wahr?«

Sie trug die Haare kurz und konnte mich deshalb nicht

mehr mit ihnen umhüllen so wie früher als Max. Ich leckte ihr übers ganze Gesicht. Sie schmeckte nach süßem Zeug und nach Gloria. Sie wirkte gebrechlich und schwach und ihre Hände zitterten leicht beim Streicheln. Das hieß also, ich musste mich auch bei ihr zügeln und gefasst bleiben, was für mich im Augenblick ein Ding der Unmöglichkeit war. Ich wollte vor Freude tanzen und bellen und wie verrückt im Zimmer herumtollen, selbst wenn dabei ein paar Sachen zu Bruch gingen.

»Toby ist unser Therapiehund«, sagte Fran. »Er lebt hier und versüßt den Bewohnern den Tag. Alle lieben ihn.«

»Gloria bestimmt nicht«, sagte CJ lachend und blickte mich liebevoll an. »Na, Toby, du süßer Therabeagle.«

Ich wedelte mit dem Schwanz. Ihre Stimme klang brüchig und rau, doch ich war überglücklich, sie zu hören.

»Clarity hat mein Geld gestohlen«, rief Gloria. »Ich will sofort nach Hause. Rufen Sie Jeremy an!« CJ seufzte laut, hörte aber nicht auf, meinen Kopf zu streicheln. Gloria war unglücklich wie eh und je, das spürte ich. Aber an ihrem Geruch konnte ich erkennen, dass sie sehr alt war. Genau das war mein Spezialgebiet, denn ich war ja jeden Tag von alten Menschen umgeben.

Patsy erschien und roch nach der üblichen Mischung aus Zimt und Chaucer. »Guten Morgen, Gloria. Wie geht es Ihnen?«, fragte sie.

»Nichts mehr!«, sagte Gloria. »Nichts!« Sie ließ sich in die Kissen fallen.

Patsy blieb bei Gloria, während Fran und CJ in einen anderen Raum gingen, wo ein kleiner Tisch stand. »Willst du uns Gesellschaft leisten, Toby?«, fragte Fran lachend, weil ich mich in letzter Sekunde mit zur Tür hineingedrängt hatte.

»Ein reizender Hund«, sagte CJ. Ich wedelte mit dem Schwanz.

»Er scheint ganz vernarrt in Sie zu sein«, sagte Fran.

CJ nahm auf einem Stuhl Platz und dabei merkte ich, wie ihr ein scharfer Schmerz durch die Knochen fuhr. Besorgt drückte ich meine Schnauze an ihr Bein. Sie streckte ihre Hand aus und streichelte mich zerstreut. Ihre Finger zitterten leicht. Ich schloss die Augen. Sie hatte mir so gefehlt, und nun fühlte es sich an, als sei sie nie weg gewesen.

»Glorias Zustand ist prekär. Heute scheint sie zwar einen guten Tag zu haben, aber sie hat nur noch selten lichte Momente«, sagte CJ.

Ich wedelte mit dem Schwanz. Selbst wenn CJ Glorias Namen sagte, schlug mein Herz höher.

»Alzheimer ist eine schreckliche Krankheit, der Verlauf ist unberechenbar«, sagte Fran.

»Mich bringt vor allem diese Sache mit dem Geld auf die Palme. Sie erzählt allen, ich hätte ihr Geld gestohlen und sie um Haus und Hof gebracht. In Wirklichkeit zahle ich seit fünfzehn Jahren ihre Rechnungen, und trotzdem war es in ihren Augen nie genug.«

»Aus Erfahrung weiß ich, dass manche Probleme bis zum Ende bleiben.«

»Ich weiß, aber zum Glück bin ich darauf besser vorbereitet als manch anderer. Ich bin Psychologin von Beruf.«

»Das habe ich auf der Anmeldung gelesen. Hat das in der Beziehung zu Ihrer Mutter je eine Rolle gespielt?«

CJ holte tief Luft und schien zu überlegen. »Ich glaube schon. Während meines Studiums habe ich endlich begriffen, dass sie narzisstisch veranlagt ist und ihr Verhalten nie hinterfragt. Alles, was sie tut, findet sie richtig, sie käme nie auf den Gedanken, sich für irgendetwas zu entschuldigen. Deshalb wäre es auch ohne Alzheimer nicht möglich gewesen, unsere Probleme, die wir miteinander haben, gemeinsam zu lösen. Viele Kinder solcher Menschen leiden später unter den Verletzungen, die sie von ihren narzisstisch gestörten Eltern davongetragen haben. Deshalb waren die Erfahrungen mit ihr für meine therapeutische Arbeit sehr wertvoll.«

»Und Sie arbeiteten als Psychologin an verschiedenen Highschools?«

»Nicht nur, mein Fachgebiet sind Essstörungen, unter denen vor allem junge Frauen leiden. Heute arbeite ich altersbedingt allerdings nur noch wenig.«

Unter einem der Schränke entdeckte ich einen Gummiball. Ich lief hin und versuchte, ihn mit der Schnauze zu fassen. Er roch nach Chaucer. Was machte denn der hier drin mit einem Ball?

»In den Unterlagen steht auch, dass Sie seit 22 Jahren regelmäßig zur Dialyse gehen. Bitte verzeihen Sie, dass ich das frage, aber warum haben Sie keine Transplantation bekommen? Das wäre doch sicher möglich gewesen.«

»Diese Frage kann ich Ihnen gerne beantworten, obwohl mir im Augenblick schleierhaft ist, was das mit Gloria zu tun haben soll.«

Ich streckte eine Pfote nach dem Ball aus und konnte ihn zwar berühren, aber nicht unter dem Schrank hervorziehen.

»In einem Hospiz zählen nicht nur die Bedürfnisse der Kranken, sondern auch die der Angehörigen. Je mehr wir über Sie wissen, desto mehr Hilfestellung können wir anbieten.«

»Verstehe. Also, ich war nicht 22 Jahre am Stück Dialysepatientin, sondern habe lange mit einer Spenderniere gelebt. Mit Mitte dreißig erhielt ich die Niere eines Unfallopfers, aber nach etwa zwanzig Jahren war das Organ zerstört wegen chronischer Abstoßung. Dagegen kann man nichts machen. Deshalb muss ich seit siebzehn Jahren wieder regelmäßig zur Blutwäsche.

»Warum gab es keine zweite Transplantation?«

CJ seufzte schwer. »Es gibt zu wenig Spendernieren. Auch andere Menschen warten schon seit Jahren. Ich finde, eine zweite Transplantation steht mir nicht zu.«

»Wie meinen Sie das?«

»Ich bin selbst schuld an meiner Misere. Mit Mitte zwanzig habe ich bei einem Selbstmordversuch meine Nieren ruiniert. Andererseits kommen viele Babys mit Niereninsuffizienz auf die Welt, die wirklich nichts dafür können. Sie brauchen die Niere dringender. Ich habe ihnen schon eine weggenommen, ein zweites Mal will ich das nicht tun.«

»Aha, ich verstehe.«

CJ lachte. »Ihr zweifelnder Ton erinnert mich an meine Psychotherapeutin. Sie können mir glauben, ich habe mir das alles reiflich überlegt.«

Ich drückte meinen Kopf an CJs Knie, hoffend, sie würde mir den kleinen Ball unter dem Schrank hervorholen.

»Es ist gut, dass Sie so offen über alles reden«, sagte Fran. »Das hilft uns sehr weiter, vielen Dank.«

»Meine Mutter hätte Ihnen von meinem Selbstmordversuch bestimmt berichtet. Sie posaunt es noch heute bei jeder Gelegenheit heraus, wie ihre Tochter einmal versucht hat, sich mit Frostschutzmittel umzubringen. In den letzten drei Jahren wurde sie von einem häuslichen Pflegedienst betreut und hat es geschafft, allen einzureden, dass ich die Ausgeburt des Bösen sei.«

Ich gähnte vor Anspannung. Interessierte sich denn wirklich niemand für diesen Ball?

»Woran denken Sie?«, fragte Fran.

»Eigentlich bin ich gar nicht so sicher, ob sie das wirklich noch erzählen könnte. Sie ist kaum mehr ansprechbar und fängt bereits an, das Essen zu verweigern. Vermutlich muss ich mich langsam daran gewöhnen, dass es nun langsam zu Ende geht.«

»Es ist nicht einfach, jemanden zu verlieren, der für das eigene Leben eine so wichtige Rolle gespielt hat.«

»Ja, aber ich bin vorbereitet«, sagte CJ ruhig.

»Sie haben vor kurzem erst einen wichtigen Menschen verloren.«

»Ja.«

Ich setzte mich auf. Der Ball war jetzt unwichtig. Ich sah zu ihr hoch. Sie drückte ein zerknülltes Papier an die Augen. »Trent, mein Mann, ist letztes Jahr gestorben.«

Sie waren beide still. Mein Mädchen hielt mir ihre Hand zum Lecken hin. »Trent starb auch in einem Hospiz, friedlich im Kreis seiner Liebsten. Daher bin ich schon ein bisschen mit den Abläufen vertraut.«

Wieder war es lange still und ich spürte wie CJ von einem Gefühl der Trauer überwältigt wurde. Trents Geruch hing nicht mehr an CJ, obwohl sie gerade seinen Namen gesagt hatte. Es war wie damals, als ich merkte, dass Trent nicht mehr nach Rocky roch. Wenn ein Geruch plötzlich fehlte, ganz gleich, ob es der eines Hundes oder eines Menschen war, dann bedeutete es immer dasselbe.

Ich war sehr traurig, dass ich Trent nie wieder sehen sollte, trotzdem war es so wundervoll, wieder bei CJ zu sein.

»Ruft Glorias Zustand wieder Erinnerungen an Ihren Mann wach?«

»Nein, das eine hat mit dem anderen nichts zu tun. Außerdem ist Trent für mich immer gegenwärtig, ich denke ständig an ihn. Er war als Freund und geliebter Partner immer für mich da, ohne je etwas von mir zu verlangen. Ich habe unendlich lange gebraucht, um zu begreifen, dass echte Liebe nichts mit dem zu tun hat, was ich in der Beziehung zu meiner Mutter erlebt habe. Als ich dann endlich so weit war, war Trent immer noch für mich da. Er war mein Fels in der Brandung, und ich kann Ihnen versichern, er hatte es wirklich nicht leicht mit mir: erst die Transplantation, die Immunsuppressoren, dann die Notaufnahmen in der Klinik, die vielen Krankenhausaufenthalte. Es fällt mir immer noch schwer, zu akzeptieren, dass er plötzlich nicht mehr da ist.«

»Er scheint ein sehr besonderer Mensch gewesen zu sein«, sagte Fran. »Ich hätte ihn gern kennengelernt.«

Von nun an kam CJ oft, um Gloria zu besuchen. Ich erwartete sie schon an der Pforte und wich nicht von ihrer Seite bis sie wieder ging. Sie hatte immer Leckerlis für mich dabei, und um sie zu bekommen, musste ich überhaupt nichts tun. »Du bist ein guter Hund«, flüsterte sie dann.

Auch Eddie sagte mir immer, dass ich ein guter Hund sei, und bekräftigte seine Worte mit einem saftigen Happen Fleisch extra für mich.

»Du bist Gottes Helfer auf vier Pfoten«, sagte er. »Du hilfst den Nonnen, sein Werk zu vollenden. Dafür sollte doch ein Brocken Rindfleisch drin sein, oder?« Ich hatte keine Ahnung, wovon er sprach, aber seine Leckerbissen waren mit Abstand das Beste, was ich je gegessen hatte.

Ich schaute oft in Glorias Zimmer vorbei, wenn CJ nicht da war. Denn so wie ich damals Baby Clarity für Ethan beschützt hatte, wachte ich nun über Glorias Wohlergehen für CJ. Allerdings hüpfte ich nie mehr neben sie aufs Bett. Als ich es einmal gewagt hatte, hatten sich ihre Augen vor Grauen geweitet und sie hatte geschrien wie am Spieß.

Manche Menschen konnten die Gesellschaft eines Hundes einfach nicht wertschätzen. Traurig, aber wahr. Gloria gehörte zu dieser Sorte Mensch. Vielleicht war das der Grund, warum sie nie glücklich geworden war?

Fran und CJ wurden Freundinnen und aßen oft gemeinsam zu Mittag im Hof. Ich machte es mir zu ihren Füßen bequem und hielt Ausschau nach herabfallenden Bröckchen.

Herabfallende Bröckchen waren meine Spezialität.

»Ich möchte dich gern was fragen, Fran«, sagte CJ eines Tages beim Essen. »Aber überleg' dir die Antwort gut.«

»Genau dasselbe hat mein Mann auch gesagt, bevor er mir einen Heiratsantrag machte.« Beide lachten.

Ich wedelte mit dem Schwanz, weil es schön war, CJ lachen zu hören. Sie bewegte sich oft nur noch mit Mühe, und wenn sie wieder einmal innehielt und um Luft rang, wusste ich, dass ihr der stechende Schmerz in die Glieder gefahren war. Oft hörte ich sie leise ächzen, bevor sie sich vorsichtig auf einem Stuhl niederließ. Aber Lachen schien ihre Schmerzen zu lindern.

»Nein, ich will dir keinen Antrag machen«, sagte CJ. »Ich habe nur überlegt, dass ich mich hier nützlich machen könnte. Als Psychologin. Ich sehe doch, wie überlastet ihr seid. Ich würde es unentgeltlich machen. Geld spielt keine Rolle.«

»Und was ist mit deiner Praxis?«

»Ich bin nur noch gelegentlich als Beraterin tätig. Es fällt mir immer schwerer, mich in Jugendliche hineinzuversetzen – und umgekehrt ist es nicht anders. Ich ernte nur zweifelnde Blicke, wenn ich sage, dass ich gut nachvollziehen kann, was sie durchmachen. In deren Augen bin ich eine steinalte Frau, die keine Ahnung hat.«

»Normalerweise lehnen wir freiwillige Hilfsangebote von Angehörigen unserer Patienten ab. Sie haben zu wenig Abstand zum Geschehen.«

»Ich weiß, wir haben ja schon mal darüber gesprochen. Aber lasst es euch durch den Kopf gehen, in meinem Fall wäre vielleicht eine Ausnahme möglich. Ich weiß aus eigener Erfahrung, wie es ist, in einem Krankenbett zu liegen und sich einfach nur furchtbar zu fühlen, denn ich mache das dreimal pro Woche selbst durch. Und da ich mich nun mit Gloria ebenfalls in einem Abschiedsprozess befinde, weiß ich genau, wie es den Angehörigen hier zumute ist.«

»Wie ist denn der Zustand deiner Mutter?«

»Sie … ich denke, es ist bald soweit.«

»Du warst ihr eine gute Tochter, CJ.«

»Na ja, den Umständen entsprechend. Es ist fraglich, ob Gloria das so sehen würde. Oder jemals so gesehen hat. Aber zurück zu meinem Vorschlag, vielleicht wollt ihr ja mal darüber nachdenken?«

»Letztlich hängt es von der Entscheidung der Hospizleitung und der Nonnen ab, ich bin hier ja nur angestellt. Aber ich werde mit ihnen darüber sprechen.«

Eine Woche später lag ich neben CJ in Glorias Zimmer, als ich plötzlich spürte, wie sich in Gloria eine Wandlung vollzog. Sie atmete auf einmal leichter, dann setzte die

Atmung kurz aus, und dann rang sie mehrere Male nach Luft. Das wiederholte sich mehrfach und dabei wurden ihre Atemzüge immer flacher und das Luftholen flüchtiger.

Gloria lag im Sterben.

Ich kletterte auf den Stuhl neben dem Bett und sah in ihr Gesicht. Mit geschlossenen Lidern und offenem Mund lag sie da und umklammerte ihre Brust. Ich sah zu CJ hinüber. Sie war eingeschlafen. Ich wusste, dass sie jetzt lieber wach sein wollte, deshalb bellte ich einmal kurz, was in dem stillen Raum furchtbar schallte.

CJ schreckte hoch. »Was ist denn, Toby?« Sie erhob sich und kam ans Bett. Ich hob die Schnauze und leckte ihre Hand. »Ach je«, sagte sie. Dann nahm sie Glorias Hand in ihre Hände. Ich sah die Tränen in ihren Augen und spürte ihren tiefen Schmerz. Lange Zeit stand sie einfach so da.

»Auf Wiedersehen, Mom«, sagte CJ schließlich. »Ich liebe dich.«

Nachdem Gloria ihren letzten Atemzug getan hatte, ließ sich CJ wieder im Sessel nieder. Ich hüpfte auf ihren Schoß und rollte mich dort ein. Sanft wiegte sie ihren Körper hin und her und hielt mich dabei ganz fest. Ich tat, was ich konnte, um ihr in dieser traurigen Stunde beizustehen.

Am Abend begleitete ich Fran und sie bis zur Pforte.

»Wir sehen uns bei der Beisetzung«, sagte Fran. Sie umarmten einander. »Kann ich dich allein nach Hause gehen lassen? Wirst du das schaffen?«

»Ja. Eigentlich bin ich erleichtert, dass es nun vorbei ist.«

»Das kann ich mir denken.«

CJ sah zu mir herunter, und ich wedelte mit dem Schwanz. Sie stöhnte leise, als sie sich neben mich kniete. Dann drückte sie mich fest an sich.

»Du bist ein ganz besonderer Hund, Toby. Was du für die Menschen hier tust, wie du sie tröstest und ihnen bis zum Ende beistehst, das ist einmalig. Du bist ein kleiner Engel!«

Ich wedelte mit dem Schwanz, weil ich wusste, dass »kleiner Engel« genauso zärtlich gemeint war, wie Schussel-Hund. Es war ein anderes Wort dafür, dass ich geliebt wurde und ein guter Hund war.

»Danke für alles, Toby. Bleib ein guter Hund. Ich hab dich sehr lieb!«

Dann erhob sich CJ, warf Fran ein Lächeln zu und verschwand in der Nacht.

Sie kehrte weder am nächsten noch am übernächsten Tag zurück. Nach langen Tagen des Wartens hörte ich auf, jedes Mal zur Pforte zu rennen, wenn sie sich öffnete. Mein Mädchen schien mich nicht mehr zu brauchen.

Ich wäre gern mit ihr gegangen, wohin auch immer. Doch meine Aufgabe war es eben, für das Wohlergehen der Menschen in diesem Haus zu sorgen, sie zu lieben und bei ihnen zu sein, wenn sie aus dem Leben schieden. Und natürlich bei Eddie in der Küche Sitz zu machen, damit er mich mit leckeren Fleischstückchen fütterte.

CJ wusste, wo sie mich finden würde. Wenn sie mich brauchte, kehrte sie immer zu mir zurück, das wusste ich.

Und bis dahin blieb mir nichts anderes übrig, als abzuwarten.

Eindundreißig

Und dann, eines Tages, als der raue Wind die braunen Blätter draußen vor sich hertrieb und sie dabei so laut raschelten, dass ich es sogar im Haus hören konnte, stand CJ wieder an der Pforte. Ich hatte sie schon von Weitem gesehen, doch zuerst war ich mir nicht sicher, ob sie es wirklich war. Ihr Gang war schleppend, sie humpelte und ihre zierliche Gestalt wurde von einem weiten Mantel verdeckt. Doch als sich die Schiebetüren am Eingang mit einem zischenden Geräusch auseinanderschoben, wehte ein Windstoß ihren unverwechselbaren Geruch in meine Nase und ich stürzte ihr entgegen. Weil ich Angst hatte, sie umzuwerfen, sprang ich nicht an ihr hoch, aber mein Schwanz peitschte vor Freude wild hin und her, und als sie ihre Hand nach mir ausstreckte, um mich zu streicheln, schloss ich selig die Augen.

»Hallo Toby, hast du mich vermisst?«

Fran lief herbei und umarmte sie, dann legte CJ ein paar Sachen auf einem Schreibtisch in einem der Räume ab, und von da an lebten wir zusammen, aber genau anders herum als früher. CJ verließ uns am Abend und kehrte erst am nächsten Morgen zurück. Früher verließ sie morgens das Haus und kehrte abends zu mir zurück. Sie nahm mich zwar nicht mehr mit in das Haus mit den Liegebetten, doch der Geruch hing an ihr, deshalb wusste ich, dass sie regelmäßig dort war.

Tagsüber lief CJ durch alle Zimmer, redete mit den Menschen und nahm sie manchmal in den Arm. Ich folgte ihr überall hin, und wenn sie abends fortging, legte ich mich wieder zu den Menschen ins Bett, die mich brauchten, und manchmal brauchten mich auch die Angehörigen.

Wenn CJ die Menschen besuchte, waren sie oft von Schmerzen erfüllt, aber nachdem sie sehr leise mit ihnen geredet hatte, spürte ich, wie die Qualen weniger geworden waren. Nicht selten wollten mich auch die Angehörigen drücken und sich an mir festhalten, und ich ließ es geschehen, so lange und ausdauernd, wie sie es wollten, auch wenn ich mich nicht immer wohl dabei fühlte. Es war meine Aufgabe, für alle da zu sein.

»Du bist ein guter Hund, Toby«, sagte CJ dann.

Fran und Patsy waren oft dabei, wenn CJ in einem Zimmer mit den Menschen im Bett sprach, und auch sie wiederholten die Worte: »Guter Hund, Toby.«

Ich freute mich, dass ich ein guter Hund war.

Auch CJ hatte große Schmerzen, ich konnte es spüren und ich konnte sehen, wie sie immer gebeugter und langsamer ging. Aber auch sie fühlte sich immer ein bisschen besser, nachdem sie mich an sich gedrückt und umarmt hatte.

Der Familie einer Frau, die nur noch mit Schmerzen im Bett lag und einen stark metallisch gefärbten Atem hatte, war besonders bedrückt und tieftraurig. Sie bestand aus einem Mann, der so alt war wie die Frau im Bett, und drei Kindern, die in dem Alter waren wie CJ zu meiner Zeit als Molly. Eins der Mädchen hob mich hoch und legte mich neben die Frau, also machte ich Stillhalten.

»Dawn«, sagte CJ zu dem Mädchen, das größer war als sie und langes blondes Haar hatte, das nach Blumen und Seife roch, und Hände, die intensiv nach Apfel dufteten. »Wollen wir uns bei einer Tasse Kaffee kurz unterhalten?«

Ich spürte, wie Dawn erschrak. Sie sah zu ihrer Mutter, die schlief und mich neben sich noch gar nicht bemerkt hatte, dann zu ihrem Vater, der ihr zunickte. »Geh ruhig.«

Ein Gefühl von Schuld keimte in Dawn, und ich merkte, dass sie nur widerwillig das Zimmer verlassen wollte. Was immer hier vor sich ging, für mich war klar, dass mich CJ und Dawn nun dringender brauchten, als die schlafende Frau. Ganz vorsichtig erhob ich mich von der Decke und folgte den beiden leise durch den langen Korridor.

»Wollen Sie eine Kleinigkeit essen? Eine Banane vielleicht?«, fragte CJ.

»Ja gern«, sagte das Mädchen. Der süßliche Geruch einer Frucht, die ich nicht kannte, mischte sich zu den Äpfeln an den Händen von Dawn. Ich ließ mich unter dem Tisch, an dem sie saßen, nieder.

»Es ist bestimmt besonders schwer für Sie als Älteste, Ihre Schwestern suchen bei Ihnen Halt, das merkt man«, sagte CJ.

»Ja, schon.«

»Wollen Sie darüber reden?«

»Nein.«

»Wie verkraftet Ihr Vater die Situation?«

»Ich weiß es nicht. Er sagt ständig, wir dürfen die Hoffnung nicht aufgeben, aber Mom …«

»Sie hat aufgegeben«, sagte CJ leise nach einer kurzen Pause.

»Ja.«

»Das ist alles furchtbar belastend.«

»Ja, das ist es.«

Eine Weile schwiegen beide.

»Was essen Sie am liebsten, wenn der Kummer zu groß wird?«, fragte CJ dann.

»Erdnussbuttertoast«, sagte Dawn und lachte gequält. »Und Tiefkühllasagne, die man in der Mikrowelle aufwärmt.«

»Essen lenkt ab von Kummer und Stress.«

Dawn sagte nichts.

»Und was passiert, wenn Sie zu viel gegessen haben?«, fragte CJ mit weicher Stimme.

Wieder fuhr Dawn der Schreck in die Glieder. Sie richtete sich auf. »Was wollen Sie damit sagen?«

»Ich hatte das Problem, als ich auf der Highschool war. Wenn es mir schlecht ging und ich etwas aß, fühlte ich mich kurzzeitig besser. Doch hinterher hasste ich mich für jeden Bissen, weil ich mir als Teenager schon fett genug vorkam und nicht noch mehr zunehmen wollte. Ich hatte das Gefühl, ich könnte meinem Hintern beim Wachsen zusehen. Deshalb versuchte ich danach, sofort alles wieder loszuwerden.«

Als Dawn ihre Frage stellte, zitterte ihre Stimme, weil ihr Herz wie wild pochte.

»Und wie haben Sie das gemacht?«

»Sie wissen, wie man das macht, Dawn.«

Dawn hielt den Atem an.

»Auch meine Augen waren damals immer leicht blutunterlaufen, genau wie Ihre«, sagte CJ. »Und meine Wangen waren angeschwollen, wie bei Ihnen.«

»Ich muss jetzt gehen.«

»Wollen Sie nicht vielleicht doch noch einen kleinen Moment bleiben?«, sagte CJ.

Dawn scharrte unruhig mit den Füßen unterm Tisch. Ich spürte, dass sie Angst hatte.

»Das hier«, sagte CJ, »sind nicht meine echten Zähne. Sie sind mir teilweise schon als Teenager ausgefallen wegen der Magensäure im Mund. In meinem Alter brauchen viele Menschen ein künstliches Gebiss, aber ich hatte schon eines im College.«

»Bitte sagen Sie meinem Vater nichts«, sagte Dawn.

»Weiß Ihre Mutter davon?«, entgegnete CJ.

»Ich glaube schon, obwohl sie nie mit mir darüber gesprochen hat. Und jetzt ist es …«

»Ich weiß, Dawn. Es ist so schwer. Aber es gibt Möglichkeiten …«

»Nein!«, rief Dawn schrill und schob mit einer heftigen Bewegung den Stuhl zurück.

»Ich weiß, wie schrecklich es ist, diese Heimlichtuerei, die Last, es zu verbergen. Man hasst sich dafür noch viel mehr.«

»Ich will jetzt zurück zu meiner Mutter.«

Beide erhoben sich. Auch ich sprang auf die Füße und gähnte nervös. CJ wirkte zwar nicht so angespannt wie Dawn, aber beide wurden von heftigen Gefühlen geschüttelt.

»Ich bin auf Ihrer Seite, Dawn«, sagte CJ. »Wenn Sie in den nächsten Tagen und Wochen wieder dieses unkontrollierbare Verlangen nach Essen entwickeln, rufen Sie mich an! Wollen Sie mir das versprechen? Wir finden einen Weg.«

»Versprechen Sie mir, es meinem Vater nicht zu sagen?«

»Nur, wenn ich sicher sein kann, dass Sie sich nichts antun, Kindchen.«

»Dann sind Sie auch nicht auf meiner Seite«, rief Dawn. Sie drehte sich um und lief mit schnellen Schritten davon. Mein Mädchen war zu langsam, um ihr zu folgen. Sie seufzte traurig, und ich schob meine Schnauze in ihre Hand.

»Du bist ein guter Hund, Toby«, sagte sie, war aber mit ihren Gedanken woanders.

Als Dawns Mutter starb, lag ich an ihrer Seite. Alle waren sehr traurig, und die Kinder drückten mich lang und fest und ich hielt ganz still in ihren Armen. Fran und Patsy waren auch anwesend, CJ aber nicht. Fran und Patsy brauchten mich oft noch viel nötiger, deshalb blieb ich manchmal auch bei ihnen, selbst wenn CJ im Haus war.

So vergingen die Jahre. Im Haus gab es zwar keine Hundeklappe, aber immer, wenn ich in den Hof raus wollte, stellte ich mich an die Tür, die sich mir sofort mit einem zischenden Geräusch öffnete. An den unterschiedlichen Gerüchen draußen konnte ich immer erkennen, wann der Regen kam oder der Schnee, und ob es Sommer war oder Herbst. Chaucer schaute regelmäßig vorbei, und als auch er gemerkt hatte, dass Eddie immer für einen Leckerbissen gut war, verbrachten wir mindestens so viel Zeit gemeinsam in der Küche wie im Hof.

Manchmal war CJ eine ganze Woche lang weg, manchmal auch zwei, aber sie kehrte immer wieder zurück. Eines Tages, nachdem sie wieder lange fort gewesen war, beim Mittagessen mit Fran, merkte ich, dass CJ mit der Angst kämpfte, als sie mit Fran redete. Alarmiert setzte ich mich auf.

»Es gibt bald einen Neuzugang. Wahrscheinlich schon am Montag«, sagte CJ.

»Ach ja?«, sagte Fran.

»Ja. Mich. Ich werde mich einweisen lassen.«

»Was redest du da?«

»Ich bin fast ein bisschen erleichtert. Die Ärzte wissen mittlerweile nicht mehr, wo sie anfangen sollen, meine Hinfälligkeiten aufzuzählen. Ich bin müde geworden. Ich bin es leid, nicht mehr schlafen zu können, dauernd Schmerzen zu haben, und dazu diese immerwährende Übelkeit. Ich will keine vierzig Tabletten am Tag mehr schlucken. Gloria ist tot, meine Verpflichtungen habe ich erfüllt und ich bin keinem mehr etwas schuldig.«

»Aber CJ!«

CJ rückte mit ihrem Stuhl näher und lehnte sich über den Tisch. »Die Entscheidung habe ich schon vor langer Zeit getroffen, Fran. Du wirst mich nicht mehr umstimmen. Ich habe mich bereits von der Familie verabschiedet und sämtliche Angelegenheiten geregelt.« Sie lachte kurz auf. »Und so werde ich auch auf ewig jünger sein als Gloria. Sie wird sich im Grab umdrehen vor Ärger.«

»Wir sollten in Ruhe darüber sprechen, CJ. Du könntest dir doch professionelle Hilfe suchen.«

»Ich habe bereits alles mit meiner Therapeutin besprochen. Seit anderthalb Jahren reden wir von nichts anderem mehr.«

»Trotzdem …«

»Ich weiß, du denkst, ich bin selbstmordgefährdet, aber du irrst dich. Ich habe akzeptiert, dass es zu Ende geht. Es ist nur eine Frage der Zeit bis die nächste Krankheit sich entwickelt. Stell dir nur vor, ich bekomme demnächst einen Schlaganfall und bin danach geistig umnachtet wie Gloria zum Schluss! Ich will das nicht. Meine Entscheidung erlaubt mir, die Kontrolle über mein Leben zu behalten und selbst zu bestimmen, wann es endet und wo.«

»Du weißt doch gar nicht, ob du wirklich je einen Schlaganfall bekommst.«

»Fran! Ich habe mit der Dialyse aufgehört.«

»Um Himmelswillen!«

»Du kannst dir gar nicht vorstellen, wie frei ich mich fühle. Ich muss nie wieder ins Krankenhaus! Ich hatte ein gutes Leben, auch wenn es schwierige Phasen gab, und ich bereue meine Entscheidung nicht. Versuche, mich zu verstehen. Ich habe schon sehr lange das Gefühl, nur künstlich am Leben gehalten zu werden, und es diente sicher auch einem guten Zweck, denn ich konnte vielen Menschen helfen. Aber es ist absehbar, dass es ein schlechtes Ende nehmen wird. Ich möchte selbst bestimmen, wann ich abtrete, und lehne jede Form von lebensverlängernden Maßnahmen ab, wenn sie nicht zu einer besseren Lebensqualität führen. Ich will am Ende nicht dahinvegetieren müssen.«

CJ hatte nun keine Angst mehr. Ich schob meine Schnauze in ihre Hand und sie streichelte mich zärtlich.

Es dauerte kaum ein paar Tage und CJ zog zu uns in ein Zimmer. Ich spürte sofort, dass sie viel kränker war, als jemals zuvor. Deshalb lag ich oft bei ihr im Bett und manchmal schlich ich mich sogar bis hinauf zu ihrem Kopf. Manchmal lag ich auch zusammengerollt neben ihren Füßen.

»Du bist ein guter Hund, Toby«, sagte sie immer, aber ihre Stimme klang jeden Tag schwächer. »Du bist mein Therabeagle und mein Schutzengel, so wie Max und Molly.«

Ich wedelte mit dem Schwanz, weil sie meine früheren Namen so zärtlich ausgesprochen hatte. Mein Mädchen wusste genau, wer ich war, sie wusste, dass ich sie ihr Leben lang vor Gefahren beschützt und für ihr Wohlergehen gesorgt hatte.

Viele Menschen kamen zu Besuch und CJ freute sich über jeden Einzelnen. Manche kannte ich noch, so wie Gracie, das kleine Mädchen auf der Farm, die mich als Max an der Leine geführt hatte, nun aber eine erwachsene Frau mit eigenen Kindern war. Die Kinder küssten sie und CJ nahm sie in den Arm und dann lachten sie lange miteinander, bis CJ ihre Schmerzen kaum mehr spüren konnte. Auch eine andere Frau kannte ich noch von früher, nämlich Dawn, das Mädchen mit den nach Äpfeln riechenden Händen. Sie saß oft stundenlang an CJs Bett und sie redeten ununterbrochen. Dann verließ ich sie für kurze Zeit, um nachzusehen, ob Fran oder Patsy mich brauchten. Aber immer wenn ich zurückkam, saß Dawn immer noch da und redete.

»Ich werde dauernd gefragt, welches Fach ich studieren will. Ich sage dann immer: auf jeden Fall Medizin, aber keine Ahnung, welche Richtung. Ich hab noch keinen Studienplatz.«

»Den wirst du schon bekommen, da bin ich mir sicher«, sagte CJ.

»Sie haben immer an mich geglaubt. Sie haben mir das Leben gerettet.«

»Nein, du hast dich selbst gerettet. Du weißt doch, das Motto lautet: Nur du allein kannst dein Leben verändern.«

»Ja, stimmt schon«, sagte Dawn.

CJ hustete kraftlos und mit einem Sprung war ich neben ihr auf der Decke. Sie streckte die Hand aus und streichelte meinen Rücken.

»Ich sollte jetzt aber gehen«, sagte Dawn endlich.

»Ich hab mich wirklich sehr gefreut, dass du extra hergeflogen bist, um mich zu besuchen, Dawn.«

Sie umarmten sich lange und ich spürte die große Liebe, die sich beide Frauen entgegenbrachten.

»Guten Flug«, sagte CJ. »Und denk dran: du kannst mich immer anrufen!«

Dawn wischte sich die Augen und nickte. Beim Hinausgehen winkte sie noch einmal lächelnd zurück und ich schmiegte mich eng an mein Mädchen, das langsam in einen tiefen Schlaf wegdämmerte.

Eines Nachmittags, als mich CJ gerade mit leckeren Stückchen von ihrem Schinken-Käse-Sandwich fütterte, das Eddie ihr vorbeigebracht hatte, hörte sie mittendrin auf und sah mich nachdenklich an. Ich behielt das Sandwich im Auge.

»Toby, hör zu«, sagte sie. »Ich weiß, dass du sehr an mir hängst, aber ich werde dich trotzdem bald verlassen. Ich könnte vielleicht noch ein bisschen länger bleiben, aber ich habe die guten Seiten des Lebens genossen und bin der schlechten Seiten überdrüssig, vor allem wenn ich daran denke, was mir in meinem Alter noch bevorstehen würde, wenn ich versuchte, es künstlich zu verlängern. Ich möchte jetzt zu Trent. Das Einzige, was ich bedaure, ist, dass ich meine Freunde zurücklassen muss, und du, Toby, bist einer meiner besten. Aber du hast es gut hier, wirst liebevoll umsorgt und von allen geliebt. Du hast eine Aufgabe und Menschen, die dich lieben. Was kann es für einen Hund Wichtigeres geben? Du erinnerst mich oft an meine geliebte Molly mit ihrem sanften, freundlichen Wesen, aber auch an den kleinen Max, der immer so selbstbewusst war. Falls du mit ihnen sprichst, sag meinen Schutzengeln auf vier Pfoten, dass ich bald kommen werde. Wirst du über mich wachen, wenn meine Stunde gekommen ist? Wenn du bei mir bist, werde ich keine Angst haben, dann kann ich getrost gehen. Du wirst immer mein treuer Freund bleiben.«

Während sie das sagte, zog sie mich eng an sich heran, und ich spürte ganz deutlich die innige Liebe meines Mädchens zu mir und meine zu ihr.

CJ ging an einem kalten, klaren Frühlingsnachmittag von uns. Fran hatte den ganzen Tag über an ihrem Bett gesessen und ich lag neben CJ mit dem Kopf auf ihrer Brust, während sie mir matt übers Fell streichelte. Als sich ihre Hand nicht mehr bewegte, sah ich zu Fran hinüber, die mit dem Stuhl näher rückte und CJs schlaffe Hand in die ihre nahm. Langsam und fast unmerklich ließ CJs Seele los, bis mein Mädchen nach einem letzten stillen Atemzug aus dem Leben schied.

»Du bist ein guter Hund, Toby«, sagte Fran, und während sie mich umarmte, spürte ich ihre Tränen auf meinem Fell.

Ich dachte daran, wie Clarity als Baby damals ins Wasser gefallen war und wie sie ihre kleinen Hände nach mir ausstreckte und mir nachsah, als Gloria sie wegtrug. »Bubby«, hatte sie dabei gerufen. Dann erinnerte ich mich an den Tag, als sie plötzlich mit Trent in Jennifers Hof stand und mich zu sich nach Hause holte. Ich dachte an ihre zärtlichen Umarmungen und Küsse, wenn sie mich an ihre Brust drückte, um mich zu wärmen in meiner Zeit als Max.

Nun musste ich ohne ihre Liebkosungen leben.

Meine geliebte CJ. Durch sie hatte ich gelernt, dass meine Liebe mehr als einem Menschen gelten kann, dass ich außer

Ethan, meinem Jungen, noch viele andere lieben konnte, weil es das höchste Ziel eines Hundes war, alle Menschen zu lieben. CJ war der Mittelpunkt meines Daseins gewesen, ganz gleich, in welchem Leben als Hund wir zusammen waren; und das hatte mich schließlich dazu geführt, dass ich den vielen Menschen in den Betten helfen konnte, ihre tiefen, dunklen Ängste zu vertreiben und friedlich einzuschlafen.

Noch viele Jahre, nachdem CJ von mir gegangen war, diente ich all diesen Menschen, aber es verging kein Tag, an dem ich nicht an sie dachte: Wie sie als Baby in den Pferdestall gewitscht war, wie sie sich fest an mich gedrückt hatte damals im Auto am Meer, wie ich mit ihr bei Trent gelebt hatte als Max.

Als mir eines Morgens, während ich mein Geschäft verrichtete, ein scharfer Schmerz in die Glieder schoss und ich laut aufheulte, wurde ich von Patsy, Fran und Eddie zum Tierarzt gebracht. Ich wusste genau, warum alle mitfuhren. Damals war ich schon fast blind, aber wittern konnte ich noch, dass Patsys Hände wie immer nach Zimt und Chaucer rochen, als sie mich ins Zimmer des Tierarztes trug und mich auf dem kühlen Metallbett ablegte. Eddies kräftige Hände mit dem Hühnchenaroma streichelten mich beruhigend und alle flüsterten mir zu, als der feine Stich im Nacken die Schmerzen stillte:

»Wir lieben dich, Toby!«

Als die warme, weiche Welle mich einhüllte, war sie nicht dunkel, sondern eine hell leuchtende Gischt aus Abermillionen Schaumblasen. Erhobenen Hauptes schwebte ich durch dieses lichterfüllte Meer an die Wasseroberfläche und ins strahlende Licht des Sonnenaufgangs. Das goldene Licht spiegelte sich in den sanften Wellen, und plötzlich war mein Blick wieder klar wie am ersten Tag. Herrliche Gerüche stiegen mir in die Nase und mein Herz schlug höher, als ich erkannte, wem sie gehörten.

»Molly!«, hörte ich es rufen.

Ich drehte den Kopf, und da standen sie alle! Alle, die ich je geliebt hatte, standen dort drüben am Ufer und lachten und klatschten in die Hände. Ich erkannte Ethan und Hannah und Trent und CJ, auch Andi und Maya und Jakob und alle anderen waren da.

»Bailey!«, rief Ethan und winkte.

Mein Name war Toby und Buddy und Molly und Max und Bailey und Ellie – die Reihenfolge war jetzt nicht mehr wichtig. Ich war ein guter Hund und das war meine Belohnung. Nun konnte ich mit den Menschen, die ich liebte, für immer zusammenbleiben.

Leise winselnd vor Glück schwamm ich ans goldene Ufer hinüber.

Mark Haddon

»Ein echter Volltreffer« *Hör Zu*

»Haddon beschreibt seine Charaktere so witzig und einfühlsam, dass sie einem ans Herz wachsen.«
Brigitte

978-3-453-43316-8